anagramma

582

Della stessa autrice:

That Boy
That Girl
That Baby

Titolo originale: *Stalk Me*

Traduzione dall'inglese di Brunella Palattella e Simona Palmieri
Prima edizione: ottobre 2017

Roma, Casella postale 6214

ISBN 978-88-227-1130-4

www.newtoncompton.com

Realizzazione a cura di Il Paragrafo, Udine
Stampato nell'ottobre 2017 da Puntoweb s.r.l., Ariccia (Roma).
su carta prodotta con pasta termomeccanica, senza utilizzo di cloro, proveniente da foreste controllate, nel rispetto delle normative ambientali vigenti.

Jillian Dodd

Perfect Boy

Keatyn Series

Newton Compton editori

A Kenzie e Connor.
Grazie per avermi spronato a farcela.
Siete una fonte d'ispirazione, in ogni cosa.

Venerdì 6 maggio

Perché non vieni a divertirti con Cush?
03:00

«Keatyn, piccola mia, vieni dal grande Cushman», mi dice Brandon Cushman, leggermente alticcio.

Io, però, resto al mio posto.

Lui si avvicina, mi cinge le spalle con un braccio e contempla il casino che c'è in casa sua.

«Ed eccoci giunti alla fine di un altro party epico. Ho visto la tua migliore amica darci dentro nella stanza degli ospiti. Sono rimasto a guardare un po' finché non mi hanno cacciato».

«Vanessa o RiAnne?»

«Vanessa. Non capisco perché si sia arrabbiata, non è mica la prima volta che assisto a certe scene».

Io annuisco, Vanessa è stata quasi con tutti.

«Dov'è il tuo fidanzato?»

«In bagno, a vomitare», rispondo, alzando gli occhi al cielo.

«Che uomo, Sander. Resti a dormire qui?»

«No, lo accompagno a casa. Devo andare a fare surf tra tre ore».

Cush sfodera il suo sorriso sensuale, il suo marchio di fabbrica. «Eri molto provocante quando ballavi sul bancone prima. Quando ti deciderai a mollare quel perdente? Perché non vieni a divertirti con Cush?».

Cush è un vero playboy e non si sforza neanche di nasconderlo. È di bell'aspetto e popolare, quindi la sua frase da rimorchio standard, "Vieni a letto con me", di solito funziona su gran parte delle ragazze. E perché non dovrebbe? È alto un metro e ottantadue, ha il corpo scolpito dal calcio, e un paio di occhi azzurri e luminosi. Durante la stagione calcistica si rasa i capelli biondo scuro e si rade raramente. Stasera il suo bel viso è ricoperto da un bel po' di barbetta.

Avvicina il viso al mio, come se stesse per baciarmi, ma poi mi graffia la guancia con la barba incolta e scoppia a ridere.

«Grazie, eh. Ora ho un eritema che porta la tua firma, Cush», dico, massaggiandomi la guancia.

Cush mi sposta delicatamente i capelli dietro l'orecchio e mi osserva. «È solo un po' arrossato. Perché non vieni in camera mia? Ti farò sentire meglio con un bacio».

Lo guardo di nuovo basita e indico il bagno. «Se vuoi farmi sentire meglio, vai a controllare Sander».

Neanche a farlo apposta, proprio in quel momento, Sander, il mio fidanzato da oltre un anno, incespica fuori dal bagno. Ha bevuto troppo stasera, come al solito.

Cush prende una bottiglia d'acqua dal minifrigo e gliela lancia, ma, ovviamente, Sander la manca e la lascia rotolare sul pavimento.

Cush e io facciamo del nostro meglio per trattenere le risate mentre lo guardiamo tentare di acchiapparla, completamente ubriaco.

«Vaffanculo, Cush», esclama Sander, dopo averla finalmente raggiunta. I ragazzi si abbracciano, ma saltano il "ti voglio bene, amico" tipico degli ubriachi. Cush non è così sbronzo da arrivare a tanto.

Osservo la stanza piena di tutti i ragazzi più popolari della scuola e penso a come immaginavo la mia vita qualche anno fa. Ho implorato mia madre di farmi restare a Malibu, dove, per la prima volta nella vita, avrei messo radici. Sognavo di diventare popolare, credevo che il liceo sarebbe stato come nei film. Volevo vivere un vero e proprio *High School Musical*.

Però, a dir la verità, non ho mai immaginato una scena simile.

La mia migliore amica, Vanessa, è ubriaca, fumata ed è andata a letto con un tizio appena incontrato, ma che pensava fosse fico.

RiAnne stava pomiciando sul divano con un ragazzo della squadra di lacrosse, ma qualche minuto fa li ho visti dirigersi in una delle camere da letto.

I party di Cush erano più divertenti quando eravamo in pochi. Giocavamo al gioco della bottiglia o a ping pong con la birra, guardavamo film, flirtavamo un po' e tutti pensavamo di essere dei grandi solo perché facevamo il bagno nudi nella vasca idromassaggio.

Più ci divertivamo, più gente arrivava e più le feste diventavano memorabili. Stasera eravamo quasi in cento.

«Quando torna tua madre?», chiedo a Cush.

«Sabato», risponde accigliato, dando un'occhiata alle bottiglie di birra sparse dappertutto.

«Vengo dopo il surf per aiutarti a mettere a posto. Le donne delle pulizie vengono domenica?».

Cush mi abbraccia. «Sì, lo sai. Conosci il codice. Svegliami quando arrivi», dice, di nuovo con quel sorriso sexy. «Anzi, meglio se mi raggiungi a letto».

Aiuto Sander a scendere dalla Lamborghini viola sgargiante che si è comprato per il suo diciottesimo compleanno. Si è addormentato non appena ho messo in moto. Lo osservo mentre russa piano sul sedile accanto al mio: con gli occhi nocciola, uno splendido sorriso e i capelli che di solito hanno più lacca dei miei, questo ex bambino prodigio è diventato proprio un bel ragazzo.

Ero contenta di poter finalmente frequentare un vero liceo, dopo aver viaggiato per il mondo mentre mia madre era impegnata a girare film, dopo aver vissuto in tanti luoghi diversi seguita sempre da insegnanti privati. Trascorrevo le mie giornate a scrivere il copione della mia vita perfetta: scene in cui divento popolare, feste meravigliose in cui incontro un ragazzo carino che mi bacia e ci innamoriamo; scene in cui il capitano della squadra di basket mi chiede di ballare, ci baciamo e ci innamoriamo; scene in cui il ragazzo più popolare della scuola mi bacia sotto il chiaro di luna e mi chiede di essere la sua ragazza; scene in cui siamo al centro della pista da ballo a danzare lentamente mentre tutti gli altri eseguono una coreografia attorno a noi; scene in cui lui fa il tiro a canestro vincente e, preso sulle spalle dalla sua squadra, mi cerca tra la folla per mandarmi un bacio.

Desideravo due cose dalla mia esperienza al liceo: essere la ragazza più popolare della scuola e uscire con il ragazzo più popolare della scuola.

Ed è accaduto.

In un certo senso.

Il liceo è molto più complicato di quanto pensassi e a volte è uno schifo.

È difficile destreggiarsi tra ciò che vogliono gli amici, i genitori, i ragazzi e quello che vuoi tu.

Soprattutto quando non sei più sicura di ciò che desideri.

E non aiuta sospettare che RiAnne e Vanessa siano diventate mie amiche solo per via di mia madre.

Mia madre è Abby Johnston. Sì, *quella* Abby, l'attrice di commedie romantiche più amata degli Stati Uniti. La fidanzatina d'America.

Ora che sapete chi è mia madre, probabilmente non c'è bisogno che vi dica chi è il mio patrigno, la star dei film d'azione Tommy Stevens, le loro tre gemelle di quattro anni (Avery, Emery e Ivery) e la loro figlioletta di due anni (Gracelyn). Vengono fotografati continuamente quando sono impegnati a girare film in giro per il mondo.

Per fortuna, negli ultimi anni io ho potuto evitare tutto questo. Vivo qui a Malibu, vado a scuola, prendo lezioni di danza, gioco a calcio e faccio surf.

Sander è arrivato a scuola a metà del primo anno del liceo. Da piccolo era un attore famoso, ma ora ha deciso di prendersi una pausa per avere una vita normale.

E, com'era prevedibile, molte ragazze hanno fatto a gara per conquistare la sua simpatia.

Soprattutto Vanessa.

Lei era già molto popolare tra i maschi del primo anno e aveva perso la verginità con un bel ragazzo del terzo anno, ma non aveva ancora il controllo della scuola. Ha notato Sander quando si stava iscrivendo e ha subito pensato di poterlo usare per raggiungere la notorietà. Si sarebbero frequentati e sarebbero diventati la coppia più popolare della scuola.

Ovviamente, avevamo scritto dei copioni quasi identici e ci stavamo candidando per lo stesso ruolo, ma Vanessa era sicura che avrebbe ottenuto la parte. E se non ci fosse riuscita da sola, avrebbe fatto qualunque cosa per raggiungere il suo obiettivo.

Non ho mai visto nessuno pianificare le sue mosse in modo così dettagliato. Ha corrotto la segretaria della scuola facendosi dire quando sarebbe stato il primo giorno di Sander. Si è comprata diversi completi da indossare per le prime due settimane a scuola. Aveva anche dei vestiti di ricambio per i possibili appuntamenti a cui lui avrebbe potuto invitarla. Ha corrotto un consulente scolastico con un pacchetto per un centro benessere che lei "non aveva avuto il tempo di usare prima della scadenza", così da convincerlo a sceglierla come sua nuova guida. Ha costretto me e RiAnne a studiare attentamente i vecchi siti dei suoi fan e a farle domande sulla sua cucina preferita (messicana), sul colore degli occhi (nocciola), sul segno zodiacale (Sagittario) e sui nomi dei suoi cani (James e Dean).

Lui è arrivato un giorno prima del previsto. Ero in segreteria per lasciare alcuni cimeli autografati da Tommy Stevens per un'asta a scuola e lui mi ha salutato. Siamo andati subito d'accordo perché avevamo molto in comune.

Vanessa era furiosa quando ha scoperto che Sander mi aveva chiesto di fargli da tutor. Mi ha scritto un messaggio accusandomi di essere una traditrice, poi però era tutta sorrisi e fingeva di essere la mia migliore amica quando l'ho fatto sedere insieme a noi a pranzo.

Vanessa e io ci siamo incontrate durante le ore di orientamento del primo anno. Lei e RiAnne erano migliori amiche dalle elementari e sono state gentili con me. Conoscevano mia madre, ovviamente, e io ero felicissima di far parte del loro gruppo perché erano entrambe belle e popolari. Finché RiAnne e io stavamo agli ordini di Vanessa, andava tutto bene.

Ma Sander ha cambiato le carte in tavola. Dopo qualche settimana, mi ha chiesto di essere la sua ragazza. Vanessa ha fatto finta di essere felice per me, o forse lo era davvero, non ne sono sicura. In ogni caso, avrebbe usato la nostra relazione per ascendere la scala sociale della scuola.

L'anno successivo, ci siamo sedute al tavolo degli studenti popolari con Sander, insieme ai ragazzi più carini e alle ragazze più simpatiche dell'ultimo anno. Vanessa si è trasformata in una stronza, ma io non ho mai battuto ciglio.

Come avrei potuto? Avevo scritto il copione perfetto per il liceo e lo stavo vivendo.

Non m'importava che lei fosse prepotente e sempre pronta a organizzare la nostra prossima mossa, il prossimo party o il prossimo outfit. Io ero felice con Sander. Lui era dolce, galante, la mia famiglia lo adorava.

E io adoravo le attenzioni e la popolarità.

Ero esattamente dove volevo essere.

Non immaginavo, però, che si sarebbe ubriacato a ogni festa a cui saremmo andati.

Sabato 7 maggio

Addominali da togliere il fiato
6:00

Dormo un paio d'ore, mi alzo, mi lego i capelli, mi lavo i denti e indosso un bikini. Quando esco sulla veranda, sento l'aria fresca del mattino.

Brrr.

Corro dentro e prendo la muta, poi vado in spiaggia. Damian è già davanti casa di Brooklyn. Damian Moran è uno dei miei migliori amici. Suo padre è il regista Matt Moran, e lo conosco da sempre. È anche la voce e il chitarrista dei Twisted Dreams, la band che di recente ha firmato un contratto con un'etichetta discografica e che andrà in tour in Europa.

Presto, tutte le ragazzine sotto i quindici anni si metteranno a urlare quando sentiranno il suo nome perché ha una voce da sogno.

«Ehi, Keats. Come va?», dice.

«Male».

«Nottataccia? Hai fatto festa come una rock star?»

«Ah, no. Sai che non bevo tanto. Sono soltanto rimasta in giro fino alle quattro», rispondo con un sorriso. «Ma non avrei mai potuto saltare il surf con i miei due ragazzi preferiti».

«Diciamo che è uno il ragazzo preferito», dice Damian tra i denti.

«Smettila, ho un fidanzato». Mi giro e vedo Brooklyn che esce dal garage con la mia tavola.

«Ciao, Keats», mi saluta. «Ho passato la cera alla tua tavola».

«Grazie». Sorrido al ragazzo che mi ha rubato il cuore sin dal giorno in cui l'ho incontrato. Ha diciotto anni, i capelli biondi e sempre scompigliati e gli occhi del colore dell'oceano. È abbronzato, quasi un metro e ottanta e piuttosto magro, ma ha il corpo atletico dei surfisti.

E degli addominali da togliere il fiato.

Da sbavare.

«Non rompete le scatole oggi, fa freddo stamattina, quindi metto la muta». Tiro la muta sulle gambe, poi sulla vita e cerco di infilare il braccio nella manica.

Brooklyn la afferra, la gira dal lato giusto e mi fa un sorrisetto. «È più facile quando non è al contrario».

Indossare la muta è fastidioso perché è molto aderente. Mi volto verso Brooklyn, infilo la manica e mi dimeno un po' per farla salire sulle spalle. Brooklyn prova ad aiutarmi proprio quando ci sto riuscendo, così la sua mano finisce sul mio bikini.

Io resto immobile.

Non riesco quasi a respirare. È come se avessero aspirato tutta l'aria sulla spiaggia.

Brooklyn toglie la mano dal mio seno, afferra la zip della muta all'altezza dell'inguine e la tira su lentamente. I suoi occhi sono incollati alla cerniera che serpeggia sul mio corpo.

Credo che stia cercando intenzionalmente di torturarmi, ci potrei giurare.

I suoi occhi si spostano sul mio viso e mi sorride, mostrandomi i suoi denti perfettamente bianchi che risaltano sulla pelle abbronzata. Il suo sorriso mi fa battere forte il cuore.

«Ora che Keats ha messo la muta, possiamo andare», dice a Damian.

Damian si guarda il petto. «Io sto tremando! Non m'importa se pensi che portare la muta sia roba da femmine, ho freddo», afferma e corre in casa di Brooklyn, lasciandoci soli. Ebbene sì, ho proprio una bella cotta adolescenziale per questo ragazzo.

«Sembri stanca», mi dice Brooklyn.

«Non ho dormito molto ieri sera, ero a una festa».

«Con il tuo ragazzo?», biascica, come se *ragazzo* fosse una parolaccia. Per qualche motivo che non mi è ancora chiaro, a Brooklyn non piace Sander.

«Sì, con il mio ragazzo e i miei compagni di scuola. Tu cosa hai fatto?»

«Sono stato con Damian, abbiamo giocato a *Call of Duty*, ci siamo rilassati. Sai che va via tra una settimana?»

«Sì, lo so. Andrò alla cena che suo padre ha organizzato per lui domani sera. Tu ci vieni, vero?»

«Non lo so. Sai che non mi piacciono le cose da ricchi».

«Ma vivi in una casa a Malibu. È da ricchi».

«Hai capito che voglio dire. È un hotel pretenzioso. Damian dovrà indossare giacca e cravatta, cazzo. Come fa a essere una festa organizzata in suo onore?»

«Damian sta bene in giacca e cravatta, e staresti bene anche tu. Io indosserò un abito carinissimo e le scarpe... oh, mio Dio, sono adorabili».

«Il tuo ragazzo viene?»

«No, ci vado con mia madre e Tommy. Puoi venire con me».

O, magari, starmi sempre addosso.

O baciarmi.

O uscire con me.

O amarmi.

O portarmi in camera tua per saltarmi addosso.

«Mi aiuterai a scegliere cosa indossare?».

Gli sorrido. «È la mia specialità».

Lui scuote il capo avanti e indietro come se stesse per prendere una decisione difficile.

«Ci sarà un buffet di frutti di mare prima di cena». Brooklyn adora i frutti di mare, di sicuro questo lo convincerà a venire alla festa.

Lui mi sorride, sfiorandomi la mano. «Scommetto che non sarà mai buono quanto i nostri gamberi speziati».

Ricambio il sorriso. I gamberi speziati sono il nostro piatto preferito quando andiamo da Buddy. Brooklyn e io usciamo spesso insieme, ma sempre da amici.

Purtroppo.

Tutti i ragazzi vogliono entrare nelle mutande delle ragazze
10:00

Torno dalla spiaggia e trovo mia madre e Tommy impegnati in una conversazione piuttosto seria. Sento dire "scena di sesso" e capisco subito di cosa stanno parlando. Mia madre ha recentemente filmato delle scene molto provocanti per il suo ultimo film. Pare che questo ruolo le farà vincere finalmente un Oscar.

Ha riflettuto a lungo sul da farsi, domandandosi come avrebbero influito sulla sua immagine da brava ragazza.

«Siediti, tesoro. Tommy e io parlavamo di sesso».

Io li guardo basita. «Non voglio più sentire parlare di quelle scene. Non avevi già finito di girarle?»

«Sì, ma sono un'ottima lezione per te. Sono sempre stata molto attenta all'immagine. Anche se il sesso vende, le scene d'amore che ho filmato in passato sono sempre state molto pulite, praticamente caste. Per questo film, però, ho ritenuto che le scene di sesso fossero necessarie per immergermi meglio nel personaggio. Ora che ho visto come le hanno montate, ho capito di aver preso la decisione giusta. Rendono il film più intenso».

«Oddio, mi devo vergognare? I miei amici ti vedranno nuda?»

«Non del tutto, ma le scene sono molto esplicite ed erotiche. Anche se non possono mostrare tutto e il film è vietato ai minori, sono piuttosto inequivocabili. Non so cosa si vedrà dopo il montaggio finale, ma in ciò che ho visto, ci sono le mie tette», dice mia madre, scoppiando a ridere. «Be', erano le tette della controfigura. E poi quasi tutto il resto, tranne la patatina».

«Oh, mio Dio, mamma, non ho quattro anni. Puoi dire vagina. Santo cielo, qualcuno ha già insegnato a dirlo a Gracie».

Tommy scoppia a ridere e alza la mano. «Sono stato io. È entrata in bagno mentre uscivo dalla doccia e abbiamo dovuto discutere delle parti maschili e femminili. Mi dispiace, ma non ce l'ho fatta a chiamarla patatina. Inoltre, ho letto su delle riviste per genitori che è meglio chiamare i genitali con il loro nome».

«Leggi riveste per genitori?», domando.

«Ce n'era una sul set di tua madre e io mi stavo annoiando. L'ho sfogliata».

«Torniamo all'argomento principale», riprende mia madre. «Potresti esserne un po' imbarazzata, Keatyn. Come ho detto, sono piuttosto esplicite. C'è anche un'inquadratura di un pene vicino al mio fondoschiena. Anche se, come ho già detto, si tratta del pene e del fondoschiena di una controfigura; però non si capisce».

Faccio una smorfia. «Oddio. È meglio che tu vinca un premio, allora».

«Se vorrai fare l'attrice un giorno, potrebbe capitarti di dover prendere decisioni come questa. Tommy sosterrà me e le bambine se non piacerà a nessuno».

«Piacerà a tutti», afferma lui.

Mia madre si mette a ridere. «Anche quel mio fan mi ha incoraggiato».

«Che ha detto quel pazzo stavolta?», chiedo.

«Niente, in realtà. Ha sentito dire che potrei vincere dei premi per questo ruolo e mi ha augurato buona fortuna».

«Che carino. Sicura che non rovinerà la tua immagine?», domando.

Tommy si mette una mano sul petto fingendo di essere serio. «A dir la verità, temo che possa rovinare la *mia* di immagine».

Io e mia madre scoppiamo a ridere. Tommy, un tempo, era il tipico uomo di Hollywood che andava sempre in giro con una donna diversa.

«Come stai, piccola? Ho sentito la Lamborghini rombare alle quattro del mattino», afferma Tommy.

«Ho dovuto guidare io, perché Sander era ubriaco. Di nuovo. Sto pensando di lasciarlo, a dire il vero».

«Sul serio?», chiede mia madre, sorpresa. «State insieme da così tanto tempo e siete una splendida coppia».

«Lo so, cioè, non posso farlo adesso. Il ballo di fine anno è la prossima settimana, ho già il vestito, abbiamo organizzato tutto. Ma penso che lo farò, dopo. Comunque, è stato bello parlare con voi. Devo andare a cambiarmi per andare a lezione di danza e poi da Cush».

Mia madre mi rivolge uno sguardo malizioso. «C'è qualcosa tra te e Brandon? Vai spesso da lui senza Sander».

«Perché Sander pensa che non sia compito suo pulire e io non credo sia giusto che Cush lo faccia da solo. Comunque, Cush è uno sciupafemmine, non è il mio tipo».

«È dolce da parte tua volerlo aiutare, tesoro, ma devo ammettere che gli sciupafemmine sanno essere divertenti», risponde lei, rivolgendo un sorriso sexy a Tommy prima di baciarlo sul collo.

«So già tutto sulla vostra storia e non ho bisogno di vedervi scambiare gesti affettuosi in pubblico, grazie mille». Li guardo storto quando Tommy prende in braccio mia madre.

Ma non dovrei farlo, vorrei tanto che qualcuno scherzasse così con me.

Il mio fidanzato, magari?

Sto per andar via dalla cucina, ma mi fermo. «Non capisco, mamma. Mi hai sempre detto di fare attenzione agli sciupafemmine, perché vogliono solo entrarti nelle mutande, che bisogna aspettare di essere innamorati. Allora che vuol dire quando un ragazzo ti ama, ma non vuole entrarti nelle mutande?»

«Che intendi?», chiede Tommy, confuso. «Non ha senso. Tutti i ragazzi vogliono entrare nelle mutande delle ragazze».

«A parte Sander. Lui vuole aspettare il matrimonio».

Tommy arriccia il naso come se avesse sentito un cattivo odore, mentre mia madre mette una mano sul petto ed esclama: «Oh, che dolce. Che bravo ragazzo».

«Mamma, tu hai fatto sesso al liceo».

«Sì, ma te l'ho raccontato per metterti in guardia. Non ti ubriacare e non farlo sul sedile posteriore di uno stronzo. Non seguire i miei passi. E poi, hai sedici anni, sei così giovane».

«Tu ne avevi quindici, mamma!».

«Io diciassette», sorride Tommy.

«Davvero? Tu?». Tommy aveva la reputazione di essere un donnaiolo. L'anno prima di incontrare mia madre, è stato nominato l'uomo più sexy del mondo. Secondo l'articolo, nessuna donna sarebbe mai riuscita a incastrarlo. Ovviamente, si sbagliavano. Ora ha mia madre, me e quattro figlie sotto i cinque anni.

Tommy si stringe nelle spalle. «Non sono sempre stato così bello», risponde, flettendo i bicipiti.

Mia madre ride e gli bacia il braccio. Io decido di andarmene prima di dover assistere ad altre effusioni.

Ti leccherei tutta
13:30

Apro la porta d'ingresso di casa di Cush ed entro. Scatta l'allarme, così inserisco il codice. Non perdo tempo a controllare le camere degli ospiti o i divani al piano di sotto. Se c'è l'allarme, vuol dire che non c'è nessuno. Posso entrare.

Trascino il mio sedere stanco fino in camera di Cush. Lui è steso sul fianco su un grande letto matrimoniale, con un piede che esce dalle coperte. Dice che deve respirare di notte e la cosa mi fa morire dal ridere. Le tende sono serrate e la stanza è fredda.

Potrei mettermi a dormire all'istante.

Mi siedo delicatamente sul bordo del letto.

Le braccia di Cush vengono fuori da sotto le coperte.

«Ahhhh!!», urlo, mentre lui mi fa rotolare sul letto, aprendo lentamente i suoi grandi occhi azzurri. «Mi hai fatto morire di paura!».

Lui scoppia a ridere fragorosamente. «Ah, sapevo che ti avrei preso!».

Mi stringe e mi blocca con una gamba.

«Ammettilo, morivi dalla voglia di venire a letto con me».

«Pensavo che non facessi certe cose nel tuo letto», rispondo, sorridendo. Cush chiude sempre la porta di camera sua e di sua madre quando c'è una festa. Quando ha una tresca con qualcuno, usa la stanza degli ospiti.

«Potrei fare un'eccezione per te».

Mi guarda con i suoi occhi luminosi e io sento del calore provenire da dentro e lo stomaco che si attorciglia su se stesso.

«Ne dubito», rispondo, ma non sono credibile perché non riesco a smettere di sorridere. So che è Cush, ma mi piace sentirmi desiderata.

I nostri sguardi si incrociano e il mio sorriso svanisce quando mi perdo nei suoi splendidi occhi azzurri.

«Odori di sale, come l'oceano», dice. Si avvicina e mi lecca il lato del viso. «Sai anche di sale. Dovremmo prendere una bottiglia di tequila e spassarcela», propone, muovendo le sopracciglia in modo allusivo. «Che ne dici? Beviamo qualche shot e io ti lecco dappertutto».

«Dico che ho fatto lezione di danza per un'ora dopo il surf. Il sale non è solo quello dell'oceano».

«Dio mio, non sei stanca? Io sono stanco solo a sentirtelo dire».

«Ho dormito solo due ore, quindi sì, sono stanca. Dovremmo pulire finché ne ho l'energia».

«Io penso che tu abbia bisogno di fare un pisolino».

«Mi piacerebbe, ma…».

Il suo viso è ancora sul mio. «Quello o prendo la tequila».

«Per leccarmi?», dico, come se fosse la cosa più disgustosa che avessi mai sentito. Ma sto mentendo: il pensiero di qualcuno come Cush che mi lecca dappertutto mi eccita.

Lui poggia il gomito sul cuscino dietro la testa per sollevarsi e mi guarda serio. «Sei felice con Sander?».

Io sospiro.

«Dimmi la verità», dice.

«La maggior parte del tempo, sì. È dolce e mi tratta bene. Io… non lo so. Ultimamente ho pensato che faremmo meglio a prenderci una pausa. Ma il ballo è la prossima settimana, non posso fare granché adesso».

«Dici che ti tratta bene, ma da ciò che vedo, sei sempre tu a prenderti cura di lui. Quando lo fa lui?»

«Che vuoi dire?»

«Tipo ieri sera, quando siete andati in camera».

«Non capisco di che parli».

«Forse dovrei farmi i fatti miei».

«Cush, parla». Fingo di essere calma, ma dentro sono nel panico. Lo sa? Ha capito che non lo facciamo? Che non lo abbiamo mai fatto? Devo dirglielo? Oserei raccontargli la verità che ho nascosto a tutti?

«Quando esci, sei sempre perfetta, come quando sei entrata. Voglio dire, tutti sanno che lo fate». Espiro profondamente. Grazie a dio, non lo sa.

«Mi chiedo solo se ti dà piacere», continua.

«Piacere?»

«Sì, non dovresti avere i capelli tutti scompigliati dalle sue mani? Non dovresti avere le labbra rosse per i troppi baci? Non dovresti avere il mascara tutto sbavato? Non dovresti avere le gambe molli perché hai scopato?».

Giuro su Dio, credo di essermi bagnata le mutandine. Com'è possibile che mi ecciti così tanto sentire Cush parlare di sesso? C'è qualcosa che non va in me. Devo farlo. Devo andare al ballo con Sander, devo lasciarlo e devo dire a Brooklyn cosa provo.

Anche se, quando ho confidato a Vanessa che ci stavo pensando, si è infuriata. Mi ha detto che sono una stupida, che siamo una coppia perfetta e che la cosa avrebbe influenzato negativamente la mia reputazione.

Mi mordo il labbro inferiore. «Ehm…».

«Non lo fa, vero?»

«Fare cosa?». Non riesco a concentrarmi quando è così vicino. Si protende ancora su di me. Le sue labbra sono sulle mie. Mi provoca con ogni mossa.

«Non ti eccita. Non ho mai sentito alcun rumore».

Spingo la testa sul cuscino per allontanarmi da lui. «Che fai, origli?».

Cush arrossisce leggermente. «No, io… A volte si sente».

«Hai ragione, in un certo senso. Non lo fa, quindi romperò con lui dopo il ballo».

Lo sguardo di Cush si illumina. Ha degli occhi meravigliosi e delle fossette adorabili.

«Davvero?»

«Sì, c'è un tizio per cui ho una cotta da un po' di tempo. È uno dei ragazzi con cui faccio surf. Probabilmente è inutile, comunque. Non credo che mi ritenga più di un'amica».

Cush sprofonda con la testa nel cuscino e sospira. «Sì, so cosa si prova. Ehi, io torno a dormire».

Chiude gli occhi, all'improvviso sembra distante.

È arrabbiato con me? Ho detto qualcosa di sbagliato?

Mentre cerco di capire perché, chiudo gli occhi e immediatamente mi addormento.

Mi sveglio con una strana sensazione. Quella di qualcuno che ti sta fissando. Le mie sorelline lo fanno sempre. Mi sveglio e i loro visetti sono a dieci centimetri dal mio e mi chiedo da quanto tempo sono lì.

Apro gli occhi e vedo Cush. «Dimmi che non stavo russando».

Lui mi sorride dolcemente. «No, eri tranquilla. Pronta a pulire?»

«Non proprio, ma credo sia arrivato il momento di farlo».

Scendiamo in lavanderia, prendiamo un paio di grossi sacchi neri della spazzatura e iniziamo. Buttiamo via le bottiglie di birra vuote, i cartoni della pizza e le fette mezze mangiucchiate.

Un'ora e mezza dopo, pulisco il bancone, butto via altri bicchieri vuoti, sprimaccio i cuscini e mi guardo attorno.

«Siamo un'ottima squadra», dichiara Cush.

Io gli sorrido e annuisco.

«Hai dei programmi per stasera?», mi domanda.

«No. Sander ha da fare e Vanessa e RiAnne vanno a un evento di beneficienza con i genitori di RiAnne. La tata ha portato le bambine al Sea World oggi, quindi andranno a letto presto. Io pensavo di fare un po' di compiti e rilassarmi. Magari guarderò un film».

«Ti va di uscire con me? Ho appena ricevuto un messaggio da mia madre. Ha cambiato programma – un'emergenza nel mondo della moda – e non tornerà a casa prima di domani sera».

«Sì, certo».

«Bene. Che cosa facciamo?», mi chiede.

C'è qualcosa che mi andrebbe di fare e Cush sembra la persona adatta.

«Non ridere, okay? Ti va di andare a ballare? I ragazzi con cui faccio surf vanno solo al bar. Sander ha preso lezioni per anni, ma non viene in discoteca con me. E quando balliamo, si arrabbia se ballo troppo vicino o mi struscio su di lui».

Cush scuote il capo, incredulo. «Se non fosse che esce con te, penserei che è gay». Poi si inchina davanti a me come se fossi una principessa. «Miss Douglas, sarebbe un onore se ti strusciassi su di me stasera. Hai già idea di dove andare?»

«In realtà, sì. C'è un posto che frequento...».

«Con chi?», mi interrompe.

«Oh, ehm, sembrerà strano, ma ci vado da sola. Tutti i giovedì sera. Conosco un tipo, Troy, che fa il DJ lì. Mi ha invitato alla serata di apertura e mi sono così divertita che ci sono tornata ogni giovedì. Vado lì e ballo. Hai ancora la tua carta di identità falsa, vero?»

«Sì».

«Non credo ci servirà. Ci vado sempre con la Ferrari nera di Tommy e i parcheggiatori e gli uscieri mi conoscono, non mi hanno mai chiesto il documento».

«So che i tuoi genitori sono permissivi, ma mi sorprende che ti permettano di andarci».

«Conoscono Troy. Suona nel gruppo di un mio amico, Damian. Tommy gli ha parlato prima di permettermi di andarci la prima volta e gli ha fatto promettere di tenermi d'occhio. Sanno anche che ci vado perché mi piace ballare. Non mi ubriaco né faccio cose stupide».

«Scommetto che non fai neanche la fila».

«Be', no, perché ho un contatto e ora sono una cliente fissa, credo. Anche se Troy si lamenta sempre che non porto i miei amici».

«Ci vai davvero da sola? Sola sola?»

«Sì. A volte è bello mollare tutto, non dovermi preoccupare di Sander o dei miei amici. Chi è ubriaco? Chi si sta drogando? Chi se ne sta andando con un ragazzo con cui non dovrebbe? Chi se la sta facendo con uno sconosciuto in bagno?»

«Visto? È come dicevo io. Chi si prende cura di te?»

«Io, credo».

Lui mi sorride. «Bevi quando sei lì?»

«Ho la mia routine. Quando arrivo, mi faccio tre shot. Poi bevo acqua per il resto della serata e ballo fino a stancarmi».

«Andiamo. Dov'è questo posto?»

«Molti lo chiamano il Side Door, ma non ha un nome ufficiale. È in un vecchio deposito, si entra da una porticina laterale arrugginita. Ma all'interno è enorme, a tre piani. Luci, ragazze che ballano in gabbie appese alle travi, ottima musica. Ho sentito dire che il sabato sera è folle. Non vedo l'ora, ma devo avvertirti che sono diversa quando ci vado».

«In che senso?»

«Mi trucco molto e solitamente mi faccio la coda alta».

«Ti vedo con la coda quando giochi a calcio».

«Sì, ma è più che altro il trucco e i vestitini corti e aderenti, i tacchi vertiginosi».

Cush mi lancia un'occhiata, quella che gli ho visto rivolgere a tante ragazze prima che finissero a letto con lui. Sa essere molto affascinante anche quando non si sforza di esserlo.

«Me lo stai facendo diventare duro», afferma.

Io gli do un pugno sulla spalla. «Smettila».

«Non voglio sembrare una ragazza, ma che cosa dovrei mettermi?»

«Non lo so, troviamo qualcosa».

Andiamo in camera sua e inizio a rovistare nel suo armadio. Cush si veste tutti i giorni nello stesso modo. Il suo guardaroba scolastico consiste in pantaloncini corti, magliette aderenti che mettono in risalto il petto scolpito e scarpe da tennis colorate.

Esamino la sua cabina armadio e noto una pila di scatoloni sul retro. «Cosa sono quelli?»

«Sono le cose che mi porta mia madre dai suoi viaggi». La madre di Cush è la presidentessa di un gruppo di industriali tessili. Vendono tessuti ai più grandi marchi di moda, quindi è spesso in giro per il mondo e non è quasi mai a casa. «È il suo modo per sentirsi meno in colpa perché è sempre via».

Rovisto nella pila e mi rendo subito conto che è un vero scrigno del tesoro.

«Cush!!! Oh, mio Dio! Questo è uno zaino Prada. Sai quanto costano questi? Buttiamo via lo zaino rosso della Nike che hai dalla seconda media, ora userai questo».

Scuote il capo, a metà tra un sì e un no. «Va bene».

Continuo ad aprire una scatola dopo l'altra e sono sempre più entusiasta. «Oh, dei maglioni di cashmere di Harrods! Ahhh!!! Guarda queste scarpe di Jimmy Choo! Sono incredibili! E un bagaglio a mano di Louis Vuitton. Gucci. Burberry. Hermès. Un Rolex!?». Mi volto e gli porgo la scatolina. «Hai lasciato un Rolex qui dentro? Sei matto?»

«Questa roba non fa per me».

«Ora sì. Addio, pantaloncini noiosi, benvenuto Cushman internazionale».

Lui si stringe nelle spalle e alza gli occhi al cielo.

«Prova questa roba, tutta. Adesso».

«Vuoi solo vedermi nudo», fa lui, con un sorrisetto malizioso.

«Sì, Cush, è quello che ho sempre sognato. Tu in una cabina armadio tra un mucchio di vestiti firmati». Mi fermo. Ho un déjà-vu e mi rendo conto che la scena è familiare. «In realtà, ho fatto un sogno simile, ma ero sola in una cabina armadio con tutte le scarpe firmate del mondo. Ed erano tutte allineate in scaffali di vetro in una stanza a due piani...».

Cush alza una mano per fermarmi. «Okay, okay. Li proverò se smetti di parlare di scarpe».

Mi stendo supina sul suo letto e gli ordino cosa indossare con cosa.

«Non metti queste cose per far arrabbiare tua madre?», gli chiedo.

Quando Cush esce dalla cabina armadio, è splendido. Ha addosso un paio di costosi jeans scuri con taglio dritto, una camicia blu con motivo cashmere realizzata da un sarto di Londra e le Jimmy Choo.

«Merda, Cush. Sei bellissimo. Indosserai questo stasera. Che fortuna, io ti porto lì e finirò per ballare da sola».

Lui si guarda nello specchio. «Ti piaccio, eh?»

«Lo sai», gli rispondo, sorridendo.

«La risposta alla tua domanda è sì. Probabilmente non li indosso per farla arrabbiare. Ti vorrà ancora più bene adesso».

«Ti manca».

«Sì, cioè, mi sento solo durante la settimana».

«Facciamo a cambio? Giuro, da me c'è solo confusione». Scoppio a ridere pensando a quello che succede a casa mia la maggior parte del tempo. «Voglio bene alle mie sorelline e mi manca quel baccano quando non ci sono. Facciamo così, quando avrò bisogno di una pausa, verrò qui. E quando tu avrai bisogno di confusione, puoi venire nella mia casa caotica». Guardo l'orologio. «Devo tornare a casa per cena. Tommy preparerà bistecche alla griglia prima di uscire. Dice che è stanco di mangiare solo stuzzichini alle feste. Vuoi venire?».

Il tuo sporco segreto
20:30

Le bambine hanno mangiato, hanno dato il bacio della buonanotte a tutti e sono andate a dormire. Cush e io abbiamo cenato in veranda con mia madre e Tommy e poi abbiamo guardato il tramonto sul mare. Mia madre si è scusata per andarsi a preparare e ne ho approfittato anche io, lasciando Cush a fumare un sigaro con Tommy.

Ora sono davanti alla mia toletta, mi acconcio i capelli in una coda alta e stretta e mi trucco. Metto le ciglia finte, stendo un ombretto smoky sulle palpebre e disegno una linea spessa con l'eyeliner. Dopo il mascara, aggiungo un po' di terra per mettere in risalto gli zigomi, del lucidalabbra rosa e poi entro nella cabina armadio.

La adoro. Mia madre e Tommy l'hanno fatta ampliare e rinnovare l'anno scorso per il mio sedicesimo compleanno. Sembra un negozio di lusso: carta da parati di broccato nera e bianca, armadietti lucidi neri, scarpe, stivali e borse allineate in ordine perfetto in base al colore. Ai piedi c'è un morbido tappeto bianco che è così soffice da essere quasi sensuale. Vi affondo le dita nude ogni volta che entro qui. Sollevo l'interruttore della luce e il candelabro laccato nero si accende al centro della stanza.

So esattamente cosa indossare stasera: un abito senza maniche con scollo a cappuccio argento brillante e la gonna aderente, e un paio di sandali con due grosse fasce argento glitterate di Jimmy Choo.

Mi guardo allo specchio e mi piaccio. Mi spruzzo del profumo ed esco in veranda.

Cush è seduto da solo, a guardare l'oceano.

«Sono pronta».

Si gira e mi guarda, senza dire una parola. Mi fissa e basta.

Temo che pensi che sia ridicola.

Alla fine un grosso sorriso gli compare sul viso e vedo le sue adorabili fossette. «Maledizione, sei splendida».

Ci divertiamo molto in discoteca e non mentiva quando mi ha detto che potevo strusciarmi su di lui tutta la sera.

È bellissimo sentire le sue mani sui fianchi.

Se mi allontano, mi afferra dal sedere e mi tira verso di sé, poi fa scivolare le mani sul vestito mentre balliamo.

Se è così che balla con le ragazze, capisco perché vanno subito a letto con lui. Tutto ciò che fa è sensuale. Soprattutto quando sorride e appaiono le fossette.

A volte, mi guarda e poi abbassa lo sguardo sulla mia bocca, come fanno i ragazzi quando vogliono baciarti. Spero che non sia così. Sa che mi piace Brooklyn e non voglio che ci sia imbarazzo tra di noi. È divertente uscire con lui.

Quando la discoteca chiude, andiamo a un *after party* da Troy, poi ci rechiamo in un locale sulla spiaggia aperto tutta la notte, facciamo colazione e guardiamo l'alba.

«Quindi non possiamo dire a nessuno di ieri sera, giusto?», mi domanda quando lo accompagno a casa.
«Esatto».
«Potrei ricattarti».
«Che vuoi dire?»
«Se non mi porti con te la prossima volta, racconterò a tutti il tuo sporco segreto».
Cush mi fa l'occhiolino, chiude lo sportello e io torno a casa con un sorriso sul viso.

Venerdì 13 maggio

Mi piace troppo
1:00

«Potremmo divertirci moltissimo insieme, se capisci cosa intendo», dice Vanessa a Sander.

Sì, abbiamo capito tutti cosa intende.

Quella che dovrebbe essere la mia migliore amica sta proponendo al mio fidanzato di fare sesso.

Non mi vede arrivare perché sono dietro di lei. È troppo impegnata a battere le ciglia finte e a spostare i suoi lunghi ricci scuri per accorgersi di me.

La guardo mentre fa scorrere le unghie finte rosse sul braccio di Sander. Barcolla avanti e indietro ubriaca.

«Un ragazzo sexy come te non dovrebbe aspettare. Io non ti farei aspettare», afferma lei.

Sander, che è stato nominato re del ballo, è davvero molto attraente questa sera.

Indossa un abito nero di Prada, con camicia bianca e cravatta nera.

Resto ferma al mio posto, cercando di capire cosa fare. Una parte di me vorrebbe prenderla per i capelli e darle della stronza. Un'altra parte vorrebbe dirle che può tenerselo.

È una splendida serata di primavera e siamo alla festa dopo il ballo sul ponte di uno yacht.

So che Vanessa probabilmente non se ne ricorderà nemmeno domani mattina. Stava bevendo champagne mentre venivamo qui sulla limousine, poi si è vantata di aver sniffato cocaina con una popstar disastrata che era al ballo perché uno sfigato della mia classe di scienze aveva vinto un appuntamento con lei.

Eppure, non ci sono scuse.

Un ragazzo più grande della squadra di lacrosse ubriaco ci ha provato con me prima, mi ha cinto la vita con un braccio e mi ha detto che ero un angelo caduto dal cielo. Sander lo ha raggiunto alle spalle e gli ha detto: «Amico, lei è il mio angelo». Quando ci siamo allontanati, l'ubriaco ha detto al suo amico che Sander viene a letto con me.

Tutti pensano che Sander e io facciamo sempre sesso. Solo qualche mese fa mi sono fatta sfuggire con Vanessa che non lo abbiamo mai fatto, che sono ancora vergine. All'epoca, è stata dolce e mi ha detto che pensava fosse romantico aspettare. Poco dopo, ha iniziato a fare commenti cattivi e ha deciso di usarlo contro di me. Ha minacciato di dire a tutti che – cito – «la relazione è una bufala».

Non è vero. Sander è un ottimo fidanzato. È molto attento, si veste bene, ama fare shopping e non guarda mai le altre ragazze. È un fidanzato devoto.

Ora, ogni volta che non sono d'accordo con lei, mi ricorda di ciò che sa.

E che ciò che sa potrebbe rovinarmi.

Sono quasi sul punto di dirlo a tutti, solo per mettere fine ai suoi ricatti.

Purtroppo però ho paura di ciò che potrebbe pensare la gente. Sander sostiene che tutti i ragazzi della scuola sono gelosi di lui, che pensano che sia fortunato a stare con me. Ovviamente, sono convinti che *stia* con me. Che lo facciamo. E se non sapeste già la verità, lo pensereste anche voi. Mi tocca dappertutto e mi riempie di attenzioni.

Ma poi, quando siamo soli, non succede nulla.
Sto cominciando anche io a chiedermi se sia davvero solo una bufala.

Sander si occupa di Vanessa con i suoi soliti modi da gentiluomo. Le toglie la mano dal braccio, come se fosse spazzatura, e dice: «Nessuno ti crederebbe, lo sanno tutti che mi piace troppo. Come potrebbe essere altrimenti? Guardala». Apre le braccia per invitarmi a raggiungerlo. «Vanessa e io stavamo dicendo quanto sei splendida stasera, tesoro».

Sto bene stasera. A Kym, la stylist di mia madre e a volte la mia tata, piace aiutarmi a scegliere i vestiti e io adoro quello che abbiamo scelto per stasera. È un abito lungo color carne scollato sul retro. Il corsetto è ricoperto di cristalli che cadono lentamente sulla gonna svasata di chiffon. Ho abbinato delle scarpe color carne di Jimmy Choo e uno chignon con ricci scompigliati per completare il look.

Sander fa scivolare una mano sulla schiena nuda. Vanessa fa una smorfia e va via quando iniziano i fuochi d'artificio.

Trovo molto romantici i fuochi d'artificio. Forse devo riprovarci.

Mi giro e lo bacio in modo appassionato.

Lui ricambia, ma quando la situazione inizia a farsi più intensa, afferma: «Tesoro, conosci le regole».

Le regole.

Le *sue* regole.

Non pomiciare in pubblico.

Lo capisco, davvero. Mia madre deve stare molto attenta a ciò che fa in pubblico. Morirebbe se qualcuno le scattasse una foto mentre ha le dita nel naso o mentre si sta sistemando la biancheria dal sedere. Ma Sander non è sotto i riflettori da almeno due anni. Nessuno gli scatta più foto.

Mi giro e guardo i fuochi d'artificio che illuminano il cielo.

È sbagliato desiderare dei fuochi tutti per me?

All'inizio della relazione, mi ha fatto un discorso sul suo credo religioso, il che sarebbe giusto, se fosse religioso. Non va mai in chiesa. Quindi, non sono sicura di credere alla sua scusa del voler aspettare il matrimonio. Apprezzo che mi rispetti, ma ultimamente inizio a esserne frustrata.

Frustrata per colpa sua e dei miei amici. Non so cosa fare.

Recentemente ho provato a sedurlo. È venuto a casa mia per guardare un film e io ho indossato una camicia da notte nera e sexy. Mi ha detto che ero carina, ma che dovevo rivestirmi mentre lui preparava i popcorn. Ho indossato bikini sexy, vestiti aderenti e peccaminosi. *Niente.*

So che non sono come mia madre. Maledizione, metà dei ragazzi che conosco si è fatta una sega sulle sue foto più di una volta.

Così ho deciso di essere più audace: ho provato ad abbassargli la zip dei pantaloni. Lui si è arrabbiato e mi ha fatto un discorsetto su come sia importante rispettare i limiti altrui, prima di andarsene su tutte le furie.

Voglio rompere con lui, ma mi piace la nostra vita. Siamo la coppia perfetta che tutti vorrebbero essere e ho tutto ciò che ho sempre pensato di desiderare.

Solo che non sono sicura di volerlo ancora.

La mia piccola surfista spensierata
2:00

La limousine si ferma davanti casa mia. Mi sono divertita al ballo; non è andata come avevo sognato, ma è stato meglio di quanto mi aspettassi, in un certo senso. Almeno Sander non si è ubriacato. Questa settimana è stato piuttosto irascibile perché ha fatto un provino per il ruolo di Danny nel nuovo remake di *Grease* e ci tiene molto a ottenere quella parte. È impossibile che non lo scelgano. È bravissimo a ballare, canta come un angelo e riesce a calarsi completamente nel ruolo che interpreta.

Mi accompagna all'ingresso, mi dà un bacio casto e mi augura la buonanotte.

E ora sono io a essere un po' irritata.

Vorrei urlare. *Dove sono i fuochi d'artificio? Dov'è la passione? Sei IL RE DEL BALLO, CAZZO! È la NOTTE DEL BALLO!!! La notte in cui ogni maledetto maschio americano dovrebbe ubriacarsi e portare la fidanzata in albergo a fare sesso!!!*

Invece, guardo la limousine che si allontana.

Entro silenziosamente in casa per non svegliare la mia famiglia. Prendo una Corona dal frigo, scalcio via i tacchi con rabbia e vado in spiaggia dalla porta sul retro.

Indosso ancora il mio bellissimo vestito, ma non m'importa se si bagna o si sporca di sabbia. Non voglio indossare mai più questo stupido abito.

In tutti i miei copioni, la sera del ballo è sempre stato il momento più bello. La serata decisiva in cui tutto cambia. La notte in cui dovrei perdere la verginità con il mio fidanzato perfetto, il ragazzo che muore dalla voglia di fare sesso con me, ma che sostiene che valga la pena aspettare per me. Il ragazzo che sa che la sera del ballo è quella giusta.

Nella limousine, avrebbe agitato la chiave dell'albergo davanti al mio viso e mi avrebbe baciato appassionatamente. Mi avrebbe detto che sono bellissima e che non può più aspettare. In hotel, ci sarebbero stati petali di rosa, candele e champagne. Mi avrebbe baciato e mi avrebbe ripetuto che sono bellissima e che non avrebbe più aspettato. Avrebbe abbassato le spalline del vestito e mi avrebbe portata a letto, dove mi avrebbe posseduta.

Sprofondo nella sabbia e sospiro.

Ovviamente, il direttore del casting ha sbagliato tutto. Sander non è disposto a fare ciò che è richiesto per il suo ruolo.

Credo sia il caso di non perdere più tempo, di annullare il progetto e ricominciare da capo.

Questa settimana, ho confidato a RiAnne che stavo pensando

di lasciarlo. Lei mi ha detto: «Siete la coppia perfetta, perché mai dovresti farlo?».

Ma so che si sbaglia.

La coppia perfetta lo starebbe facendo in una stanza d'albergo in questo momento.

Osservo l'oceano che brilla al chiaro di luna e mi chiedo dove sia lui. Dov'è il mio ragazzo perfetto?

Forse sta contemplando anche lui la luna in questo momento, pensando a me?

A volte giuro che riesco a sentirlo.

Oh, per l'amor del cielo, Keatyn. Che diavolo hai che non va?

Entrambi che fissiamo la luna?

Ho letto troppe favole alle mie sorelle e ho guardato troppi stupidi film romantici con mia madre.

O forse ho sentito troppe volte la storia di come mia madre e Tommy si sono innamorati a prima vista.

Ma è così *romanticooo*.

Preferisco ascoltare la versione di Tommy. È così dolce quando lo racconta. Gli si illuminano gli occhi e abbassa la voce, come se stesse per svelare il segreto più importante del mondo. Parla di come si sono incrociati i loro sguardi, di come sia rimasto senza parole davanti a lei, di come sia riuscito a vedere il loro futuro insieme non appena le ha stretto la mano, e di come ha capito che era la donna giusta.

Io ero sul set quel giorno. Mi stavo comportando da ragazzina viziata perché mia madre usciva con altri uomini e io avrei voluto detestare Tommy con tutta me stessa.

Ma era impossibile.

Eravamo in Francia. Mia madre interpretava un intermediario dell'ambasciata americana coinvolto nell'indagine su un omicidio che si innamora di un investigatore francese. Tommy aveva un piccolo cameo, era un uomo d'affari francese che vendeva armi a chiunque avesse i soldi per comprarle. La scena più importante è quando ballano insieme a una serata di beneficienza. Guardando il film, si notano le scintille.

Tommy era stato sul set solo per due giorni. Quando lo incontrai, entrambe le volte, lui usciva dalla sala trucco e io avevo finito la lezione di danza. Mia madre aveva assunto una primadonna francese come insegnante. La ballerina insisteva che io indossassi un tutù rosa pallido con un body nero e calze abbinate. Non mi dispiaceva portare il tutù, ma lo trovavo noioso. Così chiesi a una delle costumiste di aiutarmi a dipingerlo di diverse sfumature di rosa e di ricamarlo con delle paillettes. La ballerina mi sgridò per la mia "tipica mancanza di rispetto americana". Tommy, invece, mi disse che il tutù era bellissimo proprio nel momento in cui avevo bisogno di sentirlo.

Sono sicura di aver iniziato a volergli bene proprio in quel preciso istante.

Tornata nella stanza in cui la mia maestra di danza stava facendo stretching, le dissi che a Tommy Stevens piaceva il mio tutù, che avrei continuato a indossarlo e che se avesse voluto essere la mia insegnante, avrebbe dovuto imparare ad apprezzare la mia vena artistica.

Quel pomeriggio, dopo aver finito i compiti, rimasi seduta tranquilla accanto al regista, Matt Moran. Anche da bambina, ero intrigata dal processo di realizzazione di un film e non fiatavo perché volevo avere il permesso di assistere.

Quando Matt interruppe le riprese, Tommy venne a chiedermi se mi andava di vedere un vero balletto con lui.

In Russia.

Poi mi chiese se avrei potuto portare anche mia madre.

Ricordo di essermi voltata verso mia madre per capire se volesse venire con noi. Non potrò mai dimenticare le lacrime nei suoi occhi, il sorriso enorme sul viso e lei che annuiva.

Kym ci trovò dei bellissimi vestiti da indossare e Tommy ci portò a Mosca con il suo jet privato.

È stato il miglior primo appuntamento di sempre.

Per entrambe.

Mi dispiace un po' per il ragazzo che si innamorerà di me. Non sarà facile essere alla sua altezza.

Penso a Brooklyn.

La prima volta che l'ho visto camminava sulla spiaggia ed era davvero carino quando è uscito dall'acqua per insegnarmi a fare surf. Era il mio quindicesimo compleanno. Ci eravamo appena trasferiti nella casa sulla spiaggia di Malibu di Tommy e io avevo avuto il regalo che desideravo: mia madre e Tommy mi avevano concesso di restare qui, anche mentre loro erano in viaggio, e di frequentare il liceo. Tommy mi ha detto che, dato che avrei vissuto sulla spiaggia, avrei dovuto imparare a fare surf. Mi ha dato qualche consiglio, ma sosteneva che il modo migliore per imparare era mettersi alla prova. Così ho fatto, ripetutamente. Cadevo di continuo, ma avevo moltissima voglia di imparare. Dopo un paio d'ore di tentativi vani, Brooklyn è venuto a farmi da maestro.

L'ho capito non appena i nostri sguardi si sono incrociati.

Ero innamorata di lui.

È stato amore a prima vista.

Ma poi ho scoperto che l'amore a prima vista non è così bello se la persona di cui ti innamori non ricambia.

«Come va, Keats?», sento gridare Brooklyn. Mi giro e lo vedo venire verso di me. «Sei appena tornata?».

Mi alzo in piedi. Il mio bellissimo vestito è umido e pieno di sabbia, ma sono sicura che sia ancora splendido mosso dal vento.

«Sì, sono venuta qui a riflettere».

Si avvicina a me. «Sei molto bella. Cos'è successo? Cenerentola non si è divertita al ballo?».

Oh, mio Dio! Ha appena detto che sono molto bella?

«Il ballo è andato bene», mento.

Ci sediamo di nuovo sulla sabbia. Prendo un sorso di birra e poi gliela passo. Lui beve e me la ridà.

«Allora perché sei triste? Forza, Keats. Che c'è? Qualcuno ha indossato il tuo stesso vestito alla festa?».

Sospiro. Brooklyn non ha una buona opinione delle feste di Hollywood, di quelle del liceo, dei miei amici o del mio ragazzo. Pensa che siamo tutti vuoti e superficiali. Il che vuol dire che probabilmente non è la persona migliore con cui parlare.

«Sto pensando di rompere con Sander», rispondo sottovoce.

«Dovresti farlo. È uno stronzo arrogante e frignone».

«Si lamenta solo del tempo che trascorro con te e gli altri, e tutti a scuola penseranno che sono matta».

«Perché t'importa così tanto di cosa pensa la gente? Non è il ragazzo giusto per te. Guardati. Ci sarà la fila per prendere il suo posto».

Mi ha fatto un altro complimento?

Lo guardo negli occhi. Ho scritto così tante scene su quegli occhi azzurri come l'oceano. Poso lo sguardo sulle sue labbra che muoio dalla voglia di baciare.

«Non ci sarà nessuna fila», dico, scuotendo il capo.

«Keats, sei davvero una bella ragazzina. Fidati, lo vorrebbero in molti».

C'è una parola importante in quella frase: *ragazzina*. Brooklyn mi vede ancora come la quindicenne che ha conosciuto un po' di tempo fa.

Vorrei tanto chiedergli se lui farebbe la fila per me.

Ma non lo faccio.

«I miei amici si arrabbierebbero».

«Se fossero dei veri amici, vorrebbero il meglio per te. E lui non lo è».

So che ha ragione, ma mi piace essere popolare.

Anche se mi imbarazza ammetterlo, a volte essere popolare mi dà alla testa. Come l'altra sera alla festa di Cush, quando sono arrivate quelle ragazze del primo anno. Vanessa ha tirato subito fuori gli artigli. Ha preso in giro i loro vestiti e gli ha detto di tornarsene a casa. Io sono scoppiata a ridere invece di essere gentile come avrei dovuto.

«Non so più cos'è meglio per me, B. Cosa bisogna fare quando realizzi il tuo sogno, ma ti rendi conto che hai desiderato la cosa sbagliata?», sospiro ad alta voce, poggiandomi sulla sabbia. «C'è un ragazzo che vorrei fosse contento che lasciassi Sander», dico, quasi sovrappensiero. «Ma dubito che lo sarebbe».

Oh, mio Dio!

L'ho detto ad alta voce?

Non posso credere di averlo fatto! Vorrei dare la colpa all'alcol, ma non è così. Ho bevuto solo due bicchieri di champagne.

Brooklyn sorseggia lentamente la mia birra, si lecca le labbra in modo sexy e si distende sulla sabbia accanto a me.

«Forse se non avessi un fidanzato, il ragazzo ci proverebbe con te».

Si avvicina al mio viso e io non riesco a fare a meno di guardargli la bocca. Dio, la voglio. Per favore, fatemelo baciare. Distesi sulla sabbia, al chiaro di luna, con questo bellissimo vestito, sarebbe perfetto per la scena del primo bacio.

Invece, Brooklyn mi accarezza delicatamente la guancia con il pollice e mi guarda dritto negli occhi.

«Io ti conosco, Keats. Non sei la stessa quando sei con i tuoi amici. Quando sei con loro, ti trasformi in una stronza irritabile affamata di potere e popolarità. Tu non sei così. Sei la mia piccola surfista spensierata».

La sua surfista?

Ohhh! Oh, mio Dio!

Aspetta... *piccola?*

No, accidenti!

«Non so più chi sono, o chi voglio essere. A volte mi sembra di vivere due vite diverse. Quando Sander e io abbiamo iniziato a frequentarci, era un sogno diventato realtà. Volevo solo essere popolare, avere tanti amici e uscire con il ragazzo più desiderato del liceo. Ora che ho tutto, sembra… ehm…», mi interrompo, cercando le parole giuste.

«Finto?»

«In un certo senso. È come se vivessi il film della mia vita basato su un copione che ho scritto a dodici anni. In realtà, è proprio così. Ho ancora il copione che ho scritto quando pensavo che la cosa migliore che potesse capitarmi fosse essere baciata da un ragazzo. Quando pensavo che essere popolare e uscire con il ragazzo più carino fosse la chiave per essere felici al liceo».

Mi siedo, giocherello con la birra e muovo le dita dei piedi nella sabbia. Mi sembra di essere davanti a un bivio e non so da che parte andare.

Brooklyn tira fuori uno spinello dalla tasca, l'accende e me lo passa.

«Sembri molto tesa». Spalanca gli occhi e mi afferra il braccio. «Ti ha fatto del male? È questo il problema?»

«Ah», rido in modo patetico. «Magari».

«Magari?».

Faccio un paio di tiri. Poi mi vengono le lacrime agli occhi.

Proprio quello che volevo: piangere davanti al ragazzo per cui ho una cotta.

Lui se ne accorge e mi cinge con un braccio, sembra preoccupato. «Keats, parlami. Cos'è successo?».

Sbatto una mano nella sabbia per la frustrazione. «Non capisco. La gente pensa che io sia carina. I ragazzi ci provano con me alle feste e mi fischiano sulla spiaggia. Perché Sander non mi vuole?»

«Che vuol dire che non ti vuole?»

«Il ragazzo con cui esco da più di un anno non dovrebbe voler fare sesso con me? Voglio dire, capisco che non voglia farlo prima del matrimonio, ma non dovrebbe almeno avere difficoltà a resistermi?».

Brooklyn scoppia a ridere.

Io gli do un colpo sul braccio. «Smettila di ridere». Ma poi non riesco a trattenermi e inizio a ridere anche io. È divertente.

O una tragedia. Non ne sono sicura.

O forse è l'erba.

«Esci con lui da più di un anno».

«Lo so. Ci siamo soltanto baciati»

Brooklyn ride e fa un altro tiro. «È fantastico. Ti tocca sempre, ero sicuro che lo faceste».

«Non è fantastico, è imbarazzante. È come se non fossi desiderabile».

Lui mi sorride e annuisce. «Dovresti rompere con lui. Forza». Si alza, mi tira su dalla sabbia e mi accompagna alla porta.

Brooklyn si poggia sulla porta di mogano della mia camera. «Vuoi ancora venire con me domani sera?»

«Domani sera? Che c'è domani sera?»

«L'ultimo concerto di Damian?».

Ah, è vero. «Certo, non lo perderei mai. Scusa, B, ho tante cose per la testa al momento».

Lo guardo dritto negli occhi.

Lui mi sorride, si avvicina e mi dà un bacio quasi sulla tempia. Mentre le sue labbra sono ancora vicine all'orecchio, dice: «Per la cronaca, Keats, sei molto desiderabile».

Poi si gira e se ne va.

Non oso muovermi né respirare. Voglio ricordare per sempre le sue parole. Voglio sentire il punto in cui le sue labbra hanno toccato il mio viso. Il fuoco che non sento quando Sander mi bacia.

Immagino la scena nella mente.

Una delle tante che ho scritto per la storia della mia vita che devo ancora vivere.

DISSOLVENZA IN ENTRATA: CASA SULLA SPIAGGIA DI MALIBU.

LA VERANDA È ILLUMINATA DAL CHIARO DI LUNA.

Una giovane coppia si scambia la buonanotte. Il bellissimo surfista torna a casa, così la giovane bionda si sfila il vestito bagnato e sporco di sabbia. Indossa soltanto il reggiseno e le mutandine.

KEATYN (poggia il vestito sulla sedia per farlo asciugare).

BROOKLYN (torna su per le scale. La vede senza vestiti. I suoi occhi squadrano avidamente il suo corpo).

KEATYN (sconvolta e leggermente imbarazzata): Sei tornato.

BROOKLYN (deglutisce, con gli occhi colmi di desiderio).

KEATYN (prendendo coraggio, fa un passo avanti tra le sue braccia).

(Si scambiano un bacio appassionato, il tipo di bacio che fa sentire desiderata una donna).

(La mano del ragazzo scivola dietro alla schiena della ragazza, disegnando una linea di fuoco. Il bacio è meglio di quanto avesse mai immaginato).

BROOKLYN: Lascialo e mettiti con me.

Sulla veranda, mi mordo il labbro e lo osservo camminare sulla spiaggia. Non m'importa che cosa pensano i miei amici. Per un bacio del genere ne varrebbe sicuramente la pena.

A chi importa se non sono più popolare?

Ora dovrei solo riuscire a far seguire il mio copione a Brooklyn, a convincerlo a recitare la sua parte.

Do un'ultima occhiata alla spiaggia, poi mi giro e torno in casa.

Prendo uno dei romanzi di mia madre dalla scrivania e leggo le parti più spinte, fingendo che sia Brooklyn a farlo a me, che non possa vivere senza di me, che non riesca a respirare quando sono con lui. Mi bacia appassionatamente, mi spinge sul letto e mi fa tutte le cose descritte nel libro. E non voglio solo il sesso.

Voglio tutto.

Un ragazzo bellissimo, dolce e sexy allo stesso tempo, che mi desidera così tanto da non riuscire a controllarsi, che si batte per ciò in cui crede.

Uno a cui non importa cosa pensano i suoi amici.

E, forse, un ragazzo che è rimasto a contemplare la luna.

Sabato 14 maggio

Tu sei single. Io sono single
8:25

Quando mi sveglio, sono convinta della mia decisione, così chiamo RiAnne. Lei non è stronza quanto Vanessa. Da quando Vanessa è diventata l'"ape regina" della scuola, riesce a far fare ciò che vuole a chi vuole e se qualcuno le disobbedisce, lei gli rende la vita un inferno.

Ci sono già passata.

«Hai parlato con Vanessa stamattina?», mi domanda RiAnne.

«No, e tu?»

«Sì, amica mia, e fidati, è meglio se non lo fai. Ha un doposbronza pazzesco e si comporta da vera stronza. L'ho chiamata per chiederle se le andava un frullato e stava per staccarmi la testa».

«Ieri sera ha proposto a Sander di andare a letto con lei».

«Non mi sorprende. È quasi l'unico con cui non è stata a letto», commenta, ridendo. «Non sto insinuando che sia una troia, ma è un dato di fatto».

«Sì, lo so. Se ti dico una cosa, mi prometti di non dirglielo?»

«Ieri sera mi ha detto che si vedeva la ricrescita e che pensava di aver visto della cellulite sulla mia coscia. Non so neanche perché l'ho chiamata. Ho preso appuntamento da Leonardo per un ritocco d'emergenza stamattina e poi andrò a lamentarmi con il mio personal trainer. Non dovrebbe esserci un grammo di grasso su di me dopo tutto quello che mi fa fare».

«RiAnne, tu non hai la cellulite. Vanessa dice cose del genere quando sei particolarmente carina perché sa che così può minare la tua fiducia».

«Hai ragione. Avrei dovuto dirle cosa pensavo del suo vestito. *Non* dovrebbe indossare le righe orizzontali con dei fianchi come i suoi», afferma lei, ridendo, ma poi aggiunge: «Non dirle che te l'ho detto».

«Non lo farò, giurin giurello», prometto. «Voglio rompere con Sander».

«Perché? Non troverai nessuno meglio di lui».

Non so se sia un complimento o un insulto velato.

Io sospiro e continuo: «Lo so, forse ho solo bisogno di una pausa. Tu sei uscita con tanti ragazzi, mentre io ne ho frequentato solo uno. A proposito... cos'è successo ieri sera?»

«Lo sai, il solito. Mi ha portato in hotel, si aspettava di fare sesso, l'ha avuto e mi ha riaccompagnato a casa stamattina presto. E tu e Sander? Mi sorprende che ancora non ci diate dentro. Sei così fortunata. Lui è sexy e ti adora. Tutti morirebbero se vi lasciaste. Siete una coppia perfetta».

«Solo perché sembriamo una coppia perfetta, non significa che lo siamo davvero».

«Che vuoi dire?»

«Non so se sono innamorata di lui».

«Oh». RiAnne resta in silenzio per un minuto. «Puoi fare in modo che sia una rottura amichevole? Vogliamo poterci sedere ancora a tavola insieme a lui, a pranzo».

Capite perché mi chiedo se i miei amici siano sinceri e se essere popolari sia davvero così bello?

Mi butto sul letto e osservo l'oceano. Penso a cosa mi ha detto Brooklyn ieri sera. Continuo a pensare alle sue parole. *Sei molto desiderabile.*

Decido di farlo. Chiamo Sander.

«Ehi, tesoro, come va?»

«Ehm, Sander, credo che dovremmo parlare».

«Perché ho l'impressione che tu stia per lasciarmi?»

«Perché ci sto pensando. Sai che ti adoro, ma ci frequentiamo da tanto tempo. Pensavo che forse dovremmo prenderci una pausa. Che ne dici?»

«Vuoi uscire con qualcun altro?»

«Non lo so, ho frequentato soltanto te. Sei fantastico e sei stato un fidanzato perfetto. Ho sentito che Vanessa ci provava con te alla festa. A te non va di uscire con altre persone a volte?»

«Non uscirei mai con quella zoccola. Non so come fai a essere sua amica. Posso confidarti un segreto?»

«Certo».

«Ho avuto la parte».

«Di Danny?! Sander, oddio, sono troppo felice per te!».

«Be', non è ufficiale. Stanno ancora negoziando, ma vogliono me. A dir la verità, tra qualche settimana dovrò partire per iniziare a lavorare sulla coreografia e avevo pensato di rompere con te in quella circostanza. Non perché non ti ami, ma per correttezza».

«Sander, davvero vuoi aspettare il matrimonio o è che non sono abbastanza desiderabile?»

«Keatyn Douglas, non osare pensare una cosa del genere di te stessa. Sei splendida. Tutti i ragazzi pensano che io sia molto fortunato. Se vengono a sapere che ci siamo lasciati, ti chiameranno tutti. Fidati».

«Pensano che abbiamo fatto sesso».

«Lo so. Mi dispiace che non sia mai stato chiaro. Volevo andare al liceo ed essere normale. Volevo vivere come in un film».

Io scoppio a ridere. «Oh, mio Dio, Sander! Anche io! Io e te siamo molto simili, è una follia. Quindi ti sta bene se ci lasciamo?»

«Resteremo amici, vero?»

«Lo spero».

«Bene. Sai cosa? Non ho mai recitato la parte di un ragazzo con il cuore infranto. In *Grease*, Sandy mi fa soffrire. Ti dispiace se uso questo momento per esercitarmi? Fingerò di essere devastato a scuola, sarò triste e pieno di rabbia. Mi dovrò tingere i capelli per questo ruolo, forse dovrei farlo adesso. La gente a scuola sarà sotto shock. Come quando Danny si è presentato vestito da sportivo. Io però farò l'opposto. Capelli scuri, giacca di pelle nera, magari qualche felpa con cappuccio. Mi serviranno dei vestiti nuovi. Vuoi venire a fare shopping con me, più tardi?»

«Vado a fare surf con i ragazzi stamattina, ma ti chiamo dopo. Devo trovare un abito sexy da bar malfamato».

«Esiste davvero?».

Rido ancora. «C'è l'ultimo concerto di Damian stasera. Dovresti passare».

«Ci proverò. Quindi lo dici tu agli altri o lo faccio io? Ci siederemo ancora insieme a pranzo?»

«Non lo so. Va bene per il ruolo?»

«Oh, hai ragione. Dovrei sedermi da un'altra parte e piangermi addosso, devo sembrare a pezzi. Metterò il cappuccio sulla testa e le cuffie, così non mi parlerà nessuno. Farò l'outsider, l'uomo rifiutato. Posso fare una scenata davanti al tuo armadietto?»

«Certo, perché no? Io posso essere spontanea o vuoi che reciti una parte?»

«Mmm, non lo so. Sarà divertente, credo. Mi manca recitare».

«Lo so. Dunque, Sander, odio doverlo fare, ma voglio rompere con te. Lo scriverò su Facebook, così lo sapranno tutti. Spero che tu capisca».

«Ma tesoro, io morirò senza di te. Sei il mio unico vero amore, ora non ho più niente. Sprofonderò nel buio dell'oblio».

«Così è esagerato».

«Devo lavorarci. Ci vediamo dopo».

E come se ne niente fosse, un anno e mezzo buttato al vento.

Cambio la situazione sentimentale su single su Facebook e osservo le onde. Brooklyn e gli altri ragazzi stanno già facendo surf.

Mi lego i capelli in una coda di cavallo, mi lavo i denti, metto la crema solare sul viso, indosso un bikini e mi guardo allo specchio.

Se oggi è l'inizio di una nuova me, devo apparire diversa.

Rovisto nel cassetto e tiro fuori un altro bikini, il più striminzito che ho.

Prima di iniziare il liceo, ho detto a mia madre che volevo essere un po' più, ehm, *ricercata*, credo sia quella la parola giusta, e lei mi ha completamente viziato. Mi hanno tirato a lucido, fatto scrub e massaggiato dalla testa ai piedi. I miei lunghi capelli sono biondo scuro, ma l'acqua del mare e il sole fanno venir fuori dei riflessi biondo chiaro, così li ho solo spuntati. Ho preso lezioni su come truccarmi e pettinarmi. Ho tolto l'apparecchio e ho sbiancato i denti. Non ho bisogno di occhiali da vista, ma mia madre mi ha fatto prendere delle lenti a contatto colorate, così posso cambiare il colore degli occhi da turchese intenso a verde smeraldo. Di solito non le uso. I miei occhi sono azzurri tendente al viola, una copia esatta di quelli di mio padre. E, non so, quando li vedo è come se lui fosse ancora con me.

Rifletto su quanto sono cresciuta da quando ho conosciuto Brooklyn.

Ora sono alta un metro e settantacinque, sono abbronzata e in forma grazie a una combinazione di surf, allenamenti di kickboxing con Tommy, lezioni di ballo e il calcio.

Ho comprato questo bikini qualche anno fa in Francia. Era il bikini che ho sempre immaginato di indossare nelle scene che ho descritto. Pensavo che se Brooklyn mi avesse visto con quello indosso, avrebbe smesso di considerarmi una ragazzina e mi avrebbe vista come la donna che pensavo di essere.

Rido tra me e me perché indossare questo bikini è uno smacco a tutto ciò in cui crede Vanessa. Impazzirebbe se sapesse che mi faccio vedere in giro con un bikini di due anni fa.

A volte è estenuante preoccuparsi sempre di ciò che pensa la gente su ciò che indossi.

E, diciamocelo, gran parte dei ragazzi non sa se stai indossando un bikini dell'ultima stagione o meno.

Il mio telefono suona più volte. Lo prendo, leggo i messaggi e le notifiche di Facebook.

VANESSA: Oh, mio Dio! Perché mai hai rotto con Sander? È il RE DEL BALLO, cazzo!!! Sai quanto abbiamo lavorato per questo? E tu vuoi rovinare tutto?

VANESSA: Va bene, sì, ci ho provato con lui ieri sera, ma l'ho fatto perché sono tua amica. Volevo assicurarmi che non fosse un essere spregevole che ne avrebbe approfittato. Mi ha respinta. Oh, e comunque, io mi siedo al suo tavolo, anche se tu non ci sei. Senza rancore.

RIANNE: Non posso credere che tu l'abbia fatto! Hai rotto con il RE DEL BALLO il giorno dopo il ballo? Chi fa una cosa del genere?

RIANNE: OH, MIO DIO! Dove ti siederai adesso?

Non mi preoccupo di rispondere. Non dovrebbero chiedermi se sto bene? Non dovrebbero preoccuparsi più di me che del loro posto in mensa?

Il telefono vibra di nuovo.

CUSH: Sei single. Io sono single. Uniamoci.

Il suo messaggio mi fa ridere, tipico di Cush.

IO: Uniamoci? È un modo elegante per dire "scopiamo"?

CUSH: Sto cercando di esserlo per te, tesoro. Ci vediamo stasera?

IO: Ho da fare, ma avrò bisogno del tuo sostegno a scuola lunedì. Le mie migliori amiche sono arrabbiate perché ho rotto con Sander. Non mi hanno neanche chiesto come sto. Mi hanno fatto sapere che continueranno a sedersi al nostro tavolo a pranzo, anche se io non potrò.

CUSH: D'accordo, ma mi serve un favore.

IO: Se è sessuale, mi metto a urlare.

CUSH: Oh, lo immagino. Ti farei urlare davvero ;) Ma non è questo, è di nuovo arrivato quel momento.
IO: Tuo padre è in città?

Cush adora e odia suo padre allo stesso tempo. L'anno scorso, mi ha chiesto di andare a cena con loro. Suo padre si era appena fidanzato ufficialmente con una donna di trent'anni. È stato fidanzato altre due volte dopo quella cena, ogni volta con una ragazza più giovane. Da allora vado a cena con loro ogni mese.

CUSH: Ha annullato il fidanzamento con Juliette. Devo incontrarne una nuova. Questa probabilmente avrà ancora il pannolino.
IO: Tranquillo, vengo con te.
CUSH: Ti vengo a prendere alle 19. Vestiti sexy, così si distrae.
IO: Sei pessimo.
CUSH: La maggior parte delle ragazze dice che sono bravo. Ti va di scoprirlo?

Io voglio te
9:10

Esco sulla veranda, prendo la tavola da surf e vado sulla spiaggia. Brooklyn è di spalle, ma Mark si accorge di me. Mi fa un fischio, ma capisco dal suo sorriso imbranato che mi sta prendendo in giro. Mi trattano come se fossi una di loro ed è forse per questo che mi piace stare in loro compagnia. Sono tranquillissimi su tutto. E per gran parte del tempo sono fatti, ma va be'.

Damian alza lo sguardo mentre mette la cera sulla tavola e mi fa un cenno, poi Brooklyn si gira e mi guarda. Il suo sguardo è come quello dei film.

DISSOLVENZA IN ENTRATA: SPIAGGIA DI MALIBU.

CI SONO ALCUNE PERSONE SPARPAGLIATE SU UNA SPIAGGIA PRIVATA ED ESCLUSIVA. INQUADRATURA DELLE SPLENDIDE CASE SULLA SPIAGGIA.

Un gruppo di ragazzi si prepara a fare surf. Una ragazza bionda cammina sulla spiaggia per raggiungerli. Indossa un bikini molto succinto. Un paio di ragazzi la salutano.

BROOKLYN (Si volta verso Keatyn. I suoi occhi osservano il bikini succinto. Si rende conto che è cresciuta. Non è più la ragazza di cui è diventato amico. Il suo sguardo si riempie di desiderio, ma la saluta fingendo indifferenza): Ciao, Keats. È il momento ideale per fare surf.

KEATYN (Si avvicina a lui, lo mette a disagio): Lo vedo.

BROOKLYN: Lascia perdere il surf. Devo parlarti. (La trascina nella sua camera da letto).

KEATYN (Finge di essere sorpresa, ma non lo è. Parla in modo lento e sexy, gioca con i capelli e si lecca le labbra in modo allusivo): Di cosa vuoi parlare?

BROOKLYN (La tira tra le sue braccia): Non voglio parlare, io voglio te.

(La bacia e la spinge sul letto. Si baciano appassionatamente e poi lui la palpa dappertutto. Lei non riesce a parlare o a pensare, è travolta dalle sue mani. Lui le toglie il bikini e fanno l'amore).

(O forse fanno sesso. La cosa più sexy).

(Forse il sesso).

(E non le fa male, anche se è la prima volta).

(Perché non sarebbe sexy).

(E poi lo rifarebbero. Più volte. Perché lui non riesce a controllare la passione per lei. L'ha tenuta dentro per troppo tempo).

(Oh, e assicurarsi di fare numerosi primi piani dei suoi addominali. Sono davvero fantastici).

Immagino la scena nella mente mentre vado verso di lui.

Mi fa sentire sexy. Desiderabile.

Sculetto un po' di più, ma come al solito, Brooklyn si rifiuta di seguire il copione. Quel maledetto ragazzo dice: «Ciao, Keats. L'ultimo che arriva è un calamaro marcio».

Così corriamo tra le onde come un mucchio di bambini delle elementari.

Il sole diventa caldo, le onde si placano e i ragazzi escono dall'acqua. Io mi tolgo la *rash guard* e prendo un po' di sole per asciugare il bikini.

«Ti va di entrare in acqua un altro po'?», mi chiede Brooklyn.

«Certo».

Siamo a galla sulle tavole quando decido che è il momento giusto per dargli la notizia. Non vedevo l'ora di farlo da stamattina, ma volevo aspettare che fossimo soli.

Così, può finalmente ammettere che è innamorato di me.

«Sono ufficialmente single».

«Davvero?»

«Sembri sorpreso».

«Non pensavo che lo avresti fatto. Sei una ragazza fantastica, Keats. Non dovresti preoccuparti tanto di cosa pensano gli altri. Forse se permettessi alla gente a scuola di conoscere la vera te, come ti conosco io, avresti più amici veri. Sei in gamba. Comincia a comportarti così». Viene distratto da un'onda. «Vado a domare quel mostro», afferma e si allontana rapidamente.

Immagino che la sua confessione d'amore dovrà aspettare.

Mi siedo sulla tavola e lo osservo. Giuro, potrei farlo tutto il giorno. È un ottimo surfista. Partecipa e vince qualsiasi gara locale. Ha appena finito il college e ora sogna di prendere parte a un tour professionale. Anche se sembra svogliato, è molto intelligente. Ha frequentato una scuola dove ha potuto studiare seguendo i suoi ritmi, si è diplomato a quindici anni e ha già una laurea in Letteratura. Negli ultimi sei mesi ha pensato cosa fare nella vita. Spero che qualunque cosa sia, sia felice e resti da queste parti. E, be', anche vicino a me.

Aspetto un'altra onda, poi nuoto per tornare sulla spiaggia.

Al mio arrivo, Brooklyn sta parlando con un ragazzo che non ho mai visto. Sembra avere quasi trent'anni o poco più. È un po' più alto di lui, con i capelli scuri, portati all'indietro e occhi intensi marroni. Sembra un pesce fuor d'acqua sulla spiaggia, come se si fosse perso cercando la sala riunioni. Indossa un abito blu di Armani, una camicia bianca, una cravatta rossa con motivo cashmere e scarpe nere lucide di Ferragamo che devono ormai essere piene di sabbia.

Infilzo la tavola nella sabbia e corro verso di loro. Devo andare a salutare da brava persona educata.

Quando mi avvicino, Brooklyn mi afferra dalla vita e mi tira al suo fianco in modo sorprendentemente affettuoso e possessivo.

«E questa è la figlia di Abby Johnston, Keatyn», dice, presentandomi.

«Keatyn, lui è Vincent Sharpe».

«Piacere», rispondo, tendendo la mano.

Quando la stringe, intravedo un tatuaggio di una pergamena che fuoriesce dal polsino di Vincent.

Il suo sguardo scruta lentamente il mio corpo, poi mi fissa dritto negli occhi. Come se mi conoscesse.

Ma non è possibile, è troppo sexy. Mi ricorderei sicuramente di un tipo come lui.

«Piacere mio», dice alla fine. «Scusa se ti stavo fissando». Abbassa la voce e mi rivolge un sorriso molto affascinante. «Sei proprio uguale a tua madre nel film *Un giorno al lago*. Avevo una cotta per lei a quattordici anni. Me lo hai fatto ricordare».

Io alzo gli occhi al cielo.

Figuriamoci.

Mi stava squadrando solo per via di mia madre. *Un giorno al lago* è stato il suo primo film. Non ha avuto un gran successo al botteghino, ma i poster in cui lei manda un bacio in bikini hanno venduto milioni di copie e l'hanno resa famosa. Ora è una specie di classico.

«Non importa», rispondo, senza nascondere la delusione. Un giorno gli uomini mi noteranno ed esclameranno "Wow, è Keatyn Douglas", e non "Oh, è la figlia di Abby Johnston". «Non sei un po' troppo elegante?».

Lui sorride e indica la spiaggia con il pollice. «Ho visitato alcune proprietà lungo la strada. Mi pare di capire che sarò in buona compagnia se comprerò da queste parti».

«Sì, credo. Qui intorno vivono alcuni personaggi famosi, ma faresti meglio a rivedere il tuo guardaroba», lo prendo in giro.

Lui si guarda il vestito. «Sono un po' troppo elegante, lo so. Il tuo ragazzo è bravo con la tavola da surf».

Sto per rispondere "Non è il mio ragazzo", ma lui si rivolge a Brooklyn: «Se deciderò di vivere sulla spiaggia, dovrò imparare a fare surf. Hai mai dato lezioni?»

«Ho insegnato a un po' di gente», conferma Brooklyn, indicandomi con un cenno. «Lei è stata la mia prima allieva».

Vincent mi sorride. «Eri fantastica», risponde, ma il suo sguardo scende sul bikini e non sono più sicura che si riferisca alle mie abilità con la tavola da surf.

«Noi torniamo in acqua», gli dice Brooklyn. «Io sono sempre qui. Quando sei pronto, fammi sapere».

Poi mi prende per mano e mi accompagna alle tavole.

Quando siamo in mare, mi dice: «Sembra un tipo a posto».

«L'abito era un po' troppo formale, ma hai notato il tatuaggio sul braccio? Probabilmente lo è».

«Sì, forse. Anche se si è messo a flirtare con te pur pensando che fossi la mia ragazza. Non va a suo favore».

«Non stava flirtando con me».

Brooklyn scoppia a ridere. «Sì, invece. Te l'ho detto, i ragazzi saranno contenti di sapere che sei single».

Lo guardo negli occhi, sono bellissimi illuminati dal sole.

Lui mi sorride e i suoi occhi si corrucciano agli angoli in modo adorabile, poi lui posa una mano sulla mia e dichiara: «Sono felice che lo hai lasciato, Keats».

In pratica, ho un infarto, svengo sulla tavola e cado in acqua mentre lui pronuncia quelle parole.

Per la prima volta, Brooklyn sta seguendo il mio copione.

Inizio a pensarne uno per stasera, a come ballerà con me, a come, dopo, mi porterà a fare una passeggiata romantica di mezzanotte sulla spiaggia, poi mi farà stendere sulla sabbia dove faremo l'amore appassionatamente.

Buklin è il mio *fidansato*
11:45

Entro in casa dalla porta sul retro e vengo accolta dal caos più totale. Due delle bambine stanno dipingendo con le dita. Gracie corre verso di me: indossa soltanto un paio di mutandine con le principesse e ha il petto coperto di vernice rossa accesa. Sembra una comparsa di un film di guerra. Ha anche della vernice rossa che le scorre nei capelli, come se fosse ferita alla testa.

«Kikiiiii!!! Kiki!!!». Kiki è l'adorabile soprannome che mi hanno dato. «Guarda, mani!», urla, sollevando le mani per aria e premendole sul mio ventre.

Ora ho della vernice rosso sangue che mi scorre dall'ombelico.

La prendo in braccio e le faccio il solletico. Lei grida "Kiki" ancora una volta.

Avery, che indossa il costume da bagno e un tutù, solleva il foglio che sta ritagliando in tanti piccoli pezzi. Le tre gemelle hanno da poco imparato a tagliare e credono che la loro missione nella vita sia tagliare quanta più carta possibile per fare dei coriandoli da lanciare in casa. I coriandoli si sono mischiati alla vernice e hanno creato un vero capolavoro.

E un gran casino.

«Guarda! Tagliamo benissimo!».

Le do un bacio sulla testa. «Ottimo lavoro, Ave. Ormai siete grandi!».

«Possiamo andare a fare i castelli di sabbia?», domanda Ivery, spalmando la vernice viola sul suo vestito da Bella. Alza le mani e dice: «Pulita!».

La tata la prende. «Sciocchina! Vai a lavarti le mani come i grandi».

Le do un colpetto sulla testa mentre corre al lavandino. «Non ora, piccola. Devo andare a fare shopping con Sander. Che ne dici di domani? Chiederò a Brooklyn di aiutarci». Le bambine adorano Brooklyn.

«Cavalluccio, cavalluccio!», esclama Gracie.

A quanto pare, si divertono un sacco quando gli montano sulle spalle. Io vorrei che Brooklyn montasse me, ma non glielo dico.

«*Buklin* è il mio *fidansato*!», grida Gracie con tutto il fiato che ha.

Ha una cotta per lui.

Come darle torto!

Kym entra in cucina. È piena di sacche per i vestiti: forse sono gli abiti per il nuovo tour di mia madre con la stampa. «Oh, santo cielo, non potrei mai avere dei figli. Sono così confusionari. Guardali, guarda com'è ridotto questo posto».

«Si può lavare via», dice la tata con calma. Parla quattro lingue, ha la pazienza di una santa e sta insegnando alle bambine il francese e lo spagnolo.

Kym si volta verso di me. «Perché esci con Sander? Ho visto su Facebook che vi siete lasciati. State già tornando insieme?».

Prendo un canovaccio e mi pulisco la pancia. «Abbiamo rotto, ma siamo ancora amici».

«Capisco. È quello che sto facendo anche io. Sto lavorando su me stessa».

«Ne hai bisogno?».

Kym scoppia a ridere. «No, accidenti. Io sono perfetta, ma sembrava una cosa profonda da dire». Poi continua a bassa voce: «Inoltre è meglio dire "Sto lavorando su me stessa" che "Non c'è nessun uomo nella mia vita". Sembra che sia una mia decisione».

Kym mi fa ridere. «Be', sto cercando di far innamorare di me Brooklyn e vado a fare shopping con Sander per trovare il completo giusto per farlo accadere».

Mentre Brooklyn stava per tornare a casa sua, si è voltato e ha detto: "Ti va di cenare insieme prima di andare al bar?". E io gli ho detto: "Certo. Vengono anche gli altri?". E lui ha risposto: "Naa, solo noi due".

Ho dovuto davvero fare del mio meglio per non iniziare a saltare di gioia. Immagino già la scena.

DISSOLVENZA IN ENTRATA: RISTORANTE BUDDY SULLA SPIAGGIA – TRAMONTO.

Una giovane coppia è seduta a un tavolo sulla veranda. La brezza scompiglia leggermente i capelli biondi della ragazza. Il bellissimo surfista si allunga per prenderle la mano.

BROOKLYN (sorridendo): Sono felice che tu sia single. Penso a te dal primo giorno che ci siamo conosciuti. Ricordo che era il tuo compleanno. Avevi ricevuto una nuova tavola da surf e tentavi a tutti i costi di usarla.

KEATYN(sorridendo dolcemente): Tu mi hai insegnato a fare surf.

BROOKLYN (si protende sul tavolo e la bacia): Ci sono molte cose che vorrei insegnarti. Voglio essere il primo, Keats. Mi tormenti nei sogni. Ti amo.

Lo voglio tormentare nei sogni?

No, non voglio che sia un film dell'orrore. Cambiamo.

BROOKLYN (si protende sul tavolo e la bacia): Ci sono molte cose che vorrei insegnarti. Vieni a casa mia. Voglio fare l'amore con te, Keats.

Ah, così è da imbranati. Gli riderei in faccia se me lo dicesse davvero.

Kym interrompe i miei pensieri: «Quindi vai a fare shopping con il tuo ex fidanzato per trovare un abito per conquistare il prossimo? Oh, quant'è complicato. Meglio lasciar fare agli esperti. Dove andrete?»

«Andremo a cena sulla spiaggia, probabilmente da Buddy. Poi all'Undertow per ascoltare la band di Damian. È l'ultimo concerto dei Twisted Dreams».

Mi dà un colpetto sulla spalla e solleva le sopracciglia. «Ti sei già fatta invitare a cena. Vai come un treno!».

«Non è un appuntamento, è una cena tra amici, come al solito. Ma voglio essere bella. Sexy, ma informale, come se non me ne importasse, come se non ci stessi provando troppo».

«Vuoi rigirarlo come un calzino!».

«Non indossa mai i calzini, solo infradito», rispondo ridendo.

«Be', comunque... ci serve l'outfit perfetto. Non troppo ricercato, ma devi essere splendida».

«Esatto!».

«Non sarà facile. Che ne dici di quel bel vestito scampanato di Saucey che hai ordinato online? Quello con la scimmia davanti. Non lo hai mai indossato, o sbaglio?»

«Già, quello sarebbe carino».

«Possiamo abbinare le scarpe decorate con tacco quadrato di Marni o forse gli stivaletti da motociclista di Burberry, qualche collana e gli orecchini grandi a cerchio?»

«Meglio gli stivali. Sarai qui quando torno?»

«Sì, devo lavorare su qualche look per un paio di interviste che tua madre farà la prossima settimana».

«Sai, a volte credo sia bello essere un'attrice, ma altre non so se potrei sopportare di essere sempre perfetta. Trovo già estenuante essere perfetta a scuola tutti i giorni, e nessuno mi fa le foto».

«Non c'è niente di male a voler essere sempre al meglio. Hai detto a Tommy che vorresti recitare? Perché l'ho sentito discutere con qualcuno di un ruolo adatto a te l'altro giorno».

«Davvero? Perché?»

«Non lo so. Ha detto che saresti perfetta, che illumineresti lo schermo come tua madre».

«Ne dubito», rispondo, basita.

«Non hai mai visto foto di tua madre alla tua età? Sei uguale a lei. A parte gli splendidi occhi di tuo padre. Era un bel fusto».

«Un fusto?»

«Sì, chiamavamo così i bei ragazzi nell'età della pietra, quando andavo al liceo».

Fermati, cuore mio
14:30

Per andare a fare shopping con Sander, indosso un paio di jeans aderenti fucsia di Ralph Lauren, una polo viola con un grosso pony rosa, una cintura colorata e delle infradito Havaianas. Mi sono resa conto che la mia maglietta si abbina perfettamente alla sua auto solo quando è passato a prendermi.

Quando Sander esce dalla macchina, resto a bocca aperta. Gli splendidi capelli castani con le mèche perfette di Sander ora sono più scuri.

«Oh, mio Dio, Sander. Non ti avrei riconosciuto. Sei così diverso!». Mi sorride mentre lo osservo attentamente. «Ma stai bene, benissimo. Ti hanno scurito anche le sopracciglia?»

«Sì, hanno dovuto. Ti piace?». Apre le braccia e fa una piroetta come fanno le mie sorelline quando fingono essere a una sfilata.

«Sì, wow». Il suo nuovo look mi fa quasi desiderare di non averlo lasciato. «Potrei avere dei ripensamenti sulla nostra rottura».

Il suo sorriso mi abbaglia.

«No, no. Io sono quello con il cuore a pezzi. Tu stai andando avanti, ti stai lasciando il passato alle spalle. Entra. Cerchiamo dei vestiti meno fighetti».

Visitiamo alcuni negozi di Malibu e troviamo una giacca di pelle marrone scuro in stile vintage, jeans aderenti neri, stivali da motociclista neri e un assortimento di magliette a tinta unita e degli occhiali da sole Aviator.

Do un'occhiata a tutto quello che abbiamo portato alla cassa. «Credo che assomiglierai più a James Dean che a Danny Zucko».

Si mette una mano sul petto. «Fermati, cuore mio».

Nel caso in cui non lo aveste capito dai nomi dei suoi cani, James Dean è il suo idolo. Ma Sander non vuole morire da giovane, vuole essere uno di quegli attori che migliorano con l'età. Mi fa ridere quanto è melodrammatico.

«Sto morendo di fame. Dovrai sfamarmi se vuoi che continui a fare shopping».

Si volta verso il commesso e dice: «Prendiamo tutto».

Dopo un tardo pranzetto nel mio ristorante preferito di tacos di pesce, Sander mi accompagna a casa. Apro piano la porta nel caso in cui le bambine stiano facendo un pisolino, ma resto sorpresa nel vedere un gruppo di persone in salotto. Nessuno si siede mai in salotto!

Mia madre non dovrebbe essere in casa. Sta lavorando fino a tardi e anche il fine settimana perché stanno cercando di concludere in fretta il film che sta girando. Ad agosto, lei e Tommy andranno a Vancouver per iniziare a filmare un thriller romantico insieme.

Non riconosco due degli uomini vestiti in abiti scuri.

Mi irrigidisco.

Mia madre indossa gli stessi vestiti che aveva quando ha scoperto che l'aereo di mio padre era precipitato.

Mi sembra di avere di nuovo otto anni.

Metto una mano sul petto e cerco disperatamente Tommy nella stanza.

Non c'è.

Ti prego, fa' che non sia morto.

Mia madre gli dice sempre che deve rallentare quando guida una delle sue auto di lusso.

Ti prego, fa' che non sia morto. Ti prego, fa' che le bambine non crescano senza un padre.

Sono tutti impegnati in una conversazione animata.

James, il mio padrino e capo della sicurezza della famiglia, dice: «Dovete fare di più, è ridicolo».

Qualcuno si avvicina alle mie spalle e mi scoppia a ridere nel le orecchie. «Perché ci sono tutti quegli uomini eleganti?».

È Tommy!

«Tommy, pensavo fossi morto!», esclamo, lanciandomi tra le sue braccia.

«No, piccola. Sono troppo forte per morire».

Adoro Tommy, sul serio. Lui e mia madre devono sposarsi al più presto!

Tutti in salotto si girano verso di noi. Tommy si libera dal mio abbraccio letale, va verso mia madre, la prende tra le braccia e le bacia la fronte.

«Che succede?», domando.

James risponde: «Il fan di tua madre è venuto sul set stamattina».

«È inquietante».

Mia madre viene nel corridoio, mi abbraccia e sussurra: «Lo è. Sembra sempre molto dolce nelle sue lettere, quindi non sono preoccupata, ma siamo certi che abbia rubato una delle mie foto. Mi fa arrabbiare che la sicurezza sia così distratta da permettere a chiunque di entrare nella mia roulotte, ma ora lo studio sta ingigantendo la cosa». Mi guarda basita, poi aggiunge: «Ehi, hai dei programmi per stasera? Tommy ha prenotato in quel nuovo ristorante fusion. Per caso, tu e Sander volete venire?»

«Sander e io abbiamo rotto».

Mia madre spalanca gli occhi. «Perché? Stai bene, tesoro?»

«Sto bene, siamo ancora amici e sono sicura che lui verrebbe, ma ho preso accordi con Brooklyn».

Mia madre solleva le sopracciglia in modo allusivo. «È un appuntamento? Per questo vi siete lasciati?»

«No, ci frequentiamo come sempre. Niente di che. Vuoi ancora venire all'Undertow per vedere l'ultimo concerto di Damian?»

«Certo», risponde lei con un sorrisetto.

«Bene. Forse ho una cotta per Brooklyn», le dico, con un sorriso.

Lei scoppia a ridere e torna in salotto.

Potrei indossare un bikini e urlare
22:30

Il bar è pienissimo. I Twisted Dreams sono a metà del loro secondo set e io e Brooklyn ce la stiamo spassando.

Almeno credo.

La cena è stata piacevole. Abbiamo parlato di tutto, riso, ci siamo divertiti. Abbiamo discusso molto del suo futuro: vuole aprire una società che organizza tour avventurosi per accompagnare la gente nei migliori posti del mondo in cui fare surf. Mi ha anche detto che sta pensando di fare surf a livello agonistico e ha chiesto cosa ne penso.

Io ho risposto alla perfezione. Proprio come in un copione. "Devi sempre seguire i tuoi sogni, dovunque ti portino", ho detto. Ho pensato che fosse di grande supporto. Sarei una fidanzata fantastica. Se solo me lo permettesse.

La nostra serata finora è trascorsa in modo rilassato e tranquillo, come al solito.

Anche se, per me, è una tortura.

Perché ogni volta che si avvicina per parlarmi, mi domando se stia per baciarmi.

Ogni volta che mi tocca la mano, mi chiedo se significhi qualcosa.

Ogni volta che mi guarda, mi domando se pensa che io sia carina.

Ogni volta che abbassa lo sguardo, mi chiedo se mi stia ammirando le gambe o se gli piace come sono vestita.

Siamo in piedi vicino al bancone affollato, mentre sorseggiamo birra e cantiamo alcune delle nostre canzoni preferite. La pista da ballo è piena di gente, eppure lui non mi ha ancora chiesto di ballare.

Scorgo mia madre, Tommy, il padre di Damian e sua moglie, Marisa, che si fanno strada verso un tavolo riservato a bordo pista. Li andiamo a salutare.

Prendo una birra dal secchiello apparso sul tavolo non appena è arrivato Tommy, poi, dopo essermi scusata, vado al bagno delle donne. Ovviamente, è pieno di gente, il che vuol dire che sarà una follia arrivarci. A dir la verità, è da un po' che devo fare pipì, ma non volevo lasciare Brooklyn da solo. Temevo di tornare e trovarlo a parlare con qualche ragazza. Sono single, finalmente. È mio stasera.

Cioè, lo spero.

Ora che mia madre e Tommy sono qui, posso smettere di preoccuparmi che qualche ragazza ci provi con lui in mia assenza.

Mi faccio strada tra la folla e saluto quelli che conosco. Sono quasi arrivata alla lunga fila per il bagno quando qualcuno mi strattona alle spalle, spingendomi dritta verso un paio di braccia forti.

Vedo una polo verde lime, dei pantaloncini cachi con la piega e delle eleganti scarpe allacciate. Sono felice di essere riuscita a non versare neanche un goccio di birra. Quando il tizio mi aiuta a sollevarmi, mi ritrovo faccia a faccia con il ragazzo sexy con l'abito di Armani incontrato sulla spiaggia.

Mi riconosce e mi rivolge un sorriso gentile con cui probabilmente ha steso molte donne.

«Grazie. Vincent, giusto? Ci siamo visti in spiaggia?»

«In carne e ossa», risponde.

Qualcuno ci urta e io vengo spinta verso il suo ampio petto.

«Scusa», dico. Poverino. Sono praticamente tra le sue braccia!

Mi guarda dritto negli occhi come ha fatto in spiaggia, come se stesse cercando la risposta a una domanda che non ha ancora posto.

Avvicina la bocca all'orecchio e grida oltre la musica. «Ti ho vista con tua madre».

Io alzo gli occhi al cielo. «Ascolta, so che sei un fan, ma se vuoi un autografo, dovrai trovare il coraggio di chiederglielo da solo».

«Ho già un suo autografo», risponde, in modo saccente. «Non la conosco, ma frequentiamo lo stesso circolo».

«Che circolo?»

«L'industria cinematografica».

«Oh, davvero? Sei una star del cinema?». Di sicuro è di bell'aspetto. Se dovessi sceglierlo per un film, lo prenderei per recitare la parte del ragazzo da evitare, ma di cui non puoi fare a meno di innamorarti.

Lui ride. «No, io finanzio i film».

«Sei un riccone, eh?».

Lui sbatte le ciglia lentamente. «Qualcosa del genere».

«Bene, allora è stato un piacere vederti», dico, muovendomi verso il bagno.

Lui mi ferma. Guardo il suo braccio muscoloso e leggo la scritta sul suo tatuaggio a pergamena, ora completamente scoperto. Mi viene da ridere.

«Abby? Sei un fan così sfegatato?».

Lui si stringe nelle spalle. «No. Ho frequentato una ragazza di nome Abby al liceo. Mi ha lasciato per un tizio con l'Harley e purtroppo non si è potuto prendere anche il tatuaggio».

«Scusa», dico, imbarazzata. Mi ci vedo benissimo a farmi un tatuaggio con la scritta Brooklyn.

Quando mi dirà finalmente che mi ama, ovviamente.

«Sei splendida, sei molto più bella di tua madre. Scusa se continuo a fissarti gli occhi, ma sono davvero impressionanti».

«Ho gli occhi di mio padre», rispondo, sorridendo.

Vincent abbassa la voce. «È morto qualche anno fa in un incidente aereo, vero? Mi dispiace».

Io annuisco. «Grazie».

«Hai mai pensato di recitare? Potrei prenderti per il mio prossimo film».

Lo guardo basita e faccio un sorrisetto. «Funziona come frase di rimorchio?».

Vincent mi tocca il naso con la punta del dito, abbassa il viso verso di me e curva le labbra in un sorriso. «Hai fegato», commenta, facendo cincin con la sua birra sulla mia. «Quanti anni hai?»

«È una domanda a trabocchetto?».

Lui risponde con una risata profonda. «Be', qui sembri più grande, ma in spiaggia ho pensato che fossi molto più giovane».

«Shh, non dirlo a nessuno», rispondo, mettendo un dito sulle labbra.

Poi mi dirigo verso il bagno.

Quando torno, è lì che mi aspetta vicino alla porta. Mi sta di nuovo squadrando dalla testa ai piedi.

Lo osservo e penso: "Ma che vuole?".

«Ho dimenticato di darti il mio biglietto da visita», dichiara lui, mettendomelo in mano.

Io lo prendo per educazione.

«Ehm, grazie, ma se volessi una parte, potrei ottenerla tramite la mia famiglia».

«Peccato. La mia non è solo una parte».

«Fammi indovinare: vincerò un Oscar? Il mio nome apparirà su tutti i giornali?»

«Ho i diritti per rifare *Un giorno al lago*. È da qualche anno che spero di farlo, ma non ho ancora trovato l'attrice giusta. Tu saresti perfetta».

«E, oh, che ruolo fantastico!», affermo, fingendo entusiasmo, mettendomi le mani sulle guance e rivolgendogli un enorme sorriso falso. «Potrei indossare un bikini e urlare! Ti prego, scegli me!».

Lui scoppia a ridere. «Sei molto divertente e hai un viso molto espressivo. Se riuscissi a sfruttarlo, a usarlo al momento giusto, saresti anche più brava di tua madre. Hai mai recitato?»

«Sono cresciuta sul set, ma no, non l'ho mai fatto. Non so se voglio farlo, ma se mai decidessi, senza offesa, vorrei un ruolo più impegnativo».

Vincent annuisce. «Lo rispetto, ma ti darò un consiglio: non rifiutare prima di conoscere tutti i dettagli. Il remake che voglio fare avrà lo spirito dell'originale, ma non il copione. Voglio che sia un grande successo. Aggiungeremo degli effetti speciali e lo riscriveremo completamente. Punteremo molto sul marketing: poster, Barbie e contenitori per il pranzo. La protagonista principale sarà più simile a Lara Croft o a Buffy l'Ammazzavampiri che alla vittima innocente che era tua madre. Vogliamo un'eroina tosta. Ti ho vista fare surf e sembri molto atletica. E sarebbe un bel rischio da parte mia scegliere una sconosciuta come te».

«Hai ragione, avrei dovuto ascoltare. Potrei essere interessata a qualcosa del genere. Pensavo che, sai, siamo in un bar, si sentono sempre storie di questo tipo. Posso vedere il copione?»

«Per ora no, mi sto ancora occupando del lato economico».

«Capisco». Mmm, non so se ci sarà mai un copione e mia madre mi ha avvertito sugli uomini che fanno promesse che non possono mantenere alle ragazzine. «Ti chiamerò», dico, decisa, ma in modo educato.

Ma non lo chiamerò davvero. Non posso fare un'audizione per un ruolo che non ha un copione. Anche se il produttore è sexy.

Be', a meno che non voglia andare a letto con lui. E, a essere sinceri, se fossi un po' più grande e non fossi innamorata di un altro, potrei farci un pensierino. Non per la parte, ovviamente. Perché è sexy. Per i suoi occhi scuri, per le sue braccia sorprendentemente muscolose e il suo ottimo gusto nel vestire.

Brooklyn è seduto a un tavolo con i miei genitori e Sander, che si è appena unito al gruppo.

Mia madre è impegnata a parlare con Sander, mentre Tommy e Brooklyn guardano la band.

Quando arrivo, Sander mi prende, mi bacia sulle guance e mi stringe forte.

Brooklyn mi osserva, irritato.

Damian urla alla folla. «Questa canzone è per Brook e Keats. È meglio che trasciniate i vostri culi sulla pista da ballo».

La band inizia a suonare e Damian canta: «*Little surfer, little one...*». La loro cover del classico dei Beach Boys è la mia canzone preferita.

Brooklyn non sembra più irritato quando mi prende per mano e mi conduce al centro della pista da ballo. Mi abbraccia e mi stringe forte. Ho ballato con lui altre volte in passato, ma oggi sembra diverso. E sono sicura che non sia solo la mia immaginazione o una mia illusione.

Mi sta stringendo più del solito.

Il suo corpo è premuto contro il mio.

La sua fronte è sulla mia, ha gli occhi chiusi.

Vorrei gridargli: "BACIAMI! BACIAMI!".

Voglio dire, non sarebbe perfetto?

Non ho scritto questo copione – avremmo dovuto essere sulla spiaggia per il nostro primo bacio – ma ho sempre pensato che questa fosse la nostra canzone. Se mi baciasse adesso, lo sarebbe per sempre.

Purtroppo, però, non lo fa.

Quando finalmente le nostre labbra si incontrano 2:30

Damian, Brooklyn e io siamo seduti nella vasca idromassaggio. Abbiamo deciso di trascorrere l'ultima notte in città di Damian facendo ciò che facciamo sempre: fumiamo un po' e restiamo a parlare fino a tardi in ammollo. Brooklyn è appena corso in casa per prendere degli asciugamani.

Non appena se ne va, Damian mi domanda: «Che sta succedendo? Perché Brooklyn sembra strano?»

«A me non sembra strano».

«Siete stati insieme?»

«Magari». Subito mi copro la bocca con la mano.

Lui mi sorride. «Hai sempre avuto una cotta per lui, vero?»

«È così ovvio?»

«In un certo senso, ma va bene, lui ricambia».

«Smettila! Davvero? No. Sul serio? Te l'ha detto lui? Ne sei sicuro?».

Damian scoppia a ridere, poi aggiunge: «Pensa che tu sia sexy. Tutti i suoi amici lo pensano. Perché credi che nessuno ci abbia mai provato con te?»

«Perché ho un ragazzo e mi vedono come una di loro?»

«No, perché pensano che tu sia di Brook. Ricordi la sera in cui ti sei ubriacata?»

«Pensavo fossimo d'accordo di non parlare più di quella sera».

Quella sera. La sera in cui Sander mi ha aggredito per il rispetto dello spazio personale. Mi sono arrabbiata e gli ho detto che avremmo rotto. Poi sono andata direttamente a casa di Brooklyn e gli ho detto che volevo andare a una festa di cui ci avevano parlato i ragazzi con cui facciamo surf. Alla festa, mi sono ubriacata. Mia madre mi lascia bere quando voglio. Abbiamo trascorso molto tempo in Europa, dove fanno meno problemi con l'alcol. Il nostro patto è che devo bere responsabilmente. E lo faccio. Di solito non bevo più di un drink all'ora ed è raro che io ne beva più di due alla volta. Ma ero arrabbiata, mi sentivo respinta e non m'importava. Un surfista carino con i capelli lunghi e delle belle braccia mi ha offerto degli shot, un bel po' di shot. Poi mi ha portato a fare una passeggiata sulla spiaggia. Non ero mai stata con nessuno prima di allora. Avevo frequentato un paio di ragazzi prima di Sander e avevo avuto degli appuntamenti, ma questo tizio era più grande e voleva chiaramente solo una cosa. Mi ricordo che mi baciava e mi metteva le mani dappertutto. Ero felice che un ragazzo mi desiderasse. Dopo di che, è tutto più confuso. Ricordo i pugni che volavano, e Damian che trascinava via Brooklyn dal ragazzo. Brooklyn mi ha fatto una ramanzina lungo il tragitto verso casa e Damian mi ha tenuto i capelli mentre vomitavo in un sacchetto di plastica.

«È quello che vuoi tu, ma io non sono mai stato d'accordo, né mai lo sarò», afferma Damian, ridendo.

«È imbarazzante».

«Non è imbarazzante, Keats. A meno che tu non stia parlando del tuo aspetto quella sera, con il mascara che scendeva sul viso, il vomito che usciva dal naso».

Mi copro il viso con una mano. «Ti prego, smettila. O dovrò ricordarti della sera in cui sei caduto dal palco, di faccia, e hai distrutto la chitarra davanti a un sacco di gente. Inclusa la ragazza che ti piaceva».

«Non c'entra, stiamo parlando di te e Brook».

«Io preferirei parlare di te».

«Ti sto ignorando. E sai che Brook crede al karma e a quella roba lì. Non è uno che fa a botte. Gli piaci».

«Mi stava proteggendo, come se fossi la sua sorellina».

«Divertitevi senza di me», afferma Damian, facendo un sorrisetto, mentre esce dalla vasca idromassaggio. «Io vado a dormire nella sala cinema».

«Puoi dormire con noi nella stanza di Brooklyn come sempre. Non succederà niente. Non succederà *mai* niente». Brooklyn ha un enorme letto matrimoniale in cui spesso dormiamo tutti e tre.

«Ho visto come ballava con te. Succederà, fidati».

Brooklyn torna in veranda proprio mentre Damian sta uscendo dalla vasca.

Ero pronta a chiedergli cosa intendesse esattamente con "Succederà". Perché, cosa mai dovrebbe succedere? Pensa che Brooklyn mi bacerà o che faremo altro? Perché sembrava parlasse di sesso.

Brooklyn lancia un asciugamano a Damian.

«Vado a dormire nella sala cinema. Svegliatemi quando siete pronti ad andare», dice Damian come se niente fosse, facendomi l'occhiolino con poca discrezione. Sono sicura che se ne sia accorto anche Brooklyn.

«Vuoi restare ancora un po' qui fuori?»

«Sì, certo», rispondo tranquilla, ma dentro non lo sono affatto. Il cuore martella, la bocca è secca.

Bevo un sorso di birra. Credo di avere la tipica ansia da prestazione. All'improvviso non ricordo più ciò che ho scritto nei miei copioni. Il che mi fa arrabbiare, perché tutte le battute sexy e sarcastiche che avrei dovuto tenere a mente per questo *preciso* momento sono sparite!

Brooklyn entra nella vasca.

Il suo petto abbronzato brilla al bagliore della luna, la brezza dell'oceano gli scompiglia i capelli. Se li è bagnati prima e ora le punte si stanno leggermente arricciando. Vorrei accarezzarli con le dita. Vorrei dirgli cosa provo, quanto l'abbia sempre amato.

Lui si siede accanto a me nella vasca e distende le braccia sul bordo. Con una mano mi sfiora la schiena e le spalle. Io mi appoggio a lui, voglio stargli vicino.

Quando mi rendo conto di ciò che ho fatto, abbasso la testa e fingo di averlo fatto per guardare le stelle.

Lui non dice nulla, così inizio a blaterare nervosamente. «Sono contenta che siamo rimasti fuori. È una splendida serata. E poi, so già che quando uscirò, morirò di freddo. È bello e caldo qui dentro. Sarà strano senza Damian», borbotto, soprattutto perché è l'unico argomento di conversazione che mi viene in mente mentre riscrivo rapidamente nuove scene per stasera.

Scene in cui mi dice che gli sono sempre piaciuta, in cui ci scambiamo il primo bacio sotto le stelle nella vasca idromassaggio.

Lui guarda il cielo, si volta verso di me e socchiude gli occhi. «Allora tu e Sander siete tornati insieme? Per questo era lì stasera?»

«Oh, no! Resteremo amici, però. Siamo andati a fare shopping insieme oggi. Va tutto bene. E avevi ragione. Alcuni ragazzi a scuola hanno visto il mio stato su Facebook e mi hanno chiesto di uscire».

Be', chiedermi di uscire è un po' un'esagerazione.

Diciamo che vogliono venire a letto con me.

«Visto, te l'ho detto. Uscirai con loro?»

«Non lo so, non ho ancora risposto».

Lui sorride e dice: «Bene», poi si avvicina e mi sfiora la mascella con un dito.

Trattengo il fiato, ho paura di respirare.

Ho paura di svegliarmi e scoprire che è tutto finto.

Abbasso lo sguardo timidamente e provo a calmare il respiro, perché credo che sia il momento.

Ho trascorso quasi due anni a sognare le sue labbra, e ora forse sto per baciarle.

Lui mi solleva dolcemente il mento, e finalmente le nostre labbra si incontrano.

Si sciolgono in un bacio lento.

Un vero bacio da Brooklyn.

Non ci sono fuochi d'artificio o fanfare.
Solo baci dolci, delicati e adorabili.
Tranquilli.
Teneri.
Rilassati.
Le sue labbra mi baciano il labbro superiore.
Poi quello inferiore.
Le sue labbra premono contro le mie.
Lentamente mi baciano la guancia e poi, dolcemente, il collo.
E poi, proprio quando iniziano a mancarmi, tornano sulle mie e la lingua scivola nella mia bocca.
Lentamente.
Delicatamente.
Come se la stesse assaporando.
Poi come se la stesse esplorando.
Senza mai fermarsi.

Non ho alcuna concezione del tempo mentre ci baciamo. So solo che non voglio che finisca.
Brooklyn mi tira di forza sulle sue gambe, di fronte a lui. Quel gesto potente è in netto contrasto con i suoi baci dolci e mi surriscalda dappertutto.
Io reagisco bruscamente passandogli le dita nei ricci sul retro del collo e baciandolo con passione.
La sua bocca raggiunge l'orecchio e mi sussurra un verso: «"Una cosa bella è una gioia perpetua"».
Poi mi bacia intensamente sul collo. Mi succhia la pelle e la lascia andare. Scende leggermente e succhia un altro punto.
Non sono più baci dolci. Mentre mi succhia il collo, si allunga con una mano per slacciarmi il top del bikini.
Sono felice che siamo ancora fuori. Il rumore delle onde che si infrangono sulla spiaggia è abbastanza forte da coprire il battito del mio cuore.
Sono quasi senza fiato quando il top cade e, mentre le sue lab-

bra scendono sul seno, ansimo di piacere e mi rendo conto che ho bisogno di averlo più vicino. Ho bisogno che ogni parte di me tocchi tutto il suo corpo.

Gli cingo la vita con le braccia e lo avvicino a me. Gli passo senza controllo le mani sulla schiena e sulle spalle, poi gli afferro la nuca e inizio a dondolare i fianchi sui suoi.

Ho scritto e immaginato così tante scene in cui sarebbe finalmente accaduto, ma questa è molto meglio. Il nervosismo che sentivo prima è svanito. Mi sento audace, così infilo la mano nella parte posteriore dei suoi pantaloncini e posso finalmente toccare la versione nuda di quello che ho sempre ammirato.

Lui smette di baciarmi il petto e poggia la fronte sulla mia. Ha il respiro affannoso, proprio come me.

«Dobbiamo fermarci, Keats».

Fermarci?

Ma non voglio fermarmi! Mi sembra di aver appena iniziato!

«Ehm, okay. Forse farei meglio ad andare a casa», dico. Ma non mi muovo. Non ho intenzione di andare da nessuna parte.

«Non voglio che tu vada a casa, ma faremmo meglio ad andare a letto. È tardi e tutti torneranno molto presto».

«Ah». Letto, eh? Be', diamine, potrebbe essere l'unico posto per cui lascerei questa vasca idromassaggio.

Ma poi inizio a preoccuparmi. È un modo subdolo per portarmi a letto? O è davvero stanco?

Brooklyn esce dalla vasca, prende un asciugamano e me lo porge.

Mentre mi alzo, il top del bikini cade completamente e d'istinto mi copro il seno.

Il suo sorriso compiaciuto mi fa pensare che sia valsa la pena uscire dalla vasca. Quando lo faccio, mi lascio avvolgere nell'asciugamano. Lui mi stringe, mi bacia ancora ed emette un flebile gemito.

È il suono più sexy che abbia mai sentito.

Lo seguo nella sua stanza e mi tolgo il bikini bagnato come ho sempre fatto, restando completamente coperta dall'asciugamano. Di solito, ruberei un paio di boxer e una vecchia maglietta per dormire. Mi guardo e penso al mio tentativo di seduzione fallito con Sander. Quando ho scritto le scene per sedurre Brooklyn, il mio guardaroba non consisteva di certo in una vecchia maglietta e un paio di boxer.

Tengo l'asciugamano bagnato attorno al corpo mentre rifletto se devo o meno saltare nuda nel suo letto. Voglio dire, e se volesse davvero solo andare a dormire? Sarebbe un po' strano se restassi svestita.

Lui si siede sul fianco del letto di spalle a me e si toglie i pantaloncini.

Decido che se entra nel letto nudo, lo farò anche io.

Si infila un paio di boxer e, finalmente, posso ammirare il suo bel sedere nudo quando si alza.

Ma questo vuol dire anche che devo trovare qualcosa da indossare. Rovisto nel suo cassetto e prendo i pantaloncini più piccoli che riesco a trovare e una maglietta morbidissima. Se non posso essere sexy, almeno sarò soffice al tatto.

Li indosso, vado dall'altra parte del letto e mi infilo sotto le lenzuola fresche.

Brooklyn mette subito le mani sull'orlo della sua maglietta.

«La tolgo», dice, sfilandola.

Io mi siedo, mi tolgo la maglietta, mi distendo e cerco di non andare in iperventilazione.

Penso che *stia* davvero per accadere.

!!

La sua stanza è buia, ma il bagliore della luna che si riflette sulle onde rimbalza sulle pareti. La luce è romantica quanto le stelle.

Gli occhi di Brooklyn mi scrutano il corpo e mi sembra che mi stia accarezzando. Quando mi tira tra le sue braccia e mi bacia, il mio petto nudo preme stretto al suo.

«Quella frase che mi hai sussurrato sulla gioia, cos'era?»
«"Una cosa bella è una gioia perpetua". È Keats. Per la mia Keats», mormora nei miei capelli.
La sua Keats. Penso che siano le parole più belle che abbia mai sentito.
E, così, mi addormento felice.

Domenica 15 maggio

Quindi è stato solo un flirt?
7:45

La luce del sole e una fredda brezza attraversano le porte aperte. Mi ci vuole un secondo per capire che sono senza maglietta nel letto di Brooklyn.

Ieri sera non è stato soltanto un bel sogno.

Finalmente! Dopo aver sognato e progettato tanto, dopo tutti i copioni che ho scritto, finalmente l'ho baciato.

Tante volte!

Brooklyn apre lentamente gli occhi e mi attira a sé per baciarmi.

Mentre ci baciamo, mi prende delicatamente la mano e la poggia sui suoi boxer, facendomi sentire quanto è duro.

Mentalmente ringrazio Vanessa per avermi descritto nel dettaglio come si fa a dar piacere a un uomo. Ha spiegato a me e RiAnne che si trattava di informazioni vitali che ogni ragazza dovrebbe sapere. E avevo bisogno di quella lezione. All'epoca, pensavo che per fare un pompino bastasse soffiarci sopra. Non che avessi mai avuto l'occasione di provare, ma almeno conoscevo la teoria.

Accarezzo l'esterno dei boxer con la mano. Lui geme dolcemente, poi se li toglie.

Entro nel panico.

Ora cosa devo fare? Vuole fare sesso? Vuole un pompino? Devo continuare con le mani?

Voglio fare sesso?

Non dovrebbe prima confessarmi il suo amore?

O l'ha fatto ieri sera? Quando sono passata dall'essere sua amica all'essere la *sua* Keats?

Lui mi bacia di nuovo e rimette la mano dov'era. È strano, sembra un mondo sconosciuto.

Un mondo sconosciuto di cui ho letto tutto, ho persino visto dei video, ma che non ho mai visitato.

Brooklyn posa una mano sulla mia e mi guida.

Presto inizia a respirare pesantemente e il suo corpo si irrigidisce.

Anche se so che quello che è appena accaduto dovrebbe far star bene lui, ha fatto star bene anche me.

Mi sono sentita ebbra di potere.

Brooklyn rotola contro di me e mi accarezza dolcemente il petto, il ventre e la gamba.

Le sue dita scivolano nell'interno coscia e poi si muove tra le mie gambe.

«Voglio farti star bene anche io», mi sussurra, facendo scivolare un dito dentro di me.

Non è la prima volta che un ragazzo lo fa, ma Brooklyn sembra farlo molto meglio. Comincio a sentirmi stordita, ho il fiato corto, proprio come lui qualche minuto fa.

Si muove più velocemente e con intensità, ed è davvero piacevole.

I miei fianchi iniziano a muoversi con lui.

«Oddio», dico, poi emetto uno strano mugolio. Un suono a metà tra una supplica e una preghiera.

Lui mi bacia con passione e io gemo nella sua bocca.

Poi crollo, rilassata.

Wow.

Non mi sono mai sentita meglio in vita mia. Nessun massaggio costoso, nessuna dose d'erba, neanche gli antidolorifici quando mi sono slogata la caviglia mi hanno mai fatto sentire così. Mi stiracchio sul letto e praticamente faccio le fusa.

Mentre ci baciamo, Mark irrompe dalla porta e urla: «Amico, è ora di fare surf».

Non è insolito che io dorma nel letto di Brooklyn e, anche se sono quasi del tutto coperta, sono certa che ci abbia visto baciarci. Sul suo viso appare una smorfia bizzarra, poi lentamente esce alzando entrambe le mani per aria.

«Era ora, cazzo. Ehi, noi andiamo a sballarci e poi a fare surf. Venite con noi, ehm, quando avete finito».

«Ci sballiamo appena svegli», dichiara Brooklyn, tutto contento. «Assolutamente. Arriviamo subito».

Arriviamo subito? Sono un po' delusa dalle sue parole. Non avevo intenzione di uscire dal letto, pensavo di restare qui per sempre. E magari capire se avrebbe potuto rifarlo.

Invece, lui mi bacia sulla guancia dolcemente. «È stato divertente».

Non riesco a trattenere una smorfia. È stato divertente.

Io in realtà pensavo fosse amore.

Mi dirigo in spiaggia mentre Brooklyn porta fuori le tavole. I ragazzi, incluso Damian, sono seduti nella sabbia e si passano una canna. Tutti, tranne Mark, entrano in acqua. Mi siedo accanto a lui e mi offre un tiro.

Normalmente, non fumerei mai al mattino. Fumo solo di sera con Brooklyn, per rilassarmi. Eppure, prendo un tiro. Non che ne abbia bisogno, mi sento già molto rilassata.

«Sei single ora, eh?», chiede Mark.

«Sì».

«Quindi tu e Brook?»

«Oh, non lo so».

«È stato solo un flirt?»

«Ehm». Oh, mio Dio! Lo è stato? È stata una storiella di una notte? È questo che intendeva quando ha detto è stato divertente? Potrebbe essere solo una storiella per Brooklyn? «Non ne sono sicura», dico alla fine.

«Be', se vuoi un'altra storiella, chiamami».

«Io, ehm...». Sono davvero eloquente stamattina. Non so cosa dire... Non voglio delle storielle, io voglio innamorarmi. Ma trascorro molto tempo con i ragazzi e so quello che vogliono. E, a dir la verità, che c'è di male? Siamo giovani. Mark è carino. Se non fossi pazza di Brooklyn, potrei essere attratta da lui.

«Non ti chiamerà, Mark», afferma Brooklyn dietro di noi.

Il mio cuore inizia di nuovo a palpitare, ma non so cosa voglia dire. Mi sta proteggendo o vuole essere l'unico ad avere un flirt con me?

O, be', qualunque cosa sia stato.

Brooklyn infila la tavola nella sabbia mentre Mark va in acqua.

«Te l'ho detto. I ragazzi saranno contenti di sapere che sei single».

Tende una mano per aiutarmi ad alzarmi. Io la afferro e lui mi tira dritto tra le sue braccia.

«Keats...».

Sembra che voglia dirmi qualcos'altro, ma invece mi bacia. Le sue mani scivolano sul mio fondoschiena.

Io emetto un sospiro involontario. «Nessuno mi ha mai fatto sentire così».

Brooklyn deglutisce e dice: «Sto cercando di andarci piano».

Io gli metto le braccia attorno al collo e lo bacio profondamente.

Mi rendo conto che mi sta baciando e palpando in modo possessivo davanti ai suoi amici e so cosa significa.

Mi sento sexy, audace, desiderata.

«La lentezza è sopravvalutata», commento.

Lunedì 16 maggio

Troppo belle per essere vere
Pranzo

Questo fine settimana ho ignorato Vanessa e RiAnne e tutte le loro chiamate perse, i messaggi e gli SMS. Le ho chiamate e ho chiesto scusa non appena abbiamo finito di fare surf e dopo che Brooklyn è andato a giocare a golf con suo padre. Ho mentito dicendo che ero depressa per la rottura.

Vanessa l'ha subito presa come un bisogno estremo di fare shopping.

Ritiene sia fondamentale essere belle oggi a scuola.

Troppo belle per essere vere.

Che è il suo modo di dire preferito.

Lei pensa davvero di essere troppo bella per essere vera. Anche se so che in fondo non è così sicura, che ha dei seri problemi con suo padre e nessun autocontrollo, all'esterno si mostra piena di sé. E tutti vedono la sua mancanza di controllo alle feste come un'attrattiva.

È la tipica ragazza ricca che ama le feste.

Quando ho cominciato a frequentare Sander, Vanessa ha iniziato ad andare alle feste. Quando ha capito che a Sander piacevo davvero, ha deciso di non competere in una gara che non avrebbe mai vinto. Se io recitavo la parte della fidanzatina, lei avrebbe interpretato quella della "botta e via". Ri-

Anne era una via di mezzo. Aveva avuto fidanzati e storielle, in base all'umore.

Vanessa si comporta come un generale che prepara un attacco. Vuole dimostrare a tutti che, anche se non sto più con Sander, meritiamo di sederci al nostro solito tavolo a pranzo.

Non mi sono preoccupata di dirle che sapevo che Sander si sarebbe seduto altrove.

Né le ho detto che Sander si sarebbe presentato a scuola con un aspetto completamente diverso dal solito.

Né ho menzionato di essere andata a cena con Cush e suo padre, e della mia possibile storiella con Brooklyn.

Brooklyn, con cui non parlo da oltre ventiquattro ore.

Non si dovrebbe richiamare una ragazza – o almeno mandarle un messaggio – dopo aver fatto qualcosa insieme?

Ho paura di essere stata solo un flirt per lui, che non significasse nulla.

Ma poi, perché ha detto che ci stava andando piano? E perché ha detto che andare piano è difficile, ma che lo faceva per me? Perché ha detto che sono la sua Keats? La *sua* Keats!!!

Se un ragazzo vuole andarci piano, in teoria, vuol dire che gli piaci. Dovrebbe voler dire che ci sarà una prossima volta, no?

No!?

Oggi a scuola è stato davvero difficile concentrarsi, perché nella mia mente c'è solo Brooklyn.

E, inoltre, indosso delle scarpe infernali.

Il che vuol dire che la mia mente si alterna tra il pensare a Brooklyn e a quanto mi facciano male i piedi. Neanche io riesco più a starmi dietro.

E se è solo una storiella?
Oh, mio Dio, povero mignolino schiacciato fino alla morte.
Quando chiama una persona che ci sta andando piano?
Sicuramente si è formata una vescica.
Devo scrivergli? E cosa dovrei dire?

Oh, camminate piano. La pianta del piede sembra bruciare tra le fiamme.

Potrei scrivergli e dirgli solo "ciao".

Sento di avere una vescica sotto il tallone destro.

No, deve scrivermi prima lui.

Possiamo sederci per favore?

Non posso incolpare nessuno per il mio disagio, se non me stessa. Non è colpa delle scarpe se ho comprato mezza misura più piccola, così da poterle indossare subito invece di ordinare quella giusta.

Ho messo uno dei tanti completi che Vanessa mi ha aiutato a scegliere ieri.

Un pullover aderente, nero, bianco e arancione di Alexander Wang con dei pantaloncini di pelle nera dello stesso stilista.

Abbinata, un'adorabile borsetta color mandarino di pelle di Proenza Schouler.

Il completo è carino e informale. Sono le scarpe a farlo rientrare nella categoria "Scopabile", secondo Vanessa. Queste scarpe di Chloé sembrano delle normali zeppe nere, ma invece di avere una sola fascia attorno alla caviglia, ne hanno cinque che salgono fino al ginocchio. Sono una specie di stivaletto con la punta aperta.

Sapevo che il commento di Vanessa sull'essere scopabile era un consiglio.

Un avvertimento, per convincermi a fare come dice lei.

E io l'ho assecondata.

E io e i miei poveri piedi ancora non sappiamo perché.

Vanessa, RiAnne e io siamo arrivate tardi a scuola, così nessuno ha assistito alla nostra camminata trionfale nei corridoi con indosso i completi approvati da Vanessa. Non si è fatto altro che parlare della mia rottura con Sander e ho sentito diverse voci sui motivi per cui ci siamo lasciati. Si è passati dalla verità

– abbiamo deciso di prenderci una pausa – all'oltraggio: qualcuno ha detto che ho avuto un flirt con Cush. Il pettegolezzo si è diffuso quando lui mi ha aspettato fuori dalla classe di francese per accompagnarmi alle lezioni del mattino.

Poi si è seduto con me a pranzo.

Vanessa si è seduta dall'altra parte. Mi sussurrava nell'orecchio che avrei dovuto farmela con Cush, che sarebbe il ragazzo perfetto con cui perdere la verginità e che se mi fossi comportata come se sapessi cosa stavo facendo, non avrebbe capito che non l'ho mai fatto.

E onestamente, se non fosse per il fatto che Brooklyn sembrava davvero contento di saperlo, che mi ha detto di volerci andare piano per me, ci avrei fatto un pensierino. Ho scritto un milione di scene in cui finalmente faccio sesso, ma anche se Cush è davvero carino, non è mai stato scelto come protagonista.

C'è molto chiasso e molta gente in mensa, ma quando Sander fa la sua entrata, piomba il silenzio. Invece dei suoi soliti vestiti colorati, indossa un paio di jeans aderenti neri, degli stivali e una maglietta dello stesso colore.

Se non fosse per gli abiti, non lo avrei mai riconosciuto.

Ha anche una nuova camminata. Invece di muoversi con la schiena all'infuori, ora è curvo in avanti come se il mondo gli fosse crollato addosso. Ci passa davanti, mi guarda con occhi tristi da cane bastonato e si siede all'estremità di un tavolo quasi vuoto. Si mette gli auricolari e si nasconde dietro un libro.

«Oh, mio Dio», esclama Vanessa. «Che cazzo gli hai fatto?».

Mi stringo nelle spalle, mentre Cush mi dà un colpetto con il piede sotto il tavolo. Gli ho raccontato ieri sera della trasformazione di Sander.

La mensa si rianima.

Prima: «Chi è quel tizio?».

Poi: «Oh, mio Dio, è Sander!».

Ci sono stati molti sguardi tra il nostro e il suo tavolo.

«Non capisco», dice RiAnne.
«Non capisci cosa?», domanda Cush.
«È carino così. Perché non viene a sedersi con noi?»
«Forse dovresti andare da lui», suggerisco. «Per consolarlo».
«Non ci provare!», la avverte Vanessa. «Il dado è tratto. Non ti avvicinare».
«Di che parli?», chiedo.
«Ehi, sei tu che hai distrutto il re del ballo. Sto soltanto cercando di gestire le conseguenze».
«Quali conseguenze?»
«Di come influenzerà il nostro stato. Non vogliamo che inizi un tavolo tutto suo».
«A chi importa del suo cazzo di tavolo?», dico, un po' troppo ad alta voce. I ragazzi della squadra di lacrosse al tavolo accanto si girano a fissarmi.
Io mi alzo, prendo il mio pranzo ed esco dalla mensa. Se non lo avessi fatto, avrei dato un pugno a Vanessa su quel suo viso compiaciuto.
«Aspetta», dice Cush, dietro di me. Poi scoppia a ridere. «Non che non possa raggiungerti con quelle scarpe. Che cosa sono?».
Controllati, Keatyn. Non crollare a scuola.
«Non so come si chiamano, ma mi stanno uccidendo».
Cush mi solleva da terra e mi porta in braccio nel corridoio.
Accidenti, com'è forte!
Passiamo davanti a una cheerleader carina di nome Mandy, che a volte viene alle feste di Cush. Resta a bocca aperta quando nota che mi sta portando in braccio. Dal suo sguardo, sembra quasi che ci abbia visto fare sesso.
Cush le fa un cenno con il capo e dice: «Come va?», portandomi nello spogliatoio dei ragazzi. Mi fa sedere su una panchina tra una fila di armadietti blu.
«Toglitele», mi ordina.
Io non lo faccio.

Invece, mi appoggio alla panchina e mi metto a urlare: «Ahhhhhhhhh!».

«Che diavolo sta succedendo?», esclama coach Kincaid a Cush. Poi mi dice: «E perché sei nello spogliatoio dei maschi?»

«Sta avendo un crollo nervoso, signore», risponde Cush. «Sono le scarpe. Stanno tentando di ucciderla».

Il coach guarda le scarpe, fa una smorfia e con un cenno della testa dice: «È comprensibile». Poi torna nel suo ufficio, sbattendo la porta.

Cush si inginocchia e inizia a slacciarmi le scarpe.

«A volte non ti capisco. Perché sei sua amica? Perché lo fai?»

«Potrei farti la stessa domanda. Perché le permetti di invitare così tanta gente alle tue feste? Perché lo fai?»

«Mi ha detto che avrebbe rovinato la mia reputazione se non lo avessi fatto».

«Come potrebbe? Sei sempre pieno di ragazze».

«Lo so, ma è amica tua, quindi mi adeguo».

«Lei vuole Sander. Pensa che sarebbero la coppia perfetta a scuola».

«Hai avuto tu Sander, però».

«Non ci ho provato, è successo. Era nuovo e avevamo tante cose in comune».

Mi sfila una scarpa e inizia a slacciare le sei cinghie sull'altra. Io mi dimeno e tendo le dita dei piedi. Va già meglio. Sono sicura che se le dita avessero le labbra, bacerebbero Cush per ringraziarlo.

«Ha minacciato di rovinare anche la mia, di reputazione», dico sottovoce.

«Non credo che possa fare o dire nulla per far cambiare l'opinione che la gente ha di te. Non cerchi di stare sotto i riflettori, Keatyn, non lo hai mai fatto. Sono i riflettori a seguirti».

Mi sfila l'altra scarpa e mi massaggia i piedi per cancellare i segni.

«Che vuoi dire?»

«Che non hai bisogno di essere popolare».

Guardo nei grandi occhi azzurri di Cush e all'improvviso sento il bisogno di baciarlo.

Solo per ringraziarlo per essere così dolce.

Con i miei piedi.

Lui abbassa lo sguardo sulle sue mani che mi massaggiano le gambe.

«Non so se voglio essere popolare», confesso.

«Sì, neanche io», risponde lui, sottovoce. Poi si rallegra e mi rivolge il suo solito sorriso malizioso. «È una splendida giornata. Andiamo via. Guidiamo lungo la costa o andiamo in spiaggia».

Il mio telefono vibra perché ho ricevuto dei messaggi.

VANESSA: Dove cazzo sei? Cush ti ha portato in braccio nel corridoio? Ve ne siete andati insieme?

RIANNE: Ho sentito un pettegolezzo su te e Cush. È vero? È quello il vero motivo per cui hai rotto con Sander?

Sospiro, mostrandogli i messaggi, poi lancio il telefono nella borsa. «Dove andiamo?»

«Al Santa Monica Pier? Possiamo mangiare schifezze, andare sulla ruota panoramica e giocare ai videogiochi fino a sera».

«Sembra divertente», rispondo.

Martedì 17 maggio

Be', che c'è?
17:45

Quasi cinquantanove ore dopo il nostro flirt, comincio a chiedermi se rivedrò mai più Brooklyn.

E sì, sto contando le ore.

Be', che c'è?

Sono andata via dall'allenamento di calcio in stato confusionale.

Mi sono confidata con Cush prima. Gli ho detto di Brooklyn e ho cercato di farmi dare un consiglio, di farmi spiegare cosa vuol dire quando un ragazzo non chiama.

Si è arrabbiato e mi ha detto che non lo sa.

Quando gliel'ho chiesto dopo l'allenamento, perché ho bisogno disperatamente di un consiglio, mi ha aggredito dicendo: "Ti chiamerà quando vorrà farlo di nuovo".

Forse ha ragione?

Non siamo mai stati così tanto tempo senza parlarci.

Forse si vergogna?

Vorrebbe non avermi baciato?

Teme che possa pensare che sia molto più di quel che è e questo è il suo modo per farmelo capire?

Mi dirigo verso la Range Rover nera che guido solitamente per andare a scuola e vi vedo appoggiata Vanessa.

Vanessa non resta mai dopo la scuola. Ed è sola.

Il che vuol dire che è furibonda.

Non ho voglia di ascoltare le sue stronzate adesso.

«Che cazzo è successo a pranzo oggi?», ringhia.

«Niente. Cush e io ci siamo seduti al tavolo accanto al nostro. Con la sua squadra di calcio. Lo hanno eletto capitano per il prossimo anno. Voleva fare un po' di amicizia e mi ha chiesto di partecipare. Non esagerare, non è successo niente».

Vanessa mi afferra il braccio, stringendo forte. «Oh, invece no. È importante. Abbiamo una reputazione da mantenere e la gente inizia a chiedersi cosa ti sia preso. Lo sai questo, vero? Non sanno cosa pensare del tuo comportamento ultimamente. Prima rompi con il re del ballo e lui ci resta così male che si *tinge* i capelli! Poi, scappi con Cush nel bel mezzo della mattinata? E lui ti porta in braccio per il corridoio? Oggi, ti siedi con la squadra di calcio? Posso capire la squadra di lacrosse, ma il calcio? Sul serio? Non va bene. Sembra che tu non faccia più parte del nostro gruppo. È questo che vuoi? A che stai pensando?»

«Ehm, io... a niente, in realtà».

«Direi che è evidente. Be', sei fortunata che ci sono io a occuparmi di tutto. Tu e Cush fareste meglio a portare il culo al nostro tavolo domani e a restarci. Non ti permetterò di rovinarci. Chiaro?»

«Non capisco quale sia il problema. È successo solo una volta».

«Invece di riflettere su questo, ascolta qui. Come ti sentiresti se dicessi a tutti che la tua relazione con Sander era una bufala? Come ti sentiresti se dicessi che forse in realtà sei lesbica ed è per questo che non hai mai trovato un ragazzo che ti scopi? La gente ci crederà. *Sei* nella squadra di calcio».

Chiudo gli occhi, faccio un respiro per calmarmi e mi ricordo che la scuola presto finirà per le vacanze estive. Siediti dove devi per ora, poi penserai a cosa vuoi fare l'anno prossimo.

«Bene, ci sarò».

Vanessa mi rivolge un sorriso soddisfatto. «Molto bene».

Io entro in auto e me ne vado.

«Dio, quanto la odio. Già è terribile che voglia dire a tutti che non l'ho mai fatto, ma una lesbica? Sul serio? La odio!», urlo al tettuccio della mia auto.

Quando arrivo a casa, decido di non entrare. Sono troppo arrabbiata per essere gentile con gli altri. Varco il cancello laterale, lo sbatto e lancio le scarpe sul marciapiede, correndo sulla sabbia. Passo davanti casa di Brooklyn e noto Vincent seduto sulla spiaggia. Ha la testa bassa, le spalle curve in avanti.

Gli tocco dolcemente la spalla. «Stai bene? Non hai avuto la casa?», chiedo sottovoce.

«Stiamo ancora negoziando», dice.

Mi siedo sulla sabbia accanto a lui. «Che hai?».

I suoi occhi brillano per le lacrime. Scuote il capo e non riesce neanche a parlare. «È morta mia nonna».

Gli stringo il braccio dolcemente. «Oh, Vincent, mi dispiace. Eravate molto uniti?».

Lui annuisce. «Non ho avuto un'infanzia felice. Mia madre, be', era una facile», afferma, accigliandosi. «Facile è un eufemismo. Era fuori controllo. Mi ha avuto a sedici anni e io non ho mai conosciuto mio padre. Onestamente, credo che neanche lei sapesse chi fosse. Si è sposata cinque volte da quando sono nato al mio dodicesimo compleanno. Erano tutti degli stupidi rifiuti della società. Uno la picchiava e a volte ha picchiato anche me. La odiavo per questo. Il sesto marito è stato un enorme passo avanti. È stata attratta dal denaro e, anche se lui non voleva un figlio, l'ha sposato. Così mi ha lasciato a casa di mia nonna e se n'è andata».

«Ma è stato un bene per te, giusto?».

Lui abbozza un sorriso, ma ha ancora le lacrime agli occhi. «È stato davvero un bene per me. Mia nonna era fantastica, bellissima, una signora, totalmente diversa da mia madre. Era una stella del cinema degli anni Sessanta. Quando le star erano star per davvero. Era elegante, affascinante e sempre truccata. Non andava in giro in pantaloni da yoga e stivali con la pelliccia, hai presente?»

«Sembra una donna meravigliosa. Come si chiamava?»

«Viviane Sharpe».

«Oh, mio Dio, la conosco! Cioè, so chi è e l'ho incontrata agli Oscar quando avevo quattordici anni. Era in un film su una splendida storia d'amore, *Da qui all'infinito*. È uno dei film preferiti di mia madre. Sarà molto dispiaciuta di sapere che è scomparsa».

«Rispettava tua madre».

«Davvero? Perché?»

«Ci sono molte donne a Hollywood che farebbero qualsiasi cosa per ottenere un ruolo. Andrebbero a letto con chiunque, si spoglierebbero in un attimo per la fama. Apprezzava che tua madre non lo avesse mai fatto. Ha chiesto che fosse lei a presentare quando ha ricevuto il premio alla carriera».

«Era malata?»

«No, affatto. Ha avuto un attacco di cuore ed è morta nel sonno».

Mi vengono le lacrime agli occhi, mi dispiace tanto per Vincent.

«È per lei che desideravo comprare una casa qui». Si riempie le mani di sabbia e la guarda cadere lentamente. «Lei e mio nonno si erano incontrati proprio qui. Ebbero una storia travolgente, lui le comprò una casa sulla spiaggia come regalo per il matrimonio. Diceva che quello era stato il momento più felice della sua vita. Era vedova da più di vent'anni, ma era l'unica cosa di cui parlava. La casa che sto tentando di comprare è quella in cui vivevano. Il mese prossimo avrebbe festeggiato il suo compleanno e volevo farle una sorpresa acquistandola», conclude, con gli occhi lucidi.

Abbraccio Vincent e dico: «Mi dispiace. Ne sarebbe stata felicissima. Quand'è il funerale?».

Vincent fa un respiro profondo e si ricompone. «Non voleva un funerale. Mi ha lasciato delle istruzioni precise a riguardo». Si allunga sul fianco e prende un'urna che non avevo notato prima. «Voleva essere cremata e che le sue ceneri venissero sparse qui, dov'è stata felice. È per questo che sono qui. L'avvocato mi ha detto che è illegale spargere le ceneri sulla spiaggia, ma cosa dovrei fare? È quello che desiderava e so che devo farlo, ma non sono pronto a dirle addio».

«Immagino quanto sia terribile averla persa, ma pensa che ora è felice. È tornata da lui, in cielo», dico, ripetendo ciò che mi aveva detto mia madre dopo la morte di mio padre. È in cielo e ti proteggerà.

Vincent si passa una mano tra i capelli. «Sì, lo so. Eppure, non ero pronto. Aveva solo settantuno anni, sembrava in forma. Era più veloce di me sul tapis roulant».

«So che l'ho già detto, ma mi dispiace. Posso aiutarti, se ti va. O magari posso andarmene, nel caso tu voglia restare solo».

Vincent si aggrappa al mio braccio come se fosse un salvagente e lui stesse affogando. «No, resta, ti prego», risponde, sorridendo. «Credo che le farebbe piacere. Cercava sempre di trovarmi una moglie. Le piacerebbe sapere che l'ho fatto assieme a una ragazza, soprattutto con te, perché sei la figlia di Abby».

Si alza e si guarda attorno. «Non ho mai fatto niente del genere prima d'ora. Quando mia madre è morta, non mi è importato molto. Mia nonna le ha organizzato un funerale, ma mi sono rifiutato di partecipare».

«Cos'è successo a tua madre?»

«Lei e il marito numero sei sono stati uccisi durante una rapina, dicono. Nessuno sa per certo cosa sia accaduto», risponde Vincent, rivolgendomi un sorriso distaccato. Sembra quasi felice del destino di sua madre. E come dargli torto? Sembra che non l'abbia trattato molto bene.

Mi alzo accanto a lui. «Dobbiamo dire qualcosa?»
«Ti va?»
«Ehm, certo», rispondo, ma non ho idea di cosa dire, così penso al suo grande classico. Era un film sul grande amore, il tipo di amore che sogno io. Il tipo di amore che sperava per Vincent.
Lui apre l'urna e la scuote delicatamente per disperdere le ceneri.
Non le osserva spargersi sulla sabbia, ma mi guarda dritto negli occhi.
Io gli stringo la mano, pregando sottovoce. «Oggi riportiamo Viviane nel luogo in cui ha incontrato l'amore della sua vita. Qui è stata davvero felice. Preghiamo affinché possa riunirsi al suo grande amore in paradiso e possano vivere nella loro versione perfetta di questo tratto di spiaggia. Preghiamo affinché suo nipote, Vincent, possa vivere un giorno quello stesso tipo di amore. Amen».
Non riesco a trattenermi e scoppio a piangere. Per Viviane, per Vincent, per me.
Egoisticamente, soprattutto per me stessa, perché il ragazzo che pensavo fosse il mio grande amore, che ho incontrato proprio su questa spiaggia, non mi parla da giorni.
Vincent lancia l'urna nell'oceano, si volta e mi abbraccia forte, posando la testa sulla mia spalla.
Sta piangendo. A singhiozzi.
Non so cosa fare, così gli metto una mano sulla schiena e gli do delle pacche, come faccio con le bambine quando si svegliano di notte e non riescono a riaddormentarsi. «Shhh, andrà tutto bene, te lo prometto».
Lui solleva il capo, si asciuga le lacrime e dice: «Grazie. Non volevo farlo da solo, ma non c'era nessuno che avrei voluto accanto a me».
«Sono felice di esserti stata d'aiuto. Spero che potrai comunque comprare la casa. Sarebbe felice di sapere che vivi qui. Ora dobbiamo solo trovarti una donna», affermo, ridendo. «Sarà

facile per un ragazzo come te. Come mai non sei ancora sposato?».

Lui scoppia a ridere. «Dio, sembri lei adesso. Mi diceva che ho degli standard troppo alti». Fa una pausa, poi continua: «Sembravi arrabbiata quando sei venuta qui prima. Hai avuto una brutta giornata? L'ho peggiorata?»

«Non importa più adesso. Sono solo drammi da liceo».

«Sì, ma sono i tuoi drammi. Parlamene. Mi distrarrà e sono stato al liceo anche io, magari ti posso aiutare».

Faccio un grosso sospiro e poi mi confido: «Ho da poco rotto con il ragazzo con cui uscivo da più di un anno. Eravamo la coppia perfetta, tutti pensavano che lo fossimo, ma in realtà non era così. Non credo che fosse attratto da me o forse vuole davvero aspettare fino al matrimonio, non lo so».

«Sei ancora vergine? Sul serio?».

Io abbasso la testa. «Sì».

Vincent mi solleva il mento per costringermi a guardarlo. «Keatyn, è una bella cosa».

«Le mie amiche pensano sia da sfigati. È come se avessi dei problemi o non fossi abbastanza sexy».

«Sembra che le tue amiche abbiano dei valori del cazzo. Il sesso non ti rende sexy. Voglio davvero farti recitare nel mio film. Tutti i ragazzi d'America si innamoreranno di te».

«Ne dubito fortemente. Non riesco neanche a far innamorare di me il ragazzo che mi piace. E come se non bastasse, quella che dovrebbe essere la mia migliore amica minaccia di dire a tutta la scuola che non l'ho mai fatto. Tutti pensano che non facessi altro con il mio ex. Se lo scoprissero, mi considererebbero una borsa di Prada finta».

«Mia nonna sosteneva che non deve importarti di cosa dice la gente di te. Le persone che dicono cose cattive sono insicure. Quando ero piccolo, i bambini mi prendevano in giro per via di mia madre. Ho imparato a combattere. Sono diventato forte. Quando vivevo con mia nonna, mi ha detto che se avessi avuto fiducia in me stesso, anche gli altri l'avrebbero avuta. Così sono diventato bravo a fingere. Ora non devo neanche più farlo. Non permettere a nessuno di farti del male».

«Okay, ci proverò».

«Farò meglio ad andare».

«Mi dispiace per tua nonna».

«Ti ringrazio davvero per avermi aiutato. Posso avere il tuo numero di telefono per restare in contatto con te?».

Gli dico il mio numero e lui lo salva sul cellulare.

Quando se ne va, dice: «Sarebbe contenta di sapere che ho incontrato una ragazza che renderò una star del cinema sulla sua spiaggia».

Mercoledì 18 maggio

È importante, gente
Pranzo

Durante la quarta ora, ho ricevuto un messaggio sul cellulare che ho praticamente strappato dalla borsa per controllare se fosse Brooklyn.

Con mia sorpresa, invece, era Vincent.

NUMERO SCONOSCIUTO: Ciao, sono Vincent.
IO: Ciao... come stai oggi?
VINCENT: Meglio. Voglio tentare di ripagarti per la tua gentilezza di ieri. Sei libera per cena stasera?

Ci ho pensato su prima di rispondere. Non conosco molto bene Vincent, ma sembra gentile. Mi è molto dispiaciuto per lui. Ieri sera, quando non contavo da quante ore non parlavo con Brooklyn, ammetto di aver pensato un po' a lui, a quanto sembri forte e sexy, ma anche a quanto sia sensibile e come apparisse triste.

Ho pensato di mandargli un messaggio, per sapere come stava. Ho anche il suo bigliettino da visita sulla mia scrivania. Non l'ho fatto, però. Temevo che fosse strano. Ma quello che mi ha detto quando se n'è andato – che sua nonna sarebbe stata contenta del nostro incontro sulla spiaggia – mi ha reso felice. Ho pensato che forse dovrei prendere parte a questo progetto, se mai venisse realizzato.

Mi fido di lui per il modo in cui sembra adorare sua nonna e il suo vecchio stile hollywoodiano. Mi fa venir voglia di fare tutto il possibile per renderlo di nuovo felice.

IO: Non devi ripagarmi. Ho fatto quello che avrebbe fatto chiunque.

VINCENT: Non sono d'accordo. Allora, cena? Se sei preoccupata perché non mi conosci bene, scegli tu il ristorante e ci vediamo lì.

IO: Non sono preoccupata, Vincent. Mi fido di te. Per quanto riguarda la cena, che ne dici di Moon Beams? Possiamo sederci in veranda e goderci questa bella giornata.

VINCENT: Sono felice di sapere che ti fidi. Se mai avremo un rapporto, la fiducia è importante. Alle sei?

IO: Va bene, a dopo.

Ora sono seduta al nostro tavolo a mensa e sto pensando a lui.

Non a lui in particolare, so che è troppo grande per me, ma pensavo che sarebbe carino uscire con qualcuno che non si comporta da ragazzino.

Soprattutto da ragazzino che prima se la fa con te e poi non ti richiama.

Forse dovrei cercare un uomo. Il tipo di uomo che ti dice che non devi fare sesso per essere sexy. Che ti dice che hai un viso espressivo, che è pronto a rischiare il progetto dei suoi sogni per una sconosciuta come te.

Mi chiedo come sarebbe baciare un uomo, uno che assomiglia a Vincent e che ha più esperienza di un ragazzino. Un uomo che mi tratterebbe con rispetto e che mi richiamerebbe di sicuro.

Immagino di essere in una scena come quella al termine del film di sua nonna, mentre corro tra le braccia forti di un uomo, che mi fa roteare, confessandomi il suo amore. Poi mi fa distendere sulla sabbia e mi bacia mentre le onde ci accarezzano i piedi.

Ovviamente, nel film non si vede nulla oltre quel momento. I film degli anni Sessanta erano casti, dal punto di vista del sesso.

Ma tutti sappiamo cos'è accaduto dopo.

Lo hanno fatto sicuramente sulla spiaggia.

Purtroppo, quando lo immagino, vedo il viso di Brooklyn e non quello di un uomo come Vincent.

«Sarà strano l'anno prossimo», afferma Cush, distraendomi dal mio sogno a occhi aperti.

Mi guardo attorno, noto il tavolo vuoto e mi ricordo che oggi è il giorno in cui i ragazzi dell'ultimo anno saltano la scuola. Al tavolo ci siamo solo io, Vanessa, RiAnne e Cush.

«È per questo che dobbiamo organizzarci prima», dice Vanessa.

«Organizzare cosa?», chiedo.

«Dobbiamo scegliere chi vogliamo far sedere con noi l'anno prossimo», risponde lei con tono di sufficienza. Come se fossimo degli idioti che dovrebbero già saperlo.

Vanessa tira fuori una cartellina dalla sua borsa Chloé e ci porge dei documenti rilegati. Apre il suo e noi la seguiamo.

Soprattutto perché ci chiediamo cosa diavolo abbia ideato stavolta.

«Okay, partiamo da Alexander Littleton. Principe del ballo. Quarterback. Popolare tra i più giovani. È carino. Suo padre gioca per i San Francisco 49ers, sua madre, che un tempo è stata Miss Kentucky, ha un programma al mattino sulla televisione locale. Sembra un po' troppo perfettino per me, ma vedrò cosa posso farci alla festa».

Scorro tra i profili e non riesco a credere a quanto lavoro ci sia dietro. «Che festa?», domando.

«Sabato sera a casa di Cush».

«Ehm, non posso sabato sera», risponde Cush.

«Che diavolo hai da fare?», sbotta Vanessa.

Lui sembra infastidito. «Ho il torneo di calcio, tutto il fine settimana».

«Allora venerdì», ribatte lei.

«No, devo andare a letto presto. Dobbiamo essere sull'autobus alle sette».

Vanessa indica con un gesto gli altri tavoli. «Date un'occhiata in giro. Tutte queste persone si stanno chiedendo cosa devono fare per sedersi a questo tavolo l'anno prossimo. È importante, gente».

«Perché non organizzi la festa a casa tua, Vanessa?», suggerisco. La sua casa non è neanche lontanamente fantastica come quella di Cush.

Lei fa un gesto con la mano. «Penserò ai dettagli dopo. Poi c'è Isabella. Sua madre è un'attrice italiana, suo padre ha una vigna a Sonoma. Si divide tra i due, il che vuol dire che la casa da ventiduemila metri quadri sarà perfetta per le feste».

Chissà se RiAnne e Vanessa hanno avuto una conversazione del genere su di me prima di diventare mie amiche.

«Che ne dite di Mallori Blaine? Mi sorprende che non ci sia», dice Cush, dopo aver sfogliato tutte le pagine. «È bella».

«Indossa le scarpe da tennis a scuola», risponde RiAnne, come se fosse un crimine.

«Suo nonno possiede una catena di hotel. Era sempre la più divertente alle feste in piscina da piccoli», racconta Cush.

«Davvero? Come ho fatto a non pensarci?», commenta Vanessa, perplessa. «Ottima idea, Cush».

Cush e io ci guardiamo. Non posso farlo, non posso scegliere gli amici in questo modo. Non lo trovo giusto.

«Ehm, devo arrivare prima in classe», affermo.

Cush prende il vassoio. «Sì, anche io».

«Hai seguito il mio consiglio e l'hai persa con Cush? È per questo che ti segue dappertutto a scuola?», chiede Vanessa.

Io inspiro. Chiudo la bocca e vado via.

Cush mi segue. «Che cazzo ha detto?».

Mi vengono le lacrime agli occhi, non riesco a guardarlo. Non mi fermo all'armadietto. Vado dritto alla porta sul retro e corro verso i campi da calcio.

Salgo sulle tribune battendo i piedi, mi siedo, mi prendo il viso tra le mani e scoppio a piangere.

Non so cosa fare. Una parte di me vuole dire a Vanessa che è vero, che io e Cush abbiamo fatto sesso, così non avrebbe più nulla da recriminarmi. Ma l'ultima cosa che desidero è un altro finto fidanzato.

Non riesco a credere che Vanessa abbia fatto quello stupido commento per farmi innervosire. Dovrei essere orgogliosa perché voglio che sia speciale.

«Sono confuso», dice Cush, seduto accanto a me. «Che intendeva dire con "l'hai persa con Cush"? Che hai perso?».

Espiro e decido di dirgli la verità.

«Avevi ragione su Sander. Il motivo per cui i miei capelli non erano mai scompigliati, perché ero sempre perfetta, era che non abbiamo mai fatto sesso. Sander diceva di voler aspettare il matrimonio, ma non era soltanto questo. Non facevamo nulla. Ci baciavamo e basta. Un giorno ero frustrata e stupidamente gliel'ho confidato. È per questo che mi prende in giro. Minaccia di dire a tutti che la nostra relazione era una bufala e, anche peggio, che sono ancora vergine».

Cush scuote il capo avanti e indietro, cercando di riflettere sulla mia confessione.

«Ma Sander si comportava come se lo faceste sempre. Ti stava sempre addosso, ti massaggiava la schiena, ti baciava».

«Lo so».

«Non ho mai fatto sesso con Vanessa», ammette.

«Davvero? Lei mi ha detto di sì, e che è stato fantastico».

«È una bugia. Io, ehm, be', non ci sono riuscito quella sera. Era una delle poche volte in cui mi sono davvero davvero ubriacato. Lei si è incazzata e mi ha detto che avrei fatto meglio a non dirlo a nessuno».

«Non si è alzato per lei? Oh, mio Dio, è grandioso!».

«Non l'ho fatto neanche con RiAnne. È svenuta. Quindi, l'anno scorso, prima che iniziassi a sedermi al vostro tavolo, avete fatto una scheda simile anche per me? Cosa diceva? La madre non è mai a casa? Organizza delle belle feste?»

«Non lo so. Ci siamo sedute allo stesso tavolo quando Sander e io abbiamo iniziato a frequentarci, ma ho sempre sospettato che volessero essere mie amiche solo per via di mia madre».

«La figlia di Abby Johnston. Sì, è notevole. Tua madre è...».

«Non osare dirlo».

«Dire cosa?»

«Che mia madre è sexy».

Lui scoppia a ridere. «Volevo dire che è un'ottima attrice».

«Ah, scusa. Merda. Che casino».

«Vuoi sapere una cosa?»

«Probabilmente no», dico, ridendo.

«Credo sia bello che tu sia ancora vergine. A proposito di grandi segreti, domani è giovedì. Faresti meglio a portarmi a ballare».

Lo abbraccio. «Ti va di uscire anche venerdì? So che devi tornare a casa presto, ma magari possiamo capire cosa fare l'anno prossimo».

«Sì, mi piace l'idea», dice, ricambiando l'abbraccio.

Di certo ne hai la faccia
17:00

Ho fatto finta di non stare bene, così l'allenatore mi ha permesso di andar via dall'allenamento di calcio in anticipo. Sono tornata a casa, mi sono fatta la doccia, mi sono sistemata i capelli e mi sono truccata. Poi sono entrata nella cabina armadio e ho provato trentasette completi diversi.

Non riesco a decidere come voglio sembrare. Non voglio apparire troppo giovane e fargli pensare che sono troppo piccola. Non voglio neanche dare l'idea di voler sembrare più grande per colpirlo. Non voglio vestirmi troppo elegante, dato che saremo su una veranda che si affaccia sull'oceano, ma non voglio neanche essere troppo sportiva.

Non so perché sono nervosa. Credo sia per via del film. Anche se non l'ho mai ammesso a nessuno, credo di voler recitare, per questo voglio fare una buona impressione su Vincent. Voglio che mi veda grande abbastanza per lavorare, ma anche giovane per avere l'aspetto innocente che aveva mia madre.

Decido di portare i capelli sciolti e lisci, ma all'ultimo minuto, fermo la frangia con un ferretto. Sulla veranda c'è vento e non voglio che i capelli mi volino in faccia mentre cerco di mangiare. Decido anche cosa indossare: un abito di pizzo ricamato color crema. Mi dà un aspetto dolce e innocente, ma la parte superiore è trasparente e sexy. Lo abbino a un paio di sandali marroni, orecchini lunghi color avorio e gli occhiali da sole di Gucci panna, leggermente tartarugati.

Lascio la mia auto al parcheggiatore ed esco sulla veranda che si affaccia sull'oceano con degli splendidi arredi e una vista mozzafiato. Noto subito Vincent. È seduto comodamente su uno dei divani che sembrano quasi dei letti. Accanto a lui, un secchiello d'argento per il vino, avvolto in un tovagliolo bianco per non sgocciolare. Sta ammirando l'oceano, ma poi si gira e mi saluta con la mano, nel caso non lo avessi visto.

Sorrido e cammino lentamente verso di lui. È molto attraente con la camicia di cotone bianca, dei pantaloncini giallo pallido, dei mocassini giallo scuro e degli occhiali da sole neri.

Si alza per salutarmi, mi dà due baci e poi mi fa accomodare.

Mi siedo con grazia sul bordo del divano, piegando leggermente i piedi di lato.

«Sono felice che tu abbia accettato di incontrarmi», dice lui.

«Sono felice che me l'abbia chiesto».

Solleva un dito e il cameriere ci porta due bicchieri che riempie di Chardonnay.

Quando il cameriere se ne va, Vincent si avvicina, brinda con il bicchiere sul mio e dice: «Alla spiaggia». Prende un sorso e abbassa leggermente il capo. Come se stesse recitando una preghiera sottovoce.

«Sei sicuro che ti vada?», chiedo.

«Sì, pensare al lavoro aiuta».

«Ah, quindi siamo qui per lavoro?».

Lui fa un sorrisetto, beve un sorso di vino e afferma: «Ora che ho trovato la protagonista perfetta, riesco solo a pensare al lavoro».

«Come si chiamerà il film? Spero non qualcosa di terribile come *Un altro giorno al lago* o *Un giorno al lago. Parte seconda*».

«Sono orrendi. Che ne dici di *Una brutta giornata al lago*?», dice, ridendo.

«O *Solo un altro giorno al lago*».

«Mi piace», risponde.

«Non capisco cos'altro dovrà fare il mio personaggio oltre a urlare in bikini».

«Si farà valere in bikini».

«Vuoi dire che non indosserò un mantello e la calzamaglia? Basta, rinuncio».

Lui scoppia a ridere. «Sei divertente».

«Non stavo scherzando», dico seria per prenderlo in giro.

Lui mi osserva e io nascondo ogni traccia di emozione dal viso. Sono impassibile.

«Ricordami di non giocare mai a poker con te».

Sorrido. «Faccio schifo a poker. Sorrido sempre quando ho una buona mano. Riesco a essere impassibile per scherzo, ma sarò sincera: non sono brava a mentire».

«La chiave del mentire è convincersi di dire la verità».

Piego il capo di lato e rifletto. «Quindi devi prima mentire a te stesso. Interessante».

Bevo un altro po' di vino. Nessuno dei due sta parlando, ammiriamo l'oceano, ci scambiamo sguardi, beviamo. È un silenzio stranamente piacevole. Non sono affatto nervosa con Vincent. Osservo i suoi vestiti costosi, il suo aspetto attraente e mi domando perché abbia scelto di stare dietro alla telecamera nel mondo del cinema e non davanti.

«Perché non fai l'attore? Di certo ne hai la faccia».

«Be', grazie. Credo di essere più interessato a quello che succede dietro le quinte. Sono una personalità di tipo A: meticoloso, organizzato. Mia nonna diceva che bisogna essere molto creativi per recitare. Io uso di più il cervello destro. Dati, numeri, scadenze. Sono bravo in questo. Mia nonna mi ha insegnato parecchie cose sul mestiere, come scovare un talento, come creare una storia, i personaggi, l'arco narrativo, l'intreccio, come gli effetti speciali debbano migliorare la trama e non coprirla».

«Sembra che abbiamo molto in comune. Ho sentito anche io parlare di continuo di queste cose». Prendo un altro sorso di vino e lui immediatamente mi riempie il bicchiere. «E sono anche abbastanza creativa, ma non ho la più pallida idea di come farai ad aggiungere degli effetti speciali a *Un giorno al lago*. Ci sarà un attacco alieno? Dovrò lottare con un gruppo di squali rabbiosi?»

«Gli alieni. Il sottotitolo del film sarà *Salvare il mondo, un bikini alla volta*».

All'inizio mi metto a ridere, ma lui sembra serio.

«Oh, mio Dio, è una parodia. Non lo faccio!».

Lui porta il bicchiere di vino alle labbra e noto che sul suo viso appare una smorfia. Ha un ginocchio piegato sul divano e io lo colpisco quando mi rendo conto che mi prende in giro.

«Oh, mio Dio! Lo stai facendo! Stai mentendo».

Lui scoppia a ridere, poi posa la mano sulla mia.

È a quel punto che mi rendo conto che sto toccando il suo ginocchio scoperto.

E che probabilmente non avrei dovuto farlo.

Ma Vincent non sembra offeso. Anzi, sorride. «Una parte di me vorrebbe insegnarti a mentire. L'altra parte è felice che tu non ne sia capace. Ho visto quattro diversi tipi di emozione attraversarti il viso quando lo hai capito. So che hai pensato che fosse solo una frase per abbordarti, ma ero serio quando ti ho detto che hai un viso molto espressivo».

Mi massaggia la mano con il pollice mentre parla. Non credo che si renda conto di togliermi il fiato.

Si protende verso di me e chiede: «Quanti anni hai?».

Mi ricompongo e sussurro con espressione impassibile. «Ventuno, ovviamente. Quasi ventidue». Sono davvero brava con questa bugia, perché la dico spesso. Così spesso, che quasi ci credo anche io.

Lui si poggia sul gomito e mi osserva.

Noto che ha un ciglio scuro che pende pericolosamente vicino all'occhio. Mi avvicino automaticamente per spostarlo.

«Chiudi l'occhio». Delicatamente prendo il ciglio non appena lo fa. «Okay, ora puoi aprirlo. Avevi un ciglio. Vedi? Ora devi esprimere un desiderio».

Lui si avvicina alla mia mano, chiude gli occhi e soffia dell'aria calda sulle mie dita. «Vorrei che avessi davvero ventun anni».

«Perché?»

«Perché sarebbe più appropriato». Si avvicina e mi dà un bacio sulla guancia. «Grazie per essere stata tanto dolce con me ieri».

«Che c'entra l'età con il bacio sulla guancia?»

«Mettiamo da parte l'argomento per adesso. C'è qualcuno di speciale con cui vorresti lavorare? Qualcuno che reciti la parte del tuo fidanzato nel film?»

«Un fidanzato? Ne ho bisogno? Sono stufa dei ragazzi. Tu sei un uomo. Le tratti bene, le donne? Diversamente da quando eri un ragazzo?».

Vincent non risponde. Solleva un sopracciglio e beve un sorso di vino.

Guardo gli stuzzichini che ci hanno portato qualche minuto fa, il vino tenuto al fresco nel secchiello, il divano che ha scelto per noi, invece di un semplice tavolo o delle panche. Scoppio a ridere. «Ne sono certa. Guarda qui. I ragazzi non organizzano appuntamenti come questo».

«È un appuntamento?», mi chiede lui, facendo un sorrisetto.

«Oh, no», rispondo, imbarazzata. «Non intendevo questo. So che siamo qui per lavoro».

«Non è solo lavoro», risponde lui.

Le mie guance prendono fuoco al pensiero di avere un vero appuntamento con Vincent.

«Okay, allora lo fai per ringraziarmi perché sono stata gentile. Una cena, ecco».

«È quello che pensi?»

«Non so cosa pensare, onestamente. L'ho detto perché è evidente che tu sei troppo grande per me».

«E probabilmente tu non lo sei abbastanza per me». Quando si protende per prendere la bottiglia di vino, la sua mano sfiora il mio ginocchio. Sono sicura che non sia stato solo un caso. «Ora dimmi quanti anni hai davvero, Miss Dramma da liceo», continua, riempiendomi il bicchiere.

«Mi stai servendo dell'alcol», sussurro. «Vuoi davvero saperlo? E comunque, non posso dirtelo qui, loro pensano che abbia l'età giusta».

«Dimmelo sottovoce».

Mi guardo attorno e noto che il cameriere mi sta lanciando un'occhiataccia. Decido che sia meglio non dirlo ad alta voce, così poggio il dito sul tatuaggio dedicato a Abby sul suo avambraccio e disegno una linea dritta.

«Il primo numero è uno?», domanda lui.

Io annuisco. Poi traccio un otto, convincendomi che sia la verità.

«Be', è un sollievo. La gente mi guarda come se ti avessi rapito dalla culla. Almeno sei maggiorenne».

Vincent mi osserva attentamente, credo che abbia appena capito che sto mentendo. Maledizione, ho cercato di sembrare il più sincera possibile.

«Mi stai mentendo. Dimmi la verità stavolta», pretende con voce severa, picchiettando su uno dei cuscini.

Disegno un altro uno sull'avambraccio. Poi un sei.

«Sul serio?», esclama, fissandomi. «Non sembra», poi con il dito traccia lentamente un sedici sul mio avambraccio.

Chiudo gli occhi e involontariamente emetto un «Mmm», mentre le sue dita scivolano sulla pelle.

Non avrei dovuto farlo, perché ora Vincent sembra preoccupato di avermi provocato un orgasmo semplicemente tracciando un numero sul braccio.

«Quando li compirai?». E disegna lentamente un altro uno sul polso.

Deglutisco e cerco di non sembrare una sedicenne arrapata, ma non riesco a smettere di pensare a cosa potrebbe fare quel dito sul resto del mio corpo, a cosa farebbe un uomo con il resto del mio corpo.

Okay, Keatyn, smettila.

Smettila.

Sei ridicola. Ti vuole per il film e basta. Smettila di avere una cotta come una ragazzina sciocca e sii professionale. È la regola numero uno che mi ha insegnato mia madre. Non avere relazioni con chi lavora al tuo film.

Quando traccia l'otto, non sospiro. Fingo che non mi abbia fatto alcun effetto.

«Ad agosto dell'anno prossimo», rispondo, impassibile.

Lui si appoggia sui gomiti sul divano e capisco che sta facendo dei calcoli mentali.

«Quindi, tecnicamente, ho quindici mesi di tempo prima che tu sia maggiorenne».

«Non confermo», rispondo flirtando.

«Purtroppo, dovrai dirmelo quando compilerai i documenti. Sempre che tu voglia essere pagata per la parte».

«Ehm, ovviamente».

«Dovrai scrivere il tuo codice fiscale e dovremo seguire le

leggi sul lavoro minorile finché non finisci il liceo o compi diciotto anni».

Leggi sul lavoro minorile? Parla di quante ore posso lavorare secondo la legge? Oh, come sono stupida! Non è minimamente interessato a me. Non sta flirtando. Merito dei ragazzi stupidi, non quest'uomo splendido.

Non riesco a nascondere la delusione sul viso.

«Perché hai messo il broncio?», chiede Vincent.

«Niente. Vorrei essere più grande», sospiro.

Lui piega il capo e mi domanda: «Stiamo parlando ancora del film?».

Io mi stringo nelle spalle e butto giù un po' di vino.

Lui mi riempie nuovamente il bicchiere.

So che lo fa per educazione e galanteria, ma non ricordo quanto ne ho bevuto. Non ha mai lasciato il bicchiere vuoto.

Una ciocca di capelli si libera dal ferretto per via del vento, coprendomi il viso. Vincent mi passa dolcemente una mano sulla fronte, prendendo la ciocca ribelle e mettendola dietro l'orecchio.

Mi tocca in modo molto tenero.

I nostri sguardi sono fissi l'uno nell'altro.

Il cameriere passa e controlla che la bottiglia di vino sia vuota. «Un'altra, signore?», domanda, interrompendo il nostro piccolo momento.

«Sì, grazie», gli risponde, rivolgendogli uno sguardo irritato.

Poi, in tono seducente, mi chiede: «Vuoi fare un film con me?»

«Sì», sibilo.

Vincent versa del vino dalla nuova bottiglia e si mette un gambero in bocca.

«Credo che dovremmo farlo spesso».

«Cosa? Star seduti in veranda a ubriacarci?».

Il suo viso diventa serio. «Merda, ti stai ubriacando?»

«No, scherzavo. Ma farei meglio a bere dell'acqua prima di continuare».

«Mi piace conoscerti», afferma lui, sottovoce.
«Anche a me piace conoscerti».
Ed è vero.
Ha gli occhiali da sole sulla testa ora e ho potuto osservare le sue ciglia scure e folte, i suoi occhi color cioccolato in cui si riflette il blu dell'oceano alla luce del sole.
«Ho appena deciso qualcosa sul film».
«Cosa?»
«Chiunque prenderemo come tuo interesse amoroso nel film sarà brutto e non ci saranno baci».
«Non puoi farlo se vuoi che sia un film di successo. La gente adora le storie romantiche. E l'*happy ending*».
L'espressione sul suo viso mi fa riscaldare le guance e sono certa di star arrossendo. «Cioè, ehm, il "vissero tutti felici e contenti"». Oh, mio Dio, sono un'idiota. Non riesco a credere di averlo detto!
«Lo so. Ti prendevo in giro, dato che hai detto di aver chiuso con i ragazzi. Sostenevo la stessa cosa quando andavo al liceo. Pensavo di essere maturo, volevo una donna. Ho sempre avuto un debole per le donne più grandi». Mi guarda per qualche secondo, poi aggiunge: «Quindi, so che sai fare surf, il che sarà utile se voglio cambiare il titolo in qualcosa simile a *Un giorno in spiaggia*, ma che altri talenti hai?»
«Be', ho fatto danza per diversi anni. Gioco a calcio e sono una riserva sin dal primo anno».
«Impressionante».
«Faccio anche kickboxing con l'allenatore di Tommy. Dice che ho un ottimo gancio destro e un ottimo affondo».
«Eccellente, dato che dovrai fare il culo a qualcuno nel film».
«Parlami del copione».
«Ti va di ordinare la cena prima?»
«Certo. Ho molta fame. I gamberetti non mi bastano».
«Vuoi restare qui o ci spostiamo all'interno? In un posto più intimo?»

«Un posto più intimo. È meglio che nessuno ascolti i dettagli del film», sussurro.

«Bene, perché la gente sta iniziando a fissarmi».

«Perché?»

«Sospetto sia perché sembro un uomo maturo che sta cercando di sedurre una donna molto più giovane».

«Be', è così?».

Lui non risponde, si alza e mi indica di fare lo stesso. Mi posa la mano sulla schiena e mi guida all'interno.

Quando arriviamo in fondo al bar, vedo qualcuno che conosco. La donna scende dallo sgabello e dice: «Keatyn, tesoro», poi mi bacia sulle guance.

Vincent si sposta per non ascoltare la nostra conversazione, ma si ferma ad aspettarmi.

Quando lo raggiungo, mi accompagna a un tavolo più riservato nell'angolo. Scosta la sedia che dà verso l'oceano, di spalle al resto della sala.

«Ora posso riprendere a sedurti», dice Vincent con tono sexy.

«Quindi era vero, eh?», alzo le sopracciglia e sorrido.

«Non sarebbe molto professionale da parte mia».

«Lo so. Stai cercando di convincermi ad accettare la parte. Mi stai seducendo per convincermi a farlo».

Vincent si lecca le labbra.

Mi rendo conto di ciò che ho appena detto. *A farlo*. Forse non ho scelto le parole più giuste.

Mi mordo le labbra, perché sono quasi sicura che a Vincent sia passato in mente di *farlo*.

Mi tocca le labbra e le tira dolcemente dai denti. «Mi piace quando lo fai. Quando cerchi di non sorridere, ti mordi il lato delle labbra. Ma quando sei arrabbiata o stai riflettendo, le mordi al centro. E quando qualcosa ti rende felice ma cerchi di nasconderlo, ti lecchi il labbro inferiore. È una cosa molto sexy».

«Hai osservato parecchio la mia bocca».
Mi passa il pollice sul labbro inferiore.
È così sensuale che, quando chiudo gli occhi, glielo prendo tra le labbra.
Apro gli occhi lentamente. L'espressione di Vincent è indecifrabile. Sembra divertito e un po' sconcertato.
Mi allontano rapidamente e ingoio un lungo sorso d'acqua, nervosa.
«Non avrei dovuto toccarti le labbra così», dice alla fine. «Ti ho dato un'impressione sbagliata, ma hai ragione. Ho osservato parecchio la tua bocca e il tuo viso. Mi sento come un bambino prima di Natale».
«Perché?»
«Perché in te rivedo il mio sogno».

Abbiamo guardato il sole sprofondare dietro l'orizzonte, abbiamo cenato, abbiamo preso il dessert e abbiamo parlato del film. Ha delle idee davvero interessanti ed è facile farsi coinvolgere dal suo entusiasmo. Non ho più bevuto vino per il resto della cena. Quando ci siamo alzati, prima, mi sono resa conto di essere un po' brilla.
Vincent guarda l'orologio. «Devi tornare a casa? Si sta facendo tardi?»
«No, va bene».
«Facciamo una passeggiata sulla spiaggia allora».
Il telefono vibra quando prendo la borsa. «È mia madre. Devo rispondere».
«Ciao, mamma», dico, uscendo dal ristorante.
«Dove sei?»
«Sto finendo di cenare. Perché? Che succede?»
«Stai cenando con un uomo attraente e molto più grande?»
«Ehm, no. Tommy aveva una riunione di lavoro stasera. Non te l'ha detto?».
Mia madre scoppia a ridere. «Non è quello che intendevo.

L'amica di Millie, Barbara, l'ha chiamata perché voleva sapere chi fosse l'uomo sexy con cui stai cenando e perché non lo ha mai visto prima. Ha anche detto che spera sia tuo zio e che potresti farli incontrare. Millie dice che sembravi un po' ubriaca».

«Possiamo parlarne quando torno a casa?».

«Quindi sei a cena con un uomo sexy più grande?»

«Non è così grande, e sì. Ciao, mamma».

«Si sta già spargendo la voce?», domanda Vincent.

«Hai un'ammiratrice».

La mia auto è già davanti al ristorante, così il parcheggiatore mi restituisce le chiavi. Vincent mi segue alla macchina su cui, piano piano, mi ritrovo appoggiata, dato che lui continua ad avvicinarsi a me. Il suo corpo è a pochissimi centimetri dal mio.

«Sei tu?», chiede.

Io scoppio a ridere. «La donna al bar. Hai detto che ti piacciono quelle più grandi. Devo organizzarvi un appuntamento?»

«Meglio di no».

«Allora, quando sarà pronto il copione?»

«Direi per agosto».

«Non vedo l'ora di leggerlo. Credo sia meglio saltare la passeggiata sulla spiaggia e tornare a casa».

Lui mi mette le mani sulle spalle e le fa scivolare lentamente sulle braccia. «Mi sono divertito stasera. Ho riflettuto su tantissime cose».

«Quali cose?», chiedo.

«Su tutte le cose di cui abbiamo discusso. Devo tornare a casa e annotarle. Non voglio sminuire il talento di tua madre, okay? È una delle migliori attrici che ci siano al mondo».

«Okay».

«Ammetto di aver avuto qualche problema con il copione. Credo sia perché continuavo a immaginare lei nel film. Anche se sapevamo di volere un'eroina coraggiosa, non riuscivo a vederla interpretare quel ruolo. Hai ragione, lei urlava e basta.

Ora che riesco a concepire qualcun altro per quella parte, mi è tutto più chiaro».

«È un bene, no?»

«Lo vuoi quanto me, vero?»

«Sì, credo, quindi faresti meglio a finirlo», rispondo con un sorriso.

Vincent si avvicina e mi dà un bacio sulla guancia. È un bacio di quelli che darebbe un padre, ma tiene le labbra ferme un po' più a lungo. È dolce, sexy e mi manda un po' in confusione.

Si allontana, mi osserva il viso e scuote il capo. «Mmm. Be', quello non possiamo farlo».

«Cosa?»

«Sono diventato bravo a leggerti il viso». Mi sfiora dolcemente l'altra guancia e aggiunge: «Non facciamo ingelosire questo lato».

Ride tra sé e sé e mi dà un bacio lento sull'altra guancia.

«Ehm, grazie per la cena, Vincent». Entro rapidamente in auto perché stavo quasi per domandargli se fossero gelose anche le mie labbra. È più forte di me, non riesco a fare a meno di chiedermi come sarebbe baciare un uomo.

«Lo rifaremo», promette Vincent, chiudendo lo sportello.

Mia madre mi viene incontro all'ingresso. «Avevi un appuntamento? Con un uomo?»

«No», rispondo, alzando gli occhi al cielo.

«Con chi eri?»

«Si chiama Vincent Sharpe».

Mia madre socchiude gli occhi. «Ho già sentito questo nome».

«Sì. Ha finanziato alcuni dei tuoi film. È anche il nipote di Viviane Sharpe. Hai saputo che è scomparsa, vero?»

«Oh, no, non lo sapevo. Che peccato. Era una bravissima attrice. Come fai a conoscere Vincent?»

«Brooklyn e io lo abbiamo incontrato l'altro giorno. Sta comprando una casa sulla spiaggia. In realtà, è molto triste. Aveva intenzione di acquistarla perché è sullo stesso tratto in cui hanno vissuto Viviane e suo marito. Voleva farle una sorpresa per il suo compleanno, il mese prossimo. Ieri era tutto solo in spiaggia, l'ho aiutato a spargere le sue ceneri. Siamo diventati amici».

«È stato carino da parte tua, Keatyn, ma quanti anni ha?»

«Non lo so, trenta su per giù. Non ho chiesto. E non era un appuntamento. È stata una cena per ringraziarmi perché sono stata gentile. Abbiamo anche discusso di un film su cui sta lavorando. Vuole darmi una parte».

«Keatyn, ti ho avvertito».

«Lo so, lo so. Ma ha i diritti per fare il remake del tuo vecchio film, *Un giorno al lago*. Ha detto che ha avuto difficoltà a trovare qualcuno che possa prendere il tuo posto. Pensa che ti somigli»

«Mmm, so che molti lo dicono, ma quando ti guardo, io vedo tuo padre. Quindi avrai presto un copione? Vuoi che chiami il mio agente? Vuoi davvero recitare?»

«Non ancora, il copione non sarà pronto prima dell'autunno».

«Okay, ma stai attenta». Mi dà un bacio e poi aggiunge: «Devo andare a letto, domani mattina alle cinque ho un'intervista telefonica con la costa orientale e poi devo tornare sul set. Buonanotte». Inizia a dirigersi verso la sua stanza, poi si gira. «Ah, ehi, è passato Brooklyn prima, ti cercava».

«DAVVERO?! Che ha detto?!».

Mia madre mi guarda in modo strano. «Ehm, ha detto di dirti di andare a casa sua quando tornavi, come sempre».

«Oh, mio Dio!», esclamo e scappo verso la porta sul retro, dritta in spiaggia.

Cerco di camminare con calma sulla spiaggia invece di correre come una pazza, nel caso in cui sia seduto in veranda.

È un bene, perché lo sento dire: «Ehi, Keats, come va?», quando salgo le scale.

Mi rendo conto che sto sudando.

Non è niente, siamo solo due amici che si incontrano.

«Niente di che, sono appena tornata. E tu cosa hai fatto? Non parliamo da un sacco».

«Sì, mi dispiace. Ho perso il telefono», risponde.

«Oh, no, lo hai trovato? Di solito non mi chiami, ma passi a trovarmi».

«L'ho fatto lunedì, ma non eri in casa. Non te l'ha detto la tata?»

«Ehm, no». Devo ricordarmi di licenziare la tata immediatamente.

«Dov'eri?»

«Lunedì sera? Oh, ero al molo con un compagno di scuola».

«Era un appuntamento?»

«No, no. Avevo avuto una brutta giornata. Tutti parlavano della mia rottura con Sander e avevo bisogno di andar via da lì, così Cush e io abbiamo saltato la scuola e siamo andati a farci un giro».

«Ti piace?»

«Cush?», dico, ridendo. «No, lui è, siamo, ehm, siamo solo amici».

«Bene», risponde, con un sospiro di sollievo. «Temevo fossi arrabbiata con me o che stessi uscendo con qualche ragazzo del liceo».

Sono in piedi davanti a lui. Brooklyn si protende sulla sedia, mi afferra per le braccia e mi fa sedere sulle sue gambe.

«Mi sei mancata», dice, baciandomi.

E io sono di nuovo in paradiso.

Ci baciamo per un po', ma purtroppo ho un test per cui devo ancora studiare e devo assolutamente prendere un buon voto. L'ultimo l'ho sbagliato completamente.

«Non me ne voglio andare», gli dico. «Ma devo studiare per un test».

«Va bene, io sono esausto. Ho avuto una giornata impegnativa. Io e i ragazzi andremo a Hermosa Beach sabato mattina.

Faremo surf, ci accamperemo, ci divertiremo e torneremo domenica sera sul tardi. Ti va di venire?»

«Mi piacerebbe», rispondo e gli do un lungo bacio per salutarlo.

Torno a casa e cerco di studiare, ma ho difficoltà a concentrarmi. Sto immaginando scene ambientate a Hermosa Beach.

Brooklyn e io, soli in una tenda.

Vicino al fuoco.

Sulla spiaggia, sotto la luna.

Mentalmente rivedo il copione di quando perderò la verginità per includere una tenda accogliente. Sulla sabbia, sotto la luna. O forse nell'oceano.

Immagino mentre mi sfilo il bikini e corro in acqua. Brooklyn si toglie i boxer e mi segue, mi cinge con le braccia e non riesce a controllarsi. Alla fine chiudo il libro di storia e mi metto a sognare.

Giovedì 19 maggio

Pagherai per ciò che hai fatto
20:10

Tommy e io siamo appena tornati a casa dopo aver comprato la cena e siamo seduti al bancone in cucina. Sto cercando di finire un saggio di inglese, ma Tommy mi sta facendo una ramanzina.

«Sai, i miei genitori non mi avrebbero mai permesso di andare in discoteca alla tua età, figuriamoci di guidare una Ferrari».

«Tommy, i tuoi genitori non avevano una Ferrari e so tutto sull'educazione infernale di tua madre. Hai ragione, non te lo avrebbero permesso, ma questo non ti ha comunque fermato. Uscivi di nascosto e lo facevi lo stesso».

Tommy scoppia a ridere. «Sì, lo so. Sono contento che tu non faccia niente del genere. Davvero, sei una brava ragazza».

«Wow, grazie, vale di più detto da un piccolo demonio come te».

«Non ero un demonio, mia madre esagera».

«L'ultima volta che il tuo amico Bobby è stato qui, ci ha raccontato di quando hai rubato la macchina di tua madre e ti sei arrampicato sulla torre idrica per scriverci "Questa città fa schifo" con la vernice spray».

«È un'accusa infondata, non ci sono prove».

Tommy sta per perorare la sua causa quando Avery corre nella stanza urlando: «Guarda, papà, guarda!!! Il principe Eric mi ha lasciato un biglietto! Vedi, c'è la *A* di Avery!».

Tommy cerca di leggere ciò che la bambina gli sta sventolando davanti, ma è una battaglia persa. Alla fine, scuote il capo, si arrende e dice: «Be', è davvero fantastico, Ave. Avete ricevuto tutte delle lettere dal principe Eric?».

Lei spalanca gli occhi. «No, papà! Solo io! Sono speciale!».

«Be', allora te la leggo», dice, riuscendo finalmente a toglierle la busta dalle mani.

Tommy la guarda e impallidisce. Poggia un braccio sul bancone per tenersi forte e lentamente chiede: «Avery, dove l'hai trovata?»

«Siamo andate alla sfilata ieri! Lo sai, papà! La tata ci ha preso il gelato». Trattiene il fiato e si copre la bocca. «*Merde!* Non dovevo dirti del gelato». Poi gli sussurra piano: «Non dirlo alla mamma, però, se no si arrabbia con la tata. Ma è del principe Eric!!! Ha salutato soprattutto me. Leggila, papà, leggila!!!».

Tommy non riesce a muoversi, così mi avvicino per capire cosa gli sia preso.

Sulla busta non c'è scritto Avery, ma Abby.

Gli tolgo la busta dalle mani e la esamino. Sembra uguale alla lettera che mia madre ha trovato nella roulotte e a tutte quelle che ha ricevuto negli anni dallo stesso fan. Mia madre ha sottovalutato il fatto che fosse entrato nella sua roulotte, anche se Tommy e James erano preoccupati. Ma stavolta è diverso. Era nello zainetto di Avery. Ciò vuol dire che si è avvicinato a lei, per questo Tommy è impallidito.

Mi piego accanto a Avery e dico: «Papà deve fare un'importante telefonata, tesoro. Te la leggo io. Il principe Eric è anche il mio preferito».

Tommy deglutisce e si alza.

Io apro la lettera e leggo.

Abby,
per anni ti ho adorato e amato, ma ora basta.
Sei una puttana come tutte le altre.

Pagherai per ciò che hai fatto e sai già qual è il prezzo.

Il tuo non più grande fan

Oh, mio Dio.

Mi sembra di svenire.

Avery mi tira la maglietta. «Che dice, Kiki? Che dice?».

Ritrovo la voce e mento. «Dice: "Avery, sono felice di averti vista! Ti ho salutato alla parata. Con affetto, Principe Eric"».

Lei cerca di saltare e di strapparmi la lettera dalle mani. «Dammela. Voglio farla vedere alle mie sorelle!».

«Devo mostrarla prima a papà e poi la porto nella tua stanza, okay? Perché non prendi qualche caramella per le tue sorelle?».

Avery si allontana, sale sul bancone della cucina, prende le caramelle dal barattolo e corre in camera sua.

Io porto la lettera nell'ufficio di Tommy.

«Cosa dice?», mi chiede. «Sta arrivando James. E anche Garrett Smith, il presidente della società di sicurezza che utilizziamo quando siamo in viaggio».

Gli leggo il biglietto.

«Oh, mio Dio. Pensi che intenda quello per prezzo da pagare? Pensi che stia parlando delle bambine? È l'unica ad aver ricevuto un biglietto?»

«Non lo so. Vado a controllare, ma devo farne uno falso per darglielo. Pensa sia del principe Eric».

Scrivo rapidamente un biglietto da portarle. «Vado nella stanza delle bambine e controllo se c'è dell'altro. Torno subito».

Tommy annuisce e continua a fissare la lettera.

Nella camera delle bambine, do a Avery il biglietto falso e chiedo alle altre di controllare se anche loro ne hanno in tasca o negli zaini. Mentre le bambine sono occupate, prendo la tata in disparte.

«Il biglietto è di quel tizio inquietante. Avery pensa di averlo ricevuto al parco tematico ieri. Aveva lo zaino con sé?».

La tata ci riflette su. «Dev'essere successo oggi. Quando stavo preparando lo zaino di Gracie con gli abiti per dopo il corso di danza, ho trovato della cioccolata sciolta e ho dovuto ripulire tutto. Non c'erano biglietti».

«Dove siete state oggi?»

«Stamattina siamo andate a ginnastica e a danza, abbiamo mangiato della pizza per pranzo, siamo andate al parco e abbiamo preso uno yogurt. Ho lasciato gli zaini sulla panchina del parco quando le ho aiutate a salire sulla giostrina. È spaventoso»

«Sì, hai ragione. Okay, vado a dirlo a Tommy. Sta uscendo di testa».

«È lo stesso tizio, vero?», gli chiedo quando entro nel suo ufficio.

Tommy annuisce. «Sì, è la stessa scrittura, stessa busta. Dove l'ha trovata?»

«Era nello zaino».

Lui scuote il capo incredulo e si versa dello Scotch.

Ci sediamo e fissiamo il suo drink. Sono sicura che stia pensando a tutto ciò che penso io.

Mia madre e James, che dovevano già essere sulla via di casa, entrano di corsa nella stanza.

«Che diceva?», chiede mia madre, spaventata. «Dov'era? Quando è successo?».

Tommy, che è già al suo secondo Scotch, risponde: «Era nello zaino di Avery. È successo oggi, ma non sappiamo quando e la tata non ha notato niente di sospetto».

Il telefono di James vibra. «Garrett è arrivato, lo faccio entrare».

«Ho paura, Tommy», piange mia madre e lui l'abbraccia. «Se è riuscito a metterle qualcosa nello zaino senza che nessuno se ne accorgesse, vuol dire che avrebbe potuto portarla via con la stessa facilità?».

James accompagna Garrett nell'ufficio. Garrett mostra un piano per garantire maggiore sicurezza alle bambine. Prima, avevano delle bodyguard solo quando erano in viaggio con mia madre e Tommy e, in realtà, servivano solo per tenere lontani i paparazzi. Quando sono qui, possono muoversi dappertutto con la tata. A Malibu si sta tranquilli.

«Dove sono state?», chiede Garrett e io gli ripeto tutto ciò che mi ha raccontato la tata.

Garrett legge il biglietto e lo passa a mia madre. «Quindi questo tizio è innamorato di te e ti manda dei messaggi da anni. Perché all'improvviso pensa che tu sia una puttana? Che cosa hai fatto?».

Verso a mia madre un bicchiere d'acqua e glielo porgo.

«Dev'essere per via delle scene di sesso del film a cui sto lavorando. Sono piuttosto intense. Il mio personaggio sfrutta gli uomini, quindi vengono percepite in senso negativo. C'è una scena che è particolarmente erotica».

«Potrebbe averle già viste?», domando.

«Se lavora nel mondo del cinema o conosce qualcuno che lo fa, immagino sia possibile». Mia madre prende un sorso d'acqua prima di continuare. «Mi ha mandato molte cose in passato, ma è sempre stato dolce. Credo sia una persona strana, ma non mi ha mai minacciato prima d'ora. E un conto è avere me come obiettivo, ma le bambine… è un'altra cosa. Ho paura».

Sentire mia madre che ammette di avere paura mi fa temere per le mie sorelline.

«Ci occuperemo noi di te e delle bambine, non preoccuparti», la rassicura Garrett.

«E Keatyn?», domanda Tommy. «Pensi che abbia bisogno anche lei di una guardia del corpo?».

«Io?», rido. «Perché dovrei? Non parlo con nessuno che non conosco. Non ho cinque anni. E sono sempre con gli amici. Non dovete preoccuparvi per me».

«Sì, e non appari al pubblico da qualche anno. Quando è stata l'ultima volta che hanno diffuso una tua foto su una rivista?», mi domanda Garrett.

«Ehm, tre anni fa. Era una foto orribile. Avevo ancora l'apparecchio».

«Esci mai da sola?»

«Ehm, guido da sola per andare a scuola e alle lezioni di danza, tutto qui».

«Devi andare in discoteca stasera», mi ricorda Tommy.

«Sì, ma ci vado con Cush.

Mia madre e Tommy guardano Garrett.

«Credo che non sia un problema se non sei da sola. Lo vai a prendere o viene lui qui?»

«Vado a prenderlo io».

«La faremo seguire solo per essere sicuri».

Io abbasso le spalle. «Uff, non voglio un vecchio in discoteca con noi».

«Non sarà vecchio e non vi seguirà in discoteca. Resterà fuori, terrà d'occhio l'auto di Tommy e ti seguirà a casa dopo che avrai riaccompagnato il tuo amico».

«Se non ti sta bene, non ci vai», afferma Tommy. Sembra davvero un padre adesso.

«Va bene», accetto. Non voglio turbarlo.

James entra nella stanza con dei fogli in mano. «Abby, vorrei che guardassi queste foto. Le ho confrontate con quelle dello studio dopo l'ultimo caso. Mi sentirei molto meglio se sapessimo di chi si tratta». Dispone le foto davanti a mia madre. «Hai mai notato questi uomini? Ti sembrano familiari?».

Mia madre osserva le foto, si acciglia e scuote il capo. «No, mai». Ma poi picchietta con l'unghia su una delle foto. «Questo tipo sembra familiare, ma non saprei dire perché».

Sbircio per vedere che aspetto ha una persona strana.

James e Garrett guardano la foto.

«Anche a me sembra di averlo già visto», dice James. «Lo avrò incontrato da qualche parte».

«E tu, Keatyn? Hai mai visto quest'uomo?».

Guardo la foto. Quel tizio sembra davvero strano. Come uno che non ha niente di meglio da fare che guardare i film di mia madre e chattare su Internet. Probabilmente vive nel seminterrato di sua madre. Avrà circa trent'anni, i capelli castani corti e anonimi e gli occhi grigi. È pallido, come se non fosse mai stato al sole, e ha un collo sottile che fa sembrare la sua testa troppo grande per il suo corpo.

«Onestamente, se lo vedessi, non credo che lo guarderei una seconda volta, ma allo stesso tempo, mi sembra familiare».

«Voglio che memorizziate questo volto. Se lo incontrate o se vedete qualcuno che gli somiglia, chiamateci immediatamente. Potrebbe sembrare debole in foto, ma non vuol dire che non sia in grado di fare del male», sottolinea Garrett. «A quanto pare, le scene di sesso lo hanno fatto arrabbiare. Questo lo rende più pericoloso».

Guardo di nuovo la foto e memorizzo il suo viso. «Okay», dico. Poi me la do a gambe.

Venerdì 10 maggio

Possibilmente ancora più sexy
19:45

Cush e io non possiamo più uscire insieme stasera perché Vanessa ha invitato tutti i candidati a una festa.

Ci ha detto che se non ci andiamo, darà via i nostri posti al tavolo del pranzo.

Cush sostiene che dovremmo lasciarglielo fare, ma io non credo di essere ancora pronta. Credo che mi serva un piano prima.

La madre di RiAnne, a quanto pare, era entusiasta all'idea di dare una festa a casa sua. Ha deciso di organizzare un party in tema Monte Carlo ed è riuscita ad allestire tutto in brevissimo tempo.

Non comprendo il motivo di questa festa. Capisco che Vanessa voglia avere la gente giusta al suo tavolo, ma frequentiamo tantissime persone ogni giorno. Potrei elencare i nomi di almeno venti persone simpatiche, ma lei ha un approccio diverso.

Afferma di voler essere più esigente. Vuole della gente che sappia comportarsi in qualsiasi contesto sociale. *Solo perché sai ballare su un bancone non vuol dire che sei adatto.*

Il che è ovviamente una frecciata verso di me.

Be', mi piace ballare. E non sono l'unica. Ci sono un sacco di ragazze che salgono a ballare con me sul bancone.

A parte Vanessa.

Lei non sa ballare. Non pratica nessuno sport, neanche golf o tennis al Country club. Suo padre le ha detto che metà degli affari vengono conclusi nei campi da golf e che dovrebbe imparare. Le ha fatto prendere lezioni per due anni di seguito in estate. È andata al Country club e si è fatta seguire dagli istruttori più giovani e carini, ragazzi del college tornati a casa per l'estate.

Diciamo che non le hanno insegnato granché sul golf.

Sugli inviti, che sono stati consegnati a mano ieri pomeriggio, è richiesto un abbigliamento elegante. Siamo appena andati al ballo, dubito che la gente abbia di nuovo voglia di mettersi a tiro, ma dato che non sono stata coinvolta nell'organizzazione, non ho potuto dire la mia.

Vanessa avrebbe voluto comprare dei vestiti nuovi ieri sera, ma il giovedì io vado a ballare.

Ho mentito, come al solito, dicendo che avevo un impegno di famiglia.

Mi hanno mandato le foto dei loro vestiti, così non avrei indossato niente di simile, e gli ho assicurato che mi sarei vestita in modo appropriato.

Cush sarà qui a minuti. Indosserà un abito elegante di Tommy. Hanno quasi la stessa taglia, ma Cush è più magro, come tutti i giovani calciatori.

Ho arricciato i miei capelli in onde morbide. Potrei decidere di tirarli su, in base al vestito.

Kym sta sfogliando sull'iPad le foto degli abiti di mia madre, mentre una truccatrice prepara la base per il trucco.

«Ah, devo farti vedere le foto degli abiti di Vanessa e RiAnne, non vogliono che indossi lo stesso colore», dico, passandole il telefono.

Kym strizza il naso come se avesse appena sentito un cattivo odore. «Sembra che stiano andando al ballo, non a Monte Carlo».

Mi lancia il telefono sulle gambe e torna al suo iPad.

«Ecco, eccolo». Mi mette l'iPad di fronte e mi mostra uno splendido abito bianco di Marchesa in stile greco. «Questo è della Resort Collection. L'ho comprato per farlo indossare a tua madre a Cannes, ma ti starà benissimo. Truccala con molto oro. Ah, e ho la pettinatura perfetta». Apre un'altra cartella e la mostra alla parrucchiera.

«È davvero bella», le dico. La parrucchiera crea una treccia con alcune ciocche frontali che porta sul retro, lasciando intatti i boccoli.

Quando il trucco e i capelli sono finiti, sento suonare alla porta.

«Dev'essere Cush», dico.

«Lo vado a preparare. È sexy? Ovvio che lo è. Ha già diciotto anni? Devo preoccuparmi mentre lo vesto?».

Io scoppio a ridere. «Ha ancora diciassette anni, quindi attenta a dove metti le mani. E sì, è molto carino».

Infilo il vestito. Ha uno scollo profondo, un top triangolare che termina con delle bretelle dorate sottili sulle spalle e una vita in stile impero messa in risalto da una treccia dello stesso colore. Mi sento regale e sexy allo stesso tempo. Indosso dei sandali con la zeppa dorati, degli orecchini semplici d'oro e un grosso anello d'oro che Kym mi ha dato per completare il look.

Kym torna per controllare come sto. «Il vestito è perfetto con l'abbronzatura. Il bel calciatore ti sbaverà addosso tutta la sera».

«No, non è vero. Siamo solo amici e, onestamente, preferirei far sbavare Vanessa e RiAnne».

«Credo sia stata Betsey Johnson a dire che le donne si vestono per le altre donne. Se ci vestissimo per gli uomini, andremmo in giro nude».

«È divertente».

«Inoltre, mi hai mostrato i loro vestiti. Sembrano solo delle ragazzine esaltate, tu sarai meravigliosamente elegante».

Entro in salotto dove mi sta aspettando Cush.

«Wow», esclama lui. «Che vestito. Non ero sicuro della giacca bianca, ma Kym è stata categorica. Ora capisco perché. Staremo bene insieme».

«Certo che starete bene insieme. Sono brava nel mio lavoro», afferma Kym dietro di noi. «Va bene, mettetevi vicini. Voglio fare delle foto».

Cush mi mette un braccio attorno alla vita.

«No, così», dice Kym, spostandoglielo. «Non far sgualcire la manica della giacca. E tu devi toccare il vestito solo con la punta delle dita per far cadere bene il tessuto».

«Ehm, okay», risponde Cush, ridendo.

«Stai davvero bene», gli dico quando usciamo per raggiungere la sua Mercedes coupé.

«Sarò tutto ciò che vuoi se indossi un abito del genere».

Mi spinge delicatamente sul fianco della macchina e mi bacia, cogliendomi di sorpresa.

È un bacio lungo e intenso.

Un bacio completamente diverso da quello di Brooklyn.

E se possibile ancora più sexy.

Ma mi allontano, non posso baciarlo.

Lui indietreggia con un sorrisetto sul viso. «Mi hai baciato anche tu», dichiara, aprendo lo sportello.

«Non è vero», rispondo io, sedendomi al posto del passeggero. «Mi hai colto di sorpresa. Mi ci è voluto un minuto per reagire».

La festa dovrebbe cominciare alle otto, così abbiamo deciso di arrivare alle nove. Alle otto e trenta, mentre stiamo salendo in macchina, Vanessa mi manda un messaggio.

VANESSA: Dove cazzo sei? Sono arrivati tutti.
IO: Sto per partire da casa mia, saremo lì tra poco.

«È Vanessa», dico. «Vuole sapere dove cazzo siamo».

Lo sguardo di Cush cade nella mia scollatura. «Anche se preferirei portarti a casa mia per togliertelo, un vestito del genere merita di essere visto», afferma, scuotendo il capo.

Cerco di cambiare argomento su qualcosa di meno imbarazzante. «Di che parli? Guardati. Le ragazze faranno: "*Cuuussshhh*", come al solito».

Lui solleva le sopracciglia e sorride facendo apparire le fossette. «Magari vuoi fare anche tu così, *Cuusshh*».

Emetto un sospiro profondo. «Cush, sai che mi piace Brooklyn, vero? Passerò il weekend con lui».

Lui mi guarda basito. «Dopo tutte le lamentele a scuola su di lui di questa settimana? Perché ci vai? Meriti di meglio», dice, avviando l'auto.

Non riesco a non fissarlo mentre guida. È davvero sexy stasera. Anche prima del bacio sensuale. È sempre stato molto carino e divertente, ma stasera sembra meritare il ruolo da protagonista. Non scherzavo quando ho detto che le ragazze impazziranno per lui.

Cush mi prende per mano per entrare alla festa. Tutti si voltano e ci fissano spudoratamente. Credo che il mio vestito lo meriti, ma so che sono attirati da due cose: uno, da quanto sta bene Cush.

E due, dal fatto che ci teniamo per mano e stiamo facendo un'entrata pubblica insieme. Come una coppia.

Merda.

La mamma di RiAnne ci saluta con dei baci volanti. «Keatyn, il tuo vestito è splendido. Perfetto per Monte Carlo. Questa festa mi ha fatto venire voglia di andarci, Harold e io abbiamo appena prenotato un viaggio di tre settimane».

«Ci siete mai stati?»

«No, non vedo l'ora».

«È bellissimo. Monaco e la costa francese sono due dei miei posti preferiti in tutto il mondo. Vi divertirete».

Cush e io ci allontaniamo dai genitori di RiAnne che, con mia sorpresa, si stanno presentando a tutti e attraversano la stanza facendo cenni con il capo e salutando. Noi intanto ci fermiamo a parlare con un ragazzo della squadra di calcio.

«Ciao, Leo. Come va? Pronto per questo fine settimana?», chiede Cush.

«Certo».

«Conosci Keatyn, vero?»

«Facciamo italiano insieme», rispondo io.

«Italiano? Pensavo studiassi francese. Quante lingue parli?», domanda Cush.

«Be', parlo correttamente francese, ho un livello accettabile di italiano e spagnolo e conosco abbastanza tedesco per essere pericolosa. La famiglia di Leo parla italiano a casa con i nonni. È un corso molto facile per lui».

«Qual è lo scopo di questa festa? Vanessa non mi ha mai parlato. Non capisco perché sono stato invitato».

«Il piranha sta cercando carne fresca», scherzo e insieme ridiamo. «Ti hanno detto che l'alcol è in camera da letto? Fingi di dover andare in bagno. Noi ci stiamo andando adesso. Quando torniamo, vai a dare un'occhiata».

Accompagno Cush nella stanza e lì incontriamo RiAnne.

«Keatyn, il tuo abito è splendido», esclama lei, poi guarda il suo. «Ho detto a Vanessa che questo era troppo principesco».

«Penso che sia bellissimo, RiAnne. Come va la festa?»

«Bene, anche se Vanessa si sta comportando da vera stronza. Non dovrebbe fare amicizia? Giuro che sta ignorando tutti tranne quel quarterback. Gli sta addosso. Credo che lui abbia paura».

«Dovresti andare a parlargli, Cush. È nella tua squadra di calcio, vero?»

«È una riserva, ma sì».

«Torno di là, servitevi», dice RiAnne.

«Vuoi qualcosa?», chiedo a Cush.

Lui fa un passo verso di me. «Solo te».

«Intendevo se vuoi da bere».
«No, devo accompagnarti a casa, poi ho bisogno di bere acqua. L'allenatore vuole che sia ben idratato. Potremmo dover giocare tre partite domani».
Penso a come ho sempre dovuto restare sobria per riportare Sander a casa. È davvero bello che stavolta ci sia qualcuno che debba riportare a casa me. Non che abbia intenzione di ubriacarmi, ma posso lasciarmi andare un pochino, non devo essere troppo responsabile.
«Be', allora, mi farò qualche shot».
«Se ti ubriachi, potrei provarci con te», afferma Cush con un sorrisetto malizioso, prendendomi tra le braccia.
«È necessario che mi ubriachi?», rispondo, come avrei fatto prima del bacio.
Lui mi guarda per un secondo e poi sorride. «Probabilmente no. Vado a cercare Alex per cercare di liberarlo dalle grinfie di Vanessa».
«Parlagli di sport. Gli occhi di Vanessa si appanneranno e se ne andrà».

Mentre penso a che tipo di shot desidero, Mandy e la sua amica, Alicia, entrano nella stanza. «Abbiamo sentito che c'è dell'alcol qui dentro», dicono, ridendo.
«Sì, io stavo decidendo che shot prendere».
«Hai davvero mollato Sander? Tu e Cush uscite insieme ora? È davvero sexy. Più sexy di Sander, credo. È più virile», commenta Mandy.
«E hai notato che è l'unico ragazzo con la giacca bianca? Siete bellissimi insieme. Il tuo vestito è adorabile», dice Alicia dolcemente.
«Grazie. E comunque no, non ho mollato Sander. Io ho suggerito di lasciarci, ma è stata una decisione comune. Siamo ancora amici».
«Ottimo. E Cush?»

«Cush e io…», rido, scuotendo il capo. Non ho idea di cosa siamo io e Cush. Siamo buoni amici che si sono scambiati un bacio appassionato. Un bacio da cui mi sarei dovuta staccare molto prima, ma questo non posso dirlo. «È sexy. È quello che conta, no?», mormoro.

Le ragazze annuiscono e ridono, ma io internamente rabbrividisco. Non volevo dirlo. Ho fatto la figura della stronza vuota che è qui con lui solo perché è sexy. Devo cercare di rimediare. «Non voglio dire che sono qui con lui perché è sexy. Siamo amici».

Le ragazze mi guardano perplesse, così verso tre shot di rum al frutto della passione. «Salute», dico.

«Perché siamo qui stasera? Abbiamo già partecipato ad alcune feste di Cush, ma niente del genere», afferma Alicia.

«Vanessa sta cercando di decidere chi può sedersi al nostro tavolo l'anno prossimo».

Le ragazze spalancano gli occhi.

«Sedersi al tavolo più popolare, con i ragazzi più carini. Ehm, noi accettiamo subito», esclama Mandy.

«Siete due cheerleader, siete già popolari».

«Non come te».

Verso altri tre shot. «Non so se sarò seduta lì l'anno prossimo».

«Ti trasferisci?», domanda Mandy.

Brindo con i loro bicchieri e butto giù il mio shot.

E mi domando perché diavolo l'abbia detto.

Le ragazze si danno una rinfrescata nel bagno di RiAnne e io torno alla festa. Vedo Vanessa che si allontana da Alex e Cush, alzando gli occhi al cielo.

La chiacchierata sullo sport deve aver funzionato.

È molto carina con il suo vestito rosso. Sta sempre bene con i colori vivaci, avendo i capelli scuri.

«Mi piace il tuo vestito, molto virginale», mi dice con tono di scherno.

Sono stufa dei suoi commenti cattivi e non ho più voglia di stare zitta.

«Basta, okay? So cos'è accaduto tra te e Cush e so cos'è accaduto tra me e Cush. Anche se sembro virginale, ti assicuro che non è così», mento.

Mento di brutto.

Lei resta impassibile, ma è chiaro che è infastidita. Gli angoli degli occhi si sono allargati e sta picchiettando un piede per terra. Sta per aprire la bocca e so che lo farà per vomitare altre cattiverie.

Così, non le do neanche il tempo di iniziare.

«Questa festa è noiosa», le sussurro. Poi, con tono più alto, e una voce allegra e spensierata aggiungo: «Io e Cush ce ne andiamo. Abbiamo un'altra festa, ma volevamo almeno fare un'apparizione. Grazie per averci invitati».

Vanessa spalanca la bocca, incredula. Non l'ho mai vista così sorpresa. È un'esperta nel sembrare sempre calma e composta a prescindere da ciò che prova.

Mi allontano, lasciandola sola con la bocca aperta.

«Andiamo», dico a Cush, prendendogli la mano.

Non so perché ho mentito. Non c'è nessun'altra festa, ma sono arrabbiata con Vanessa e non ci capisco più niente. Tutti sapranno che siamo venuti a questo party perché ci ha obbligati. Ora ce ne andiamo per andarci a divertire davvero.

Non capisco se Cush è sorpreso per ciò che ho appena detto. Mi cinge con un braccio e si avvicina per darmi un bacio. Ehm, molto più di un bacio. È una mini pomiciata. Un bacio di quelli in cui non può che esserci anche la lingua.

Un bacio di quelli che ti fanno tremare le ginocchia.

Anche uno di quelli da cui dovrei allontanarmi per dargli un ceffone sul viso. Ma non posso. Dato che ho mentito a Vanessa, devo stare al gioco.

«Ogni tuo desiderio è un ordine», dice Cush dolcemente. Poi si rivolge ad Alex. «Dovreste andar via anche tu e tutta la squadra di calcio. Dobbiamo essere sull'autobus alle sette e mezza».

Oh, mio Dio! È fantastico. Non solo ce ne andiamo, ma stiamo portando via anche lo stallone pregiato di Vanessa e tutta la squadra di calcio.

Sarà infuriata con me, ma quando Cush mi mostra le fossette, decido che non m'importa.

Ce ne andiamo, dando la buonanotte a tutti mentre passiamo.

«Ve ne state già andando?», chiede Ellie. Sono stupita che anche lei sia stata invitata. Facciamo lezione di matematica insieme e parla sempre malissimo di Vanessa. E adora i pettegolezzi.

«Dobbiamo andare a un'altra festa», bisbiglio fingendo sicurezza, sapendo che diffonderà la notizia non appena varcheremo la porta. «Volevamo almeno passare. Sai com'è. Ci vediamo a scuola».

Ci fermiamo a ringraziare i genitori di RiAnne per averci ospitato e usciamo dalla porta di ingresso.

«Non posso credere che l'abbiamo fatto», afferma Cush, non appena l'enorme porta di ferro si chiude alle nostre spalle. «Perché lo abbiamo fatto?».

Lancio un'occhiata a Cush per fargli capire che non ho voglia di parlarne. «Ci vediamo, Alex».

«Andate a dormire, ragazzi, e preparatevi a mettercela tutta domani in campo», dice Cush agli altri sei giocatori dietro Alex.

Mentre ci allontaniamo dal territorio di Vanessa, dico a Cush: «Neanche io riesco a credere che l'abbiamo fatto. Non ne avevo intenzione, ma poi Vanessa mi ha detto qualcosa».

«Che cosa?»

«Ha detto: "Mi piace il tuo vestito, molto virginale"».

«E ti ha fatto arrabbiare?»

«Sì, ma sono anche più arrabbiata con me stessa. Ho mentito, due volte. Poi ho fatto una cosa da vera stronza, ho detto una frase che avrebbe potuto benissimo dire lei. Sono stronza quanto lei».

«Su cosa hai mentito?».

Piego il capo, non riesco a guardarlo. «Su di te», mormoro.

«Che hai detto?»

«Mi dispiace, davvero. È come se mi sia scattato qualcosa. Ho detto: "Basta". Le ho rivelato che sapevo cos'è accaduto tra voi due. E poi: "Anche se posso sembrare virginale, ti assicuro che non lo sono". Le ho sussurrato che la festa era noiosa. Il resto lo hai sentito».

«Sono sicuro che anche gli altri lo abbiano sentito. Cos'hai detto a Ellie?»

«Ho mentito di nuovo perché ero arrabbiata. Ho ripetuto ciò che ho detto a Vanessa. Che dovevamo andare a un'altra festa, ma che volevamo almeno fare un'apparizione. Tutti sanno che si tengono i party migliori per ultimi. Ellie è una grande pettegola. Dirà a tutti che siamo andati a una festa migliore, una festa a cui Vanessa non è stata invitata».

Cush fischia. «Ohhh, sarà davvero incazzata con te».

«No, sarà incazzata con *noi*, ma non m'importa, sul serio». Poi lo guardo. «Mi dispiace di aver mentito su di te, non avrei dovuto. Sono cattiva quanto lei. E mi dispiace averti permesso di baciarmi in quel modo. Non avrei dovuto, ma le avevo appena detto che avevamo fatto sesso, quindi non potevo fermarti. Mia madre ha ragione: una volta che inizi a mentire, è difficile smettere. Faccio schifo».

Cush si avvicina e mi stringe la mano. «Non sei come lei. Potresti aver mentito su ciò che abbiamo fatto, ma non lo stai usando contro di me. E non m'importa perché mi hai baciato, è stato bellissimo. Quindi, andiamo davvero a un'altra festa? Sono vestito di tutto punto e non sono neanche le dieci».

«Ho mentito anche su questo, ma mia madre e Tommy sono andati a un party stasera», dico. Prendo il telefono e chiamo mia madre.

«Ehi, tesoro».

«Ho un bel vestito, un accompagnatore carino e non sappiamo dove andare. Dimmi che siete a quella festa favolosa e che possiamo infiltrarci».

«Certo. Daremo il nome all'ingresso, ti invio l'indirizzo per messaggio. Siamo a circa dieci case più avanti sulla spiaggia».

«Fantastico».

Il telefono vibra. È Brooklyn.

B: Ehi, cambio di programma. Io e i ragazzi abbiamo deciso di partire prima.

IO: Te ne sei andato senza di me?

B: Non pensavo fosse un problema. Sai che non siamo dei grandi organizzatori. Siamo finiti qui. Ho pensato che saresti potuta arrivare domani, magari.

IO: James non mi farà venire fin lì da sola. Ci sono dei problemi con uno stalker di cui non ti ho parlato. Non mi è permesso spostarmi senza essere accompagnata.

B: Mi dispiace. Be', sarà per la prossima volta.

«Sarà per la prossima volta?», mormoro. «Ma che cavolo! Tutto qui? Mi dispiace?».

«Che succede?»

«Era Brooklyn. Sai che dovevo partire domani mattina?»

«Sì».

«Se ne sono andati senza di me stasera».

Cush scoppia a ridere.

«Smettila».

Cush si copre la bocca con una mano. «Lo sapevo. Te l'ho detto che non ti tratta bene».

«Non mi piace vederti gongolare per le mie disgrazie».

«Forse no, ma la tua serata sta per diventare molto più divertente, Miss Douglas».

Io lo guardo storto. «Sembra quasi una minaccia».

«Non hai scuse, adesso. E fidati, ti bacerò di nuovo».

Parcheggiamo lungo la strada. Non ho neanche il tempo di uscire dalla macchina che Cush chiude lo sportello e mi sbatte contro il fianco dell'auto.

Infila un braccio attorno alla vita e preme le labbra sulle mie.

È un bel bacio. Cush è molto bravo a farlo.

No. Bravo non è la parola giusta.

È un bacio appassionato, caldo, sexy, sensuale.

Questo è il modo più corretto di descriverlo.

«Ehm, forse dovremmo andare alla festa», gli dico, staccandogli le labbra di dosso. Non posso permettere che mi baci ancora.

Le sue labbra si allontanano dalle mie, ma lui non si ferma. Ora mi riempie il collo di baci. La barbetta sul lato della faccia mi solletica la pelle e inspiro il suo meraviglioso profumo muschiato.

Sono davvero innamorata di Brooklyn?

Se fosse il mio vero amore, non dovrebbe essere l'*unico* ragazzo che vorrei baciare?

Se sto baciando Cush, che cosa significa?

L'unica cosa che mi viene in mente è che mi berrò un grosso bicchiere di vino per confondermi e mettere a tacere i miei pensieri.

Un usciere ci accompagna al bar all'ingresso dove io prendo uno Chardonnay e Cush dell'acqua. C'è una band in un'enorme stanza che dà sull'oceano. Mia madre e Tommy non sono qui, così mi fermo a presentare Cush a una vecchia star del cinema che sta attivamente cercando la sua quinta moglie, a un'attrice emergente che ha recitato nel ruolo di sorella minore di mia madre nella sua ultima commedia romantica, e a un regista famoso. Poi scorgo Millie e Deron. Be', in realtà scorgo Deron, una montagna nera di muscoli alta due metri, attaccante dei Lakers e marito della migliore amica di mia madre, Millie Santino, una stella delle soap opera.

«Eccoli», dico a Cush.

«Quello è Deron Wallace?»

«Sì, è una bestia in campo, ma è un orsacchiotto in realtà. Sua moglie, Millie, e mia madre sono migliori amiche da anni».

Lo prendo per mano e lo conduco da loro per presentarlo a tutti.

«Keatyn, sei splendida. Questo vestito è meraviglioso», dice Millie, dopo avermi baciato sulle guance. «Sarebbe perfetto per Cannes. Posso prenderlo in prestito?»

«Devi chiedere a mamma. Credo che debba indossarlo lei».

«Ladra», scherza mia madre.

«È colpa di Kym».

«Be', siete una splendida coppia. Dove siete stati vestiti così?»

«A una festa della scuola. Era a tema Monte Carlo, ma era noiosa, così ce ne siamo andati».

Mentre Cush è impegnato in una fitta discussione con Tommy e Deron sulla diversa potenza dei cavalli delle auto di lusso, esco sulla veranda per prendere una boccata d'aria e per riflettere.

Sono un po' arrabbiata perché Brooklyn mi ha lasciata qui.

Anzi, sono proprio furiosa.

Perché mi rendo conto che mi sbagliavo su tutto. A Brooklyn non piaccio. Non mi ama, sono solo un flirt.

Faccio ruotare distrattamente il vino nel bicchiere e osservo l'oceano quando un uomo poggia le braccia sulla ringhiera davanti a me.

«Sembra che ci imbattiamo spesso l'uno nell'altra sulla spiaggia», dice Vincent.

«Sì», ma non ho voglia di chiacchierare, neanche con Vincent. Prendo un grosso sorso di vino e spero che capisca e se ne vada.

«Sei bellissima», dice. «Un po' troppo elegante per una festa sulla spiaggia, ma incredibile. Per me sei la ragazza più bella».

Mi giro a guardarlo. Indossa una camicia turchese, sbottonata sul collo, dei pantaloni morbidi color grigio talpa e dei mocassini di pelle chiari, un orologio costoso d'oro. Tutto di lui parla di soldi e privilegi.

Bevo un altro sorso e deglutisco.

«Che c'è?».

Scuoto il capo. «Niente. Solita storia, giorno diverso».

«Ti capisco. Anche se sono emozionato per il nostro film, è stata una settimana dura. Mi manca».

«Sono contenta di averti potuto aiutare un po'. Deve essere difficile doverlo affrontare da solo».

Lui annuisce. «Sì, ma ho una buona notizia. Il film si farà».

«Davvero? Che bello. Hai ottenuto i finanziamenti?»

«Mia nonna mi ha lasciato un'enorme proprietà. Ho incontrato gli avvocati oggi e ho ricevuto tutti i dettagli. Non devo preoccuparmi dei finanziamenti ora, posso farlo da solo».

«Sicuro che sia la cosa giusta? E se va male e perdi tutti i tuoi soldi? Non mi hai mai vista recitare».

«Ti ho vista fare surf, ho visto le tue emozioni. Se riuscirai a essere te stessa davanti alla telecamera, faremo soldi più di quanto abbiamo mai sognato. Perché non iniziamo stasera? Non vedo l'ora di averti nel mio film. So che mi ispirerà ancora di più».

Non rispondo, ma prendo un altro sorso di vino.

Lui si avvicina e le nostre spalle si sfiorano.

Non voglio farlo arrabbiare dicendo che non lo conosco abbastanza bene da andare con lui. Mia madre mi ha avvertita su queste cose. Sui fotografi che dicono che ti faranno diventare una modella famosa, ma prima devono scattare alcune foto. Sui produttori che promettono di farti diventare una star, ma hanno bisogno che tu vada prima a leggere il copione con loro, mentre in realtà vogliono portarti sul divano.

«Partecipi sempre a feste così?», gli chiedo. Sto provando a essere gentile.

«Alcol gratis e belle donne. Chi non lo farebbe?», risponde lui.

«Stai per caso cercando di incontrare una ragazza speciale sulla spiaggia?»

«Ho già incontrato una ragazza speciale sulla spiaggia. Va bene, lo capisco. Non mi conosci ancora abbastanza bene, giusto?»

«Mi dispiace», rispondo, toccandogli il braccio.

«No, sei saggia. Ci sono molti uomini che mentono su queste cose per conquistare le ragazze. Io non sono uno di loro. Non ho problemi a trovare delle donne, di solito».

Guardo il suo bel viso e rido. «Non è quello che pensavo».

«Vieni a fare una passeggiata con me allora. Sono a lutto, è il minimo che tu possa fare».

«Non posso. Sono qui con… ehm, siamo amici, ma…». Alzo gli occhi al cielo, pensando a Brooklyn. «È la storia della mia vita, a quanto pare».

«A maggior ragione, ti serve una passeggiata sulla spiaggia per schiarirti le idee. La festa si sta scaldando. Non si accorgerà nessuno se sparisci».

«Keatyn! Eccoti», sento la voce di Millie. «Porta il culo qui dentro e vieni a ballare con il tuo splendido accompagnatore prima che tutte quelle vecchiacce gli mettano le mani addosso».

«Grazie per l'offerta, Vincent. È gentile da parte tua, ma non credo che possa risolvere i miei problemi con i ragazzi».

«Forse devi risolverli da sola».

«Che vuoi dire?», chiedo, voltandomi.

«Se un ragazzo è interessato a te, davvero interessato, te lo dirà. Se non lo fa, non ne vale la pena».

Torno da lui e lo abbraccio. «Qualunque cosa abbia fatto per aiutarti l'altro giorno, ora siamo pari. È proprio ciò che avevo bisogno di sentire. Divertiti stasera, okay?».

Vincent solleva il bicchiere verso di me, mentre io torno dentro.

Quando Cush mi accompagna sulla pista da ballo e mi stringe, comincio a sentirmi meglio anche se sono stata scaricata da Brooklyn.

Cush è adorabile, divertente e sembra che io gli piaccia.

E Vincent ha ragione. Devo smetterla di perdere tempo con un ragazzo a cui non interesso davvero.

Ci divertiamo un sacco a ballare e quando guardo l'orologio è quasi l'una. Non ho ricevuto neanche un messaggio da Brooklyn, ma tantissimi, e cattivi, da Vanessa. Li ignoro. Sono di buon umore.

«Cush, ti ho fatto fare tardi, domani hai la partita di calcio!».

Lui mi sfiora le braccia con le mani. «Tranquilla. E mia madre di certo non mi sta aspettando. È a Milano questa settimana. O forse in Tailandia? Non me lo ricordo».

«Vuoi restare da me? Puoi dormire sul divano in camera mia».

«Meglio che tornare in un'enorme casa vuota. Voglio che questa serata non finisca mai».

Ti prego, di' di sì
1:15

Tornati a casa, vado nell'armadio di Tommy per prendere un paio di pantaloncini sportivi e una maglietta. Corro in camera mia e li lancio a Cush.

«Ecco, metti questi».

«Ti dispiace aiutarmi a togliere questa cravatta?»

«Certo». Gli sfilo la giacca bianca dalle spalle, la piego a metà e la poso sulla sedia. Poi gli allento la cravatta.

In quel momento mi rendo conto che lo sto spogliando.

E non voglio smettere.

Gli tolgo i gemelli dalle maniche e li sistemo sulla scrivania. Poi, lentamente, gli sbottono la camicia. Piano piano vedo una parte del suo petto. È come aprire uno splendido regalo.

Gli sorrido. So che reputazione ha, ma siamo amici da un anno. Si è confidato su suo padre, mi ha portato in braccio lungo il corridoio quando mi facevano male i piedi e mi sta guardando in modo dolcissimo adesso.

«Stavo pensando...», dice.

«A cosa?»

«A noi».

Mi mette i capelli dietro l'orecchio e mi accarezza il collo con la mano.

Mi vengono i brividi. «A noi?».

Lui risponde con un bacio dolce, poi mi lecca piano la mascella. Io piego la testa, chiudo gli occhi e gli passo le mani nei capelli.

Le sue dita si intrecciano nella bretella dorata sulla spalla, che fa scivolare giù. «Credo che dovremmo sederci a un altro tavolo l'anno prossimo. Insieme. Dovremmo invitare gente simpatica a sedersi con noi. O potresti sederti con me e la squadra di calcio».

«Davvero? Lo faresti per me?».

Smette di baciarmi la spalla e mi guarda dritto negli occhi. «Non è soltanto per te, ma anche per me. Non voglio un mucchio di amici falsi».

«Neanche io, ma non lo so. Vanessa ci renderebbe la vita impossibile. Sta già progettando la nostra fine. Oggi abbiamo fatto quasi ammutinamento, dovresti vedere le cose che mi ha scritto. E RiAnne è arrabbiata quanto lei. Non so cosa faranno, ma credimi, non sarà bello. Quelle cheerleader, Mandy e Alicia, muoiono dalla voglia di sedersi al nostro tavolo. Potrebbe occupare i nostri posti in un attimo».

«Non può organizzare le feste senza di me».

«Troverà qualcun altro da usare. Sai come ragiona».

«Allora usiamolo contro di lei. Pianifichiamo noi la sua fine. Sono stufo che pensi sempre di essere la regina. Togliamole il trono da sotto i piedi».

«E se poi ci si ritorce contro?».

Cush mi prende dalla vita e mi tira a sé.

«Chi se ne importa? Ci siamo noi, e la nostra relazione non sarà una bufala».

«Cush, lo è già. Non abbiamo una relazione, eppure la gente pensa il contrario».

«Per prima cosa, siamo amici. Nessun altro sarebbe venuto a tutte quelle cene con mio padre».

«Non è vero. Moltissime ragazze lo avrebbero fatto. Hai portato me perché non volevi che pensassero che ti piacevano o che volevi una storia seria».

«Io ti sosterrò sempre, è questo che conta». Mi sorride, mi sfiora il sedere con una mano e me lo palpa. «E devo dire che hai davvero un bel didietro».

Io scoppio a ridere. «Conosco le tue mosse, Cush. Ti ho visto in azione troppe volte. Non funzionerà con me».

Lui risponde dandomi un lungo bacio sensuale.

Inizio a pensare che i suoi modi potrebbero fare presa anche su di me.

Riesco a pensare soltanto alle sue labbra.

Al loro sapore.

Sono vigorose, abili.

Mio dio, quanto sono abili.

Il modo in cui la lingua guizza tra le mie labbra, come un gatto e un topo quando mi permette di succhiargliela, ma poi la tira via non appena sono io a prendere il controllo. Il modo in cui succhia la mia con tale forza da tirarmi a sé. Sembra che mi stia provocando, stuzzicando. Mi fa venire voglia di supplicarlo per avere di più.

Come se riuscisse a leggermi nel pensiero, la sua mano scivola via dai capelli per finire sulla mia schiena nuda, mi afferra il sedere e mi stringe a lui. Io inizio a strofinarmi sulla sua gamba come quando andiamo a ballare, ma mi muovo al ritmo della sua lingua che si muove dentro e fuori la mia bocca.

Il mio telefono vibra e io faccio finta di non sentirlo.

Perché adesso, ogni nervo del mio corpo è intento a fremere per Cush.

Sono stanca di aspettare di piacere a Brooklyn, stanca di essere l'unica tra le mie amiche a non averlo fatto, stanca di aspettare il leggendario vero amore. Sono stanca di esprimere desideri guardando la luna.

Ho bisogno di una bella scopata eccitante.

E i baci di Cush sono eccitanti.

Soprattutto quelli che mi dà sul collo e sulla scollatura.

I miei recettori sensoriali sono travolti dalle informazioni.

Dopo aver succhiato tutto il collo, i baci diventano più dolci.

Sul lobo dell'orecchio, sulla guancia, di nuovo sul labbro inferiore.

Lentamente lo lecca e si fa strada nella mia bocca, poi dice: «Devo dirti una cosa».

«Tra un attimo», mormoro, finendo di sbottonargli la camicia, togliendogliela dalle spalle e baciandogli il petto abbronzato e scolpito.

Poi prendo coraggio e gli slaccio la cintura.

Stiamo parlando di Cush. Non mi può rifiutare. Non credo sia in grado di dire di no a una ragazza.

Mentre provo ad abbassare la zip dei pantaloni, lui mi afferra le mani. «Keatyn, devo dirti una cosa».

«Ehm, okay». Davvero? Mi dirà che non vuole farlo?

«C'è un motivo per cui non ho mai avuto una relazione seria con una ragazza. Perché non ho mai frequentato nessuno e perché ho sempre voluto che fossi tu a venire con me a cena da mio padre, e perché non vedo l'ora che arrivi la prossima».

«Perché?».

Mi rivolge il suo sorriso tipico da Cush. Quel sorrisetto sexy che mi fa venire voglia di spingerlo sul letto.

«Sono un po' innamorato di te».

Strabuzzo gli occhi, arretro e mi siedo sul letto.

Sul serio? Cush non mente mai alle ragazze per portarle a letto.

Lo fanno di loro spontanea volontà.

«Me lo stai dicendo per farmi venire a letto con te?»

«No, te lo sto dicendo perché così non lo farai. So che hai una cotta per quel surfista e so che di solito non tratto bene le ragazze, ma con te è diverso. Tu sei sempre stata diversa».

«Vanessa mi ha detto che avrei dovuto farlo con te e che non avrei dovuto dirti che sono vergine, perché non te ne saresti accorto».

«Sono sicuro che lo avrei fatto». Poi arriccia il naso e aggiunge: «Credo».

«Non se ti avessi fatto ubriacare», scherzo, per sdrammatizzare.

«Non è ciò che voglio, Keatyn. Esci con me, diventa la mia ragazza».

«Io, ehm... Non so cosa dire. Dici sul serio?», chiedo, alzandomi in piedi. «Non hai mai avuto delle fidanzate. Non credo neanche che tu abbia mai avuto un secondo appuntamento».

«Ti prego, dimmi di sì», dice, con un sorriso dolcissimo.

«Sono single da sei giorni».

Lui non risponde, ma mi bacia. Un bacio che mi fa venire voglia di rispondere sì a qualsiasi domanda.

Cush abbassa le bretelle del mio vestito sulle spalle e l'abito mi scivola via dal corpo. Non porto il reggiseno, solo un tanga di raso bianco. Ho la sensazione di avere un déjà-vu. Anche se non siamo in un hotel con petali di rosa, mi rendo conto che Cush sta seguendo il mio copione.

Gli sorrido mentre lui si allontana per ammirare il mio corpo. So che dovrei essere imbarazzata, ma non è così. Mi sento sicura mentre lo osserva e mi accarezza la schiena. Poi si ferma.

«Mi dispiace, ma non posso andare avanti finché non mi dici di sì». Si siede sul bordo del letto e si toglie i pantaloni. Vedo che ha un'erezione. Prende i pantaloncini di Tommy e li infila. «Hai ragione, è meglio andare a dormire o non sarò in forma per la partita di domani».

Non credo di aver mai fatto venire un'erezione a Sander.

All'improvviso, non m'importa più niente del torneo di calcio.

«So che probabilmente non è il giusto spirito scolastico e non ti sono d'aiuto, ma in questo momento, non me ne frega niente della partita». Lo bacio e lo trascino su di me.

«Keatyn, sei sicura?»

«Sicurissima. Non voglio smettere, Cush. Anzi, se ci fermiamo, la risposta alla tua domanda sarà sicuramente no».

Lui si acciglia, si alza dal letto e prende il telefono dalla scrivania.

Che diavolo sta facendo?

Odio i ragazzi, lo giuro. Io mi sono praticamente lanciata tra le sue braccia e lui vuole controllare i messaggi?

Sento un magone in gola e so che sto per piangere. Il mio ego non può tollerarlo.

Non sopporterei di sentirmi dire di no un'altra volta.

Prima, Sander non mi vuole. Poi, quello stupido di Brooklyn.

Non riesco a trattenere le lacrime. Iniziano a scorrere a fiumi sulle guance. Prendo la coperta e mi copro il petto. Mi sento incredibilmente nuda. E stupida.

Cush posa il telefono e torna a letto con me.

«Okay, ho messo la sveglia alle sette. Non posso perdere l'autobus e probabilmente non darò il meglio di me domani in campo, ma non m'importa... Stai piangendo? Perché stai piangendo?»

«Pensavo non mi volessi», rispondo, tirando su con il naso. «Pensavo stessi controllando i messaggi».

Cush spalanca gli occhi. «No, volevo mettere solo la sveglia. Mi dispiace. Vedi? Non sono bravo in queste cose, non mi è mai importato prima d'ora. L'ho sempre fatto senza pensarci». Mi bacia la fronte, la guancia e poi le labbra. «Ricominciamo, okay?».

Io annuisco, mentre lui spegne la lampada. Si protende su di me, si ferma e la riaccende.

«Possiamo parlare prima?»

«Ehm, okay?». Stringo forte la coperta al petto. Vorrei urlargli: "Ti prego, sii Cush, sbattimi sul letto e scopami".

«Come lo immagini?»

«Immaginare cosa?»

«Perdere la verginità».

«Ehm, non lo so», mento. Ho scritto milioni di versioni diverse. Versioni in cui la perdo in un hotel la sera del ballo con il mio fidanzato perfetto. Versioni in cui Brooklyn mi salta addosso sulla spiaggia. Versioni in cui Brooklyn mi porta in camera sua.

Cush mi prende la mano e la porta alle labbra per riempirla di piccoli baci. «Dimmelo, ti prego».

«È stupido».

«Non penserò che è stupido, lo giuro. Anzi, lo dico prima io».

«Ci hai pensato?»

«Sì. Ed è un po' imbarazzante».

«Non devi farlo».

«Sì, invece». Le sue labbra stanno di nuovo lentamente baciando le mie nocche. È molto dolce. «Ho sempre sognato che fosse con te. Eri sempre così carina e perfetta a scuola, ma ogni pomeriggio ti vedevo all'allenamento di calcio ed eri diversa, libera, felice, tosta. Eri titolare già al primo anno, non è una cosa da tutti. Non ho perso neanche una partita, per molto tempo non ho saputo neanche come ti chiamassi. Ho sentito il coach chiamarti Douglas. Poi un giorno stavi correndo verso di me per riprendere una palla che era finita nel nostro lato del campo. Si è fermata proprio sotto i miei piedi. L'ho presa e ti ho detto "ecco". Ti ricordi cosa hai risposto?»

«"Grazie, comunque io sono Keatyn", giusto?».

Lui annuisce e mi bacia di nuovo la mano. «Sì. E io non sapevo cosa dire. Sono rimasto lì come un idiota. C'erano tante cose che avrei voluto dirti se ne avessi avuto la possibilità, ma quel giorno non sono riuscito a dire niente. Non eri mai stata così vicina. Riuscivo a sentire il tuo profumo, vedevo il viola nei tuoi occhi, che si nota solo da vicino. Avrei voluto chiederti di uscire, ma poi a scuola è arrivato Sander e sono stato sfortunato».

«Ma siamo diventati amici, ho sempre pensato che fossi molto carino e ti ho invitato a una festa».

«Lo ricordo. Sander e io abbiamo legato davanti a una bottiglia di whiskey che ho rubato dall'armadietto di mia madre. Mi sono ubriacato e sono andato a letto con una ragazza dell'ultimo anno».

«E così è nato Cushman».

«Esatto», risponde, sospirando. «Fidati se ti dico che non c'è nessuno che ti desidera quanto me, ma non credo che dovremmo farlo stasera. Voglio che facciamo le cose bene e devi accettare di uscire con me prima».

Mi viene di nuovo da piangere. È davvero dolcissimo. Perché non me ne sono mai accorta?

«E ho cambiato idea», dice. «Non dirmi come lo hai immaginato. Voglio organizzare tutto e sorprenderti. Va bene domani sera?»

«E il torneo di calcio?»

«Dovrebbe finire alle otto. Ti vengo a prendere alle nove».

Gli afferro il collo per avvicinare il suo splendido viso al mio e lo bacio intensamente.

Mi siedo sulle sue gambe, gli passo le mani tra i capelli e gli graffio la schiena.

Lui mi afferra il sedere e mi tira sui suoi fianchi.

Il mio corpo inizia a dondolare su di lui. Precisamente, sull'erezione che sento sotto i pantaloncini.

È come se il mio corpo volesse convincerlo a volermi adesso, anche se non vedo l'ora che sia domani sera.

Ma quando mi morde leggermente la spalla mentre premo i fianchi sulla sua erezione, so che non potrò aspettare un altro giorno.

«Facciamolo stasera, togliamoci subito la parte più imbarazzante, così domani potremo divertirci», ansimo.

Le mie mani non aspettano una risposta, gli stanno già togliendo i pantaloncini.

Lui sembra davvero indeciso.

«Non ce la faccio ad aspettare», gemo sul suo collo.

Lui mi fa stendere sul letto, lancia i pantaloncini per terra e mi sfila il tanga. Guido la sua bocca sulla mia.

«Sei sicura?», mi domanda.

«Sicurissima».

Chiudo gli occhi, faccio un respiro per calmarmi e non smetto di baciarlo finché non abbiamo finito.

Mi sveglio con il rumore di un tuono forte e lancio un'occhiata al telefono.

4:22.

Cush ha un braccio su di me e l'altro piegato sulla testa.

Non posso credere di averlo fatto, finalmente.

Non ho mai scritto questo copione, non ho mai immaginato che la mia prima volta fosse così.

Ma mi sento sorprendentemente felice. Felice che non abbia fatto male e che lui sapesse cosa fare.

Penso a quanto era carino quando mi ha detto che è innamorato di me e che vuole organizzare qualcosa di speciale per stasera. Vorrei baciarlo di nuovo.

Poggio la testa sulla sua spalla e gli do un bacio sul collo.

«Mmm», dice Cush sognante, ancora mezzo addormentato. «Che bello».

Sussulto quando il rombo di un altro tuono fa tremare le finestre.

Lui apre un occhio. «Era un tuono? Sta piovendo?»

«Sì, piove a dirotto».

«Forse annulleranno il torneo e potremo trascorrere tutto il giorno a letto».

Io gli bacio il collo. «Sarebbe bello, ma i miei genitori potrebbero non gradire. Sanno che hai trascorso la notte qui, ma pensano che tu abbia solo dormito».

Si gira sul fianco e mi bacia il ventre. «Be', in quel caso…».

Non gli permetto di finire. So esattamente a cosa sta pensando e io voglio la stessa cosa.

Sabato 21 maggio

È carino. Posso tenerlo?
7:00

BIP! BIP!

«Merda», esclama Cush, spegnendo la sveglia mentre si stropiccia gli occhi.

«Sta ancora piovendo?».

Quando si toglie le coperte di dosso e si dirige verso la finestra, posso ammirare il suo bel sedere nudo. Sposta la tenda e annuisce. «Sì, e vedo dei lampi in lontananza. Se continua così, dovranno annullare il torneo».

Io abbasso lo sguardo e spalanco gli occhi.

«Che c'è?». Cush guarda in basso e ne comprende il motivo. Si stringe nelle spalle e dice: «È mattina».

«È carino. Posso tenerlo?».

Il suo telefono vibra. «È l'allenatore. Evvai! La partita di stamattina è annullato per la pioggia. Ci aggiornerà alle undici».

«Bene, torna a letto».

«E se non sono così stanco?», mi dice con un sorriso malizioso.

«Ho detto torna a letto, non torna a dormire».

Cush fa un salto e piomba su di me. Io lancio un urlo e inizio a ridere quando mi fa il solletico.

«Kiki, Kiki!!!», sento urlare da dietro la porta. «Fai entrare *Ghesie*!!!».

«Merda, è mia sorella. Metti via quel coso», sussurro. «Un attimo, Gracie!», grido. Scendo dal letto e prendo l'accappatoio, mentre Cush si infila un paio di pantaloncini.

Giro la chiave e apro la porta proprio mentre si sente un altro rombo di tuono.

Gracie si precipita nella mia stanza, salta sul letto e nasconde la testa sotto la coperta che ha portato con sé. Poi fa capolino e guarda Cush.

«Kufffmannn!», dice, tutta contenta. «Batti cinque?». Cush dà sempre il cinque alle bambine quando le incontra alle mie partite di calcio.

Lo fa anche stavolta. Gracie si alza al centro del letto e inizia a saltellare.

Io la prendo dalla vita e la faccio sedere. «Gracelyn, sai che non devi saltare sui letti. Puoi cadere e farti male».

«*Merde*», mormora lei tra i denti.

«Che hai detto?».

Lei sorride e inizia a saltellare di nuovo, gridando: «*Merde! Merde! Merdeeeee!!!*».

«Gracie, non devi dirlo! È una brutta parola».

Gracie si ferma e mi guarda, cercando di capire quanto sono seria. Mi sorride, probabilmente sa che non sono una minaccia e riprende a saltare, canticchiando: «Vagina. Va-gina. Ghesie ha una va-gina».

Cush mi lancia un'occhiata, trattiene una risata e inizia a tossire.

«Anche Kiki ha una vagina. E tu?», chiede a Cush.

Cush sorride a denti stretti. Sta cercando di non ridere. «No, ehm, ce l'hanno solo le ragazze».

Gracie spalanca gli occhi e guarda Cush dall'alto verso il basso.

So che sta per urlare "pene". Ha un vocabolario troppo ricco per essere una bambina di soli due anni e mezzo.

«È meglio se vai a dare un'occhiata a mamma e papà, Gracie. Potrebbero avere paura dei tuoni».

«A *Ghesie* non piacciono i *toni*», afferma. Si mette la coperta attorno al collo come se fosse il mantello di un supereroe e corre fuori dalla stanza.

Io chiudo a chiave la porta. «Scusa, è stato imbarazzante».

Lui mi trascina sul letto. «Ho sentito dire che hai una vagina. Vuole giocare un po' con me?».

Gli do un colpo sulla spalla. «Sei perverso».

Il mio telefono vibra sul comodino. «Dovremmo dare un'occhiata ai messaggi di Vanessa, che ne dici? Per capire la gravità del danno?», chiedo.

«Immagino di sì», risponde lui, come se in realtà non volesse farlo, ma poi prende il mio telefono. «Che ne dici se li leggo io? Okay, il primo è di B. Chi è?».

Il mio cuore smette di battere.

«Ehm», balbetto. Sento un blocco alla gola, come se una mano invisibile mi stesse strozzando. Gli strappo il telefono di mano con una certa forza, ma cerco di sembrare tranquilla quando dico: «Oh, è solo Brooklyn, il surfista».

Leggo rapidamente il messaggio tra me e me, poi lo leggo anche a Cush.

B: Piove a dirotto qui. Non venire. Sono stato con della gente a posto ieri sera e lo rifaremo anche stasera. Ci vediamo domenica?

Faccio finta che non m'importi, ma il suo messaggio mi fa davvero arrabbiare, perché so cosa vuol dire quando i ragazzi incontrano "gente a posto". Significa che sono stati con ragazze che amano le sveltine e fare festa.

Devo ringraziare di nuovo Vincent. Aveva ragione su Brooklyn, non gli importa di me.

«Lo vedrai domenica?», mi chiede Cush.

Basta uno sguardo al suo bel viso per capire che non vorrebbe che mi avvicinassi a Brooklyn, così decido che neanche io voglio avvicinarmi a lui. Stronzo.

Digito una risposta stizzita e poi la faccio leggere a Cush.

IO: Non posso. Devo uscire con il mio ragazzo.
B: Sei tornata con il coglione?
IO: Uno nuovo. Sono molto fortunata.
B: È popolare anche lui?
IO: Divertiti con la tua gente "a posto". Sono stata con i tuoi amici abbastanza a lungo da sapere cosa vuol dire.
B: Tu non sai proprio niente. Faresti meglio a crescere.
IO: Oh, lo sto facendo. A proposito, di' a Mark che potrei accettare la sua offerta.
B: Diglielo tu.

«Che sta succedendo?»

«Niente, è uno stronzo».

Cush mi guarda storto, non mi crede. «Che offerta ti ha fatto Mark?»

«Niente. Che dice Vanessa? Forse dovremmo iniziare dal tuo. Qualcuno ha detto niente sulla festa?», chiedo, aprendo i suoi messaggi. «Wow».

«Mi dispiace. So che ci sono molti messaggi da parte di ragazze, ma non ho risposto a nessuno. Non m'importa».

«Oh, sì, li ho visti». Sorrido e gli stringo la mano. «Ce n'è uno di RiAnne».

«Non mi scrive mai. Cosa dice?»

«Dice: "Vedi la verginella come una sfida o sai che non ha mai scopato con Sander?" Wow. Ho sempre pensato che fosse più dalla mia parte».

«Hai bidonato la sua festa. Che ti aspetti?»

«Sì, lo so. Ce n'è uno da Vanessa. Dice: "Tu e la tua amica siete finiti. Non dirmi che non ti avevo avvisato. Non provate neanche a sedervi al mio tavolo lunedì"». Lo guardo. «Che faremo? Sederci dove vogliamo è una cosa, ma essere esclusi è un'altra».

«Pensavo avessimo deciso che non ci importa».

«Io parlavo dell'anno prossimo, non adesso. Non sono pronta. Merda! In che cosa mi sono cacciata? Perché ho pensato di poterlo fare?»

«Cosa vuoi fare?».

Ho visto mia madre e Tommy farlo diverse volte negli anni. So come si fa nelle pubbliche relazioni. «Limitiamo i danni», rispondo.

Apro il suo Facebook e cambio lo stato in "In una relazione". Poi prendo il mio telefono e accetto la sua richiesta. «Adesso commenterò il tuo stato».

«Cosa dirai?».

«"Sono troppo contenta che siamo andati via dalla festa Monte Carlo per andare all'altro party"», leggo ad alta voce mentre scrivo.

Poi prendo il suo telefono e digito la sua risposta. «"Sono felice di aver ballato con te. Ed è stato bello anche bere con Deron"».

Lancio il telefono sul letto, prendo il mio e inizio a scrivere. «"Sono felice di essermi svegliata accanto a te. Anche se non abbiamo dormito granché". Metto la faccina che fa l'occhiolino?»

«Sì, ma non capisco. Perché queste frasi dovrebbero fermarla?»

«Non la fermeranno, ma tutti sapranno ufficialmente che stiamo e dormiamo insieme. Crederanno ai pettegolezzi che girano su di noi a scuola da quando ho rotto con Sander. Dobbiamo organizzare una festa tutta nostra. Una festa epica di cui parleranno tutti quelli che contano».

«E chi sarebbero quelli che contano?»

«Quelli del primo anno che vuole assoldare. I più popolari».

Cush sembra deluso. «Quindi salteremo la nostra serata speciale stasera per organizzare una festa e vendicarci di una ragazza di cui non ci importa niente?».

Mi giro rapidamente verso di lui. «Non mi perderei per niente al mondo stasera. A proposito, non devi organizzare qualcosa?»

«Sì, devo fare qualche telefonata. Sembri un po' troppo felice adesso. Che ti passa in quella mente maligna?»

«Mi è venuto in mente il piano perfetto. Non andremo a scuola lunedì, come anche nessun altro. Vanessa e RiAnne si siederanno sui loro troni da sole».

«Organizziamo la festa domenica sera e saltiamo la scuola lunedì?»

«Esatto. E sarà una festa epica, ma intima. Solo le dodici persone che ci piacciono di più. Gente popolare a cui non piace solo apparire. Come la ragazza con le scarpe da tennis. Sarebbe perfetta. E sicuramente Alex Littleton. A scuola tutti noteranno che non ci siamo. E dato che quelli dell'ultimo anno hanno già finito, Vanessa e RiAnne saranno sedute al tavolo da sole. Tutta la scuola saprà che sono state escluse da qualcosa di importante. Inoltre, lunedì, all'ora di pranzo, scriveremo su Twitter quanto ci stiamo divertendo. Quando non potrà più fare niente».

«Come ci divertiremo?»

«Come ai vecchi tempi. Ricordi quanto ci divertivamo quando eravamo in pochi? Faremo il bagno nudi nella vasca idromassaggio, giocheremo al gioco della bottiglia, a ping pong con la birra, magari aggiungendoci anche uno spogliarello, ci ubriacheremo, balleremo tutta la notte e porteremo tutti quanti a casa mia per la colazione sulla spiaggia. Chiederò all'assistente di Tommy di organizzare tutto. Possiamo far portare delle capanne sulla spiaggia, qualche sdraio, una rete da pallavolo e ci metteremo al sole ad abbronzarci per far passare la sbronza».

«Sembra divertente. A proposito di colazione, sto morendo di fame».

Mi avvicino e lo bacio.

All'inizio è un bacio delicato, ma presto lui mi lancia sul letto e mi bacia con passione.

«Pensavo avessi fame».

«Sì, di te».

Roba da ragazzini
16:45

Sono seduta sotto la pioggerellina a guardare Cush che gioca con la sua squadra. Ha smesso di piovere a dirotto intorno a mezzogiorno e ora è solo una triste giornata uggiosa. Di solito odio le giornate come questa. Preferisco quando splende il sole, ma sono troppo contenta per preoccuparmene. Non riesco a credere di non essere più vergine e non riesco a credere di averlo fatto con Cush, che ora sto frequentando.

È davvero un cambio di programma che non avevo mai previsto né immaginato. Ma credo sia positivo. Mia madre dice che devo apprezzare le piccole sorprese della vita e ha ragione. Cush mi rende felice e io non riesco a smettere di sorridere.

A metà tempo, Cush corre sugli spalti per darmi un grosso bacio sulle labbra. «Ancora qualche ora», dice e mi fa l'occhiolino tornando in campo.

Mandy, che a quanto pare ha avuto un flirt con un calciatore di nome Dillon ieri sera, mi sorride. «Che cosa succederà tra qualche ora? Andate alla festa di cui Vanessa e RiAnne hanno scritto a tutti?»

«No. Abbiamo altri programmi, e comunque non siamo stati invitati».

«Non siete stati invitati? È perché tu e Cush siete andati via dalla festa Monte Carlo? Ho sentito dire che siete andati a un fantastico party hollywoodiano. È vero?»

«Sì, è vero e ce la siamo spassata. Ieri sera è stato magnifico», dico con enfasi.

«Quindi che farete stasera? C'è un'altra festa? Possiamo venire? Noi vorremmo sederci al vostro tavolo l'anno prossimo, ma Vanessa è proprio una stronza con noi. È andata a letto con due dei nostri fidanzati. Dopo che voi e la squadra di calcio siete andati via, la festa è finita. Se ne sono andati tutti alle dieci e mezza. Scommetto che ce l'ha a morte con te».

«Ne sono certa, ma bisogna fare delle scelte», affermo, con tono arrogante.

Alicia, la ragazza con cui Alex Littleton è andato al ballo, è d'accordo con me. «Lo capisco benissimo. Io vorrei andare al party di Vanessa stasera, ma Alex ha detto no».

«Alex sembra un bravo ragazzo».

«Sì, è uno di quelli che piacciono a tutti, ma a lui non importa essere popolare. Vanessa gli è stata addosso durante tutta la festa. Mi ha dato fastidio. Non è che stiamo uscendo o che, non ancora, ma potremmo farlo. Mi sono un po' infastidita perché se n'è andato con te e Cush, ma almeno non era più nelle sue grinfie».

Rifletto sul fatto che Vanessa abbia scelto proprio Alex e capisco perché era così concentrata su di lui. Non lo ha fatto perché è uno dei ragazzi più sexy dell'ultimo anno, ma perché non gli importa di essere popolare.

E questo lo rende una grossa minaccia.

Per Vanessa la popolarità viene prima di tutto e non puoi avere il controllo su una persona a cui non importa. Se Alex è così, l'unico modo che ha per tenerlo a bada è uscire con lui.

Ecco perché ultimamente sta cercando così tanto di controllarmi: perché all'improvviso ho deciso che non m'importa.

Forse Cush ha ragione? Teme che la popolarità mi seguirà e che lei resterà sola?

«Non credo che gli interessi Vanessa», dico ad Alicia.

«Lo spero. Personalmente, sono contenta che la festa sia finita prima. Mi stavo annoiando. I suoi genitori erano lì a fare la guardia e siamo dovuti sgattaiolare in camera sua per bere. Roba da ragazzini».

«Cush e io potremmo organizzare presto una festa, molto intima. Solo dieci, dodici persone. Volete venire?»

«Come i posti vuoti al vostro tavolo?», prova a indovinare Alicia.

Piego il capo e mi stringo nelle spalle. «No comment».

«Ti do il mio numero», esclama Mandy.

«Se ricevete un messaggio sulla festa, non ditelo a nessuno, venite e basta. Non vogliamo farlo sapere ad alcune persone».

«Pensavo che tu, Vanessa e RiAnne foste migliori amiche... cos'è successo?»

«Ha proposto a Sander di andare a letto con lei la sera del ballo».

Le ragazze spalancano gli occhi. «Oh, mio Dio, e tu cosa hai fatto?»

«Sander ha subito rifiutato, ma ero dietro di lei e ho sentito tutto».

«Ho visto che ora tu e Cush uscite insieme».

«Sì, me l'ha chiesto ieri sera. Non posso credere che stia giocando così bene. Non ha dormito molto».

«Cosa farete stasera?»

«Non lo so, vuole farmi una sorpresa. Mi ha solo detto di indossare un bel vestito».

«E della lingerie sexy?», deduce Alicia.

Cush fa un goal e io mi alzo per esultare.

Lui mi guarda, mima una pistola con le dita, bacia la punta e mi manda un bacio.

«Oh, mio Dio, l'avete visto? Non è stato carino? Devo scrivere subito un tweet a riguardo», dichiara Alicia.

Io sorrido tra me e me quando mi rendo conto che Cush ha seguito il mio copione a modo suo: è come il giocatore di basket che mi lancia un bacio dopo aver vinto la partita.

Ricambio, non m'importa se può sembrare stupido.

Alicia si stringe il corpo con le braccia. «Vorrei tanto che un ragazzo facesse qualcosa di così adorabile per me. Alex non vuole neanche ammettere che stiamo uscendo», sospira. «Quando tu e Sander vi siete lasciati, ho pensato che non ci sarebbe stata un'altra coppia perfetta. Tu e Cush siete anche più carini insieme. Come hai fatto a farti invitare da uno come lui? Non esce mai con nessuno».

«Non lo so. Siamo stati buoni amici per un po'. Mi ha detto

che gli sono sempre piaciuta, che aveva una cotta per me, che mi stava aspettando».

«Com'è romantico», dice Mandy, con un tono che mi ricorda Vanessa quando non è al centro dell'attenzione.

Alicia mi mostra il suo tweet.

Cush e Keatyn sono troppo carini. Lui ha fatto goal e le ha mandato un bacio. Tenerissimi #veroamore

Profumo come una principessa
21:00

Dopo la partita, cerco di estorcere qualche dettaglio a Cush riempiendolo di baci, ma lui continua a ripetermi la stessa cosa. A prescindere da dove lo bacio.

Mi dice soltanto: «Indossa un abito e di' ai tuoi genitori che non tornerai a casa prima di domani».

Voglio indossare qualcosa di sexy, ma ho mentito quando ho detto che avevo già programmato tutto. Ho molti bei reggiseni con mutandine abbinate e alcune camicie da notte di seta con cui a volte dormo, ma di solito indosso canotte e pantaloncini per andare a letto.

Non è quello che avevo in mente.

Ho comprato due completi sexy quando volevo tentare di sedurre Sander: la camicia da notte nera che ha ignorato e il reggiseno in stile corsetto rosa pallido con tanga abbinato e giarrettiera che ho buttato nel cassetto dopo quel fallimento. Voglio sembrare dolce e carina e rischiare di indossare la camicia da notte in cui sono stata rifiutata o voglio apparire più sexy?

Mmm, forse posso fare entrambe le cose cose. Ho un nuovo abito di pizzo color pesca chiaro che posso abbinare a uno splendido paio di zeppe a fasce di Jimmy Choo con un fiore sulla caviglia. L'abito è molto carino, inoltre è abbastanza elegante da poter essere indossato dovunque, ma allo stesso tempo casual, così da non sembrare troppo formale.

Avvolgo le calze e la giarrettiera nella carta e li nascondo nella borsa che sto preparando per la notte. Li indosserò quando arriverà il momento più divertente. Mi asciugo i capelli, li arriccio in onde morbide e fermo la frangia gonfiandola un po' con un grosso fermaglio coperto di cristalli.

Sto mettendo i trucchi nella valigia quando suona il campanello. Butto rapidamente il libro che dovrei leggere per la lezione di inglese, insieme a un bel vestito e dei sandali da indossare nel caso in cui usciremo a fare un brunch domani.

Sento Ivery e Emery che urlano insieme: «Vado io!».

Esco dalla stanza e le vedo correre nel salotto cercando di battersi per arrivare prima alla porta. Ogni volta che siamo in un ascensore, dobbiamo fermarci a quattro piani diversi così possono tutte premere un pulsante.

Emery spinge Ivery e apre la porta. Ivery serra i pugni e urla: «Mi ha spinta! Non è giusto, Em!».

L'aiuto ad alzarsi da terra. «Perché non vieni nella mia camera insieme a me?», le sussurro nell'orecchio. «Mi sono scordata di mettere il profumo. Se mi aiuti, ne metto un po' anche a te».

Le lacrime si fermano immediatamente e lei annuisce. Saluto Cush con la mano e torno nella mia stanza.

Le faccio annusare qualche boccetta di profumo. «Secondo te, quale dovrei mettere?»

«Questo», dice, prendendo la bottiglietta di Princess di Vera Wang solo perché è viola, a forma di cuore e ha un tappo a forma di corona d'oro. «È un profumo da principessa».

Ne spruzzo un po' sul collo, tampono l'interno dei polsi, lo spruzzo nell'aria e ci passo dentro. Poi ripeto tutto per lei.

Ivery mi dà uno dei suoi abbracci stritolanti. Mi piace quando cercano di abbracciarti così forte che non riesci quasi a respirare. Abbracci così mi fanno sciogliere.

«Ti *voio* bene, Kiki», mi dice dolcemente. Poi strizza il naso, corre nel corridoio e dice a Emery: «Ah, ah, io profumo come una principessa e tu no!».

Mi guardo di nuovo allo specchio, esco e sorrido a Cush. È davanti alla porta con le bambine, che stanno tirando via dei fiori dal bouquet che ha in mano. È una scena davvero adorabile.

Anche lui è adorabile – no, anzi, sexy – con una camicia viola scuro e dei pantaloni lucidi neri che abbiamo trovato nella sua cabina armadio.

«Perché non andate a far vedere i fiori alla tata?», dico alle bambine e loro corrono nella stanza dei giochi.

Cush mi rivolge un sorrisetto incerto e mi porge ciò che è rimasto del bouquet bistrattato. «Questi erano per te».

Gli lancio le braccia al collo e premo le labbra sulle sue, schiacciando ciò che è rimasto di quei poveri fiori tra di noi.

«Ehm, potresti ricevere sempre dei fiori se questa è la reazione che suscitano». Si allontana e osserva il mio vestito. «Sei splendida».

Io sorrido, un po' imbarazzata. Forse perché ha detto "splendida". Di solito è una parola che riservano per mia madre. «Ehm, grazie».

«Vuoi portarli con noi o li lasci qui?», mi chiede, porgendomi i fiori.

«Le bambine sarebbero contente se li lasciassi qui, soprattutto se possono metterli nell'acqua».

«Per affogarli?», dice Cush, ridendo. Mi piace quando ride perché si vedono le fossette.

Lui annuisce e io chiamo le bambine.

Ceniamo in un bellissimo ristorante sull'oceano, poi Cush mi accompagna in uno degli hotel più meravigliosi di Beverly Hills. L'hotel in cui sognavo di perdere la verginità la sera del ballo. Brooklyn direbbe che è stupido, che non deve essere costoso per essere speciale. Ripenso alla sera in cui mi ha detto di togliermi la maglietta, a come non volessi lasciare la sua stanza, a come mi ha fatto sentire speciale il suo bacio.

Eppure, mi ha mollata. È stato con altre ragazze, si è arrabbiato con me e non mi parla da allora.

Scuoto il capo per dimenticare Brooklyn e concentrarmi su Cush. So che le cose sono andate avanti piuttosto velocemente, ma siamo amici da molto tempo. È bellissimo e ho sempre saputo che ha un lato dolce. Ero accecata, credo. Non ho mai capito che avesse una cotta per me, come Brooklyn non si è mai accorto che ne avevo una per lui.

Ovviamente, non m'importa più cosa pensa Brooklyn, ma una parte di me vorrebbe sapere se è stata solo una storiella. Forse ero abbagliata dal mio amore e non ero lucida, ma per me non lo è stato. Ripenso al modo in cui mi ha baciato davanti ai suoi amici sulla spiaggia. Non capisco.

Anche se non sono ancora innamorata di Cush, almeno so cosa siamo. Ho bisogno di tempo per dimenticare Brooklyn. Devo scordarmi di lui e perdere la testa per Cush.

«Allora che ne pensi?», domanda Cush, indicando l'hotel con il capo, mentre un parcheggiatore apre lo sportello.

«È perfetto. È il posto che ho sempre sognato».

Cush sfodera un enorme sorriso con i suoi denti bianchi e mi accompagna in camera.

La stanza è esattamente come quella che ho descritto nel mio copione, nei minimi dettagli. Un piumone soffice sul letto, petali di rosa sparsi per terra, lo champagne in un secchiello del ghiaccio d'argento, fragole ricoperte di cioccolato su un vassoio di vetro a formare un cuore.

«È perfetto, Cush. È proprio come ho sempre immaginato. Come facevi a saperlo?»

«È come l'ho sempre immaginato anche io», dice dolcemente.

Gli metto le braccia attorno al collo e lo bacio per ringraziarlo.

Nel frattempo, lui mi abbassa la zip del vestito.

«Aspetta!», esclamo.
«Perché?», risponde lui, sembra confuso.
Io sorrido. «Perché ho qualcosa di bello sotto il vestito che vorrei farti vedere. Hai mai immaginato che cosa potrei indossare?».
Lui ride e mi rivolge il suo tipico sorrisetto malizioso. «Sono certo di averti immaginato nuda».
Io alzo gli occhi al cielo e mi metto a ridere. Non mi sento affatto nervosa e sono felice che l'abbiamo fatto ieri sera. Accidenti, posso persino usare la frase che ho scritto nel copione per questa serata.
«Perché non versi dello champagne mentre io indosso qualcosa di più comodo?».
Corro in bagno, mi tolgo il vestito, e infilo la giarrettiera e le calze, cercando di non romperle. Poi mi metto uno degli accappatoi dell'albergo. Sento lo champagne che viene aperto, mi do una controllata ai capelli nello specchio e faccio la mia grande entrata.
Lui sembra deluso. «A essere sinceri, ammetto di non averti immaginato con un accappatoio bianco».
Gli sorrido in modo seducente, sciogliendo lentamente l'accappatoio. Quando lo lascio cadere dalle braccia, il suo sguardo accigliato si trasforma in un sorriso.
«Cazzo, è sexy». Si avvicina a me, mi porge un bicchiere di champagne e poi si siede sul letto. «Posso restare qui seduto a guardare?»
«Non sono nuda. Ti piace lo stesso?». Mi sento audace, così non aspetto la sua risposta e poggio un tacco sul letto accanto a lui.
Cush sfiora le calze di seta con la mano.
«Toglile», gli ordino.
Lui sgancia le calze dalla giarrettiera e le abbassa lentamente sulla gamba. Poi la bacia risalendo e facendomi rabbrividire su tutto il corpo.
«L'altra», dico, mettendo l'altro piede sul letto.

«È troppo sexy. Nessuna ragazza si è mai vestita così per me».

«Non ne hanno mai avuto l'occasione. Ma sono felice che ti piaccia», rispondo, ridendo.

«Ti dimostrerò quanto».

Posa lo champagne sulla scrivania, mi prende e mi butta sul letto.

Domenica 22 maggio

Body shot!
23:30

«Continuo a pensare a ieri sera», mi dice Cush.

«A cosa pensi?», gli chiedo, rannicchiandomi vicino a lui sul divano.

Si guarda attorno durante la festa organizzata a casa sua. «Siamo stati bravi. Tutta la gente che abbiamo invitato è simpatica, è un bel gruppo di persone, credo».

«E non ci sono tensioni».

«Perché non c'è Vanessa a crearle. Nessuno cerca di farsela con il fidanzato di qualcun'altra, nessuno piange perché Vanessa si è presa gioco di loro. RiAnne non è arrabbiata con Vanessa. Ci sono solo venti persone invece di cento e il tuo fidanzato non sta vomitando in bagno. Sander era sempre ridotto male alle feste».

«Sì, probabilmente è per questo». Gli afferro l'orlo della maglietta e lo avvicino alle mie labbra. Dopo avergli dato un bacio appassionato, dico: «A proposito, credo sia ora di fare un po' di casino e dar inizio a questo party».

Lo tiro su dal divano, lo trascino al bancone lungo del bar ed esclamo: «*Body shot!*».

Lui mi prende in braccio e mi mette sul bancone, si versa uno shot di Patron, poi prende del lime e un po' di sale.

Dovrebbe leccarmi il collo, invece mi solleva la maglietta. Tutti urlano come se fossi completamente nuda, mentre sotto indosso un bikini.

Cush posa con attenzione il bicchiere di Patron sul mio seno, poi lentamente e in modo davvero piacevole, mi lecca il ventre.

Mi fa il solletico e mi fa ridere, ma mi eccita anche tantissimo. Probabilmente perché la mia mente ripensa a dov'è stata la sua lingua ieri sera.

Cush sparge del sale sulla mia pancia e mi mette una fetta di lime in bocca.

«Alza la musica, Alex», esclama.

Alex è seduto vicino alle casse. Guarda l'attrezzatura, trova la manopola giusta e alza il volume fino a farci stordire.

Cush abbozza impacciato uno striptease e si toglie la maglietta.

È difficile non guardarlo. Ultimamente ho scoperto anche il suo lato adorabile, dolce, sensuale e amorevole, ma non si può negare che abbia un corpo da urlo.

Tutti iniziano ad acclamare: «Cush, Cush!».

Lui mi prende per la vita, lecca il sale sulla pancia e mi sorride. Poi affonda il viso sul mio seno, porta il bicchiere alla bocca e lo beve.

Con un gesto eclatante, lancia il bicchiere vuoto sul bancone e poi mi bacia per prendere il lime.

Lo succhia, lo getta nel lavandino e mi bacia di nuovo.

È un bacio intenso, profondo e terribilmente passionale.

Ora tocca agli altri ragazzi sistemare le ragazze in fila sul bancone, mentre Cush passa la bottiglia.

Io salgo sul bancone e mi metto a ballare.

Lunedì 23 maggio

La più stronza di tutte
12:30

Sono seduta su una sdraio sulla spiaggia davanti casa mia e penso che avrei fatto meglio a evitare gli ultimi due shot di ieri sera.

Ma che posso farci, era impossibile resistere alla tentazione di leccare il sale dagli addominali di Cush.

Mi volto a osservarlo. È su una tavola con altri ragazzi. Lo saluto con la mano. Sta facendo tutto il possibile per rendermi felice. E ieri sera ci siamo divertiti tantissimo. Cush è sempre stato uno spasso alle feste, ma stare con lui, che mi stringe, mi bacia e si prende cura di me ha reso tutto molto più bello.

Pare che tutti si siano divertiti. Abbiamo giocato a ping pong con la birra, ballato sul bancone e ci siamo rilassati nella vasca idromassaggio fino alle cinque. Abbiamo dormito un po', poi ci siamo alzati e siamo andati a fare colazione. Eravamo tutti sbronzi e la colazione sostanziosa e abbondante era deliziosa.

Il mio telefono inizia a vibrare di nuovo. Guardo e vedo che non è un messaggio, ma la sveglia.

Sorrido perché capisco che è finalmente arrivato il momento di diffondere la notizia. RiAnne e Vanessa saranno sedute al loro prezioso tavolo a pranzo.

Tutte sole.

Mi volto verso Mandy e Alicia che sono distese sulle sdraio accanto a me. «È stato davvero divertente. Dobbiamo scrivere dei tweet, caricare delle foto e taggare tutti su Facebook».

«Magari potremmo fare una foto di gruppo?», suggerisce Alicia.

«FOTO DI GRUPPO!», urlo a tutti.

Ci allineiamo sulla spiaggia, facciamo delle foto stupide e poi le postiamo immediatamente.

«Forse dovremmo caricare anche alcune di quelle che ho fatto ieri mentre ballavi sul bancone», dice Alicia.

«Sì, dài. Mi dispiace per quelli che sono bloccati a scuola. Oggi è una splendida giornata. Questo sì che è il modo giusto per rilassarsi prima degli esami», dice Mandy.

Alicia sfoglia le foto sul telefono. «Che ne dici di questa?»

«È bella, le mie gambe sembrano magrissime», rispondo, ridendo. «Anche se sembro un po' brilla».

«Eri un po' brilla», afferma Mandy. «Ma se fossi stata io a leccare il sale dagli addominali di Cush, sarei completamente ubriaca. È così sexy».

«Ehm, grazie». Credo. Inizio a pensare che Mandy abbia una cotta per lui.

«Sei brava a ballare, mi sorprende che tu non abbia mai provato a entrare nella squadra di ballo», dichiara Alicia.

«Ci ho pensato, ma Vanessa ha detto che sarebbe stato da sfigati».

«Be', ma ora ti stai liberando di Vanessa e dei suoi modi perfidi e arroganti, no?»

«Sì, credo. Non voglio avere problemi l'anno prossimo».

«Continuerai a uscire con Cush?», chiede Mandy.

«Spero di sì. Ci divertiamo molto. Sabato sera è stato incredibile».

Racconto tutti i dettagli dell'hotel, quello che ha organizzato, di come mi abbia già detto che mi ama. Mi sto dando un sacco di arie. Normalmente non rivelerei così tanto, ma ho la sensazione che Mandy si proporrebbe a Cush se ne avesse l'opportunità.

Il mio telefono vibra, è un messaggio di Vanessa. Mi ha scritto diverse volte stamattina, chiedendomi perché non fossi a scuola.

Ma questo messaggio è diverso.

È INCAZZATA!

«Oh, wow».

«È Vanessa? Cosa dice?», chiede Mandy, spalancando gli occhi. Temo che le piacciano un po' troppo i drammi.

«Dice: "Vuoi farlo davvero? Vuoi metterti contro di me? Lo hai fatto apposta, eh? Io e RiAnne siamo sedute da sole e tu pubblichi tweet e foto su Facebook con un tempismo perfetto. Devo ammetterlo, ti avevo sottovalutato».

Mandy e Alicia ridono, scherzano e parlano male di Vanessa.

Io non rido. In realtà non riesco neanche a sentirle perché Brooklyn è appena arrivato sulla spiaggia. Lui e Mark stanno trascinando le loro tavole.

Le ragazze seguono il mio sguardo. «Chi è quello?»

«Un vicino, facciamo surf insieme», rispondo, mentre ho l'impressione che il mio cuore si stia infrangendo in piccoli frammenti di vetro che cercano di forarmi il petto. Serro la mano in un pugno cercando di tenere a bada il dolore. Non lo vedo dalla sera in cui mi ha chiesto di andare a Hermosa con lui e non gli parlo dal nostro litigio tramite messaggi, quando mi ha detto di crescere.

Devo andare a dirgli qualcosa. C'è Mark. Posso fingere di essere la solita affabile Keats.

Sono un po' sbronza, ma ho un paio di grandi occhiali da sole e il mio nuovo bikini mi sta benissimo. «Torno subito», dico alle ragazze.

Corro sulla spiaggia. «Ciao, Mark!».

Mark si gira. «Ciao, bella. Hai organizzato una festa e non mi hai invitato? Non dovresti essere a scuola?»

«Abbiamo deciso di restare svegli tutta la notte ieri, di saltare la scuola e stare qui. Abbiamo gli esami la prossima settimana, così ci rilassiamo un po'».

«Peccato che tu non sia venuta a Hermosa. Eravamo fumatissimi. Abbiamo incontrato gente…».

Brooklyn lo interrompe. «Andiamocene», dice a Mark. Giuro che ha guardato ovunque, tranne che verso di me.

«Ehm, certo», risponde Mark, prendendo la sua tavola.

Quando sono quasi in acqua, Cush mi afferra dalle spalle. Stavo studiando ogni mossa di Brooklyn e non l'ho sentito arrivare.

«Ahhhhh!», urlo.

Brooklyn si gira e vede Cush che mi prende in braccio e mi fa roteare. Poi mi rimette sulla sabbia e mi bacia.

È un lungo bacio, ma devo ancora chiudere gli occhi. Sto ancora fissando l'oceano. Brooklyn, in particolare.

E Brooklyn sceglie quel preciso momento per incrociare il mio sguardo. Ha un'espressione disgustata in viso e io ho l'impressione che i frammenti del mio cuore mi stiano perforando gli occhi.

E la cosa mi fa incazzare.

Non è colpa mia se non stiamo insieme.

Non l'ho lasciato io.

Non sono io ad aver flirtato con qualcun altro.

Ehm, okay, l'ho fatto, ma solo dopo che mi ha lasciato.

Così decido che è giusto lanciare qualche frammento nella sua direzione.

Con un salto, avvolgo la vita di Cush con le gambe. Lui mi palpa il sedere per stringermi e baciarmi. Io chiudo gli occhi e ricambio. Gli passo le mani nei capelli, cerco di dimostrare a Brooklyn quanto mi piaccia Cush, quanto non sia per niente ferita da ciò che ha fatto. Perché sono felice e fortunata di stare con un ragazzo come Cush.

Dopo le nostre eclatanti effusioni in pubblico, Cush mi rimette per terra. «Vuoi un passaggio?».

Non rispondo, gli salto sulle spalle e gli metto le braccia intorno al collo, baciandogli le spalle mentre corre sulla spiaggia. Quando scendo, si gira verso di me e con un sorrisetto mi dice: «Probabilmente lo ha fatto incazzare, eh?»

«Probabilmente. È per questo che lo hai fatto?»

«Sì». Poi mi guarda dolcemente e sussurra: «E poi, ti amo».

Gli do un bacio sulla guancia.

«Non m'importa di ciò che pensa», mento.

Voglio guardarlo di nuovo, ma non ce la faccio, così cambio argomento. «Vanessa è super arrabbiata».

«Lo sapevamo».

Prendo il telefono e gli leggo il messaggio, mentre nel frattempo ne arriva un altro. Questa volta non lo leggo a nessuno.

VANESSA: Sei una stronza quanto me. Goditi la tua giornata al sole, Keatyn. Nessuno tra loro è tuo amico e io ti rovinerò. Te lo prometto.

Penso a ciò che le ho fatto, alla brutta figura che le ho fatto fare a scuola, a come ho voluto ferirla.

Guardo Brooklyn in acqua e penso a ciò che ho fatto per farlo sentire male, per ferirlo.

Trattengo il fiato e mi rendo conto che ha ragione.

Forse sono diventata la più stronza di tutte.

Venerdì 27 maggio

Un gregge di pecore
13:00

Finalmente! La scuola è finita per le vacanze estive. Abbiamo terminato l'ultimo esame, abbiamo consegnato i libri di testo e siamo usciti a mezzogiorno.

Questa settimana, Vanessa e RiAnne hanno ignorato me e Cush a scuola. Non che voglia biasimarle. Era quello che volevo, no?

Ma non mi fa sentire meglio.

Cush e io siamo andati a pranzo con un gruppo di ragazzi della squadra di calcio e alcune delle loro fidanzate. Avrebbero trascorso la giornata in un parco acquatico nelle vicinanze, ma noi abbiamo preferito tornare a casa per stare sulla spiaggia.

Siamo stanchi. Abbiamo studiato tanto per gli esami e non ho dormito granché tutta la settimana. Credo che il mio subconscio stia cercando di punirmi per essere stata una stronza e mi fa fare incubi terribili.

Quando entriamo in casa, Kym è in cucina a lavorare sul suo portatile.

«Keatyn, parliamo del tuo compleanno».

«Il mio compleanno? Ma è ad agosto».

«Lo so, ma compirai diciassette anni. Non credi che dovremmo organizzare una grande festa? Un mega party per i diciassette anni?»

«Sarebbe bello, non hai organizzato nulla per il tuo sedicesimo compleanno», dice Cush.

«Perché eravamo in Australia e quando sono tornata a casa avevano rinnovato la mia cabina armadio. È stato il mio compleanno più bello!».

«Non dovresti volere un'auto a sedici anni? Io l'ho avuta allora».

«Posso guidare la Rover e quasi tutte le auto di Tommy quando voglio, quindi non ho bisogno di averne una per il mio compleanno».

«Allora a che tipo di festa pensavi, Kym?», chiede Cush. Sembra entusiasta dell'idea e Kym se ne compiace.

«Be', stavo per chiedere alla festeggiata quale sarebbe la sua festa ideale. Tu cosa ne pensi?».

Cush si volta verso di me e mi guarda. «Credo che dovresti affittare The Side Door, il posto in cui andiamo a ballare. Fai venire il tuo amico DJ, ordina del cibo. Invita chiunque. Sarà fantastico».

«È la discoteca dove andate il giovedì sera?»

«Sì, è davvero divertente. È un posto enorme. Ma pensavo che per il mio compleanno preferirei qualcosa di più intimo. Magari una cena in famiglia».

«Che c'è che non va ultimamente? La maggior parte delle ragazze ucciderebbe per avere una festa del genere. Parlo di balli, star del mondo del rap, tutti i ragazzi più popolari della scuola. Sei giovane, sei bella. Dobbiamo presentarti in società».

«Mi vuoi dare in moglie a qualcuno in cambio di una proprietà sulla spiaggia e un gregge di pecore?»

«Quanto sei simpatica. Dài, pensaci. Cosa vorresti?».

«Ha dei problemi con Vanessa al momento», dice Cush a Kym, poi si volta verso di me. «Pensaci, Keatyn. Quel posto è enorme. Non dovrai invitare solo quelli più popolari. Potrai essere gentile e invitare tutti».

«È vero, sei un genio». Mi avvicino e gli do un bacio.

«Non c'è un uomo nella mia vita e non ho neanche una storiella. Quindi non state lì seduti a baciarvi davanti a me. Mi fate sentire vecchia».

Cush e io smettiamo di baciarci e scoppiamo a ridere.

«Domani vai dai tuoi nonni, vero?», chiede Kym.

«Sì, non vedo l'ora di vederli. È divertente stare al ranch. Mia nonna mi insegnerà a preparare le torte fatte in casa quest'anno. Kym, mia nonna dice sempre che per raggiungere il cuore di un uomo bisogna passare dal suo stomaco. Forse dovresti imparare a cucinare».

Kym scuote il capo. «Se mi vedi cucinare per un uomo, promettimi di farmi un discorsetto e di mandarmi in riabilitazione, perché vorrà dire che ho perso la testa».

Mercoledì 1° giugno

Devi prendere consapevolezza del tuo mondo
21:50

Domani sera torno a casa. Sono stata benissimo e mi sono rilassata nel ranch dei miei nonni in Texas.

Anche se "rilassarsi" non è la parola giusta.

Quando sono qui, lavoro tutto il giorno: do da mangiare ai cavalli, li cavalco, li spazzolo, aiuto mia nonna a cucinare, stendo i panni sul filo all'esterno. Le lenzuola di mia nonna hanno un ottimo profumo. Vorrei poterlo mettere in una boccetta per portarlo a casa con me.

Mio nonno e io siamo seduti sulla veranda a bere limonata. Secondo lui, fa bene all'anima.

«A volte è difficile essere la figlia di una celebrità», gli confido. Ho pensato molto agli amici ultimamente. Damian è in Europa, Brooklyn non mi parla, Vanessa e RiAnne non mi parlano. Volevo dimostrare qualcosa, fargli capire che volevo davvero essere più gentile con le persone. Volevo che sapessero che ero stufa di loro e del loro comportamento. E nel farlo, mi sono comportata peggio di loro. Se non fosse per Cush, non tornerei a scuola. A dir la verità, avere un insegnante privato sembra un'ottima idea adesso.

Mio nonno sorseggia la limonata e osserva il suo terreno. Quando posa il bicchiere e inizia a dondolare sulla sedia.

Poi dice: «Devi prendere consapevolezza del tuo mondo».

«Che significa? Io ho consapevolezza del mondo. Viaggio da quando sono bambina».

Mio nonno scuote il capo. «Be', fenomeno, solo perché hai viaggiato non significa che sai tutto del tuo mondo».

«Il mio mondo? Io ci vivo, nel mio mondo. Non capisco».

«A un certo punto della vita, tutti devono farsi strada da soli. Avevo sedici anni, lavoravo nei campi di bestiame a Wichita e sugli impianti di trivellazione. Ero un uomo. Tu stai iniziando il tuo viaggio per essere chi sarai in futuro. Ti stai preparando a farti strada da sola. Vuoi smetterla di essere la figlia di Abby Johnson e iniziare a essere te stessa? Smettila di lamentarti e fallo».

«È davvero un pensiero profondo per un vecchio cowboy», lo prendo in giro.

Lui si alza, mi scompiglia i capelli – che nel linguaggio di mio nonno significa "ti voglio bene" – e mi dice che è ora di andare a dormire.

Venerdì 3 giugno

Un po' cattiva
10:00

Tornata a casa, disfo la valigia e Cush suona alla porta. Le bambine e la tata sono a lezione di danza, quindi sono sola in casa e tocca a me aprire. Non appena entra, Cush mi prende sulle spalle, corre in camera mia, mi lancia sul letto e mi riempie il viso di baci.

«Cavolo, come mi saluterai quando tornerò dalla Francia dopo tre settimane?».

Cush mi sorride. «Che posso farci? Mi sei mancata».

«Mi sei mancato anche tu».

«Sei pronta?»

«Sì», rispondo, prendendo la borsa. Abbiamo deciso di andare a casa sua dove avremo la massima privacy. Staremo in piscina e ordineremo la cena.

Per strada, mi dice: «Ti ho detto che darò una festa domani sera? Ricordi che ho promesso alla squadra di calcio di festeggiare la stagione e di ringraziarli per avermi scelto come capitano?».

Una festa?

Una festa in cui tutte le ragazze si butteranno addosso a Cush.

«Vuoi rompere con me?»

«Cosa? No! Perché dovrei farlo? Io ti amo». Mi prende la mano e la bacia.

«Non ci sarò per tre settimane, Cush. Sei tu quello che ha una ragazza diversa a ogni festa».

«Se temi che ti possa tradire, non farlo. Io sono pazzo di te, non vorrei mai rovinare quello che abbiamo».

Non devo sembrare convinta perché mi aggiunge: «Guarda il mio telefono».

Leggo una lunga lista di messaggi di ragazze che gli dicono quanto è sexy, che vogliono andare a letto o uscire con lui. Alcune sono anche più descrittive e spiegano nei particolari tutte le cose sensuali che vorrebbero fargli.

La sua risposta mi rende felice. Potrebbe non essere il ragazzo dei miei sogni, ma si comporta come tale.

Mi dispiace, sono fidanzato.

Alcune hanno rinunciato subito, un paio hanno risposto "Che palle". Ma lui non ha replicato.

Altre hanno insistito, senza preoccuparsi che avesse una ragazza. Hanno cercato di convincerlo a uscire con loro, gli hanno detto che hanno sentito la sua mancanza. Alcune hanno anche inviato delle foto nude per dimostrarlo.

E lui ha risposto:

Ho una ragazza di cui sono molto innamorato. Per favore, non inviarmi altre foto.

Quanto sono felice!

Quando arriviamo a casa sua, lo spingo sul divano, mi siedo sulle sue gambe, lo bacio e gli metto le mani dappertutto. In pratica, lo faccio eccitare.

Poi decido di essere un po' cattiva.

Mi alzo, mi sfilo lentamente la gonna davanti a lui e la faccio cadere per terra.

Poi corro in cucina, mi tolgo la maglietta e la lancio sul pavimento.

«Mi piace questo gioco», urla Cush dietro di me.

«Starò via per tre settimane, voglio che questa giornata sia memorabile».

Sgancio il reggiseno nella stanza dei giochi, faccio roteare la bretella sul dito e lo faccio cadere per terra.

Lui mi sta ancora seguendo.

Varco la porta a vetri sulla veranda, togliendomi le mutandine, ed entro nella piscina cercando di non bagnarmi i capelli.

Quando balza fuori dalla porta a vetri, io sto galleggiando su un gommone completamente nuda.

Lui mi sorride e subito si spoglia. Poi indietreggia, corre verso la piscina e si tuffa a bomba, bagnandomi completamente.

Io mi lancio su di lui, come se fossi arrabbiata.

Ma non è così. Voglio baciarlo. «Ti sei messo nei guai, grossi guai».

Cush sorride e, guardandosi in basso, dice: «A proposito di *grossi* guai...».

Sabato 4 giugno

Tutto quello che desideri
21:40

Ricevo un messaggio da Vanessa mentre sto andando in aeroporto. Non ci parliamo o scriviamo da quando ha promesso di rovinarmi.

VANESSA: Ho sentito dire che stai andando fuori città. Dovresti passare a casa di Cush per salutarlo. Gli manchi.

I campanelli d'allarme risuonano nella mia testa. Sono subito preoccupata.

Per prima cosa, che diavolo ci fa Vanessa a una festa di Cush? Ha invitato solo la squadra di calcio e le loro fidanzate. Perché c'è anche lei?

Poi, dev'esserci un motivo se vuole che vada lì. Era seria quando ha detto di volermi rovinare. Il che significa che sta flirtando con Cush e vuole che lo veda.

Desidera distruggermi.

Una parte di me vorrebbe ignorare il suo messaggio, ma l'altra ha bisogno di sapere.

Nonostante tutte le sue rassicurazioni, Cush mi tradirebbe davvero? Con Vanessa? Lui dice di odiarla e ho appena trascorso la giornata con lui. Ci siamo alzati tardi, siamo andati a mangiare le frittelle e poi siamo rimasti in piscina tutto il gior-

no. Mi ha detto che non farebbe mai niente per rovinare il nostro rapporto.
Che mi ama.
Decido di non rispondere e di andare.
Avverto l'autista che dobbiamo fare una breve sosta prima di andare all'aeroporto.

Varco la porta d'ingresso di Cush. All'entrata, Vanessa sta baciando Alex.
Sono confusa. Così cerco RiAnne, forse Vanessa l'ha convinta a fare il lavoro sporco.
Ma poi la vedo, seduta sul divano tra due calciatori carini.
«Dov'è Cush?», chiedo ad Alex, evitando di proposito di incrociare lo sguardo di Vanessa.
Vanessa mi risponde con un tono sdolcinato, da far venire il voltastomaco: «Credo di averlo visto andare in camera sua. Non è messo bene».
Ora la situazione è anche più strana.
Cush chiude sempre la porta della sua stanza prima di ogni festa e non si ubriaca mai.
«Grazie», rispondo.
Salgo le scale, sento che sto entrando in una trappola.
Resto fuori dalla porta a origliare.
Ho le mani sudate, il cuore batte forte e ho lo stomaco sottosopra.
Prima di aprire la porta, cerco di prepararmi mentalmente al peggio.
E anche se pensavo di essere pronta, non credo ai miei occhi.
Cush è seduto alla sedia della scrivania. Ha i pantaloncini abbassati fino alle caviglie e Mandy è in ginocchio a fargli un pompino.
Ecco cosa voleva farmi vedere Vanessa.
Una parte di me vorrebbe chiudere la porta, uscire, andar via dalla festa e non tornare mai più.

Ma io non sono così.

Vanessa pensava che sarei sparita e che tutti avrebbero riso di come Cush mi ha usata e di come sono stata stupida.

Potrei non avere il controllo delle sue azioni, ma sono io a decidere come reagire. Non gliela farò passare liscia. Frequentando Vanessa, ho imparato a fingere bene e a nascondere i miei veri sentimenti.

«Sorpresa!», esclamo. «Pensavo di passare a salutarti prima di lasciare la città».

Cush mi guarda. «Key...». Abbassa lo sguardo su Mandy come se si fosse appena accorto che è lì e la scaccia via come se fosse una mosca fastidiosa. «Togliti di dosso». Poi mi guarda e dice: «*Ti auo*».

Mandy si ferma e si stringe nelle spalle. «Scusa, Keatyn, non pensavo che saresti venuta».

Il che vuol dire che non le dispiace affatto.

Sono così arrabbiata che non riesco più a stare calma. «VATTENE!», le urlo.

Lei alza le mani. «Ehi, non è colpa mia se il tuo fidanzato ti ha tradita prima che te ne andassi».

Cush abbassa il mento sul petto. Cos'ha che non va? Cos'ha detto Vanessa? Che stava messo male? Non ha senso. Cush non si droga né si ubriaca.

«Cos'ha? Cosa gli hai fatto?», chiedo a Mandy, la vipera.

Lei scoppia a ridere. «Gli ho messo qualcosa nel drink per aiutarlo a rilassarsi un po'».

Con due lunghi passi, la blocco contro la porta della camera di Cush.

«Che gli hai dato?»

«Del valium. Starà bene. Si stava divertendo prima che entrassi tu».

«Quante gocce?»

«Non lo so, tre, forse quattro».

Che stronza. Lo ha drogato? E ora ne è anche compiaciuta.

Guardo la sua faccia supponente e sento la rabbia ribollire dentro di me. Faccio un passo indietro e le do un pugno sul naso con tutta la forza che ho.

Sento il suono di qualcosa che si rompe e il sangue inizia a scorrerle sul viso. Prendo le sue terribili extension bionde, la trascino fuori dalla porta e giù per le scale.

«Smettila, mi fai male», si lamenta, ma non può far altro che seguirmi. Non mi rendo conto che sta lasciando una scia di sangue dietro di sé.

Vanessa mi aspetta ai piedi delle scale e mi dice dolcemente: «Posso fare qualcosa per aiutarti?».

Spingo la ragazza verso di lei e rispondo con la stessa dolcezza: «Puoi portare fuori la spazzatura?».

Osservo gli altri invitati alla festa che si sono tutti girati a guardare e indico Alicia. Stavolta, uso un tono da stronza. Il tono che usi quando vuoi essere educata, ma stai per dare il benservito. «E non dimenticarti di Alicia. Alicia, tesoro, faresti meglio ad aiutare la tua amica. Sembra che stia sanguinando».

Alicia non si muove.

«Ora!», esclama Vanessa. «O vuoi sanguinare anche tu?».

Alicia prende rapidamente le loro borse e conduce Mandy alla porta. Mandy si gira e urla: «Vai al diavolo».

«No, grazie», risponde Vanessa, sbattendo la porta.

Io corro su per le scale. Cush non si è mosso. È ancora seduto sulla sedia della scrivania con i pantaloncini abbassati sulle caviglie.

«Cush, guardami».

Mi guarda e sorride. «*Keat-un*, io ti *auo*».

Ha le pupille dilatate, non si riesce neanche a vedere il colore dei suoi occhi.

«Dobbiamo tirarti su i pantaloni».

Abbassa lo sguardo, sembra confuso dal fatto di non avere i pantaloni e annuisce.

«Alzati, okay? Ti aiuto io».

Lui si alza e io gli tiro su i pantaloncini.

Mi rendo conto di aver bisogno di Vanessa. Non posso farlo da sola. Pensavo di poter creare il mio gruppo, un gruppo di amici, che non avesse secondi fini. Pensavo che Mandy fosse dolce.

Mi sbagliavo.

Non solo. Credo sia anche colpa mia. È colpa mia se Mandy ha fatto questo a Cush. È come se avesse voluto dimostrare qualcosa.

Prendo un bicchiere d'acqua dal lavello del bagno. «Bevi questo, torno subito».

Corro giù per le scale e vedo che la festa è ripresa.

Vanessa è seduta sulle gambe di Alex.

Quando mi vede, dà un bacio ad Alex sulla guancia e dice: «Dammi un minuto». Poi mi prende in disparte. «Ci sarà sempre qualcuno che vorrà ciò che abbiamo noi, Keatyn. È per questo che faccio tutto il possibile per proteggerlo».

Mi guardo intorno e capisco che ha ragione. «Ero stata carina con lei».

«Farò tutto quello che desideri. So che abbiamo avuto dei diverbi ultimamente, ma sei la mia migliore amica».

«Aiutami a mandare via tutti».

«Devo mettere fine alla festa?»

«Sì, adesso. Lo ha drogato. Sono preoccupata».

«E la ragazza? Gliela fai passare liscia?»

«Credo di averle rotto il naso, non l'ha passata liscia».

«Non è ciò che intendevo, lo sai».

La guardo negli occhi. So che cosa vuol dire e per la prima volta da quando ci conosciamo, mi sta chiedendo il permesso.

Assumo il suo atteggiamento. Raddrizzo le spalle, alzo il mento e annuisco. «Fallo. Distruggila».

«E Cush?»

«Non è colpa sua».

Vanessa mi abbraccia.

RiAnne corre verso di noi. «Oh, mio Dio, avete fatto pace. Sono così felice. Non avete idea di quanto fossi stressata. Se avrò le rughe a trent'anni, è colpa vostra», dichiara e ci stringe in un abbraccio di gruppo.

«Giratevi verso la folla, ragazze», dice Vanessa. «Abbiamo un pubblico».

Vanessa e RiAnne fanno andare via tutti mentre io faccio entrare Cush nella limousine.

Non appena non c'è più nessuno, chiudo la porta e metto l'allarme.

Poi chiamo James.

«Dove sei?», mi domanda. «Dovresti essere in volo adesso».

«Piccolo cambio di programma. Puoi far sapere alla squadra che devo riprogrammare?»

«Che succede?»

«Cush è stato drogato durante una festa. Ero passata a salutarlo. James, ho paura».

«Lo stai portando in ospedale?»

«Non so cosa fare».

«Reagisce?»

«Che vuoi dire?»

«Se gli parli, risponde?»

«Più o meno, gli ho dato da bere dell'acqua e l'ho accompagnato alla limousine».

«Okay, sai cos'ha preso?»

«Non ha preso niente, qualcuno gli ha messo del valium nella birra. Quindi probabilmente ha bevuto due birre e tre o quattro valium».

«Portalo qui. Farò venire il nostro dottore a casa per dargli un'occhiata».

Sospiro, sollevata. «Grazie. Non sapevo cosa fare».

«Stai facendo la cosa giusta, tesoro. Si riprenderà».

Riattacco e scoppio a piangere.

Oggi sarei dovuta andare via da tutto questo. E invece il mio fidanzato sta male, mi stava già tradendo e sono sicura di aver appena fatto un patto con il diavolo.

Cush poggia la testa sulla mia spalla.

Gli prendo la mano e la massaggio. «Andrà tutto bene, Cush. Ti riprenderai e gliela faremo pagare».

Domenica 5 giugno

La mia vita è uno schifo
Mezzogiorno

Sono rimasta sveglia tutta la notte per controllare Cush.

Per assicurarmi che stesse ancora respirando.

Per assicurarmi che non vomitasse nel sonno e morisse.

Ero uno straccio. Il dottore ha detto che starà bene, ma di tenerlo d'occhio. Per quasi tutto il tempo, sono stata seduta accanto a lui e ho pianto.

Non so come ho fatto a cacciarmi in questa situazione, io volevo solo essere popolare.

La mia vita è uno schifo.

Ed è tutta colpa mia.

Ho tirato troppo la corda. Ho litigato con Vanessa, ho finto che la mia vita fosse perfetta quando non lo è e ho finto di aver dimenticato Brooklyn.

E non è giusto nei confronti di Cush.

Non vedo l'ora di andare in Francia.

Devo dimenticare Brooklyn e superare la fine del nostro rapporto, così potrò essere felice con Cush al mio ritorno. È adorabile, dolce. E mi ama.

So che ieri sera non è stata colpa sua.

Come non è colpa sua se sono saltata nel suo letto prima del dovuto.

Non me ne pento, però.

Lui ha fatto tutto ciò che speravo. Ha agito alla perfezione.

La colpa è mia.

Avrei dovuto aspettare di essere sicura dei miei sentimenti.

Probabilmente si arrabbierà quando saprà che sono di nuovo amica di Vanessa, ma non avevo altra scelta. L'ho fatto per proteggerlo. Non voglio che gli accada di nuovo qualcosa del genere a causa mia. Mandy non vuole davvero Cush, voleva solo salire sul piedistallo. Vanessa aveva ragione. Ci sarà sempre qualcuno che vorrà ciò che abbiamo noi.

Abbiamo telefonato al padre di Cush ieri sera per raccontargli cos'è successo. Ha subito chiamato sua madre, si è arrabbiato con lei e le ha detto che è un pessimo genitore.

Come se fosse colpa sua.

La madre di Cush mi ha chiamato da Parigi, mi ha ringraziato per essermi presa cura di lui e mi ha chiesto cosa fosse successo davvero. Suo padre aveva esagerato e le aveva fatto credere che Cush avesse iniziato a drogarsi. Era spaventata. Le ho assicurato che entrambi non lo abbiamo mai fatto. Cush non si fa neanche le canne. Sapeva che organizzava delle feste, quindi non ne era sorpresa. Era sconvolta di sentire che una ragazza aveva potuto fare una cosa del genere a suo figlio. Ha iniziato anche a prendersela con me, chiedendomi che razza di gente frequentiamo.

Anche se ho ripetuto diverse volte che non è colpa sua, hanno deciso comunque di punirlo: passerà l'estate a casa di suo padre, in Oregon.

Sua madre mi ha lasciato il compito di dirglielo.

Intorno a mezzogiorno, Cush finalmente si sveglia.

«Perché sono qui? Perché non sei in Francia? Non riuscivi a stare senza di me per così tanto tempo, eh?», dice, sorridendo.

«Ehm, non esattamente».

Cush cerca di sedersi.

«Cos'è successo ieri sera? Mi sento un po' sbronzo. E perché sono a casa tua?».

«Non ricordi nulla di ieri?».

Lui si acciglia e strizza gli occhi, come se stesse cercando di ricordare. Poi si passa una mano sulla fronte. «La festa della squadra di calcio, giusto?».

Io annuisco.

«È stata una festa tranquilla, anche se Vanessa è venuta con Alex».

«Cos'altro?»

«Vediamo. Ho bevuto un paio di birre. Stavo parlando con Terrance. Mandy e Alicia erano sedute con noi. Parlavamo di te».

Il mio sangue inizia a bollire solo a sentire il nome di Mandy. «Che dicevano?».

Cush guarda la mia coperta e arrossisce.

«Secondo Mandy non avrei resistito per tre settimane e ti avrei tradito mentre eri via. Stavano scommettendo su questo».

«Fammi indovinare. Mandy pensava che mi avresti tradito ieri sera? Alla festa della squadra di calcio?»

«Sì, lei aveva scommesso su questo».

«Ricordi niente dopo? Ricordi di avermi visto lì, nella tua stanza?».

Lui sorride e mi accarezza il braccio con una mano. «Certo che lo ricordo. Ero felice di vederti. Ti ho detto che ti amavo».

«Ricordi solo questo?»

«Ehm, sì. Ho bevuto solo un paio di birre. Perché non ricordo altro?»

«Cush, ti ricordi perché eri nella tua stanza? La chiudi sempre durante le feste».

«No. Perché ci sono andato? Perché mi hai detto che saresti passata, magari? Ci saremmo dati un bacio di addio molto intimo?».

Faccio un respiro profondo.

Espiro.

Chiudo gli occhi.

Non riesco a guardarlo mentre lo dico. «Cush, quando sono entrata in camera tua, Mandy ti stava facendo un pompino».

«COSA? Che stai dicendo?»

«Credo volesse vincere la scommessa».

«Stai scherzando?»

«Lo vorrei tanto».

«Non lo farei mai. Mandy? Sei sicura?»

«Sì, sono sicura».

«Che cosa hai fatto?»

«Ero piuttosto arrabbiata. Non riuscivo a credere che mi avessi già tradito prima che lasciassi la città. È stata Vanessa a suggerirmi di venirti a salutare. Sapeva cosa stava succedendo e voleva che lo sapessi. Voleva ferirmi. Così ho urlato: "Sorpresa!". Volevo che tu e Mandy sapeste che vi avevo scoperto».

Cush si poggia alla testiera del letto. «Oh, mio Dio».

«C'è dell'altro. Molto altro».

«Okay», risponde, incerto.

«Ero così arrabbiata che le ho dato un pugno sul viso e sono sicura di averle rotto il naso. Ho fatto una scenata e Vanessa mi ha aiutato a cacciare lei e Alicia dalla festa».

«Stai scherzando, vero? Se tutto questo fosse vero, non saresti qui. Mi avresti lasciato».

«È stato pessimo da parte mia, quello che ho fatto a Vanessa e RiAnne, la festa che abbiamo organizzato, e il fatto che l'abbia voluta mettere in imbarazzo di proposito. E ieri sera, ho detto a Vanessa di distruggere Mandy. Sono diventata una stronza proprio come lei. Cush, Mandy ti ha drogato. Ecco perché non ricordi nulla. Voleva farci lasciare».

Cush sembra arrabbiato. «Cazzo».

«Purtroppo, c'è dell'altro. Eri messo male ieri sera. Ho avuto paura e stavo per accompagnarti in ospedale, ma James mi ha detto di portarti qui per farti visitare dal nostro dottore. Il medico ha dovuto parlare con tuo padre prima di prendersi cura di te e tuo padre si è incazzato. Ha chiamato tua madre. Hanno litigato. In pratica, pensano sia colpa mia, così ti hanno messo in punizione tutta l'estate e andrai a vivere con tuo padre. Viene a prenderti stasera».

Non c'è modo per descrivere l'espressione sul viso di Cush.

Sono sicura che sia odio.

«Wow. Va sempre meglio. Questa roba è mai successa a Sander?»

«Che vuoi dire?»

«Voglio dire che ti sto lasciando. Non ce la faccio. Ti ho chiesto se questa roba è mai successa a Sander. Hai rovinato anche la sua vita?».

Che cosa?!

Mi sta lasciando? Ho rovinato la sua vita?

Be', che vada al diavolo.

«No, Cush, non è mai successo niente del genere con Sander, ma lui non aveva la reputazione da puttaniere che hai tu. Ti farò accompagnare a casa. Ciao, Cush, buona estate».

Esco dalla mia stanza sbattendo la porta e chiedo a James di accompagnare lo stronzo a casa.

Lunedì 20 giugno

Le onde sentono la tua mancanza
21:00

Alla fine sono partita per la Francia il giorno dopo aver rotto con Cush.

I primi tre giorni non ho fatto altro che dormire. Credo che fossi emotivamente esausta. Kym era a Parigi per affari, così è venuta qui per una specie di vacanza lavorativa. Aveva il compito di organizzare e catalogare un guardaroba per star. In pratica si tratta dell'allestimento di una camera da letto con mensole e appendiabiti mobili pieni di roba firmata che gli stilisti inviano a mia madre e Tommy nella speranza che la indossino e vengano fotografati.

Molte delle cose che abbiamo sistemato erano del Festival di Cannes. Erano articoli inviati prima o che hanno trovato nelle borse omaggio che ricevono agli eventi o alle feste. Mi ha detto che era contenta che fossi lì ad aiutarla e io ero felice di farlo perché ho dovuto soltanto provare i vestiti, mentre lei scattava le foto.

Abbiamo bevuto vino ogni sera e guardato film romantici degli anni Ottanta.

Quando se n'è andata, ho trascorso qualche giorno da sola e mi sono sorpresa di quanto mi sia divertita.

Non sono completamente sola in casa. Abbiamo una domestica, un cuoco e un custode che vivono sul posto. Però è stato bello poter fare ciò che volevo.

Mi sono distesa sull'amaca sul retro e ho letto un paio di libri, ho guardato tutti i film che volevo, un giorno sono persino andata in campagna e mi sono fermata a fare acquisti in un piccolo negozio che aveva attirato la mia attenzione.

È stato davvero molto terapeutico.

E ho iniziato a prendere delle decisioni sulla mia vita.

Ho deciso che farò ciò che desidero. Mi siederò ancora con Vanessa e RiAnne al nostro tavolo, ma ciò non vuol dire che le frequenterò dopo la scuola. Non voglio avere niente a che fare con i loro drammi. Parteciperò a tutte le attività extracurriculari che ho sempre desiderato fare, ma che non ho potuto seguire perché Vanessa le trovava stupide. Prenderò anche lezioni di recitazione, troverò un agente e, se il copione di Vincent è pronto, farò un'audizione per quel ruolo.

Ho anche deciso che devo parlare con Brooklyn.

Così, quando tornerò a casa, mi rimboccherò le maniche e gli dirò che non provo rancore e che spero potremo essere nuovamente amici.

Perché mi manca la nostra amicizia e mi manca fare surf con lui.

Mi manca e basta.

Mi manca anche Damian. Quello stronzo.

Gli ho mandato un messaggio più di una settimana fa e gli ho detto che ero qui. Gli ho chiesto se aveva tempo di vederci o se aveva un concerto da queste parti.

Ieri sera, mentre mi preparavo per andare a letto, mi ha scritto per dirmi che lui e la band sarebbero venuti a passare un po' di tempo con me.

Alla fine è venuto qui senza band e mi ha fatto piacere trascorrere un po' di tempo da soli. Ci siamo seduti in biblioteca, abbiamo bevuto vino e mangiato del formaggio con il pane. Mi ha raccontato tutti i problemi nella sua band, tutti i meravigliosi fan che ha incontrato, la sensazione che si prova quando la folla inizia a urlare il tuo nome e della prima volta in cui gli hanno lanciato un paio di mutandine.

Siamo alla nostra seconda bottiglia di vino e Damian decide di parlare di Brooklyn.

«Allora, Keats, che succede tra te e Brook? Lui non ne vuole parlare, il che vuol dire che è incazzato».

«Perché dovrebbe?», subito mi metto sulla difensiva. «È lui che ha fatto finta che gli piacessi e poi è andato a Hermosa senza di me e se l'è fatta con altre ragazze».

«Sei sicura che sia quello che è successo?»

«Che vuoi dire?»

«Voglio dire, hai le prove?»

«Io... ehm, be', no. Ma ha detto di aver incontrato delle persone davvero a posto e che stavano trascorrendo del tempo con loro. Sappiamo bene cosa significa».

Damian chiude gli occhi e scuote il capo. «Le persone a posto erano dei surfisti professionisti. Pensano che io possa partecipare al tour».

«Ah». Penso a Cush, a quanto fossi arrabbiata con Brooklyn quando ho deciso di andare a letto con lui. La mia vita è un disastro da allora.

Soprattutto da quando ho visto il video su Facebook.

Vanessa mi ha inviato il link questa mattina per messaggio, per email e anche su Facebook.

Per essere sicura che lo vedessi.

Per essere sicura che tutti lo vedessero.

Dopo averlo guardato, tutti i miei piani per l'anno prossimo sono andati a farsi benedire. Non voglio neanche tornare a casa.

«Credo che lascerò la scuola».

«Perché dovresti? Pensavo ti piacesse»

«Mi sbagliavo. Devo andarmene da quel posto. Credo proprio di essere cattiva come in *Mean Girls*. Sto diventando una "Barbie"».

«Non essere stupida, stai solo esagerando».

«Non sto esagerando e posso dimostrarlo». Prendo il portatile e gli dico: «Guarda qui».

Avvio il video in cui Vanessa fa esattamente ciò che le ho chiesto.

Distrugge la vita di Mandy.

Nel video si vede Vanessa fuori casa di Mandy. Suona al campanello e il padre della ragazza apre la porta. Poi Mandy e i suoi genitori vengono inquadrati rapidamente. Durante tutto il resto del filmato, si vedono solo i loro busti, il tavolino tra di loro, e si sente ciò che stanno dicendo.

Vanessa non perde tempo. «Vi ho detto che sarei venuta qui oggi per parlarvi di un evento di beneficienza a scuola, ma temo di non avervi detto la verità. Ho qualcosa di molto più importante da discutere con voi. Si tratta del futuro di vostra figlia».

«Il suo futuro?», chiede la madre di Mandy.

«Sì, signora. Inizierò mostrandovi alcune foto per darvi un po' di contesto. Va bene?»

«Certo», risponde il padre, anche se non ne sembra molto convinto.

Vanessa posa una foto sul tavolino. È una foto che ha scattato la mamma di RiAnne a me e Cush quando siamo arrivati alla festa Monte Carlo.

Nel video, si vede l'unghia lunga e rossa di Vanessa che indica la foto.

«Questa è una coppia popolare nella nostra scuola. Brandon Cushman e Keatyn Douglas. Nel caso non lo sapeste, Keatyn è la figlia di Abby Johnston».

«*Quella* Abby Johnston?», chiede la madre di Mandy.

«Sì, esatto».

La mano di Vanessa fa scivolare sul tavolo una foto di me e Sander al ballo.

«Nell'ultimo anno e mezzo, la signorina Douglas ha frequentato Sander Goodwin. Erano la coppia d'oro della scuola. Hanno avuto una splendida relazione, ma si sono lasciati dopo il ballo. Erano molto vicini e, anche se la loro rottura ha turbato gran parte degli studenti a scuola, i loro amici più cari sanno che la loro relazione era più un'amicizia che una vera passione. Forse non lo sapete, ma Sander è stato scelto per interpretare Danny nel nuovo remake di *Grease* e sta girando il film in questo momento».

Poi mette una foto mia e di Cush sopra l'altra.

«Brandon e la signorina Douglas sono stati grandi amici per molto tempo. E Brandon, nonostante abbia la reputazione di uno sciupafemmine, non ha mai avuto una ragazza seria perché aveva una cotta segreta per lei. Poco dopo la rottura, le ha confessato il suo amore e hanno iniziato una storia travolgente. È evidente che siano splendidi insieme».

«Sono bellissimi e sembrano molto innamorati», afferma la madre di Mandy.

«Be', lo erano, signora. Ma un episodio avvenuto di recente ha cambiato tutto. Qualche settimana fa, la signorina Douglas era in partenza per trascorrere tre settimane nella casa di famiglia sulla costa francese. Era nella sua limousine, pronta a salire a bordo del suo aereo privato, quando ha deciso di fermarsi a casa di Brandon per un ultimo bacio prima di andare. Brandon aveva invitato qualche amico, solo la squadra di calcio e le loro ragazze, per festeggiare il fatto di essere stato scelto come capitano. Vostra figlia era alla festa».

Vanessa fa una pausa per creare suspense.

«Adesso le cose si complicano. Quando la signorina Douglas è arrivata alla festa, qualcuno le ha detto di aver visto Brandon salire in camera sua. Non appena ha aperto la porta della stanza, si è trovata di fronte a una scena davvero spiacevole. Brandon era seduto alla scrivania mentre vostra figlia gli praticava del sesso orale».

I genitori di Mandy sussultano di sorpresa.

«Non è vero. Sta mentendo! Sta cercando di prendersela con me perché il fidanzato della sua migliore amica l'ha tradita!», urla Mandy.

La voce della madre di Mandy è furiosa. «È per questo che hai il naso rotto? Tu e quella ragazza vi siete picchiate?»

«Sì! Era arrabbiata con me perché il suo fidanzato è un bugiardo e un traditore! E non farei mai qualcosa del genere a un ragazzo. Non ho mai fatto sesso orale. Mai. Ci siamo solo baciati, lo giuro!».

«Temevo che lo dicessi, Mandy. Mi dispiace doverla mostrare, ma, come si dice, le foto valgono più di mille parole», dice Vanessa con tono compassionevole.

Poi posa un'altra foto sul tavolino.

Una di Mandy che fa esattamente ciò che stava facendo a Cush.

Vanessa ha scattato la foto come prova dell'infedeltà di Cush, prima di scoprire che fosse stato drogato.

I parenti di Mandy rimangono senza fiato.

«Mi dispiace dovervelo mostrare, ma come potete vedere, vostra figlia sta mentendo. Se guardate attentamente il viso di Brandon, noterete che è mezzo addormentato, non ha l'aspetto di un giovane che sta ricevendo una stimolazione orale. Questo è perché vostra figlia lo ha drogato».

«Cos'ha fatto?», urla la madre di Mandy.

«Non è vero!», esclama Mandy, alzandosi in piedi.

«Siediti, Mandy», dice suo padre con tono severo. «È un'accusa molto grave, Vanessa».

«Lo capisco, signore. Mi permetta di continuare a presentarle gli eventi della serata. Nonostante lo shock per ciò che aveva visto, la signorina Douglas ha compreso che c'era qualcosa che non andava nel suo fidanzato. Sa che Brandon è un atleta serio, non si è mai drogato e beve una birra di tanto in tanto. Si è arrabbiata con Mandy e le ha chiesto cosa gli avesse fatto. Mandy le ha risposto che non era niente di che, che aveva versato qualcosa nel suo drink».

«Ed è stato allora che mi ha dato un pugno in faccia. Mi ha rotto il naso! Dovrei farle causa!», esclama Mandy.

«La signorina Douglas è davvero desolata che vostra figlia si sia rotta il naso, ma è stato un incidente. Era preoccupata per il suo fidanzato, ha spinto vostra figlia fuori dalla stanza e le ha sbattuto la porta in faccia. È così che si è rotta il naso».

«È una *bugia*! Sei una grandissima bugiarda!».

Vanessa fa scivolare un altro foglio pieno di scritte sul tavolo.

«Questa è una testimonianza scritta di sette persone presenti alla festa che hanno visto la porta sbattere in faccia a vostra figlia. Non sono testimonianze giurate, ma possiamo farlo se lo riterrete necessario. La signorina Douglas mi ha chiesto di accompagnare alla porta vostra figlia e la sua amica, Alicia. È chiaro che non vogliamo circondarci di gente che potrebbe fare del male ai nostri amici. Dopo questo episodio, abbiamo fatto andare via tutti. La signorina Douglas ha chiamato casa sua, ha spiegato la situazione e il medico di famiglia li ha ricevuti».

Vanessa posa un altro foglio sul tavolo e ci picchietta sopra con un'unghia.

«Ecco gli appunti del dottore sulle condizioni di Brandon. E qui c'è il resoconto tossicologico che mostra alte dosi di valium nel suo sangue. Se non fosse stato per la reazione repentina della signorina Douglas, Brandon Cushman sarebbe potuto morire».

Vanessa si ferma per permettere ai genitori di Mandy di realizzare cos'è accaduto. La madre di Mandy sta singhiozzando.

«Abbiamo inviato queste informazioni all'allenatore della squadra di calcio del signor Cushman e a quello delle cheerleader».

«Non possono cacciarmi dalla squadra delle cheerleader. Non eravamo a scuola», dice Mandy, con tono saccente.

«Mandy, cara, quando droghi la star della squadra di calcio, infrangi un codice morale. Ti hanno già espulsa dalla squadra di cheerleader e lo stesso vale per la tua amica, Alicia. Non siete ancora state informate, ma è l'ultima delle tue preoccupazioni. A parte la situazione a scuola, potrebbero esserci conseguenze legali. Ovviamente, Brandon potrebbe farvi causa. Ecco un documento giurato della signorina Douglas e mio, in cui affermiamo che Mandy ha ammesso di aver drogato Brandon. Mio padre, Patrick Flanning, è partner dell'ufficio legale Flanning, Marks e Cole. È stato lui a suggerire di mostrare a voi, i suoi genitori, questi documenti, invece di rovinare la vita di vostra figlia con delle accuse legali. Pensa che probabilmente preferireste occuparvene in famiglia. Il signor Cushman ha accettato di non sporgere denuncia, a patto che la punizione sia congrua al reato».

«Sei una *stronza*! È impossibile che crediate a queste *bugie*!», urla Mandy. «È la più cattiva...».

«Mandy, siediti e sta' zitta!», urla suo padre.

Sua madre singhiozza più forte.

Vanessa si alza in piedi. «Mi dispiace avervi incontrato in queste spiacevoli circostanze. Auguro a voi e alla vostra famiglia il meglio in questo momento difficile. Le lascio il bigliettino da visita di mio padre. Resterà in attesa di un'email o una lettera da parte sua con la punizione da infliggere a Mandy entro le quattro di questo pomeriggio. Grazie per avermi incontrata».

Nel video si vede Vanessa che va via.

Poi l'inquadratura si restringe sul suo viso che sorride e dice: «Credo che sia andata piuttosto bene».

Damian mi guarda. «Wow. Quella ragazza ha fatto davvero quelle cose o Vanessa stava mentendo?»

«No, è tutto vero. Tranne la parte in cui ha detto che ha sbattuto il naso sulla porta. Le ho dato un pugno».

«Be', a quanto pare, se lo meritava».

«Dici? Lo ha fatto solo perché voleva essere popolare».

«Cos'hanno fatto i suoi?»

«L'hanno mandata in un centro di riabilitazione per giovani che prendono decisioni distruttive. In autunno, frequenterà la severissima scuola religiosa di St Margaret per sole donne. La sua amica, Alicia, sarà una reietta».

«Cos'ha fatto la sua amica?»

«L'ha aiutata a distrarre Cush, così da poter mettere il valium nella sua birra».

«Be', se lo merita».

«Ho detto io a Vanessa di distruggerla».

«Cos'hai fatto?».

Racconto a Damian tutti i dettagli più inquietanti, mi libero completamente. A cominciare da quando Vanessa ha minacciato di dire a tutti che la mia relazione con Sander era una bufala per finire con Cush che ha rotto con me.

«Le ho rovinato la vita», gli dico.

«Non le hai rovinato la vita, credo che se lo meriti, ma il video è servito a mostrare cosa succede se la gente si mette contro Vanessa e i suoi amici, vero?»

«Sì, per questo non voglio tornare a scuola. Non posso più sfuggirne. Cush e io abbiamo provato a parlarne, ma lui mi odia e ha ragione. Io non sono così, non voglio essere così».

«Cosa vuoi essere?»

«Me stessa. Se sono popolare perché piaccio alla gente, bene. Ma non voglio tutto questo. Non voglio che la gente sia carina con me perché ha paura».

«Probabilmente non sarò di grande aiuto. Ho studiato in casa come te e Brook. Non ho dovuto affrontare tutto questo. Anche nella band ci sono delle gelosie. Siamo i Twisted Dreams. Siamo una squadra, ma ultimamente l'attenzione si è concentrata su di me, per via di mio padre, e per via del mio aspetto».

«In effetti tutte quelle fighette avranno i tuoi poster sul muro. Lo sai, Damian. Sei adorabile e il tuo sguardo quando canti le farà sciogliere. Maledizione, io ti *conosco*, so che sei un cazzone, eppure anche io mi sciolgo un po'», rido.

«Smettila. Non è che mi dispiaccia, soprattutto se ci aiuta a vendere dischi. E se vendiamo dischi, guadagniamo tutti gli stessi soldi. Troy non si lamenta, anche se, a quanto pare, le ragazze lo trovano sexy».

«Troy è sexy ed è un ottimo batterista e un fantastico DJ, ma non è lui a cantare. Sei tu, la tua voce. È speciale. Vuoi dirmi che non è così bello essere una rockstar?»

«Non lo so. Te lo farò sapere quando lo sarò», risponde lui, ridendo. Prende un sorso di vino e si poggia allo schienale della sedia. «Forse dovrei scriverci una canzone».

«Su cosa?»

«Sull'essere se stessi, sul non preoccuparsi di cosa pensa la gente o di essere popolare».

«Molti adolescenti si immedesimerebbero».

«Oppure potrei scrivere dei tuoi occhi».

«I miei occhi? Non essere stupido».

«Non lo so. In realtà, ho già scritto dei tuoi occhi».

«Davvero?»

«Sì, del loro colore, di come si illuminano quando guardi Brook. Nessuna ragazza mi ha mai guardato in quel modo. È evidente che sei innamorata di lui. Ne ho scritto una parte. Purtroppo, non ci sono molte parole che rimano con Keatyn e soprattutto non sono molto romantiche, ma alla fine troverò una soluzione».

«Che sciocco».

«Vuoi sentire quello che ho scritto finora?»

«Certo, perché no?».

Riempio i bicchieri mentre lui prende la chitarra, strimpella dolcemente e canta.

«Her eyes get bright every time he's around.
The ocean waves beat out her heart's sound.

Their love begins as a ripple and grows into a tidal wave.
But he'd surf through uncertainty just to see that gaze.

Oh baby, if you only knew,
Oh baby, the feelings I have for you,
Oh baby, if you could only see,
Oh baby, it needs to be you and me».

Damian smette di cantare e dà un pugno sulla chitarra. «Non riesco a finirla».

«È bellissima, davvero. L'hai scritta su me e Brooklyn?»

«Sì, ma non riesco a finirla perché voi non avete neanche cominciato».

«Che vuoi dire?»

«Tu e Brook. Dovete darvi una possibilità. Solo allora credo che riuscirò a completarla».

Il mio telefono vibra perché ho ricevuto un messaggio. Abbasso lo sguardo, lo leggo e sorrido.

B: Le onde sentono la tua mancanza.

«Chi ti ha scritto? Aspetta, lo so. I tuoi occhi hanno quella solita espressione, la stessa luce. È Brook, vero?».

Porto il telefono al mio petto. «Sì, dice che le onde sentono la mia mancanza».

«Lui sente la tua mancanza. Parlagli, Keats. Stai con lui questa estate, stai lontana dai tuoi amici. Lo chiamo».

«Non provarci!».

Damian si alza e si allontana da me.

Lo sento dire: «Brook, come stai?».

«Fantastico, indovina chi è seduto qui con me?».

«La nostra piccola surfista. Ho sentito che non parlate da un po'. Che succede?».

Damian annuisce. «Sì, allora parlale adesso».

Mi sbatte il telefono in faccia.

Io scuoto la testa.

Lui sottovoce mi dice: «Parla».

Io continuo a scuotere il capo. Non posso parlargli, non ci riesco.

Damian mi guarda arrabbiato e scuote il pugno davanti al mio viso.

Prendo il telefono e lo porto all'orecchio, ma non riesco a dire nulla.

Non so cosa dire.

«Ciao, B», dico alla fine, dato che è tutto ciò che riesco a pronunciare.

«Ho mentito», risponde lui. «Non sono le onde a sentire la tua mancanza. Sono io».

Mi vengono subito le lacrime agli occhi.

«Mi manchi anche tu».

«Ho visto il tuo stato su Facebook. Sei di nuovo single».

«Sì, be', è una lunga storia».

«Quando torni a casa?»

«Non lo so. Dovevo partire domenica, ma le cose sono un po' incasinate. Pensavo di restare un po' di più».

«Ah», dice sottovoce. «Non vedevo l'ora di stare con te».

Damian spalanca gli occhi, poi sussurra: «Perché non fai entrambe le cose? Fallo venire qui. Potete andare in qualche bel posto a fare surf in giro per l'Europa e venire ai miei concerti».

Io sorrido.

È un'idea magnifica!

«Che ne dici di venire qui? Damian dice che potremmo stare con la band in tour, che possiamo fare surf in giro per l'Europa. Che ne pensi? Ti va un'avventura?»

«Dipende», dice Brooklyn lentamente.

«Da cosa?»

«Da noi».

«Da noi?»

«Voglio che ci sia un noi, Keats. E tu?».

Io trattengo il fiato. Sono le parole che avrei voluto sentire molto tempo fa.

Le lacrime che mi bagnavano gli occhi iniziano a scorrere sul viso.

«Anche io voglio che ci sia un noi», dico.

«Prendo il primo aereo».

Martedì 28 giugno

Quando è giusto, lo sai
15:00

Quando sono andata a prendere Brooklyn all'aeroporto, ci siamo comportati come una di quelle coppie che tutti odiano. Di quelle che stanno lì a pomiciare davanti a tutti perché finalmente sono di nuovo insieme. Abbiamo passato i primi giorni a esplorare le spiagge vicino casa. Quando vengo qui con la mia famiglia andiamo sempre negli stessi posti.

Poi siamo andati in giro con una piccola decapottabile, siamo stati sdraiati sulla sabbia, abbiamo nuotato nell'oceano e ci siamo baciati. Ci siamo baciati un sacco.

Abbiamo trovato un posto dove affittare le tavole da surf e ci siamo divertiti a giocare nell'acqua. Siamo stati in piccoli caffè e abbiamo fatto acquisti in negozietti caratteristici. Le sere le abbiamo passate a bere vino della cantina e a baciarci.

Aveva trovato un vecchio libro di poesie e me lo recitava.

Non sono mai stata così felice, ma mi sento come se stessi nascondendo un segreto.

Per quello che ne sa Brooklyn, io sono ancora vergine.

Durante il poco tempo che siamo stati insieme, io e Cush abbiamo fatto parecchio sesso, e sto pensando se parlarne a Brooklyn oppure no.

È passata circa una settimana dal suo arrivo, e ci stiamo dondolando sulle amache nel giardino sul retro, senza fare niente a parte tenerci per mano e osservare le nuvole.

«Guarda quella», mi dice. «Sembra un pappagallo».

Rido. «A me sembra più un cavallo».

Si sporge e mi bacia. È strano perché, baciare è sempre baciare, ma quello che si prova con ogni ragazzo è diverso. Quando baciavo Sander era molto dolce, quasi amichevole. Quando ci baciavamo io e Cush era focoso. Quando ci baciamo io e Brooklyn è come un giorno sulla spiaggia.

Baci, semplici, leggeri, dolci.

Baci che mi scaldano il cuore.

Baci che mi fanno sentire come una ragazza innamorata.

Non posso negarlo. Sono innamorata di lui.

Lo sono da tanto tempo.

Anche se abbiamo passato insieme giorni e notti e abbiamo persino dormito nello stesso letto, non abbiamo mai fatto sesso. Brooklyn dice che dovremmo aspettare il momento giusto.

Ma io so che vuole aspettare perché pensa che io sia ancora vergine.

Domani partiamo in macchina per andare da qui, la costa orientale della Francia, fino alla costa occidentale. Guidando senza fermarsi ci vogliono circa nove ore, ma noi abbiamo deciso di prendercela con calma e di fermarci in qualsiasi posto ci sembri interessante. Quindi potrebbero volerci dei giorni. Una volta arrivati sulla costa andremo da Seignosse fino a Biarritz, passando per Hossegor. Poi andremo in Spagna a visitare Saragozza. Dopo andremo alle Canarie. Ci fermeremo una settimana a Fuerteventura e un'altra settimana a Lanzarote. In pratica vogliamo visitare alcuni dei migliori posti europei per fare surf.

«Continui a dirmi che vuoi aspettare per fare sesso fino a quando sarà il momento giusto. Ma come capiremo che è il momento giusto?»

Mi prende il viso fra le mani. «Non credo che dovresti avere tanta fretta di crescere. Penso che entrambi lo sapremo quando sarà il momento giusto».

«Cosa vuoi dire con "fretta di crescere"? Ho quasi diciassette anni. Sono già cresciuta».

«Sai bene cosa voglio dire. Tu vuoi che la tua prima volta sia speciale. Che significhi qualcosa. Non è così?».

Sbuffo e rispondo: «Sì, lo volevo».

«Come lo volevi?».

Sospiro. «Voglio dire... lascia perdere. È vero, voglio che la nostra prima volta sia speciale e che significhi qualcosa».

Smette all'improvviso di accarezzarmi, come se la mia pelle lo bruciasse. «La nostra prima volta, non sarà la tua prima volta. È questo che stai cercando di dirmi?»

«Sì, non sarà la mia prima volta».

Si tira su a sedere facendo oscillare l'amaca. «Con chi hai fatto sesso? Damian?»

«Oddio, no. Non avrebbe potuto. Sta scrivendo una canzone su di noi. Sa che sono innamorata di te».

Smetto di parlare e resto lì a bocca aperta come una stupida.

Cazzo.

Non volevo dirlo. Stavo aspettando che lo dicesse prima lui.

Mi tappo la bocca. Prima sembrava arrabbiato, ma adesso ha uno sguardo più dolce.

«Sei innamorata di me?».

Chiudo gli occhi e mi copro il viso con le mani.

Cazzo. Cazzo. Cazzo.

Sento che sto per piangere.

Sono così imbarazzata, ma annuisco. Poi mi faccio coraggio, apro gli occhi e sbircio verso di lui tra le dita.

Mi toglie le mani dal viso. «Perché piangi? Non vuoi essere innamorata di me?»

«No. Non lo so. Solo non volevo dirlo. Non voglio che sia solo una stupida cotta. Non so cosa provo. Non so che cos'è tutto questo. Cosa siamo noi».

Si china su di me e mi bacia.
«Cosa siamo? Siamo innamorati, Keats. Anch'io lo sono di te».
«Davvero?».
Adesso comincio a piangere sul serio.
Annuisce dolcemente, gli butto le braccia al collo e lo bacio.
Lui mi stringe forte a sé.
«Mi dispiace essere partito senza di te quella sera. Avrei dovuto aspettarti. Non pensavo lucidamente».
«È successo proprio quella notte. Mi dispiace. Pensavo che non ti importasse niente di me. Che per te fossi solo una storiella. Credevo che laggiù avessi fatto sesso con altre ragazze. Damian mi ha detto che erano surfisti. Mi dispiace davvero tanto. Lui mi ha detto che mi amava e dopo il tuo rifiuto, avevo bisogno di sentirmi amata. Non ero innamorata di lui in quel momento».
«In quel momento? Vuoi dire che adesso lo ami?»
«No. Certo che no». Assolutamente no. Soprattutto dopo che ha dato la colpa a me per quello che ha fatto Mandy.
«Era quel ragazzo sulla spiaggia con te quel giorno? Quello che ti faceva volteggiare?»
«Sì. Cush. È lui che stavo frequentando».
Brooklyn mi prende la mano e la bacia. «Non importa dove sei stata, Keats, ma dove sei adesso».
«L'hai preso da una poesia?»
«No, credo di averlo appena inventato». Ride.
«È poetico. Dovresti scriverlo».
«Sì forse dovrei. Wow».
«Wow, cosa?»
«Adesso che finalmente l'ho detto, ho voglia di dirlo continuamente. Ti amo».
Mi bacia sul collo con dolcezza. «Ti amo». Mi bacia sulla guancia. «Ti amo». Mi bacia sulla fronte. «Ti amo. Ti amo. Ti amo».

Mercoledì 29 giugno

Keats per la mia Keats
19:00

Il nostro viaggio attraverso la Francia doveva essere rilassante e divertente. Ci siamo fermati a pranzare lungo la strada, ma sembrava che Brooklyn avesse fretta.

Quando siamo arrivati vicino a Bordeaux, ho capito perché.

Ha lasciato la strada principale e svoltato in un sentiero. La campagna in questa regione è fantastica. Colline ondulate, filari di viti che crescono sulla terra scura e verde ovunque arriva lo sguardo.

«Mio padre vive qui e adora questo posto», mi dice con un enorme sorriso. «Quando gli ho detto che saremmo passati da queste parti, ci ha prenotato una suite speciale».

Ed era davvero speciale. Il piccolo hotel di lusso è stato costruito di recente con legno riciclato, comprese le rifiniture. La nostra suite è una struttura indipendente costruita come una palafitta su un piccolo lago. Ha l'aspetto confortevole e accogliente di uno chalet, un grande balcone per rilassarsi e un enorme letto con lussuose lenzuola e una bellissima coperta. Non sono mai stata in un posto così. All'interno della proprietà dell'hotel ci sono anche un piccolo bistrot, un ristorante a cinque stelle e uno stupendo centro benessere.

«È bellissimo», gli dico.

«Tu sei bellissima».
Mi bacia e mi conduce vicino al letto.
Lentamente, mi sbottona la camicetta bianca di cotone.
Quando cade dalle mie spalle, mi bacia sul collo e mi sussurra all'orecchio: «"Niente diventa mai reale finché non lo vivi"».
«È Keats, giusto?»
«Keats per la mia Keats», risponde annuendo con un sorriso.
«Questo vuol dire che finalmente vivrò questa esperienza con te?».
Mi accarezza le spalle, mi bacia il collo e poi mi guarda negli occhi.
Il suo aspetto è migliore di quanto abbia mai scritto nei miei copioni. Migliore di quanto abbia mai immaginato. Gli sorrido e gli metto le braccia intorno alla vita.
Mi sposta la frangia dal viso con dolcezza e mi guarda dritto negli occhi. «Hai detto che non eri innamorata quando lo hai fatto la prima volta. Neanch'io sono mai stato innamorato prima. Quindi, in un certo senso, è la prima volta per entrambi».
Devo reprimere la tentazione di buttarlo sul letto. Ho aspettato tanto a lungo questo momento che adesso voglio godermelo.
Gli sfilo la maglietta da sopra la testa e riempio il suo petto di piccoli baci.
Si butta sul letto e mi trascina sopra di lui.
Grido e rido allo stesso tempo, ma continuo a baciargli il petto. Voglio baciare ogni centimetro del suo corpo.
Con le dita mi faccio strada fino ai suoi addominali. Li accarezzo. Li bacio.
Poi gli sbottono i pantaloncini. Lui li scalcia via e poi si volta in modo da essere sopra di me.
Mi bacia sul collo e accarezza il mio corpo. Poi mi slaccia il reggiseno e mi bacia sul petto. Non so davvero quanto potrò resistere. Sposto uno dei miei seni vicino alla sua bocca e quando lui mi accontenta, ansimo e mi contorco per il piacere.
Gli metto le mani in mezzo alle gambe e strofino il davanti

dei suoi boxer. Il suo respiro si fa più pesante ma non smette di andare piano.

Mi bacia fino allo stomaco, si ferma per sbottonarmi gli shorts e toglierli, vengono via anche le mutandine. Poi ricomincia a baciarmi.

Sullo stomaco.

Sulle gambe.

In mezzo alle cosce.

Mi fa impazzire.

Mi bacia addirittura la punta dei piedi poi, per fortuna, la smette di andare cosi piano; sì perché questa sua lentezza è meravigliosa, incredibile, ma anche atroce.

Mi bacia in fretta le gambe poi infila le dita dentro di me.

Lo tiro verso la mia bocca, passo le dita fra i suoi capelli e lo bacio in modo frenetico mentre gli sfilo i boxer con i piedi.

Si ferma solo il tempo per mettere il preservativo e poi… finalmente.

Giovedì 30 giugno

Ti troveranno
09:00

Mi risveglio con Brooklyn che mi accarezza il viso con dolcezza.

Mi sorride e dice: «La scorsa notte è stata incredibile. "Non dimenticherò mai né te né questa notte perfetta"».

«Ancora Keats?», lo prendo in giro.

«Sì, è fico. Dopo che sei partita, mi sono immerso nella poesia di Keats. Penso di aver imparato a memoria almeno la metà di tutto quello che ha scritto».

«Io invece stavo annegando nelle cattive decisioni. È un bene che tu sia venuto».

Ride. «Be', direi che la notte scorsa sono proprio venuto».

«Sì, penso proprio di sì. È vero quello che dicono. Che è molto meglio quando si è innamorati».

«Io ti amo, Keats. È da un po' di tempo che sono innamorato di te. Solo non ero sicuro di quello che dovevo fare. Tu stavi con Sander. Damian mi aveva detto che avrei dovuto semplicemente venire da te e dirti tutto. Era sicuro che se lo avessi fatto tu avresti rotto con Sander, ma non era quello che volevo. Non volevo essere la causa della vostra rottura. Ero così dannatamente felice quella notte sulla spiaggia. Eri bellissima con quel vestito. Mi ci è voluto tutto il mio autocontrollo per non confessartelo allora. Per limitarmi a darti solo un bacio sulla guancia».

«Mi hai detto che ero desiderabile».

Sorride e mi bacia. «E lo sei, infatti», dice rotolando sopra di me.

Brooklyn ordina la colazione e restiamo accoccolati nel letto ad aspettarla.

«Allora, cosa ne pensi della Francia per ora?», gli chiedo.

«Grandiosa. Però ho nostalgia di casa. Mi manca la nostra spiaggia».

«Stavo pensando di non ritornare a casa. Di vivere qui. O di girare il mondo».

«Non pensi che dovresti finire la scuola, prima?»

«Farò come hai fatto tu. Seguirò dei corsi online o qualcosa del genere. Non voglio tornare a casa».

«Non puoi scappare dai tuoi problemi, Keats, perché tanto prima o poi ti troveranno».

«Certo che posso, devo. Qui sono felice. I miei problemi non ci sono. La vita è perfetta».

«Saresti felice se io non fossi qui?»

«Non così felice».

«Damian mi ha detto perché non vuoi tornare. Per via dei tuoi amici».

«Mi sembra di aver fatto un patto col diavolo. Sono cresciuta sui set cinematografici. Ho sempre scritto sceneggiature della mia vita. Di come pensavo sarebbe andata. Di come io volevo che andasse. Ho persino scritto delle scene in cui tu mi dicevi che mi amavi. Poi quando me lo hai detto è stato completamente diverso. Dovevamo essere sulla spiaggia, al chiaro di luna. Io ero sempre perfetta e affascinante. Nella vita reale stavo piangendo quando me lo hai detto. La vita non segue le mie sceneggiature».

«La vita è caos. Come dice quella citazione che ci piace tanto». Indica la collanina che gli ho regalato lo scorso Natale. Un cordino con appeso un ciondolo che rappresenta il simbolo cinese per il caos. «"La vita è un caos divino". È incasinata, ed è così che deve essere».

Nascondo il viso nel suo collo. «Questo non mi sembra caos».

«Ma lo è. Gli atomi collidono tutto intorno a noi». Mi sorride. «Cosa ne pensi di quando collidono le nostre labbra?».

Gli sorrido a mia volta. «Mi piace. E mi piace molto quando collidiamo noi».

«Anche a me. Vuoi collidere di nuovo prima di colazione?»

«Oh, ho proprio voglia di un altro po' di caos».

«Ti amo, Keats».

Lo raggiungo sotto le coperte. «Amo il tuo caos».

Ma la colazione arriva troppo presto perché io possa godermi ancora il suo caos.

Sto masticando un meraviglioso e fragrante croissant quando mi dice: «Damian mi ha detto anche della ragazza. Quella a cui pensi di aver rovinato la vita. Non lo hai fatto. La vita è karma. Lei ha fatto una cosa non solo spregevole, ma anche pericolosa a un tuo amico. E ha avuto indietro un karma negativo. Se l'è meritato».

«E Cush? Anche lui se l'è meritato? È un bravo ragazzo. È stato davvero dolce con me».

«Non l'hai fatto per fargli del male».

«No, ma lui se l'è presa con me».

«Non eri nemmeno là, Keats. Non è stata colpa tua. Il karma dipende dalle nostre intenzioni. Sono buone o cattive? Se sono cattive, riceverai indietro cose cattive. Non puoi sfuggire il tuo karma. Devi stare con la tua famiglia. Finire la scuola. Torneremo a casa come programmato. Potrai vedere i tuoi amici a scuola e stare con me ogni momento libero».

«Penso che dovrò tornare per il mio compleanno. La mamma e Kym stanno progettando una grande festa».

«Quale grande festa?»

«Oh, in quel periodo non ci parlavamo. Hanno deciso che dovrei dare un party indimenticabile per il mio diciassettesimo compleanno. Affitteranno una discoteca. E inviteranno quasi tutta la mia scuola. Praticamente tutti quelli che conosco. Sono davvero eccitata».

Alza gli occhi al cielo. «Che divertimento».

«Ehi, sei tu che vuoi che torni alla realtà».

«Be', almeno per oggi dimentichiamoci della realtà».

Passiamo tutto il giorno a letto. Pisoliamo, ci baciamo e facciamo l'amore. Mi recita poesie e parliamo del nostro futuro. E, visto che il nostro immediato futuro prevede di arrivare fino al mare e che non abbiamo prenotato nessun albergo, sarà il caso di provvedere.

«Vado a prendere il mio portatile in macchina e vedo se qui in giro c'è una connessione internet».

«Okay. Io chiamo mia madre. Le ho mandato dei messaggi ma non le parlo da una settimana... E poi lei crede che siamo ancora a casa. Dopo mi faccio una doccia e mi preparo per la cena».

Non vedo l'ora. Abbiamo in programma una cena a lume di candela sulla nostra terrazza privata che si affaccia sul lago.

Chiamo mia madre. Quando risponde le dico: «Ehi!».

«Wow. Sembri già molto più matura. Mi sembra di non averti parlato per anni».

«È solo una settimana, mamma».

Sento Tommy che parla in sottofondo.

«Tommy dice che manchi a tutti. Come vanno le cose?», chiede con uno strano tono di voce insolitamente alto.

«Mamma, sembri molto felice. Sei incinta?».

Ride. «No, non sono incinta. Quindi tu e Brook siete insieme in Francia da un po'. Ti ha detto che ti ama? Hai dormito con lui?»

«Mamma!».

«Keatyn, posso dire dalla tua voce che la risposta a entrambe le domande è sì».

«La scorsa notte è stata la prima volta. Come fai a saperlo?»

«Be', mi hai chiamata invece di mandarmi un messaggio, quindi ho capito che sta succedendo qualcosa. E poi lo sento dalla tua voce».

«Uhm. Strano».

«Oh, tesoro, non è andata bene? È per questo che hai chiamato? Ma non è strano sai. Succede spesso la prima volta».

«La mia prima volta è stata a una festa ed ero ubriaca», dice Kym ad alta voce da qualche parte nella stanza. «È durata sei secondi, sul serio. L'ho cronometrata. Pensa che molti ragazzi riescono a cavalcare un toro per un tempo maggiore».

Sento un mucchio di gente che ride.

«Oh, mio Dio, mamma, sono in viva voce?».

Non risponde. Invece sento James che dice: «Be', la mia prima volta...».

«Basta! Per favore! Non ce la faccio più a starvi a sentire! E comunque non è stata la mia prima volta. È andato tutto bene».

«Cosa?!», urla la mamma. «Cosa vuoi dire? Che avevi fatto sesso con Sander e non me lo avevi detto?».

Cazzo. Ma perché il mio cervello non riesce mai a controllare la mia bocca?

«Per favore, toglimi dal viva voce».

Tommy dice: «Piccola, va tutto bene. Non devi sentirti in imbarazzo. Tutti abbiamo fatto sesso».

Kym ride. «Alcuni di noi più di recente di altri».

James comincia a tossire e ridere.

Kym dice: «Cosa c'è? Sono in una congiuntura negativa. Allora, signorina Keatyn, tu e Sander lo avete fatto o no?»

«No, non l'abbiamo fatto».

Sento che la mamma trattiene il respiro. «Con chi allora?»

«Con Cush, va bene?».

Kim fischia. «Ottima scelta. Quel ragazzo è davvero figo».

«Non dire così», interviene la mamma. «Lo ha frequentato sì e no per due giorni».

«Non è vero, mamma, è stato molto di più».

«Sono scioccata lo stesso. Credevo fossimo d'accordo che avresti aspettato di essere innamorata».

«Fidati, non erano quelli i miei piani. Non è stato come lo avevo programmato. Cosa posso dire, la mia vita non ha seguito le mie sceneggiature, ultimamente». Be', non è proprio vero. Quella notte con Cush all'hotel era molto simile a come me l'ero immaginato, ma la mamma non ha bisogno di sentire questi dettagli. Vuole solo credere che fossi innamorata. «Mi ha detto che mi amava, questo non conta?».

«Eri infuriata con Brook, vero?», chiede Tommy.

«Be', sì. È stato dopo quella festa alla quale siamo venuti».

«Eri innamorata?»

«No, ma ero stanca di aspettare Brooklyn. E quando lui mi ha dato buca e mi ha detto che stava con altre ragazze, non ne ho potuto più. E non è stato brutto. Un po' imbarazzante, ma non brutto. E in fondo sono contenta. Non è che Brooklyn sia stato ad aspettarmi».

«Be', l'importante è che adesso siete insieme. Sembri felice», prorompe Kym.

«Sono felice. Mi ha portata in un bellissimo vigneto nei dintorni di Bordeaux, e abbiamo preso questa specie di chalet privato, ed è stato perfetto. Non è la spiaggia, ma è stato perfetto».

«La notte scorsa anche lui ti ha detto che ti ama?», chiede la mamma sognante. So già che lei e Kym diventano mielose quando si parla di una storia d'amore.

«No, me l'ha detto alcuni giorni fa. Ma ho fatto la figura della stupida. Mi sono messa a piangere».

«Perché?», mi chiede Kym.

«Non lo so. Gli ho detto che lo amavo così, senza pensarci.

Poi ero imbarazzata. Ma lui era felice e ha detto che mi amava anche lui. È stato molto dolce».

«Fate attenzione, vero?», chiede la mamma.

«Sì, mamma, certo. Non siamo stati in grandi città. Io parlo molto bene francese e so come non sembrare una turista».

Tutti scoppiano a ridere.

«Cosa c'è?».

La mamma non riesce a smettere di ridacchiare.

Alla fine Tommy dice: «Quando dice "fate attenzione" vuol dire se usate il preservativo».

«Oh, che schifo!».

«Schifo?», ribatte la mamma. «Questo vuol dire che non lo state usando? Tesoro, so che pensi di essere innamorata, ma non vuoi certo diventare madre alla tua...».

Oddio, ti prego finiamo questa conversazione o non riuscirò mai più a tornare a casa e affrontare la mia famiglia.

«Mamma, e tutti gli altri, lo dirò una volta sola. Facciamo attenzione in tutti i sensi».

«Sono contenta di sentirlo, ma quando torni, devi farti prescrivere la pillola. Come precauzione extra».

«Va bene».

«Ma, aspetta un attimo», dice la mamma. «Hai detto che siete a Bordeaux? Keatyn Elizabeth, non puoi andartene in giro per l'Europa a divertirti senza neanche dirmelo!».

«Sì, a questo proposito. È successo tutto all'improvviso. Io e Brooklyn abbiamo deciso di restare in Europa per tutta l'estate. Abbiamo programmato tutto. Visiteremo alcuni dei posti migliori per fare surf in Francia e sulla costa occidentale della Spagna. Poi faremo un salto alle Canarie. Poi Damian ci ha invitato a seguirlo in tour per alcune settimane. Tornerò a casa giusto in tempo per la mia festa».

«Tutta l'estate? Non pensi che prima avresti dovuto chiedermelo?»

«Ehm, sì, certo. Ma pensavo che a te sarebbe andato bene. So come badare a me stessa e, come ho detto, abbiamo già programmato tutto».

«E quando lo avete deciso?»

«Adesso. Siamo giovani e quando ci ricapiterà di poterci prendere un'intera estate di libertà? E poi, a essere onesta, ho bisogno di stare un po' di tempo lontana dai miei amici. È successo di tutto da quando io e Sander abbiamo rotto».

«In effetti», interviene James. «Quando hai portato a casa il tuo ragazzo drogato sembrava proprio così».

Alzo gli occhi al cielo, ma loro non possono vedermi, quindi faccio un sospiro particolarmente drammatico per rendere l'idea.

«Quindi andremo a fare surf in un mucchio di posti, poi fra tre settimane ci incontreremo con Damian e seguiremo il loro tour. Andremo in grandi città, ma saremo con Damian e tutti gli altri».

Sento che stanno discutendo ma non riesco a capire cosa dicono.

Alla fine, Tommy dice: «Non siamo molto tranquilli. Hai solo sedici anni».

«Ma ho sempre viaggiato tantissimo. Lo sapete. Vi manderò un'email con tutti i dettagli del nostro viaggio e ci sentiremo tutte le volte che volete. Vi prego. Vi prego».

«Non implorare mai, piccola», dice Tommy. «Quando stai negoziando devi almeno fingere di avere il coltello dalla parte del manico».

«Che ne dici se mandiamo James ad accompagnarti?», chiede la mamma. «Mi farebbe sentire molto meglio».

«Mamma, avete bisogno di James. Che ne è stato di quel tipo strano? Non hai più paura? Si è rifatto vivo da quando sono partita? Me lo diresti, vero?»

«In effetti abbiamo ricevuto un'altra lettera da lui. Diceva di nuovo che sono una puttana e che sta progettando qualcosa. Non sappiamo cosa significhi, ma sì, preferiremmo che James restasse qui con le bambine. Le teniamo praticamente sotto chiave».

«Mamma! Io ho già visto il tipo della fotografia. Me ne sono appena resa conto. Quel giorno che sono andata al centro commerciale e ho lasciato le chiavi dentro la macchina. Mentre aspettavo che la tata mi portasse le chiavi di riserva, stavo osservando quelli che protestavano sulla spiaggia. Sai quelli che ce l'avevano con lo sviluppo urbanistico della zona. Avevano quelle orribili piccole finte bare con i nomi degli animali scritti sopra. Credo che lui fosse uno di loro. Ricordo di aver pensato che si sarebbe dovuto preoccupare per la sua pelle pallida che si stava carbonizzando al sole».

James dice: «Hai ragione, è stato là. E anche nella zona di Malibu. Anche le persone che lavorano alla yogurteria lo hanno riconosciuto. Dalla foto siamo risaliti alla sua patente di guida, e Garrett gli ha messo qualcuno alle calcagna. Ma finora non siamo stati in grado di collegarlo alle lettere. E stiamo cercando anche altri possibili sospetti. Garrett non vuole concentrarsi solo su di lui».

«Mamma! James! Perché non mi avete detto niente?»

«Non volevamo che ti preoccupassi, tesoro. Se sarà il caso, te lo diremo».

«Okay, allora che mi dite per quest'estate? Dei nostri progetti?»

«Non so Keatyn», dice la mamma.

«Mamma, non ho voglia di affrontare i miei amici. E tanto vale che te lo dica adesso. Stavo pensando di non tornare a scuola. Potrei decidere di studiare di nuovo con gli insegnanti privati. Oppure seguire i corsi online. Qualcosa del genere».

«E perché non dovresti voler tornare a scuola?»

«Per tutto quello che è successo. Non solo con Cush. Anche con Vanessa e RiAnne. Per tutto».

«Non credo che dovresti scappare dai tuoi problemi. Devi essere forte, affrontarli e risolverli», dice Tommy.

Accidenti, sembra proprio Brooklyn.

La mamma fa un suono tipo ehm, e sento che tutti sussurrano in sottofondo. Capisco qualcosa sul tipo strano e sul fatto di non doversi preoccupare per me. Alla fine mamma dice: «Se non fosse per quello che è successo con Brandon ti farei venire a casa. Mi manchi. Ma sono d'accordo sul fatto che mettere un po' di distanza fra te e i tuoi amici adesso non sia una cattiva idea. Quindi se prometti di farti sentire due volte al giorno e di inviarci l'itinerario e rispondere sempre, e dico sempre, al telefono quando ti chiamo, penso che la risposta sia sì».

«E vai! Grazie, mamma. Ti voglio bene».

«Keatyn, dico sul serio. Ti sto dando un bel po' di libertà. Non mi deludere».

«Non lo farò. Te lo prometto. Dì alle piccole che le adoro e che presto ci sentiamo su Skype!».

«Mi raccomando!», dicono tutti.

«Anch'io ti voglio bene», dice la mamma. Resta in silenzio per un paio di secondi. «Non riesco ancora a credere che hai fatto l'amore con Brandon e non me l'hai detto!».

«Ciao, mamma».

Mercoledì 27 luglio

Le mie orribili doppie punte
14:00

Siamo tornati ieri dal nostro viaggio in alcuni dei migliori posti per fare surf in Europa. Ci siamo davvero divertiti. Abbiamo cavalcato onde spaventose, alcune erano davvero troppo difficili per me, ma Brooklyn non ha avuto problemi. Sembra che stia diventando sempre più bravo. L'acqua è il suo elemento. È come se appartenesse alle onde e quando è in mare sembra felicissimo.

E anch'io sono felice. Siamo sereni e rilassati.

Non c'è niente come fare surf e stare sdraiati sulla spiaggia per un mese per aiutarti a dimenticare la realtà.

Ma adesso che siamo di nuovo nella mia casa in Francia, non vedo l'ora di tornare al mondo reale. Sono molto eccitata.

Per lo meno potrò ricominciare a vestirmi elegante. Acconciarmi i capelli.

Per la spiaggia, avevo messo molto poco in valigia. Bikini, canottiere e alcuni prendisole, che avevo potuto arrotolare comodamente e infilare in uno zaino. Siamo stati in un paio di resort molto belli, ma nel complesso è stato tutto molto casual.

E sono sopravvissuta con un solo zaino.

Per un mese!

Devo controllare ma potrebbe essere un record in fatto di moda.

Per accompagnare Damian in tour, visiteremo grandi città, il che significa che avrò bisogno di bei vestiti, vestiti eleganti.

Così appena arriviamo a casa, mi precipito nella cabina armadio.

Brooklyn mi trova circondata dai vestiti.

«Cosa stai facendo?»

«Sto cercando qualcosa di carino da mettere in valigia. Non avevo programmato di stare qui tutta l'estate. Non mi sono portata tanti vestiti».

Da' un'occhiata alle tre valigie che ho messo sul supporto e fa una smorfia.

«Devi per forza portare le valigie di Vuitton?»

«Certo. Se viaggi con delle belle valigie la gente ti tratta meglio. Bisognerebbe sempre vestirsi bene quando si viaggia. Dice qualcosa di te».

«Tipo che spreco denaro per un consumismo eccessivo perché mi fa stare meglio con me stesso?».

La prendo come una battuta e faccio finta di niente, ma questo suo commento mi irrita un po'.

«In questo mese te la sei cavata benissimo con uno zaino».

«Sì, ma siamo praticamente stati sempre in spiaggia. Adesso visiteremo delle grandi città, è diverso. E tu, a proposito? Sai che andremo ad alcune cene eleganti. Non pensi che dovresti portare degli abiti adatti?»

«Se avrò bisogno di qualcosa, la comprerò là».

«Perché vuoi spendere del denaro per comprare dei vestiti quando te li posso dare io gratis?», replico.

Lui mi guarda e scuote la testa senza dire niente.

Più tardi mentre andiamo all'aeroporto, mi chiede: «Cosa stai facendo?»

«In che senso?»

«Sono almeno venti minuti che stai lì senza fare niente a parte guardarti i capelli».

«Non mi sto guardando i capelli, B, sto guardando le punte dei capelli, penso di aver trovato delle doppie punte». Mi sporgo con la testa verso di lui e gli mostro le mie orribili doppie punte. «Vedi?»

«Io vedo solo dei capelli».

«Devi guardare ogni capello. Vedi che alcune punte sono spezzate? Non è salutare, devo tagliarle. Non posso andare in tour con Damian con le doppie punte».

«Ma ti rendi conto di quanto ti preoccupi per il tuo aspetto?»

«Be', certo che lo faccio. Voglio essere sempre carina. Quest'estate mi sono davvero trascurata».

«Sei bella senza trucco. Senza capelli acconciati. Hai avuto un aspetto bellissimo tutta l'estate».

«Be', grazie. Ma mi piaccio truccata e con i capelli acconciati. Cosa c'è di male a voler sempre apparire al meglio?»

«Non lo so. Ti fa sembrare superficiale. Ti devi rilassare».

«Per tua informazione, Brooklyn, i capelli non devono sembrare rilassati. Devono sembrare carini. Capelli rilassati vuol dire capelli brutti, e io mi rifiuto di avere capelli brutti. E mi rifiuto di avere le doppie punte».

«Fa' come vuoi». Mi dice alzando gli occhi al cielo.

«Chiamo Kym». Afferro il cellulare e compongo il numero di Kym.

«Ehi, ragazza. Che succede?», mi risponde.

«Ho le doppie punte e domani sarò a Berlino. Mi puoi aiutare?»

«Certo. Resta un attimo in linea. Guardo nei contatti». Resta in silenzio per un istante. «Okay. Fammi fare una telefonata, poi ti mando un messaggio con tutte le informazioni. A che ora ti andrebbe bene?»

«Che ne dici verso le due? Così avrò tempo per prepararmi». Guardo in basso le mie dita dei piedi e mi acciglio. «A dire la verità, anche le unghie dei piedi hanno un aspetto triste. Mi sono limitata a dare un po' di smalto».

«Ci penso io. E Brook? Lui ha bisogno di qualcosa?».

«B, vuoi tagliarti i capelli?», gli chiedo con una smorfia. Conosco già la risposta.

Scuote i capelli spettinati verso di me.

«No, sta bene così!».

Venerdì 12 agosto

Le mani sul sedere
23:15

Ormai sono più di due settimane che seguiamo i Twisted Dreams nel loro tour e, sebbene la nostra estate sia stata fantastica, Brooklyn comincia a darmi sui nervi.

O forse sono io che do sui nervi a lui, non lo so.

Non abbiamo mai litigato tutta l'estate. La nostra vacanza al mare è stata perfetta: piacevole e spensierata.

Ci alzavamo all'alba per andare a fare surf, poi tornavamo a fare colazione. Restavamo sdraiati al sole fino al tardo pomeriggio, poi tornavamo nella nostra stanza, facevamo sesso e un sonnellino. Poi uscivamo con le persone nuove che avevamo conosciuto, andavamo a cena e dopo a letto presto. Era perfetto.

Ma adesso, si infuria con me per ogni sciocchezza.

Damian è cresciuto come me. Sempre in viaggio tra set cinematografici. Alcuni dei posti dove siamo stati sono bellissimi e sfarzosi. Altri no. Quindi abbiamo imparato a vivere in qualsiasi ambiente. Seguendo Damian durante il suo tour, siamo stati in tantissimi posti diversi, dagli alberghi più modesti nelle città più piccole a quelli sfarzosi e modernissimi, come quello di Berlino.

Ma non aveva importanza dove ci trovassimo, B si lamentava.

Si lamentava del mio bagaglio. Del cibo. Della folla. Dei miei vestiti. Delle compere che facevo.

Sì, forse ho un po' esagerato comprando tutti quegli accessori in pelle quando eravamo in Italia. Ma voglio dire, è pelle italiana! In quale altro posto potrei trovarla della stessa qualità? E così ho comprato alcune paia di scarpe italiane. E cosa c'è di male se ho sperperato qualche soldo per una bellissima borsetta?

Quando gli ho detto che non c'era niente di sbagliato a spendere tanti soldi per una borsetta perché è un classico che non passerà mai di moda, ha riso di me in modo odioso e mi ha detto che solo i diamanti sono per sempre.

Gli ho sorriso e gli ho detto che aveva ragione e che avremmo dovuto cominciare subito a comprare diamanti.

Questo lo ha zittito per un po'.

Adesso siamo a Londra, l'ultima tappa prima che io e B torniamo a casa. Il posto dove si sono esibiti i Twisted Dreams era uno dei più grandi in cui avessero mai suonato.

Ero così eccitata per loro!

Mi ero vestita apposta per il concerto la notte scorsa.

Indossavo un'adorabile minigonna nera di Dolce & Gabbana piena di paillettes e lustrini. Un bellissimo giubbotto di pelle nera da motociclista. Una maglietta senza maniche rosa shocking con un'enorme scritta ABBA e VOULEZ VOUS, che è l'inizio di una loro canzone in francese dove chiedono: "Vuoi dormire con me stanotte?". E un paio di irresistibili scarpe con la zeppa rosa shocking con lustrini.

Sembravo una tipica groupie.

B si è lamentato che la mia maglietta era troppo allusiva, la gonna troppo corta, i miei capelli troppo cotonati e il mio trucco troppo marcato.

Va bene. Forse su questo aveva ragione. Magari l'ombretto glitterato rosa shocking e le esagerate ciglia finte erano davvero troppo, ma erano così carini!

E non sembravo per niente fuori posto. Ero perfetta. Semmai era lui, con i pantaloncini cachi e la maglietta di Billabong, a essere fuori posto.

Stasera siamo in una discoteca. Una vera discoteca europea con musica tecno, luci da sballo e pittura fosforescente. Troy è il DJ ospite e più tardi la band farà un concertino a sorpresa con tre canzoni dal vivo.

Ho chiesto al concierge del nostro albergo dove potevo trovare dei vestiti da discoteca. Mi ha risposto che era una richiesta atipica, ma ha chiamato un giovane fattorino che mi ha indirizzata in un negozio pieno di scintillanti vestitini sintetici ed economici, perfetti per la disco.

Ho trovato un tutù nero e verde acido di cui mi sono innamorata a prima vista. La commessa, piena di piercing e tatuaggi mi ha assicurato che sarebbe stato fantastico sotto le luci. Ha abbinato al tutù un bustino nero, da vera dura. Il bustino aveva un mucchio di stringhe incrociate sul davanti, sembrava qualcosa di adatto a una dominatrice. Mi ha anche consigliato delle scarpe con la zeppa, ma io ho fregato un paio di stivaletti alla caviglia di YSL dalla cabina armadio a casa, sapevo che sarebbero stati perfetti.

Pensavo che B mi avrebbe fatto i complimenti per il mio shopping *low cost*. Ero scioccata per quanto poco costassero quegli abiti!

Troy mi ha fischiato quando sono uscita dalla mia stanza e questo ha fatto infuriare Brooklyn. E visto il suo umore degli ultimi giorni ho capito all'istante che non sarebbe stata una bella serata.

La situazione è precipitata quando ha deciso che non aveva voglia di ballare.

Come puoi non avere voglia di ballare in un posto come questo?

Ho deciso che non valeva la pena insistere, ma anche che io mi sarei comunque divertita e avrei ballato. Quindi ho ballato con… Be', con tutti, perché è questo quello che si fa in discoteca. Si balla. Ho ballato con i ragazzi della band finché loro non sono andati a prepararsi.

Sto ballando con un ragazzo carino dall'adorabile accento inglese quando Brooklyn marcia sulla pista da ballo, mi afferra per un braccio e mi trascina via.

Penso che stia succedendo qualcosa quindi lo seguo.

Lui mi spinge fino al tavolo dove se ne stava seduto imbronciato e poi mi dice: «Adesso basta. Io e te ce ne andiamo da qui».

«Perché? È presto. Il gruppo non ha nemmeno suonato, ancora».

«Non me ne starò seduto qui a guardare i ragazzi che ti mettono le mani sul sedere!».

«Allora balla con me e mettimi tu le mani sul sedere».

«Odio questa tecno di merda».

«Be', si dà il caso che a me invece piace e mi sto divertendo. Mi manca andare a ballare con…». Mi fermo. Stavo per dire Cush. Mi rendo conto che mi manca andare a ballare con Cush.

«Con chi? Quando andavi a ballare?»

«Io ballo, B, prendo lezioni. Tutto qui».

«E a lezione i ragazzi ti mettevano le mani sul sedere?»

«Non essere stupido. Vieni a ballare con me. Non puoi andartene di già. La serata è appena cominciata. Troy manderà tutti in delirio molto presto. Sarà fantastico».

Mi rivolge uno sguardo furioso. «Non sono stupido, e poi da quando sai tutte queste cose di Troy?»

«Faceva il DJ nel club dove andavo a ballare. Non è nulla di importante».

«Be', senti, io ne ho avuto abbastanza e me ne vado. Vieni con me?»

«No. Siamo venuti qui per ascoltare il gruppo suonare e per divertirci. Forse dovresti provare».

«Me ne vado. Quando sei in questi posti e ti vesti così, sembri una puttana».

È stato come se mi avesse dato uno schiaffo.

Indietreggio.

Faccio un respiro profondo, gli volto le spalle e riporto il mio sedere sulla pista da ballo.

Sabato 13 agosto

La nostra stanza sembra così vuota
14:00

Non sono tornata in albergo fino alle nove del mattino dopo. Brooklyn non mi ha rivolto la parola quando sono entrata, quindi ho chiuso le tende, mi sono raggomitolata nel letto e mi sono messa a dormire.

Quando mi sono svegliata, lui non c'era.

La nostra stanza sembra così vuota.

Proprio come il mio cuore.

Mi sono fatta una doccia e ho pianto per tutto il tempo. Sono passata dal sentirmi triste e ferita, all'essere davvero arrabbiata.

Non capisco come possa aver pensato che sono una puttana. Sono stata gentile con tutti. Lo amo, ma non mi piace stare seduta in disparte. Cosa c'è di male nel volersi godere la vita? Penso che sia stato uno stronzo a non voler ballare con me.

Smetto di piangere, mi asciugo, mi infilo uno dei soffici accappatoi bianchi dell'hotel e ordino qualcosa al servizio in camera.

Sono seduta sul letto a mangiare, quando Brooklyn entra dalla porta.

Non gli dico niente. Anch'io so giocare a "non-ti-parlo-più", anche se in realtà vorrei dirgli quanto è stato stronzo la notte scorsa.

Si siede sul letto con dolcezza.

«Sei bellissima. È così che mi piaci. Con i capelli bagnati e senza trucco».

«Sono contenta di piacerti senza trucco, ma se mi ami, se ami tutto di me, ti devo piacere anche con il trucco. E apprezzo molto la tua dolcezza adesso, ma ieri sera sei stato uno stronzo».

Questo lo fa subito arrabbiare.

«Be', forse se tu non ti fossi fatta mettere le mani addosso da tutti i ragazzi, io non sarei stato stronzo».

«E forse, se tu avessi ballato con me, le tue mani sarebbero state le uniche sopra di me».

«Non mi piace quella musica e non mi piace ballare in quel modo».

«È perché non sai ballare? Ti insegno io. Non è difficile».

«Certo che so ballare, solo che non mi diverto. Mi piace ascoltare i Twisted Dreams, ma quella tecno di merda mi fa venire il mal di testa».

«Sembri vecchio. Persino a Tommy piace ballare».

«Vedi? Vedi il tono che hai appena usato? È la stronza che viene fuori».

«No, B, è l'incazzata che viene fuori. Ieri sera mi hai fatto veramente arrabbiare. Non hai voluto ballare con me e te la sei presa perché io volevo ballare. Che ne è stato della tua filosofia "godiamoci la vita appieno"? Non ci hai neanche provato. Sei stato seduto in disparte. Io non voglio sedere in disparte nel gioco della vita, voglio partecipare. E pensavo lo volessi anche tu. E non ho fatto la stronza. Sono stata gentile con te. Con tutti quelli che ho incontrato ieri sera. Mi sono fatta dei nuovi amici. Il ragazzo con cui stavo ballando quando te ne sei andato era davvero forte. Mi ha fatto conoscere i suoi amici e io li ho presentati alla band, ci hanno portato a fare colazione in un ristorantino fantastico a conduzione famigliare dove abbiamo fatto una colazione incredibile. Focaccine fatte in casa che si scioglievano in bocca. Ti sarebbero piaciute. Damian pensa che siano davvero forti».

«Erano tutti ragazzi?»
«Non che sia importante, ma no».
Brooklyn fa un sospiro. È frustrato. Probabilmente si rende conto di aver sbagliato.
Alla fine mi chiede: «Vuoi continuare a litigare per questa cosa?»
«No davvero».
Si passa una mano fra lunghi capelli spettinati. «Credo di essere pronto per tornare a casa. Io vivo sulla spiaggia, è quello che amo. Le grandi città mi fanno impazzire. Mi sembra di soffocare».
«A me piacciono entrambe le cose. Mi sono divertita sulla spiaggia, ma anche le grandi città possono essere spassose».
«Sì, posso capirlo», dice con dolcezza. «Mi dispiace, okay? Hai ragione, sono stato uno stronzo».
Sorrido e mi sento molto più felice. Avevo paura che ci saremmo lasciati. Non è che abbiamo una vera relazione, ma comunque stiamo insieme.
«Va tutto bene. Siamo stati sempre insieme notte e giorno per due mesi. E abbiamo sempre viaggiato. Può essere stressante, qualche volta».
Brooklyn dice inespressivo: «Non se hai delle belle valigie».

Domenica 14 agosto

Scoppiare per il desiderio
07:30

Vengo svegliata da Brooklyn che mi dà dei colpetti sulla spalla.

«Mmm», dico tirandomi le coperte sopra la testa. «Ancora un minutino».

E, o mio Dio, ne ho davvero bisogno.

Chiudo gli occhi e torno al sogno che stavo facendo.

Stavo ballando al club con il ragazzo inglese. Riuscivo a vedere Brooklyn ancora seduto al suo tavolo, annoiato e irritato, quando ho sentito un paio di mani famigliari sui miei fianchi, mi sono voltata e ho visto Cush. Cush mi ha rivolto il suo sorriso malizioso e ha cominciato a ballare con me. Non ha detto una parola. Abbiamo solo ballato. Io avevo ballato tutta la sera con il ragazzo inglese, che era adorabile, ma non mi aveva eccitato. Non mi ero mai sentita attratta da lui. Pensavo che fosse per il fatto che sono innamorata di Brooklyn. Voglio dire, non dovrei più sentirmi attratta da nessun altro.

Ma nel mio sogno, le mani di Cush sul mio corpo mi facevano sentire bene. Prima sulla schiena. Poi mi accarezzava le braccia. Poi mi ha afferrata per il sedere e mi ha trascinata vicino a lui e ha messo la sua gamba in mezzo alle mie. Io mi strofinavo alle sue gambe e gli stavo appiccicata. Anch'io gli ho messo le mani sul sedere, praticamente supplicandolo di venire più vicino. Ma non mi bastava. Lo volevo più vicino e tutto quello a cui riuscivo a pensare era come portarlo a letto.

Quando ha avvicinato le labbra al mio collo e mi ha succhiato la pelle con dolcezza, ho creduto di scoppiare per il desiderio. Non penso di aver mai desiderato niente o nessuno più di lui. La sua lingua ha risalito lentamente il mio collo e potevo sentire il suo respiro caldo sul mio orecchio. «Non posso più aspettare», ha sussurrato.

Poi il club è svanito e noi ci siamo ritrovati fuori in un vicolo. Lui mi ha spinto contro un muro di mattoni, mi ha sollevato la gonna, mi ha strappato le calze, poi ha scansato di lato le mie mutandine e mi ha penetrata prima che potessi rendermene conto. Nemmeno per un minuto mi sono preoccupata che qualcuno potesse vederci ed eccitata com'ero, penso che non me ne sarebbe importato niente.

Le mie parti intime stanno ancora pulsando.

Continuo a rivivere quel sogno. Il modo in cui mi strusciavo alla sua gamba. Come mi ha trascinato nel vicolo. Il suono quando mi ha strappato le calze. Il modo impetuoso in cui mi baciava.

«Keatyn, ti devi alzare. Dobbiamo prendere l'aereo e tu non hai ancora fatto le valigie», dice Brooklyn ad alta voce.

Apro gli occhi e guardo l'orologio.

Sono molto più che eccitata.

«Abbiamo un mucchio di tempo, B», gli dico sfoderando il mio sorriso più sexy. Faccio anche in modo di far scivolare in basso la canotta in modo da scoprire un seno. «Vieni qui».

Si lascia cadere sul letto accanto a me, proprio come speravo. Gli getto le braccia al collo e lo ricopro di baci.

«Cosa stai facendo?», mi chiede.

«Voglio solo darti il buongiorno», sussurro mentre lo bacio sul collo.

Gli metto una mano sui pantaloni ma lui la toglie. «Smettila. Non abbiamo tempo per questo».

«C'è sempre tempo per questo», gli dico, mentre cerco di aprirgli la lampo.

«Keatyn, smettila di cazzeggiare. Alzati e fa' le valigie», dice alzandosi velocemente dal letto.

Quando eravamo al mare, facevamo sesso quasi tutti i pomeriggi. Ultimamente ci siamo ridotti a una volta alla settimana. Adesso è passata più di una settimana.

Visto che l'ultima cosa che voglio è cominciare un'altra lite, mi alzo come vuole lui. Ma subito mi tolgo i vestiti, afferro una delle mie valigie e la metto sul letto.

Farò i bagagli nuda. Sicuramente capirà.

Vado avanti e indietro dall'armadio al mio letto, gettando i vestiti nella valigia.

Brooklyn mi osserva, ma sembra più irritato che felice o eccitato per il fatto che sono nuda.

Quando finisco di fare i bagagli, sono arrabbiata. Getto le mie tre valigie davanti alla porta e gli volto le spalle.

«Sai, una volta eri divertente», gli dico. Poi vado in bagno, mi arriccio i capelli ciocca a ciocca e mi metto tutto il makeup che ho.

'Fanculo.

Martedì 16 agosto

Questa estate è stata fantastica...
19:00

Brooklyn è stato intrattabile per la prima metà del viaggio verso casa, quindi ho messo il naso in un libro e ho letto. Poi sono crollata. Quando mi sono svegliata, mi ha preso tra le braccia e ha cominciato a parlarmi come se non fosse successo niente. Come se non avessimo litigato.

Non si è mai scusato per essersi comportato come uno stronzo. Be', in effetti lo ha fatto, ma poi mi ha fatto la scenata per i bagagli che ha praticamente annullato le scuse. Ma quando mi ha baciata con dolcezza e mi ha detto che mi amava, io ho cancellato tutto dalla mia mente.

Stasera mi ha invitata a cena, quindi mi sono infilata un paio di pantaloncini bianchi molto carini, una canotta e stivaletti. Quando gli ho aperto la porta sono rimasta scioccata nel vederlo tutto elegante con un paio di pantaloni marroni e una polo color cachi.

«Stai benissimo», gli dico. Ed è vero. Ha tagliato i capelli e pettinato i riccioli. Il viso è bello e abbronzato e i suoi occhi sembrano ancora più azzurri. «Come mai sei così elegante? Pensavo che andassimo solo a prendere qualcosa per la cena».

«Andiamo a festeggiare. Sarà meglio che ti cambi». Mi rivolge un sorriso enigmatico. Come se avesse un segreto.

«E che cosa festeggiamo?»

«Quand'è che hai rifiutato un'opportunità per metterti in tiro?».

Rido. «Probabilmente mai».

Mi prende per mano e mi riporta in camera mia, dentro la mia cabina armadio. «Tu siediti. Io sceglierò qualcosa».

Non mi siedo. Resto vicina a lui. Lo guardo negli occhi. Busso sulla sua testa.

«Sembra il mio Brooklyn, ma non credo che sia davvero lui. È come se un alieno gli avesse scambiato il cervello».

Mi bacia, poi mi riaccompagna alla sedia e mi fa sedere.

«Pensavo che ti piacesse».

«Oh, mi piace. Ma questo non vuol dire che non sia scioccata».

Si guarda intorno nella cabina armadio. «Hai una marea di vestiti».

«Mmm... dici?».

«Dove tieni gli abiti?».

Gli indico un scaffale dietro di lui. «Quelli casual sono lì. Quelli eleganti sono dietro la porta della cabina».

Comincia col passare in rassegna quelli casual. «Tanti hanno ancora l'etichetta».

«Sì, be', avevo comprato qualcosina per l'estate, ma poi quest'estate non sono mai stata a casa. Scegli qualcosa con l'etichetta, per favore. Ho voglia di indossare qualcosa di nuovo».

Sceglie un abitino di pizzo nero Chantilly molto, molto corto. Chi se lo aspettava che scegliesse un vestito del genere. Lo avevo comprato per la discoteca. «Mettiti questo».

«Mmm, okay. È attillato. E corto».

Sorride. «È per questo che mi piace».

«Ti stai comportando in modo strano. Mi spaventi».

Mi svesto, cambio il reggiseno e mi infilo il vestito. «Te l'ho detto. È stretto».

Si allontana e mi guarda dalla testa ai piedi. Poi mi afferra per i fianchi e mi mette le mani sul sedere.

«È passato tanto tempo», gli dico. Sono imbarazzata ma devo ammettere che sono due settimane che non facciamo sesso. Eravamo troppo occupati a litigare.

«Sì, lo so. Mi dispiace. Sono stato uno stronzo. Ero solo stressato per alcune cose che stavano succedendo con mio padre». Fa un gesto con la mano, come a dire che non ha importanza. «Ti racconterò tutto a cena».

Afferro un paio di sandali color bronzo dal tacco alto, poi mi fermo davanti al portagioie, dove prendo un braccialetto di quarzo rosa e un grande anello nero per rendere l'insieme un po' più di classe.

Quando usciamo dalla porta di casa mia, sono scioccata nel vedere la Bentley di suo padre parcheggiata nel vialetto.

Mi sembra di essere appena finita in una puntata di *Twilight Zone*.

Mi apre la portiera, io salgo, e risaliamo la costa.

Mi porta in un bellissimo ristorante sull'acqua – uno dei miei preferiti – è quel genere di posti molto costosi che di solito lui evita.

Oh, mio Dio! Che sia per quello? Sta finalmente per chiedermi di diventare la sua ragazza?

Sono così eccitata che assaggio a malapena il mio salmone affumicato con asparagi e patatine novelle.

Immagino quello che mi dirà. Lo immagino mentre mi dà un anello o una ciocca dei suoi capelli o qualcos'altro di personale e da sogno.

Dopo il dolce, comincia a sembrare nervoso.

Oh, mio Dio! Ci siamo!!!

«Quest'estate è stata fantastica, Keats. È stata un'esperienza incredibile».

Gli prendo la mano dall'altra parte del tavolo e gliela stringo. «Lo so. Anche per me. Non la dimenticherò mai».

«Allora, è un po' di tempo che volevo fare questa cosa...».

Oh, mio Dio! Vorrei urlare per la gioia!

«E finalmente lo farò. Entrerò nel circuito dei surfisti professionisti».

Aspetta un momento. Cosa? Non mi sta chiedendo di essere la sua ragazza?

«Farai cosa?».

Si stampa un enorme sorriso felice sul viso. «Un paio di settimane fa ho detto a mio padre quanto mi sono divertito durante la nostra vacanza in giro per l'Europa a fare surf. Che meravigliosa esperienza è stata. Gli ho raccontato di tutta la gente mitica che abbiamo incontrato. E ho deciso di partecipare al tour dei surfisti professionisti per un anno. Se alla fine dell'anno sarò nella top ten, continuerò, altrimenti tornerò a casa e penserò a cosa fare in seguito. Mio padre dice che si è giovani solo una volta nella vita e che devo cogliere questa opportunità. Che è un'esperienza da non lasciarsi sfuggire perché non ricapita».

«Te ne andrai per un anno?». Non ci credo. Non mi sta chiedendo di diventare la sua ragazza. Mi sta lasciando.

Continua a parlare di tutte le diverse onde che ha cavalcato, ma io non lo ascolto.

Tutto quello che riesco a pensare è: *mi lascerà per un anno.*

«Sei tu la ragione per cui farò tutto questo, sai?».

Scuoto la testa e strizzo gli occhi. Non so davvero di cosa sta parlando.

«Sei tu che mi hai convinto a prendermi l'estate libera e ad andare nei posti più belli del mondo per fare surf. Sei stata tu a dirmi di seguire i miei sogni ovunque mi portino».

«L'ho detto io?».

E quando cavolo lo avrei detto?

Stavo bevendo? Ero fumata?

Mi accarezza il dorso della mano con le dita. «Certo che lo hai detto. Perché sei fantastica. E mio padre ha preso la palla al balzo. Ha già contattato degli sponsor che sono interessati a me. Quindi, ecco quello che farò. Vivrò il mio sogno. Riesci a crederci?»

«In effetti, no», dico inespressiva.

«Non sembri molto eccitata».

Provo a fare un'espressione felice. Non penso che ci riuscirò. «Sono eccitata per te, B. Davvero. Quando parti?»

«Non c'è ancora niente di deciso. Ne riparleremo dopo il tuo compleanno. Ho dei progetti per la tua festa».

Questo sì che mi eccita. «Tu? Davvero?». Di solito non è il tipo che fa progetti.

«Sì. Giovedì sei mia. Mi hai detto che la festa organizzata dai tuoi è venerdì, no?»

«Sì, la cena sarà divertente. E sabato sera, faremo baldoria. Balleremo. Faremo festa. Non vedo l'ora!».

«Mmm, ti arrabbieresti se sabato non venissi?».

Non riesco a respirare. Dice sul serio? «Non vuoi venire alla mia festa?»

«Penso che dopo Londra, tu conosca già la risposta. Inoltre avremo già festeggiato abbastanza prima di sabato».

«Oh, okay». Non so neanche cosa dire. «Ma verrai a casa mia dopo la festa vero? Ho invitato tutti i surfisti. Ho pensato che sarebbe stato bello far incontrare i tuoi amici ai miei compagni di scuola». Mi guarda come se fossi completamente pazza. «Non pensi che andranno d'accordo?»

«Oh, certo che andranno d'accordo. Come l'acqua e l'olio».

«Penso di essere un po' più ottimista di te».

Paga il conto e torniamo alla macchina.

Sento che sto per piangere e riesco a malapena a dire quello che sto pensando: «Mi stai lasciando?».

Ride. «Non mi ero accorto che stessimo insieme».

Mi sento umiliata e comincio a piangere. Gli volto le spalle.

Lui mi afferra e mi fa voltare di nuovo.

«Non ho ancora pensato a tutti i dettagli».

«È anche peggio. Non mi hai neanche presa in considerazione».

«Keats, a volte nella vita devi fare quello che è giusto per te e sperare che i tuoi amici ti supportino. Questa è la cosa giusta per me. Non piangere. È successo tutto così in fretta. E tra poco tu ricomincerai ad andare a scuola. Sarai così occupata con tutte le cose che vorrai fare che non avrai neanche tempo per sentire la mia mancanza. Ci inventeremo qualcosa. Staremo bene, vedrai, Keats». Abbassa la testa e dice sottovoce: «Pensavo saresti stata contenta per me. Mi sono messo elegante e ho speso un capitale nel tuo ristorante preferito».

Alzo il viso e lo guardo. Probabilmente avrò un aspetto orribile con il mascara che mi cola sul viso, ma non mi importa. «Pensavo che mi avresti chiesto di essere la tua ragazza, invece mi stai dicendo che te ne andrai per un anno. Sono contenta per te. Davvero. Solo non sono molto contenta per me».

Mi prende tra le braccia. «Non starò sempre via. Ogni tanto tornerò a casa. E anche tu potrai venire a trovarmi».

«Una relazione a distanza? Hai detto a Troy che non funzionano mai. Che lui e la sua ragazza non avrebbero resistito al suo tour europeo. E lui è stato via solo quattro mesi. Diventerai famoso come Damian. Le ragazze ti tireranno le loro mutandine. Girerai mezzo mondo e ti dimenticherai di me».

«Non ti dimenticherò mai. Mai. Sarai sempre mia amica e sono sicuro che ti amerò sempre».

Mi sporgo in avanti e lo bacio. «Anch'io ti amerò per sempre».

«Bene. Presto organizzeremo tutto il resto».

Una volta tornati a casa, lo trascino nella mia camera e chiudo a chiave la porta.

«Grazie per la cena. Mi dispiace di non essere stata contenta quando me lo hai detto. Ero solo scioccata. Penso davvero che dovresti farlo. Tuo padre ha ragione. Tu hai già finito la scuola. Non lavori. Sei giovane. È ora il momento di farlo».

Annuisce, mi porta a letto e mi bacia.

Mercoledì 17 agosto

Voglio dire no. Assolutamente no!
13:00

In questo momento sono sdraiata a bordo piscina in un hotel esclusivo con Vanessa e RiAnne. Mi hanno chiamata ieri sera, mi hanno detto che avevano prenotato una stanza e di portare subito qui il mio sedere. Quindi l'ho fatto.

Brooklyn se n'era già andato. Mi ha detto che ero fantastica con quel vestito, quanto lo avevo eccitato, mi ha baciata, ma non abbiamo fatto sesso. Mi ha detto che era stanco e che non pensava che avremmo passato la notte insieme. Questa è una cosa che proprio non capisco. Come si può essere troppo stanchi per il sesso?

Ero un po' preoccupata che le cose sarebbero state imbarazzanti con Vanessa e RiAnne, ma non è stato così. Abbiamo bevuto champagne, spettegolato e guardato l'ultimo film della serie di *Twilight.* È stato divertente, non me l'aspettavo e Vanessa è stata molto dolce. Questa mattina ci siamo messe in ghingheri e siamo scese per il brunch.

E adesso siamo qui in piscina.

Sono molto diversa da com'ero quando stavo in spiaggia con Brooklyn in Europa. Prima di tutto ho un bell'aspetto. I miei capelli sono acconciati e stirati alla perfezione. Indosso degli orecchini d'oro brunito che si abbinano con il mio bikini dorato di Melissa Odabash, bracciali d'oro al polso e una collana di pietre dure di Free People Amalia, i miei più costosi occhiali da sole di tartaruga modello aviatore e degli adorabili sandali alla schiava di Ralph Lauren.

Mi sento fantastica. Come la vecchia me stessa. Brooklyn riderebbe se mi vedesse adesso. Vorrei che apprezzasse un po' di più il mio amore per i vestiti. Se stavamo vicino a una qualsiasi spiaggia la nostra relazione era perfetta, ma quando siamo stati in tour con Damian, non lo è stata molto.

Ha riso delle mie doppie punte, per l'amor del cielo! Non dovrebbe sapere che non è una cosa di cui ridere?

È un po' come dire a una ragazza che ha un culone quando te lo chiede, no?

Semplicemente non si deve fare.

Non so cosa pensare della notizia che mi ha dato ieri sera. Sono felice per lui, sul serio. Voglio davvero che insegua i suoi sogni. Solo non immaginavo che lo avrebbero portato lontano da me.

«Cosa stai facendo?», chiede RiAnne a Vanessa interrompendo i miei pensieri.

«Sto scrivendo sia a Markus che a Rodney. Non riesco a decidere quale mi piace di più. Voglio dire, sono tutti e due fighi».

«Rodney? Il giocatore di lacrosse, quello basso?»

«Oh, Keatyn sei stata via troppo tempo. Rodney è cresciuto quest'estate. Adesso è più di un metro e ottanta di muscoli, con degli addominali da urlo. Aspetta di vederlo. Quest'anno a scuola sarà uno dei ragazzi più sexy. E se esce con me, be', sappiamo tutti che questo gioverà alla sua popolarità».

«Allora dovresti portare lui. Markus è uno stronzo». Mi volto verso RiAnne. «Tu con chi verrai, Ri?»

RiAnne abbassa la testa e la scuote. «Non ho ancora un accompagnatore».

«Chiedilo semplicemente a qualcuno...», comincio, ma Vanessa mi interrompe.

«In caso non te ne fossi accorta ha il morale sotto i piedi. Lo avrei anch'io se fossi ingrassata di quasi tre chili quest'estate».

RiAnne spalanca gli occhi, poi incrocia le braccia arrabbiata e mette il broncio.

«Cosa c'è?», chiede Vanessa a RiAnne. «Pensi che non l'abbia notato da sola? Sei in bikini». Poi si rivolge a me: «Tu invece sei perfetta, ragazza mia. Abbronzata. In forma. Magra. Vivere di sesso, droga e rock and roll ti fa bene. Aspetta. È per quello che sei così felice? Tu e Damian avete finalmente scopato? Voglio dire, so che è figlio di un regista ricco sfondato e tutto il resto, ma prima suonava solo nelle bettole, adesso invece la sua canzone sugli occhi di una ragazza sta diventando famosa. Avere lui come ragazzo sarebbe ancora meglio di Sander. Anche se devo ammettere che, quando l'anno scorso frequentavo quel tipo del college, era un po' una seccatura non avere il fidanzato a scuola. Ha il suo perché avere al braccio l'accessorio più figo di tutti».

Penso alla canzone. La canzone che Damian ha scritto su come sono i miei occhi quando sono con Brooklyn. La nostra canzone. La canzone che ha finito di recente e ha fatto uscire come singolo. Devo dire alle ragazze di Brooklyn. Del fatto che lo porterò alla mia festa. Del fatto che voglio che lo accettino. Apro la bocca per parlare.

Vanessa mi ferma con un cenno della mano. «Ricordati quello che vuoi dire. RiAnne, facci una foto. Dei nostri corpi favolosi in bikini, per favore».

RiAnne si alza e ci fa alcune foto e riceve l'approvazione di Vanessa. «Perfetto. Postale su Facebook e Twitter. E ricordati di taggarci. Tutti hanno adorato le foto del nostro pigiama party di ieri sera».

Per forza. Vanessa indossava un microscopico négligé nero, stava talmente sporta in avanti che le si vedevano le tette e io le versavo champagne in gola direttamente dalla bottiglia. I ragazzi hanno fatto commenti molto specifici su quali foto avrebbero voluto vedere dopo.

RiAnne annuisce, armeggia con il suo telefonino e carica le foto. Tiene ancora il broncio e non la biasimo. Vanessa non l'ha voluta con noi nelle foto. Quando ha finito, si infila un'altra fragola in bocca e chiama il cameriere. «Vorrei un hamburger ben cotto e patatine fritte con salsa ranch a parte».

Vanessa scuote la testa. «Lei prende i fiocchi di formaggio magro. L'hamburger con le patatine lo può portare a Miss Sono-Tornata-in-America-Dopo-una-Fantastica-Estate-in-Tour-con-una-Rock-Band».

«Non sono stata con la band tutto il tempo», ammetto. «Sono stata tutta l'estate con Brooklyn. Noi siamo, be', innamorati. È stata l'estate più bella di tutta la mia vita».

RiAnne dice: «Oh, Keatyn, sono così felice per…».

Vanessa la interrompe di nuovo. «Stiamo parlando del surfista?».

Annuisco.

«No».

«Cosa vuol dire "no"?»

«Voglio dire assolutamente no. Sai quanto ho faticato tutta l'estate mentre tu eri in giro a divertirti? Va bene se vuoi giocare un po' nei bassifondi. Va bene avere un flirt estivo con il bagnino. È normale. Tutti frequentano i bassifondi d'estate».

«Brooklyn non è un bagnino. Per l'amor del cielo, suo padre ha un patrimonio di circa cento milioni».

Vanessa fa un gesto con la mano come a dire che non importa. «Va bene, come ti pare. Ma porterai Cush alla festa, giusto?»

«No. È tutta l'estate che non ci parliamo. Non so neanche se verrà».

«Deve essere lui il tuo partner. Dopo quello che è successo con Mandy, devi far vedere a tutti che state ancora insieme».

«Ma noi non stiamo insieme».

«Ci starai una volta che sarà tornato. Tutti sanno che vi siete lasciati per l'estate, perché lui è dovuto andare dal padre. Ma la gente si aspetta che torniate insieme. Sarete una coppia ancora più popolare di tu e Sander. Voglio dire, si sente la chimica che c'è fra di voi, sul serio. Usa la festa per blindare il ragazzo».

RiAnne annuisce per approvazione.

«Il party sarà fichissimo», continua Vanessa. «Ma la chiave è l'after party. È tutta l'estate che lavoro alla lista degli invitati». Afferra il telefonino. «Te la invio per email. Puoi inoltrarla ai tuoi impiegati».

I miei impiegati. Cioè Kym, che praticamente è una di famiglia. Adesso basta. La devo fermare. Devo mettere le cose in chiaro per quest'anno. Possiamo essere amiche, ma lei non deve dirmi che cosa devo fare. O chi devo frequentare.

«Ho già la lista degli invitati. Sono tutte le persone che mi piacciono. Il party può essere per la popolarità, ma l'after party deve essere diverso. Il motivo per cui mi sono comportata in modo così strano la scorsa primavera dopo aver rotto con Sander è che mi sembrava di vivere due vite. Come se mi dovessi comportare in un certo modo quando sono con te e in modo completamente diverso quando sto con i surfisti. Ho invitato tutti i miei amici del surf all'after e anche i miei migliori amici della scuola. Voglio che vi conosciate. Significherebbe molto per me se conosceste Brooklyn. E poi, chi lo sa, anche voi potreste innamorarvi di un surfista. Mark è così carino e anche...».

Il viso di RiAnne si illumina al pensiero di un nuovo gruppo di ragazzi.

Vanessa digrigna i denti. Capisco che si sforza di controllarsi. «Non funzionerà mai. Non hai imparato niente da quello che è successo con Mandy? So che è stata una lunga estate di surf, sesso e marijuana. Ti sei rilassata, divertita. Ti ha confuso il cervello».

«Il mio cervello non è confuso. Lo amo e non mi importa di quello che pensate tu o gli altri».

«Quindi state uscendo insieme? Sei la sua ragazza? Perché non l'ho visto su Facebook. Nessuno lo ha visto. Perché non c'è scritto. È stata un'avventura estiva. Adesso è ora di tornare alla realtà».

«Be'... ehm... non è che usciamo insieme ufficialmente. E ieri sera mi ha detto che se ne andrà per circa un anno per entrare nel circuito del surf professionista, quindi non so bene cosa significhi per la nostra relazione».

Vanessa fa una risata. «Non sai cosa significa? Sei una fottuta cieca o cosa? Significa che lui sa già che è finita. Devi stare con Cush. Non te l'ho detto perché ero arrabbiata con te, tu e Cush state bene insieme. Davvero. La popolarità con c'entra. Lui è quello giusto per te. Vuole renderti felice. Lasciaglielo fare».

«Non sono cieca, okay? Solo non so cosa significa».

«Usa il cervello, Keatyn», dice Vanessa.

RiAnne è d'accordo. «Certo, lo sappiamo tutti cosa significa se un ragazzo non ti chiede di diventare la sua ragazza».

«E anche tu lo sai», continua Vanessa. «Vuol dire che non gli interessi».

Sospiro. È proprio quello che mi ha sempre preoccupato. «Ma dice che mi ama. Me l'ha detto un sacco di volte».

Vanessa scuote la testa e alza gli occhi al cielo. «Sai quando si dice che i ragazzi pensano con il pene?».

Annuisco con esitazione.

«Bene, le ragazze hanno lo stesso problema. Pensano con il cuore invece che con la testa. Il tuo cuore può essere innamorato di lui, ma il tuo cervello sa che non può essere vero amore e sai perché?»

«Perché non ti ha chiesto di diventare la sua ragazza», risponde per me RiAnne.

«E ti sta lasciando per un anno», continua Vanessa.

«E potrebbe non venire neanche alla festa», borbotto.

Cazzo. Non c'è niente come una bella fetta di realtà prima di pranzo.

È triste, ma tutto quello che stanno dicendo è vero, e non ho neanche raccontato di quanto abbiamo litigato mentre seguivamo il tour. Gli occhi mi si riempiono di lacrime. Mi premo la punta delle dita sugli angoli, sotto gli occhiali da sole, per impedire alle lacrime di scendere. «Non ero felice con Sander. Eravamo molto amici, ma voi sapete che non c'era passione. Niente sesso. Avevo scritto una specie di sceneggiatura della mia versione della vita perfetta. Pensavo che Sander ne facesse parte. Ma adesso voglio una nuova sceneggiatura. Una dove tutti e due i miei gruppi di amici possano andare d'accordo. Per esempio, vorrei che i surfisti potessero venire alle feste di Cush qualche volta e cose del genere».

Ma poi ripenso a quello che ho appena detto. A Brooklyn non piacerebbero quelle feste. Si arrabbierebbe molto con me se mi vedesse ballare sul bancone del bar. Con la mente ritorno a quando bevevo gli shot sugli addominali di Cush. A quanto gli piaceva vedermi ballare. A quando mi ha detto che tutti avrebbero dovuto vedermi con il vestito che indossavo alla festa di RiAnne.

RiAnne si tira su a sedere e mi abbraccia. «Lo sappiamo e ci dispiace di averti spinto a stare con Sander. Non siamo perfette».

Vanessa non è d'accordo, ma aggiunge: «Devi venire alla festa con Cush».

«Ma quest'estate potrebbe essere successo di tutto. Suo padre gli ha tolto il cellulare e Facebook. Potrebbe aver incontrato qualcuno. Potrebbe avere una nuova ragazza. E anche se Brooklyn non viene alla festa, ci sarà dopo a casa, all'after party».

«È perfetto», dice Vanessa. «Lascialo a casa. Ascoltami. E ascoltami attentamente. Mentre tu te la spassavi quest'estate, io ho salvaguardato il nostro futuro».

«Lo so. Mi dispiace di non averlo apprezzato. Quello che hai fatto con Mandy è stato davvero geniale. Non ne ero rimasta contenta quest'estate – mi aveva fatto sentire una stronza – ma adesso penso che se lo sia meritato».

Vanessa mi rivolge un enorme sorriso. «Grazie. Lo penso anch'io. Lo so che la gente parla male di me quando faccio sesso con un ragazzo fidanzato, ma se io sono single, posso fare quello che voglio. Non dovrebbero prendersela con me. Dovrebbero prendersela con lui. È lui che tradisce. E poi quello che ha fatto lei è davvero malato. Non cadrei mai così in basso da drogare un ragazzo. E poi, chi vorrebbe un ragazzo che non ti vuole? Cavoli, tutto quello che devo fare io di solito è sorridergli».

Io e RiAnne ridacchiamo alla confidenza di Vanessa, ma è vero, è *tutto* quello che deve fare.

«Devi scrivere a Cush. Scoprire se viene».

«Credi?»

«Certo!».

Il cameriere ci interrompe posando tre birre sopra il tavolinetto vicino ai nostri lettini.

«Birra, che volgarità», dice Vanessa sprezzante. «Sembro una che beve birra?».

Vanessa preferisce lo champagne.

«Veramente non sono per lei, signorina», dice a Vanessa. Si china in avanti e dice sottovoce, «da quel gentiluomo al bar».

Do un'occhiata verso il bar e vedo Vincent che solleva una birra e mi sorride.

«Scusatemi», dico alle ragazze. «Devo andare a ringraziare qualcuno per i drink».

Non mi preoccupo di indossare il copricostume. Voglio dire, siamo in piscina e mi ha già vista in bikini.

«È tanto che non ci vediamo», mi dice, poi inclina la testa e mi fa un sorriso sexy.

«Mi stai seguendo?», dico ridendo.

Si china in avanti e mi dà un lungo bacio sulla guancia. «Non è ovvio?», dice prendendomi in giro.

«Scherzi a parte, è bellissimo vederti», gli dico. Perché è proprio vero. Vincent ha un aspetto stupendo. «Cosa fai qui?»

«Potrei chiederti la stessa cosa. Anzi, dovrei chiederti dove diavolo sei stata? Non ti ho visto per tutta l'estate sulla spiaggia».

«Ero in Europa».

«Hai un aspetto magnifico. E per rispondere alla tua domanda, sono qui perché ho appena finito un pranzo di lavoro. È andato bene, quindi mi sono preso il resto della giornata libero. Sono venuto qui fuori a prendermi una birra e…», dà un'occhiata a tutte le donne in bikini, «a godermi il panorama. Non sapevo che tu saresti stata la parte migliore».

Inclino la testa e gli chiedo: «Hai una stanza qui?».

I suoi occhi vagano sul mio bikini e mi mette una mano sul fianco. «Perché signorina Douglas, non stai correndo un po' troppo?».

Alzo gli occhi al cielo. «Non volevo dire per me. Volevo dire, è per questo che sei qui, no? Per tentare la fortuna».

«Come ti ho detto. Volevo festeggiare. Ho anche grandi notizie per te».

«Cioè?»

«La sceneggiatura è pronta».

«Davvero? È fantastico! Quando posso leggerla? Puoi mandarmela a casa, tipo con un corriere? Hai cominciato i provini?»

«Non ancora. Prima voglio sequestrare te».

«Ah, mi vuoi sequestrare? E poi cosa vorresti farmi?», lo provoco.

Una strana espressione gli passa sul viso. Sono quasi sicura che mi sta immaginando in manette. E dopo aver letto quel romanzo erotico sadomaso sull'aereo, mentre tornavo a casa, devo ammettere che questo pensiero mi eccita molto. Io potrei interpretare la ragazza giovane e ingenua e lui l'uomo maturo e dominante.

Mi fissa ancora per qualche istante, poi alla fine ride sotto i baffi. «Mi sei mancata».

«Me lo dici solo perché vuoi che faccia il tuo film».

«Be', forse. Cos'hai detto prima? Dovrei sedurti?». Le parole scivolano fuori dalla sua bocca come seta.

Io mi sciolgo e lo guardo sognante.
«Il modo in cui lo hai detto è molto sexy. Scommetto che non avrai nessuna difficoltà a trovare compagnia per questo pomeriggio. A proposito, grazie per le birre. Sarà meglio che torni dalle mie amiche». Poi mi ricordo della casa che stava cercando di comprare. «Hai concluso per la casa?»
«Questa è l'altra buona notizia. Abbiamo firmato il preliminare e chiuderemo il mese prossimo».
«Benissimo».
Mi prende fra le braccia. «Perché non vieni per un po' nella mia stanza? Potremmo festeggiare e potrei raccontarti della sceneggiatura», mi dice con una voce di velluto.
«Sto già festeggiando con le mie amiche».
«E cosa state festeggiando».
«Questa settimana è il mio compleanno».
«Allora, buon compleanno».
«Grazie. Sai una cosa? Penso che ti osserverò in azione. Buona fortuna nella tua caccia a una... compagna di stanza».

Quando mi sdraio di nuovo sul lettino, RiAnne chiede: «Chi è quel ragazzo? Un attore? Oh, mio Dio è così sexy».
Vanessa dice: «È sexy, ma non è un po' troppo vecchio per te?»
«Tu uscivi con quel ventiseienne. Non è molto più vecchio. Ehm... non te l'ho mai chiesto ma com'era stare con lui? Essere più grande era un vantaggio?».
Ride. «Se mi stai chiedendo se il sesso era buono, la risposta è sì. Era fantastico. Ne sapeva molto di più di qualsiasi ragazzo del liceo e anche del college. E poi aveva molta più resistenza».
«Resistenza?»
«Sì, riusciva a farlo per molto più tempo. A volte durava così tanto che quasi mi annoiavo. Quasi», dice con un sorrisetto soddisfatto.
«Diventerà mio vicino di casa», le dico sorridendo.
«Fammi sapere quando si trasferisce», dice lei alzando le sue

sopracciglia perfette. «Vorrei fargli uno speciale regalo di benvenuto». Poi mi dà una spintarella. «O magari potremmo dividercelo. Mi sembra il tipo che apprezza queste cose».

«Sei tremenda», le dico ridendo. Poi prendo un sorso di birra e lascio che il mio sguardo vaghi verso il bar.

Sono andato avanti
21:30

Siamo rimaste a ciondolare in piscina, abbiamo bevuto qualcosa e abbiamo cenato al bar, poi mi sono diretta verso casa. Non vedo l'ora di fare un lungo bagno caldo e andare a letto presto.

Mi affaccio in cucina per vedere se c'è qualcuno in casa. James e mia madre sono seduti al tavolo da pranzo e stanno scuotendo la testa.

«Cosa c'è che non va?», chiedo.

«Niente, tesoro», risponde la mamma, ma so che sta mentendo.

«Abby, penso che dovrebbe saperlo. Non sappiamo cosa farà questo ragazzo e questo non ha senso. Anche lei deve stare attenta».

«Attenta a cosa? Si tratta di nuovo di quello strano tipo?»

«Sì», dice James sconsolato. «Tua madre ha trovato una lettera nella sua borsetta. È successo mentre eravamo alla festa di stasera».

«Ma non c'eri anche tu, James? Non è compito tuo fare in modo che non accadano cose del genere?»

«Certo che c'ero. Non so come sia potuto succedere. Ha parlato solo con gente che conosceva».

«Quindi lo stalker è qualcuno che conosce?», chiedo. «Pensavo fosse quello strano ragazzo pallido».

«Lo abbiamo praticamente escluso», dice James.

«Okay, dove siete stati stasera?»

«A una festa di lavoro. Abbiamo parlato a centinaia di persone, attori, produttori, investitori, agenti, cameraman. Era per beneficenza», risponde la mamma.

«E io ho abbassato la guardia. Non dovrà più succedere», dice James.

«Nessuno di voi dovrà farlo. Certo conoscevate la gente alla festa, ma che mi dite dei camerieri? Dei barman? Sapete quanto è facile fingere di essere uno di loro? Potrebbe anche aver pagato qualcuno per infilargliela nella borsetta. Non avrebbe dovuto per forza farlo lui, giusto?»

«Sì, hai ragione».

«Allora... cosa dice la lettera?».

James mi passa la lettera sul tavolo e io la leggo.

Sono stato innamorato di te per tanto tempo, ma la tua nudità e le scene di sesso in *A Maddie con amore* mi hanno disgustato.

Quando le ho viste sono impazzito, avrei voluto ucciderti.

Fartela pagare, cazzo.

Ho pensato dovessi sapere che sono andato avanti.

Ho trovato una persona più giovane e anche più bella di te da amare.

Addio, Abby.

...il tuo ex grande ammiratore

«Ma perché ve la siete presa per questa? Dice che ha finito con te, no? È una buona notizia, giusto?».

James si alza in piedi e comincia a passeggiare avanti e indietro. «È questo che non mi convince. Per quindici anni ti ha dichiarato il suo amore, ma non era niente di speciale, solo il classico ammiratore. Poi all'improvviso ha cominciato a essere violento, minacciando te e le bambine. E adesso dobbiamo credere che, dopo tutto questo, ha semplicemente voltato pagina? Non è logico. E se volesse solo farci abbassare la guardia?»

«Secondo me ha veramente voltato pagina, James. Mi sono spaventata perché ho trovato la lettera nella mia borsetta, ma l'ho lasciata sulla sedia per quasi tutta la sera. E lo so che non dovrei dirlo, ma sono contenta che adesso sia il problema di qualcun'altra».

«Credo che dovremmo annullare la festa, Abby. Ci saranno seicento persone. Sarete troppo esposti».

«ANNULLARE LA FESTA DEL MIO COMPLEANNO!? Non potete!».

Mamma dice: «Non essere sciocco, James. Non annulleremo la sua festa».

Corro ad abbracciarla. «Grazie, mamma. James, lo so che è il tuo lavoro essere sempre all'erta e tutto il resto, ma nessuno stalker rovinerà la mia festa di compleanno. Soprattutto uno che dice di aver voltato pagina».

«Be', raddoppierò la sicurezza e tu, Abby, avrai due uomini di scorta per tutto il tempo».

«Fa' quello che credi sia meglio», dice la mamma a James.

Vado nella mia stanza, riempio la vasca, mi ci infilo dentro e penso al mio party.

A tutto quello che hanno detto oggi Vanessa e RiAnne.

Probabilmente hanno ragione riguardo a Brooklyn.

Prendo il cellulare e invio un messaggino a Cush, chiedendogli se verrà alla festa.

Non risponde.

Giovedì 18 agosto

Commettere un suicidio sociale?
08:30

Apro gli occhi ed è una bellissima giornata di sole. Il tempo perfetto per il mio compleanno.

A mezzanotte, Brooklyn mi ha chiamata, mi ha svegliata per augurarmi buon compleanno. È stato davvero dolcissimo. E io non voglio dare retta al mio cervello. Voglio dare retta al mio cuore. Anche le mie sorelline sono arrivate alle sei stamattina, ma sono riuscita a tornare a dormire.

Scrivo a RiAnne e Vanessa e dico loro che ho seguito il loro consiglio e ho mandato un messaggio a Cush, ma che lui non mi ha neanche risposto. Le informo anche che ho deciso di convincere Brooklyn a venire alla mia festa e che mi piacerebbe che lo facessero sentire il benvenuto.

Sono ancora convinta che il mio piano funzionerà. I miei amici del surf incontreranno i miei compagni di scuola e per quando torneremo qui per l'after party saranno tutti grandi amici fra di loro.

In effetti, sono quasi sicura che la mia vita sarà perfetta.

Il cellulare vibra, messaggio in arrivo.

VANESSA: Stai cercando di suicidarti socialmente?

Okay, forse non proprio perfetta.

Dovrei rispondere, dire qualcosa di irriverente, ma non lo farò. Non m'importa se frequentare Brooklyn equivale al suicidio sociale. Io lo amo.

E sono davvero sicura che appena lo conosceranno, capiranno perché.

Prendo un bikini dal cassetto e lo indosso.

Tra poco mi incontrerò con Brooklyn. Cavalcheremo un po' di onde e poi ha programmato qualcosa per il mio compleanno.

Brooklyn non è ancora arrivato sulla spiaggia, ma io mi sento così felice che saltello per la spiaggia e comincio a fare la ruota in mezzo alle onde. I prossimi giorni saranno magici, ne sono sicura. E potrebbero passare mesi prima che Brooklyn riesca a sistemare tutto e partire.

Una grande onda mi travolge e mi butta sulla sabbia mentre faccio una ruota.

Rido, mi rialzo e ricomincio.

«Forse dovrei aggiungere una scena come quella nel nostro film», sento dire. Mi volto e vedo Vincent. È vestito casual, costume Ralph Lauren e maglietta bianca.

«Sembri terribilmente allegra, oggi».

«Certo che lo sono. Oggi è il mio compleanno».

Si avvicina, mi stringe in un abbraccio e mi bacia sulla guancia. «Bene, allora buon compleanno».

Ci sediamo sulla sabbia.

«Grazie. Allora... sei sulla spiaggia in costume. Che stai facendo?»

«Il tipo da cui sto acquistando la casa è un vecchio gentiluomo. Vuole insegnarmi tutto. La cosa buffa è che non credo che lui ne sappia più di me. Mi sembra di aver capito che noleggia tutto. Penso che si senta solo. Inoltre si alza all'alba. Sono qui dalle sei e mezzo e ho già bevuto quattro tazze del peggiore caffè che abbia mai preso in tutta la mia vita. Onestamente, secondo me, la cosa più eccitante della sua giornata è guardare le donne che fanno jogging sulla spiaggia il mattino. Sono sicuro che è per questo che si alza così presto».

Rido. «È divertente. Sei molto dolce a passare del tempo con lui». Ma poi penso a quello che ha appena detto su quel tipo. Anche mia madre spesso fa jogging sulla spiaggia al mattino, da sola. Potrebbe essere un anziano gentiluomo a molestarla? Mi faccio un appunto mentale di parlarne con James.

Vincent alza gli occhi al cielo. «Non lo faccio perché sono dolce. Solo non voglio che cambi idea sul nostro accordo. Allora, non abbiamo parlato molto l'altro giorno. Com'è stata la tua estate in Europa?»

«Penso che dovremmo parlare del tuo pomeriggio. Sei rimasto un bel po' di tempo al bar. È successo qualcosa dopo che me ne sono andata?».

Mi fa un sorriso malizioso. «Questi non sono affari tuoi».

«Allora vuol dire sì».

«Mi racconterai della tua estate?»

«Certo. È stata fantastica! Io e Brooklyn abbiamo cavalcato alcune delle migliori onde d'Europa. Poi abbiamo seguito i Twisted Dreams nel loro tour. Ti ricordi? C'eri anche tu all'Undertow, la sera del loro concerto di addio. Il cantante della band, Damian, è uno dei miei migliori amici. Lo conosco da quando eravamo piccoli. È stata davvero l'estate più bella della mia vita».

Mi accorgo che Vincent non sta prestando attenzione a quello che dico. Sembra perso nei suoi pensieri.

«Terra chiama Vincent», gli dico.

Sbatte gli occhi. «Mi dispiace. Siamo sulla spiaggia, ma la mia mente sta vagando, mi sto immaginando le scene del film. Alzati in piedi per favore. Davanti all'oceano».

Mi alzo in piedi fra lui e l'oceano.

«Sorridi», mi dice.

Gli rivolgo un enorme sorriso.

«Vediamo come vieni in video». Solleva il cellulare. «Ti dispiace?»

«No. Cosa vuoi che faccia?»
«Hai visto *Un giorno al lago*?»
«Sì, qualche anno fa».
«Conosci il poster dove la protagonista manda un bacio?»
«Sì. Barboso».
«Barboso? Quel poster ha venduto milioni di copie».
«Lo so. Solo pensavo avesse venduto tanto per via delle tette. Stava in piedi così e mandava un bacio».
Imito il poster della mamma.
«Allora, che cosa sai fare a parte la ruota?»
«Te l'ho già detto. Ho preso lezioni di danza dall'età di tre anni. Sono nella squadra di calcio della scuola. E sono abbastanza brava a kickboxing». Abbasso la testa e confesso. «Ho rotto il naso a una ragazza a una festa. Non ne sono orgogliosa, ma l'ho fatto».
«Fammi vedere». Si infila il telefono in tasca e solleva le mani come fa l'allenatore di Tommy.
Lo colpisco con dolcezza.
«Avanti, devi fare più di così».
«Forse non voglio farti del male», lo stuzzico. Mi afferra il polso. La sua presa è molto forte. «Wow, sei molto più forte di quello che sembri».
Sembra offeso. «Non sembro forte? Tu sì che sai come ferire l'ego di un ragazzo».
«Be', è difficile dirlo con quella maglietta larga. Sai quelli della tua età, magari si levano la maglietta e sono tutti flaccidi, oppure possono avere degli addominali deliziosi...».
Vincent si toglie la maglietta.
Oh, mio Dio!!!
Mi cade la mascella quando vedo il suo petto perfettamente scolpito, i pettorali forti, gli addominali muscolosi e quella linea sottile di peli neri che va a finire dentro il suo costume.
«Be', che cosa c'è?», chiede ridendo.
Riesco a chiudere la bocca. «Penso che ti alleni un po', eh?».

Inclina la testa e sorride. «Diciamo di sì. Torniamo al nostro video. Fai la ruota o balla per me. Anzi, no. Mandami un bacio. Fallo alla tua maniera».

Ci penso un po', poi gli volto le spalle e saltello nell'oceano. Mi chino, afferro una manciata d'acqua poi volto la parte superiore del corpo verso di lui e, in modo molto provocante, gli tiro l'acqua mentre gli mando un dolcissimo bacio.

«È perfetto», dice. «Dolce ma dispettosa. Proprio come vogliamo sia il tuo personaggio. Quindi devo dedurre che preferisci che le persone guardino il tuo sedere piuttosto che le tue tette nel poster?»

«Be', non ci ho pensato. Stavo solo giocando».

Riguarda il video, studiandolo attentamente.

Alla fine dice: «La telecamera ti ama. Incontriamoci al mio studio, domani».

«Non posso. Oggi ho dei programmi per il mio compleanno, anche domani e sabato c'è la mia grande festa».

«Il mio invito è andato perso nella posta?»

«Oh, no. Io... ecco... vuoi venire? Posso far mettere il tuo nome sulla lista».

«Certo che voglio venire».

Vedo Brooklyn che attraversa la spiaggia e si dirige verso di noi.

«Che succede?», chiede a Vincent.

«Stavo raccontando a Keatyn che ottenere la casa è stato più difficile del previsto. Poi l'altro giorno stavo cercando una tavola da surf e mi sono sentito un po' perso. Hai qualche consiglio?».

Brooklyn dice: «Vai da Davey, digli che ti mando io, e digli che ti dia una tavola adatta a te. Sarà perfetta. Quel ragazzo è un genio».

«Lo farò. Grazie. È stato bello vedervi ma ora devo andare».

«Ti ho visto fare la ruota lungo la spiaggia prima. Cosa ti è preso?», mi chiede Brooklyn appena Vincent si allontana.

Mi butto fra le sue braccia e lo bacio. «È il mio compleanno, sono felice e sono innamorata di questo fantastico ragazzo».

«Buon compleanno, Keats. Sono stato il primo a farti gli auguri?»

«Sì, ma sono lo stesso arrabbiata perché non sei venuto da me».

«Probabilmente Tommy mi avrebbe preso a calci nel culo se mi avesse trovato nel tuo letto».

«B, abbiamo passato l'estate insieme. Lo sanno che abbiamo anche dormito insieme».

Certo non di recente. Davvero il jet lag fa così male ai ragazzi?

Mi dà un paio di baci svogliati sul collo. «Stamattina le piccoline hanno fatto irruzione in camera tua all'alba per augurare alla loro Kiki buon compleanno?».

Rido perché in effetti è andata proprio così. «Sì, alle sei. Sono saltate tutte sul letto gridando: "Buon compleanno Kiki!", gettandomi biglietti di auguri fatti da loro e caramelle. Sono state adorabili».

«E questo è proprio il motivo per cui non sono venuto. Dài, andiamo là fuori».

Afferriamo le tavole da surf e ci allontaniamo dalla spiaggia.

Oggi mi piace tutto. Adoro stare nell'acqua. Adoro sentire le onde sotto la tavola. Il calore del sole sulla mia pelle. Adoro anche quella sensazione mista di sicurezza e terrore quando cavalco un'onda.

Mentre osservo Brooklyn che prende un'onda, penso alla nostra relazione. Prima non mi è mai importato di darle un'etichetta, ma adesso che tutti me lo chiedono, anch'io comincio ad avere voglia di saperlo.

Nuotando si avvicina a me, si sporge sulla tavola e mi bacia. «Non vedo l'ora di darti il tuo regalo stasera».

«Cos'hai programmato esattamente?»

«È una sorpresa», grida mentre, nuotando, si allontana di nuovo.

Venerdì 19 agosto

Calmo. Tranquillo. Distaccato
11:20

Sono seduta all'isola della cucina e sto mangiando una ciotola di cereali anche se è quasi mezzogiorno. Penso un po' a Brooklyn e un po' alla mia festa.

Arrivano mamma e Tommy, stanno parlando. «Non credo che riusciremo a metterle tutte a letto per il sonnellino».

La mamma si siede accanto a me e Tommy apre un copione sul tavolo della cucina. La mamma interrompe i miei pensieri, o forse mi legge nella mente, non sono sicura.

«Allora, sei eccitata per la cena di stasera e il party di domani?»

«Tantissimo, soprattutto per la festa».

Poi arriva all'argomento che davvero le interessa.

«Insomma… com'è stata la tua serata con Brooklyn? James mi ha detto che sei rincasata stamani alle otto».

«Bellissima», dico sognante, «ed è vero, siamo rimasti a veder sorgere il sole».

«E cos'altro avete fatto? Credevo avesse organizzato qualcosa di speciale per il tuo compleanno».

«Siamo semplicemente andati in giro, sai, Brooklyn non ama le grandi feste».

«Ma pensavo ti avrebbe chiesto di diventare la sua ragazza o dato un anello o qualcosa del genere».

«Un anello? Mamma, ho diciassette anni! Non sono pronta per fidanzarmi».

«Non è quello che intendevo. Solo mi chiedo a che punto sia la vostra relazione. Kym sorveglia il tuo stato su Facebook come un falco».

Aggrotto la fronte, mi chiedo come fa a sapere sempre quello che mi passa per la testa. «Tutti non fanno che chiedermelo, ma io non so cosa rispondere». Mi passo la mano sulle sopracciglia. «Sei arrabbiata con me?»

«Perché dovrei essere arrabbiata con te? È evidente che lo ami».

«Sì, lo amo. E quest'estate mi ha detto un milione di volte che mi ama. Perché condivido il suo amore per il mare, l'erba e i gruppi indie. Ma non abbiamo una relazione. Potrebbe vedere un'altra ragazza proprio in questo momento! E questa estate è stata fantastica quando siamo stati al mare. Siamo andati d'accordo alla grande, ma quando eravamo con la band, si infuriava per la minima cosa. Voglio dire, posso davvero avere una relazione a lungo termine con un ragazzo che non capisce perché quando uno è in Italia deve acquistare cose in pelle?».

Mamma mi prende la mano sopra il bancone. «Adoro la borsetta che mi hai portato. È bellissima. Così classica».

«Vedi? Tu lo capisci». Mi volto a guardare Tommy. «Tommy, cosa ne pensi delle scarpe che ti ho portato? Dimmi la verità».

«Sono stupende. Adoro la pelle così morbida, e non passeranno mai di moda».

Scivolo giù dallo sgabello e vado ad abbracciare Tommy.

«Tommy, ho bisogno di un uomo come te. Un uomo che apprezzi il cuoio pregiato».

Tommy mi accarezza il braccio. «Che cos'ha Brooklyn contro le scarpe?»

«Non sono solo le scarpe. Sai quando ti vesti elegante per viaggiare e porti delle belle valigie così la gente ti tratta non come quando vai in giro in tuta?»

«Certo», dice Tommy.

«Brooklyn pensa che sia stupido».

«Be', ognuno ha la sua opinione, piccola. Non dovete per forza andare d'accordo su tutto».

«Tu e mamma litigate mai? Lei fa delle cose che ti danno fastidio?»

«Mi fa diventare matto», dice sorridendo rivolto alla mamma. «Sto scherzando. È vero non litighiamo mai, ma non siamo sempre d'accordo su tutto. Solo che rispettiamo l'opinione dell'altro».

«Noi non facevamo che litigare verso la fine del viaggio».

«Be', viaggiare può essere stressante».

«Lo so, era stressato. Ma se mi amasse non mi avrebbe chiesto di essere la sua ragazza? Soprattutto adesso che mi sta lasciando».

«Ti sta lasciando?», chiede mamma.

«Sì, gli è piaciuto così tanto fare surf in giro per il mondo che ha deciso di unirsi al tour dei professionisti. Sta per andarsene. Per circa un anno. Quindi non avrebbe dovuto chiedermi di essere la sua ragazza così non avrei frequentato altri ragazzi mentre lui è via?»

«Ne hai parlato con lui?», chiede la mamma.

«No. E non so perché non l'ho fatto».

«Non vuoi parlargliene perché hai paura che poi te lo chieda, ma così tu penserai che lo ha fatto solo perché tu lo hai costretto».

«Sì, è proprio così. E credo che non verrà neanche alla mia festa».

«Non verrà alla festa? E perché?»

«Quando eravamo a Londra, siamo andati in una fantastica discoteca, ma lui non ha voluto ballare con me. Se n'è andato quasi subito. Ha detto che c'era troppo rumore, troppa gente. Si è davvero arrabbiato perché alcuni ragazzi mi hanno messo le mani addosso mentre ballavamo. Ma stavamo solo ballando.

Gli ho detto che se gli dava fastidio, avrebbe dovuto ballare lui con me. Ma lui non ha ballato. E adesso non vuole venire alla mia festa per lo stesso motivo. E non ha idea di quanto sia cruciale per lui esserci. Ci saranno tutti i miei amici, sarà un momento fondamentale... il punto culminante della sceneggiatura! Quando i miei due mondi si incontreranno».

«I tuoi mondi?»

«Sì, qualche volta mi sembra di vivere due vite separate. Ho i miei compagni di scuola e poi i miei amici del surf. Ho invitato tutti all'after party, così avrebbero potuto conoscersi. In questo modo avremmo potuto uscire tutti insieme ed essere amici. Ma Brooklyn dice che a lui non piacciono i miei amici. Penso che sia strano che li critichi senza neanche conoscerli. E se lo presenterò ai miei amici, cosa dovrei dire? Come dovrei chiamarlo?»

«Non importa come lo chiami, tesoro. L'importante è quello che provi per lui».

Guardo Tommy e poi di nuovo la mamma. «Per te non è difficile? Hai quattro figlie con Tommy. È molto più del tuo fidanzato, ma non è tuo marito. Diamine, non so nemmeno come chiamare lui».

«Keatyn, spero di averti cresciuta meglio di così. Non devi etichettare una relazione per averne una».

«No, ma se sei d'accordo sull'etichetta, sapete tutti e due a che punto siete. Sto combattendo con i miei amici per lui. E non mi aiuta certo il fatto che Vanessa continui a dirmi che stare con lui sarà un suicidio sociale».

«Vanessa ha detto così?»

«Sì, mi ha anche detto che secondo lei è stata solo un'avventura estiva. Che sto pensando con il cuore e non con la testa. Voglio davvero commettere un suicidio sociale per qualcuno che non tiene abbastanza a me da chiedermi di essere la sua ragazza? Qualcuno che sta per lasciarmi per un anno intero? Qualcuno che dice che non verrà alla mia festa di compleanno?»

«Devi stare con chiunque ti renda felice. Non devono per forza essere persone famose o popolari. Brooklyn ti rende felice?».

Sospiro. «Per la maggior parte del tempo mi rende felice da matti».

«E il resto del tempo?»

«È troppo distaccato su tutto. Dice che amo troppo le luci della ribalta. Non gli piace il cuoio italiano, per l'amor del cielo. Mi fa pressioni perché io sia in un certo modo. Gli piace che io sia la sua spensierata ragazza del surf. Ma poi Vanessa si aspetta da me che io sia la stronza popolare. E qualche volta io vorrei solo andare in una scuola dove nessuno sa che tu sei mia madre. Non so mai chi sono i miei veri amici».

La mamma mi abbraccia. «È difficile capire chi sono i tuoi veri amici anche se non sei una celebrità. Io avevo due migliori amiche al liceo e una di loro è uscita con il mio ragazzo alle mie spalle».

«Tutto quello che volevo era andare al liceo ed essere popolare. L'anno scorso è stato estenuante. Sempre a preoccuparmi di quello che pensava la gente, di quello che indossavo. Di chi aveva la casa più grande, la macchina più bella o il ragazzo più sexy. Probabilmente questa è una delle ragioni per cui mi piace rilassarmi con Brooklyn. A lui non interessa davvero se indosso l'ultimo modello di bikini o no».

«Tesoro, se ami davvero Brooklyn, non lasciare che i tuoi amici si mettano in mezzo. Non ti devi preoccupare di quello che penseranno. E se vuoi fare qualcosa, non devi stare ad ascoltare i tuoi amici o il tuo ragazzo. Ti ho cresciuta perché diventassi una donna forte e indipendente. Cerca di esserlo».

Tommy concorda. «Devi essere te stessa. I tuoi veri amici saranno lì per te, non importa chi ami o cosa indossi».

«Allora è questa la domanda più importante, giusto? Chi sono i miei veri amici?».

Mamma annuisce e cambia argomento. «Allora, cosa ha fatto Brooklyn ieri sera di così speciale?»

«Ha ordinato tutti i miei cibi preferiti. C'era la pizza ricotta e verdure, il pollo piccante di Wong, i corn dog del venditore di Venice Beach, e mi ha anche ordinato un dolce di compleanno con sette strati al cioccolato».

Non le racconto il resto. Che abbiamo deciso di cominciare col dolce. Ha acceso diciassette candeline e mi ha detto di esprimere un desiderio. Io ho desiderato di scoprire presto chi sono i miei veri amici.

Poi mi ha imboccato la torta. A letto. Il che significa che abbiamo fatto di nuovo sesso.

«Be', è stato molto dolce. Il cibo era il tuo regalo?»

«Credo di sì».

Un'espressione preoccupata passa sul viso di mamma, ma la nasconde subito con un sorriso. «È stato dolce», dice di nuovo, ma non sembra molto convinta.

Questo è rilassante?
13:45

«Non mi sembra che tu abbia intenzione di andare agli allenamenti di calcio», dice Brooklyn sorridendo, mentre mi accarezza la schiena nuda.

All'improvviso, è di nuovo pazzo di me. Ma adesso non sono più sicura di esserlo io. Mi sento... come se non fosse giusto farlo con lui. Non ho mai voluto che fosse solo l'avventura di un'estate.

«È la settimana del mio compleanno. Non dovrei andare in giro a sudare», dico in tono distaccato.

«No, puoi stare qui a sudare». Ride come uno scemo, come se avesse fatto una grande battuta. È un po' fumato, quindi tutto gli sembra divertente.

«Mi ami ancora?»

«Certo che ti amo. Sono stato fortunato ad aver trovato una ragazza come te con cui rilassarmi».

«Questo è rilassante?»

«Sai cosa voglio dire… siamo rilassati, giusto? Insieme ci divertiamo. Siamo amici».

All'improvviso, la sua calma mi fa davvero arrabbiare. «Direi che siamo qualcosa più che amici, B».

Mi bacia. «Calmati. Lo so che siamo più che amici. Solo che penso che sia fantastico poter essere entrambe le cose. Lo sai che ti amo».

«Se mi amassi, verresti alla mia festa».

«Non mi va di venire in una discoteca. Smettila di farne un affare di stato».

«Quindi se avessi fatto la festa in qualche lurido bar sulla spiaggia, dove c'è sempre qualcuno a vomitare birra nel bagno, saresti venuto?»

«Ci divertiamo sempre quando andiamo nei bar sulla spiaggia e lo sai».

«Sì, è vero, ma questo è il mio compleanno. È così terribile voler indossare un bel vestito elegante e sentirsi la star della famiglia solo per una notte?»

«È davvero questo quello che vuoi? I riflettori? I paparazzi? Pensavo che odiassi queste cose».

«Non so quello che voglio. Sono cresciuta sui set cinematografici e sono abbastanza sicura di voler recitare. Penso che recitare sia forte. Interpretare un ruolo. A volte sogno di essere qualcun'altra. Di andare in una scuola dove nessuno sa chi sono o chi sono i miei genitori. Sognavo di andare al liceo ed essere popolare ed è successo, ma, come ti ho detto la scorsa primavera, a volte mi sento vuota. È come se non sapessi mai se piaccio agli altri per quello che sono. Sono una brava persona?»

«Perché me lo chiedi?»

«Quando eravamo a Londra hai detto che ero una puttana».

Sospira e si passa una mano tra i capelli. «Hai vissuto una vita diversa rispetto alla maggior parte delle ragazze, Keats. Sei stata in tantissimi posti, ma sei stata anche molto protetta. A me sembra che tu veda la tua vita come un film: che parte devo interpretare oggi? La dolce ragazzina? La tosta giocatrice di calcio? La ragazza matura, educata e navigata? La surfista spensierata? Tutti interpretiamo ruoli diversi. Fa parte del processo per scoprire chi siamo veramente».

Ripenso a quello che mi ha detto il nonno. Che devo scoprire chi voglio essere.

«E quindi, chi è la vera me?»

«In quale ruolo ti senti più a tuo agio?»

«Quando sono con te», rispondo, ma non è del tutto vero. Quando sono con lui mi manca vestirmi elegante. Portare i tacchi alti. Truccarmi e pettinarmi, mettermi in ghingheri.

Lo bacio sul collo. Sa di sale. Brooklyn profuma di brezza dell'oceano mista a Eternity di Calvin Klein e marijuana. In assoluto il mio profumo preferito.

Si gira su un fianco e mi guarda serio negli occhi. «Tu sei una delle ragazze più dolci che conosca. E io penso che tu ti senta più a tuo agio quando interpreti la surfista perché è quello che sei veramente. Tu sei forte, spensierata, disinvolta, allegra e ti piace essere gentile con la gente. È per questo che odio i tuoi amici. Sei diversa quando sei con loro. Ma nonostante tutto, penso di aver sempre avuto una cotta per te».

«Tu avevi una cotta per me? Io avevo una cotta per te!».

«No. La prima volta che ci siamo incontrati non eri quella che mi aspettavo. Sapevo chi era tua madre e pensavo che tu fossi una piccola mocciosa viziata, invece eri forte. E quelle gambe… accidenti».

«Non hai mai notato le mie gambe!».

«Sì, invece. Come avrei potuto non farlo? Sono lunghe un chilometro. Ma quello che mi aveva davvero colpito, era la tua grinta. Quanto eri determinata a voler imparare a fare surf. Sei caduta tante di quelle volte, ma hai continuato a provare. Eri tosta. Ti ho osservata per circa due ore prima di decidermi a uscire in acqua e venire a insegnarti».

Gli accarezzo una guancia. «Quella è stata la prima volta che ho cavalcato un'onda. Il giorno del mio quindicesimo compleanno».

«Eri così eccitata che mi hai abbracciato. Sono stato innamorato di te da quel momento».

«Stronzate. È stato due anni fa e mi hai baciata per la prima volta questa estate».

«Eri più giovane di me. Dovevo aspettare che crescessi un po'. Che entrambi crescessimo un po'».

Mi rannicchio tra le sue braccia. Mi sento il cuore più leggero. «Spero che cambierai idea e verrai alla mia festa».

«Non credo che succederà, ma, a proposito, mi sono appena reso conto che la notte scorsa, con tutto quello che abbiamo fatto, mi sono dimenticato di darti il tuo regalo».

Non posso farci niente. Adoro i regali. Le mie pupille si dilatano e faccio un gridolino da bambina. «Davvero? Posso aprirlo adesso?»

«Mmm, forse», mi bacia, si sporge sopra di me e afferra qualcosa dal cassetto del suo comodino. Penso che sia un altro preservativo.

«Ecco qui». Tiene un regalo incartato in modo molto semplice davanti alla mia faccia. «Ma devi aspettare ad aprirlo, perché ho un'altra sorpresa per te».

«Davvero?». Pensavo che non mi avesse preso niente a parte il cibo della notte scorsa.

Suona il campanello e sento che fa entrare qualcuno dal cancello.

«È arrivato! Sbrigati, vestiti!».

La sua eccitazione è contagiosa e mi sento come se stesse per arrivare Babbo Natale in persona.

Mi infilo i pantaloncini e la canottiera.

Mi prende per mano, mi porta giù per le scale e mi dice: «Apri la porta».

Apro la porta e vedo un omone enorme che assomiglia un po'

a Babbo Natale. Se Babbo Natale avesse i capelli neri, fosse ricoperto di tatuaggi e portasse una borsa da medico.

«OH, MIO DIO! Ci facciamo i tatuaggi? Come abbiamo sempre detto?».

Brooklyn mi fa un sorriso enorme e annuisce. «Buon compleanno, Keats! Vuoi fare prima tu?»

«Non lo so. Ho paura che se guardo prima te e tu fai anche un semplice sobbalzo, poi non avrò il coraggio di farlo. Quindi sì, è meglio che lo faccia prima io».

Il nome dell'enorme tatuatore è Tiny. Tiny sistema la sua roba sul tavolo della cucina. Brooklyn gli porge un pezzo di carta con disegnato sopra il simbolo cinese del caos, quello che entrambi vogliamo tatuarci. Brooklyn lo vuole sull'interno del polso.

Quando eravamo a fare surf alle Canarie, Brooklyn è caduto e si è ferito l'interno del polso su una roccia. Non sanguinava neanche, così ho fatto quello che faceva sempre la mamma con me. Gli ho controllato il polso e poi l'ho baciato. Da quel momento mi ha detto che avrebbe fatto lì il suo tatuaggio. In quel punto esatto. È così romantico.

«Dove pensi che dovrei fare il mio?»

«In un posto dove posso vederlo solo io».

Tiny dice in modo molto professionale: «Penso che un unico simbolo come questo starebbe bene o all'interno del polso o sul fianco, proprio sopra la linea del bikini».

«Ecco dove lo voglio. Sul fianco. So che farà male quindi... non so, non sarebbe meglio berci un paio di shot prima?».

Tiny mette un telo pulito sul tavolo e dice: «Io consiglio sempre un po' di marijuana a scopo terapeutico se l'avete. Altrimenti ve la posso procurare io per un piccolo extra».

Brooklyn risponde: «Sono fornito».

Corre di sopra in camera sua e ritorna con uno spinello appena fatto. Lo accende e me lo passa.

«Non dovremmo fumare in casa, ma, al diavolo, questa è un'occasione speciale, giusto?».

Faccio un tiro, poi un altro. Do un'occhiata all'equipaggiamento che Tiny ha tirato fuori e decido che è meglio farne un terzo.

Mi sdraio sul tavolo e stringo la mano di Brooklyn. «Giusto».

Fa ancora male da morire.

Ma è così fico!

Voglio dire, davvero, tatuaggi uguali? Questo vale quasi come se mi avesse chiesto di essere la sua ragazza.

Adesso siamo legati per sempre.

È davvero fattibile
17:15

«Devo proprio andare a casa a prepararmi. Io e Kym abbiamo scelto un vestito carinissimo per me per questa sera».

Guardo l'orologio chiedendomi dove sia andato a finire il giorno, ma dopo aver fumato e fatto i tatuaggi ci siamo addormentati.

«Prima devi aprire il tuo regalo», mi dice Brooklyn pigramente.

Mi si dilatano le pupille. «Mi stavo dimenticando!». Prendo il regalo dal comodino.

Ma prima, lo bacio.

«Avanti, aprilo. Muoio dalla voglia di vedere la tua espressione quando scoprirai che cos'è».

Strappo la carta. Dentro c'è un libro... un libro molto vecchio, la copertina è scolorita e sul dorso c'è il titolo *Poesie*, di John Keats.

Gli sorrido.

Lui dice: «Keats per la mia Keats. Guarda dentro».

Apro la copertina. Dentro c'è una vecchia dedica scritta a matita.

1903, al mio amore.

S

Sotto, sempre a matita, ma nella calligrafia precisa di Brooklyn:

Persino Keats parla di caos.

«Al mondo non c'è niente di immutabile; il tumulto è la vostra sola musica».

Tutto il mio amore,

B

I miei occhi si riempiono di lacrime, una cade sul mio viso e poi sul libro.

Brooklyn l'asciuga e poi mi asciuga le guance.

«Grazie».

Sorride. «Cosa ti è piaciuto di più, il tatuaggio o il libro?»

«Mmm, non lo so. Il libro non mi ha fatto male».

«Però ti ha fatto piangere».

Rido. «Giusto. Vorrei che non dovessimo andare a cena stasera. Non vorrei più uscire dalla tua camera».

«Oh, su. Lo so che segretamente adori le luci della ribalta».

«Be', forse qualche volta. Voglio dire, a tutti piace sentirsi speciali ogni tanto, no?»

«Un gruppo di ammiratori adoranti che non conosce la vera te?».

Lo schiaffeggio in modo giocoso. «No, stupido, la cena di stasera è solo per le persone che conoscono la vera me. Domani sera è per i fan. Cosa c'è di sbagliato nel volere un po' di tutte e due le cose? Se diventerai un surfista professionista anche tu avrai degli ammiratori».

«Quindi adesso sei d'accordo? Sul fatto che me ne vada?»

«Sì, adesso posso dire di essere innamorata di un surfista professionista. Suona proprio bene».

«Forse le ragazze mi adoreranno come fanno con Damian. Farò surf, firmerò tette finte, vivrò il mio sogno», dice con un sorriso.

E devo dire che il suo sorriso non mi piace.
Proprio per niente.
Poi si fa di nuovo serio. «Quindi non sarai furiosa con me quando me ne andrò?»
«No, ci inventeremo qualcosa. Forse potrò seguire dei corsi online e venire con te. Dipende da questa faccenda del film. Non te ne avevo ancora parlato perché non so se si farà, ma nel caso dovremmo organizzare qualcosa. Ma ce la faremo. È fattibile, davvero».
«Oh...», comincia, ma il mio cellulare squilla.
Rispondo: «Ciao, James, che succede?».
«Dove sei in questo momento?», mi chiede brusco.
«Ti avevo detto che sarei venuta da Brooklyn. Sono ancora qui».
«Pensavo avessi gli allenamenti di calcio».
«Sì, be', li ho saltati. Abbiamo fatto un riposino. Penso di risentire ancora del jet lag o qualcosa del genere».
«Sai che siamo tutti sul chi vive per questa cosa dello stalker. Non puoi sparire così».
«Non sono sparita, stavo dormendo...più o meno. Sto tornando a casa».
Chiudo la telefonata.
«Sei nei guai? Non hai mai problemi».
«Quello stalker ha mandato una lettera alla mamma l'altro giorno. Ti ricordi che te ne avevo parlato? Diceva che gliela avrebbe fatta pagare, era molto arrabbiato con lei».
«Sì, per questo avevano aumentato la sorveglianza».
«Esatto. L'altra sera ha trovato un messaggio nella sua borsetta. Diceva che aveva finito con lei. Che era andato avanti e aveva trovato qualcun'altra da amare. Probabilmente qualche nuova attrice sexy».
«È una buona cosa, no?»
«James non la pensa così. Crede che sia un trucco per farle abbassare la guardia».

«James è molto profondo».

«Prendi i vestiti e accompagnami a casa. Nessuno mi sgriderà se ci sarai anche tu».

«Scegli tu qualcosa per me».

Corro al suo armadio e prendo un paio di jeans scoloriti della Diesel e una T-shirt color caramello di James Perse. «Questi vanno bene?»

«Sì, non dimenticare le VANS».

«Che ne dici di queste invece?». Gli indico un paio di bellissime scarpe da ginnastica in camoscio di Rag&Bone. «Te le sei messe qualche volta? O le hai comprate solo perché piacevano a me?».

Ride. «Qualcosa del genere. Porta quelle. Penso che non potrò venire a cena scalzo».

Rido anch'io. «Puoi indossare quello che vuoi, B, potresti venire anche con i pantaloncini da surf. Non mi importerebbe».

«Vedi, te l'ho detto. Sei una ragazza alla mano. E io ti amo per questo. Ma, no. Tu cosa indosserai?».

Usciamo da casa sua e ci incamminiamo sulla spiaggia.

«Per questa sera ho un vestito adorabile. È molto estivo, leggero e casual. Invece il mio vestito per domani sera è molto, molto sexy. E le scarpe… oh, B, aspetta di vedere le scarpe. Sono ricoperte di gioielli, ti piaceranno da morire».

«Sexy, eh? Vuoi far sbavare tutti i tuoi compagni del liceo?»

«Veramente io speravo di far sbavare te».

«Posso sempre vederti prima che tu te ne vada».

Il mio cuore si spezza un pochino.

No.

Tanto.

Ha già deciso che non verrà alla mia festa. Mi sembra che me lo abbia strappato dal petto e ci abbia camminato sopra.

«Sì, penso di sì», mormoro.

Non so cos'altro dire.

Falsi sentimenti
20:30

La cena è fantastica. Il mio cibo preferito e le mie persone preferite.

Tutti parlano dello stalker, della mia festa, dell'ultimo contratto negoziato da Millie, dei Lakers, della bambina appena nata dei Moran, del tour di Damian, della nostra estate in Europa e del nuovo film di Tommy e della mamma.

Ho ricevuto dei bellissimi regali. Una stupenda borsa di Louis Vuitton dai Moran, un magnifico girocollo da un designer emergente amico di Kym, un pacchetto completo per una partita dei Lakers da Millie e Deron e un bellissimo ciondolo con dentro la foto di mio padre, che ho indossato subito per non mettermi a piangere.

L'incidente aereo di mio padre è avvenuto il 12 agosto, pochi giorni prima del mio nono compleanno. Quando, alcuni giorni dopo, ho soffiato sulle candeline della mia torta, la mamma mi ha detto che la scia di fumo che resta quando si spengono le candeline è il modo in cui il nostro angelo custode ci augura buon compleanno e che papà era in paradiso e vegliava su di me.

Il mio cellulare vibra, messaggio in arrivo.

Ultimamente non sono stata molto brava nel rispondere ai messaggi.

A dire il vero, quest'estate non ho risposto a nessuno. Dopo tutto quello che era successo, non sapevo cosa dire. E poi ho pensato che se qualcuno avesse avuto qualcosa di importante da dirmi mi avrebbe chiamata.

Ho risposto ai messaggi di buon compleanno e ho messo "like" a tutti gli auguri ricevuti su Facebook, ma non ho chattato con nessuno da quando sono tornata a casa.

Poi, mentre mi preparavo per la cena, Cush mi ha scritto. Ha detto che era molto eccitato all'idea di rivedermi e anche di venire alla festa. Incomincio a sentirmi un po' nervosa al pensiero di incontrarlo.

Le cose con Brooklyn sono state strane ultimamente. Non so bene il perché, ma sento che lo sto perdendo. Non so se sono solo ferita perché non verrà alla mia festa o perché è davvero distante. Anche oggi quando ero con lui, era come se dicesse tutte le cose giuste ma non le pensasse veramente.

Decido di rispondere all'ultimo messaggio di Vanessa con una bugia.

IO: Ciao, scusa avevo perso il cellulare.

VANESSA: Credevo che mi stessi ignorando. Stavo quasi pensando di non venire alla tua festa.

Brooklyn mi prende il telefono. «Non si scrivono messaggini durante la cena».

«Questo è il dopo cena, e lei è arrabbiata con me perché ho ignorato tutti negli ultimi due giorni».

«Non hai ignorato me».

«È vero, ma ho ignorato lei e RiAnne, e ce l'ha con me per questo».

«Sono gelose, lo sai».

«Gelose di cosa?»

«Di noi. Quello che c'è tra di noi è reale. Tutto ciò che amano quelle ragazze è falso. A loro importa solo dell'apparenza, non di quello che è vero. False relazioni. Falsi sentimenti. Tutta la loro vita è falsa. Se non fosse stato per me, saresti diventata come loro».

«Sono una di loro, che io lo voglia o no. Almeno finché non avrò finito la scuola. E Vanessa è stata sorprendentemente gentile in questi giorni».

Guarda il mio telefono. «Ha detto che non sarebbe venuta alla tua festa solo perché non hai risposto ai suoi messaggi per due giorni. Come può essere una buona amica?»

«Ho fatto sesso con te tutta l'estate e tu non verrai alla mia festa. Questo cosa fa di te?», lo aggredisco.

«Adesso non prendertela con me».

«Penso solo che non sia giusto da parte tua criticare lei per una cosa che non ha intenzione di fare. Mi sta solo minacciando perché l'ho ignorata. Ma lei ci sarà. È volata fino a New York per comprarsi un vestito e ha appuntamento con un ragazzo super sexy che non vede l'ora di mettere in mostra. Io andrò alla mia festa senza un ragazzo».

«Allora trovatene uno. Chiedilo ai tuoi *toy boys*».

Lo fisso per alcuni istanti. Ma lui non molla.

«Bene. Lo farò». Gli strappo di mano il mio cellulare, supero il numero di Cush e vado diretta a Sander. Brooklyn lo odia. «Sei sicuro di non volermi accompagnare tu?»

«Sì, sono sicuro».

«Okay». Chiamo Sander.

Brooklyn dice: «È un coglione».

«Be', pensavo di chiederlo a Cush, ma visto che ho fatto sesso con lui, credo che potrebbe essere imbarazzante».

So che sono cattiva, ma sono ferita. E così infierisco un po'.

Appena Sander risponde, Brooklyn assume un'espressione infuriata.

«Come sta il mio fusto preferito?», civetto.

Brooklyn vuole vedere la falsa me, così lo accontento.

«Benissimo. Ho sentito che domani sera ci sarà la tua megafesta di compleanno», risponde Sander. «Dov'è il mio invito?»

«Pensavo fossi troppo occupato con le riprese del film. C'è possibilità che tu venga? Potresti essere il mio accompagnatore».

«Credevo fossi tutta presa dal tipo del surf».

Guardo il tipo del surf negli occhi e rispondo: «Sì e pensavo che il tipo del surf fosse tutto preso da me, ma mi sbagliavo».

Brooklyn si alza ed esce dalla porta. Io deglutisco forte per non piangere.

«Tesoro. Vuoi fare un'entrata in grande stile? Tappeto rosso e stronzate del genere?»
«Cazzo, sì che voglio fare un'entrata in grande stile. È il mio compleanno. Che ne dici? Vuoi venire sul party bus con noi?»
«Dico che sei fantastica».
«Bene. A casa mia alle venti e trenta».

Mando un messaggio a RiAnne. Non voglio andare alla festa con Sander. Nonostante quello che dice Vanessa, preferisco andarci da sola. Non so come Brooklyn sia riuscito a farmi fare questa cosa. Stavo solo cercando di dimostrargli qualcosa, ma non so nemmeno cosa. A Sander non importerà chi è la sua ragazza.

IO: Hai trovato un ragazzo per la festa?
RIANNE: No :(
IO: Ho io un ragazzo per te.
RIANNE: Chi??!!!
IO: Sander. Direi che surclassa uno sconosciuto giocatore di lacrosse. Anche uno che è diventato muscoloso durante l'estate. Ma non dirlo a nessuno. Sarà una sorpresa.
RIANNE: Pensavo che fossimo d'accordo di non uscire con i nostri ex.
IO: Per me va bene. Tranquilla.
RIANNE: Vanessa si arrabbierà moltissimo, ma OMD!! TI ADORO!! È così sexy. Sarò a casa tua alle venti e trenta, e avrò un aspetto FAN-TAS-TICO!!! Ti piaceva il mio vestito, vero?
IO: Il tuo vestito è più che fan-tas-ti-co.
RIANNE: Prima della fine della serata Sander sarà il mio schiavo d'amore. Ne sono sicura.

Le regole del gioco
23:45

Dopo cena, decido di fare una passeggiata sulla spiaggia. Penso di essermi portata sfiga quando ho detto che la mia vita era perfetta.

Non riesco a capire Brooklyn. Non può venire alla festa solo perché mi ama? Se mi amasse davvero lo farebbe, no?

Vanessa e RiAnne avevano ragione? È stata solo un'avventura estiva? Non è veramente preso da me?

Mi siedo e resto a guardare la luna che brilla sull'acqua. Amo la spiaggia. Mi rilassa. Il suono dell'oceano che si infrange sulla battigia e poi si ritira è così confortante.

Chiudo gli occhi e respiro.

Ripenso a quando mi sono seduta qui la sera del ballo di fine anno. Pensavo al mio vero amore e mi chiedevo se anche lui stava guardando la luna.

A quel tempo credevo che fosse Brooklyn il mio vero amore.

Ma comincio a pensare di essermi sbagliata.

Brooklyn mi fa sussultare quando si siede accanto a me.

È frustrato e si passa le mani fra i capelli. «Mi dispiace. Io non sono cresciuto in questo ambiente. Non conosco le regole del gioco». Il padre di Brooklyn ha venduto la sua società informatica solo quattro anni fa. Prima hanno condotto una normalissima vita borghese. «Verrò alla festa, okay?»

«Non sei obbligato».

«Voglio farlo. Solo non farmi camminare sul tappeto rosso. Posso sgattaiolare dentro dall'entrata di servizio?»

«Non mi importa da dove o come entri, vieni solo a ballare con me. Rendi il mio compleanno una vera favola».

«Speravo di averlo già fatto».

«Il Principe Azzurro va sempre al ballo, non lo sai?»

«Sì, credo che tu abbia ragione. Abbiamo fatto la pace? Tu sei la mia migliore amica. Non voglio rovinare questa cosa».

Lo bacio. «Cosa dovrei fare con il coglione?».

Ride, ma poi dice serio: «Ti sei voluta prendere gioco di me, arrangiati».

Sabato 20 agosto

Uccidi le bolle del troll!
17:15

Brooklyn mi ha appena lasciata a casa. Abbiamo pranzato tardi da Buddy, un pranzo a base di gamberetti piccanti. Non so cosa stia succedendo, ma Brooklyn si comporta in modo strano. Ha parlato senza sosta dei gamberetti, gustandoli come se non avesse potuto mangiarne mai più.

Cush mi ha mandato un messaggio mentre ero a pranzo per dirmi che stasera sarebbe venuto. Che gli sarebbe piaciuto venire sul party bus con noi fino al club. Ma non ha detto nient'altro.

Quando entro in casa trovo il caos.

Avery sta cavalcando il suo unicorno e indossa un tutù e una corona.

Ivery è vestita da sirena e sta facendo le bolle di sapone.

Emery dà la caccia alle bolle, facendole esplodere con la sua spada giocattolo ricoperta di gioielli e grida: «Uccidi le bolle del troll!».

Gracie indossa un costume, un tutù e delle ali da fata. I suoi capelli sono stati acconciati da una delle sorelle e ha in testa almeno trenta pinzette di tutti i colori. Sta guidando il suo triciclo rosso contro il muro color mogano del camino e ride ogni volta che prende il contraccolpo. E la tata ride con lei.

Mi dirigo verso lo studio di Tommy, seguendo il profumo del suo sigaro. Hanno aperto le grandi finestre che danno sul giardino, ma riesco a sentirlo lo stesso. Tommy è seduto alla sua enorme scrivania di legno e James è seduto in una delle sedie di pelle lucida marrone davanti a lui.

«Non dovresti essere a prepararti?»

«È probabile, ma sono un po' preoccupata per le bambine. Gracie guida il suo triciclo fino al caminetto, ogni volta prende un contraccolpo e si diverte».

Tommy ridacchia. «Sono delle monelle, ma sono così carine».

«Kym sta per arrivare», mi dice James. «Sarà meglio che tu ti faccia una doccia. Sai quanto si arrabbia se non rispettiamo i programmi».

Tommy si appoggia allo schienale e prende una grossa boccata dal suo sigaro. «Allora, sei eccitata per la festa?»

«Certo! E Brooklyn verrà come mio ragazzo, quindi è una gran cosa».

«Perché? Sei stata con lui tutta l'estate».

«Tu lo sai, ma i miei compagni di scuola no. Si aspettano che io stia con Cush».

«Una dramma da liceo?», chiede James.

«Spero proprio di no», rispondo.

Io e mamma siamo sedute nel suo enorme bagno di travertino a farci truccare. Ho fatto la messa in piega e i miei capelli sono stati stirati e poi raccolti in una coda bassa per un look un po' rétro. Ho un bellissimo smalto rosa pesca sulle unghie delle mani e dei piedi, e il trucco sembra semplice e naturale.

È incredibile quanto trucco ci vuole per sembrare naturali.

Kym vuole che io sembri "baciata dal sole". Tanto color pesca e bronzo, che staranno benissimo con il mio vestito color crema di Herve Leger.

Adoro il mio vestito. È allo stesso tempo peccaminoso e civettuolo.

Lo scollo senza spalline è smerlato e il vestito è attillato fino ai fianchi, poi c'è una vezzosa gonna a balze che arriva fino a metà coscia. Mi sento molto sexy con questo vestito e non vedo l'ora che Brooklyn me lo veda indosso.

E poi ci sono le scarpe.

Oh, quanto amo queste scarpe.

Color carne, di raso, sandali a T con il plateau, ornati con quello che sembra un girocollo vintage e un grande nastro alla caviglia.

Il parrucchiere e il truccatore se ne vanno e sono pronta per tornare in camera mia.

«Keatyn, aspetta. Io e Tommy vogliamo darti un regalo».

Tommy esce dalla loro cabina armadio con un piccolo pacco incartato nella tipica carta celeste di Tiffany.

Lo apro e ci guardo dentro. «Wow! Questi orecchini sono stupendi!».

«Tommy pensava che avremmo dovuto prenderti qualcosa di senza tempo, quindi ha scelto oro e diamanti. Io pensavo che avremmo dovuto prenderti qualcosa di divertente e quindi ci siamo accordati su questi. Ti piacciono?».

La stringo forte. «Mamma, certo, li adoro. Sono incredibili, davvero. Non so se potrò indossarli. Questi lecca lecca sembrano gli orecchini che si vedono la notte degli Oscar».

Tommy fa una battuta: «Be', piccola, non devi preoccuparti della sicurezza. La gente penserà che è arrivato il presidente».

«Pensi ancora di dover stare attenta, mamma?»

«Vogliamo solo evitare di correre rischi, tesoro. Si è occupato James di tutto. Tu non preoccuparti, pensa solo a divertirti alla tua festa!».

Indosso gli orecchini.

«Sapevo che sarebbero stati perfetti con quel vestito», dice mamma.

Li abbraccio di nuovo entrambi e poi faccio un giro su me stessa.

«Sto bene? Che ne dite?»

«Sei una meraviglia, tesoro. Non riesco a credere che tu abbia già diciassette anni. Mi sembra ieri che ti tenevo fra le braccia». Mamma comincia ad avere le lacrime agli occhi.

«Voglio mostrare il mio vestito a Brooklyn prima che arrivino Vanessa e gli altri».

«È in salotto con James».

«Tommy puoi dirgli di andare in camera mia? Voglio fargli una sorpresa».

«Certo», risponde Tommy mentre esce dalla stanza, rilassato e affascinante come al solito nel suo vestito color carbone e camicia nera.

«Abbiamo un'altra sorpresa per te stasera», sussurra la mamma.

«Non voglio nient'altro, mamma. Questi orecchini sono anche troppo. E poi c'è la festa. Sono sicura che vi costerà parecchio. Mi dispiace di avervi chiesto così tanto. Penso di essermi fatta prendere un po' la mano».

«Keatyn, penso che sia giusto che ti sia fatta prendere la mano. È il tuo diciassettesimo compleanno. Molti ragazzi qui, fanno feste del genere ogni anno. Per te è la prima volta. E non fai mai shopping sfrenato. Anche se giurerei che tu abbia più bikini e scarpe di chiunque conosca. Goditela e basta, okay? Dimenticati della sicurezza, mangia il dolce e balla tutta la notte con i tuoi amici».

«Lo farò. Grazie mamma, per tutto».

Mamma annuisce e io corro per il corridoio, attraverso l'ingresso e ritorno nella mia ala della casa.

Inspiro a fondo e apro la porta della mia camera, mi aspetto di abbagliarlo.

«Quel vestito è terribilmente corto», mi dice.

«Io… vuol dire che non ti piace?»

«No, stai bene. Ma non è un po' da zoccola?»

«No! È più lungo di quello che hai scelto tu per me l'altra sera, quando mi hai portata a cena, ed è costato parecchio».

«Ne sono sicuro. Sono quelle le scarpe fantastiche?»

Alzo un piede per fargli vedere le scarpe da vicino. «Sì, non sono adorabili?».

«Quanto sono costate?».

Sospiro. «Non ha importanza».

«Mi sono appena reso conto di aver dimenticato il portafoglio. Faccio una corsa a casa a prenderlo».

«Va bene», gli dico trattenendo le lacrime.

È una brutta cosa se sto desiderando che resti a casa sua? Doveva essere abbagliato dal mio vestito, non pensare che sembro una puttana.

Il ragazzo che ama tutto di me
20:10

Sebbene mi sia divertita quel giorno in hotel con Vanessa e RiAnne, ultimamente le ho un po' evitate di proposito. Ho avuto un'estate così fantastica, senza stress, che non volevo finisse. Volevo convincermi che avrei potuto includere Brooklyn e tutti i suoi amici nella mia vita e che tutti sarebbero stati felici e sarebbero andati d'accordo.

Stavo fingendo che la mia vita fosse perfetta.

Che potessi avere tutto.

Ma stavo mentendo a me stessa, me ne rendo conto nel momento in cui le mie vite separate si sono scontrate davanti ai miei occhi.

E questo non ha niente a che fare con Vanessa e RiAnne che non accettano Brooklyn, ma ha a che fare con il ragazzo che è appena entrato in casa mia.

Cush.

Quando ho aperto la porta, mi ha rivolto un sorriso così grande che subito quelle sue fossette sono ricomparse. Poi lui si è fermato a guardarmi.

«Keatyn, sei fantastica».

Anch'io sono rimasta lì a fissarlo perché era come se non riuscissi a muovermi. Potevo solo stare lì a guardarlo.

Dopo alcuni minuti di imbarazzo, fa un passo verso di me e mi stringe in un abbraccio, baciandomi sulle guance. Poi mi allontana gentilmente da lui e di nuovo mi guarda da capo a piedi.

«Mi sei mancata», dice sinceramente. «E ti devo delle scuse. Tutta quella roba che ti ho detto, dandoti la colpa per quello che aveva fatto Mandy. Ero arrabbiato. Non pensavo lucidamente. Mi dispiace tanto. Lo so che non è stata colpa tua».

«Io penso ancora che un pochino sia stata colpa mia, ma accetto le tue scuse. E anche a me dispiace per quello che ho detto». Gli sorrido e anch'io lo squadro. Sembra diverso. «Sei cresciuto o cosa?»

«Sono cresciuto. Sono più di un metro e ottanta. E questa estate non ho avuto niente da fare a parte allenarmi, quindi ho messo su muscoli».

Guardo le sue spalle. Ha sempre avuto un bel corpo tonico, ma adesso è molto più muscoloso, e molto più sexy. Una parte di me vorrebbe trascinarlo in camera mia, strappargli la camicia e controllare quei nuovi muscoli da molto vicino.

Si guarda in giro. «Sono il primo?».

Annuisco, perché non so cosa dire.

Mi rivolge il suo sorriso sexy. «Bene, perché voglio che tu lo apra adesso». Apre di nuovo la porta, afferra un regalo meravigliosamente incartato dai gradini e me lo porge.

Lo porto in soggiorno, dove entrambi sediamo sul divano. Tolgo il fiocco dal pacco e strappo la carta e leggo sulla scatola "Golden Goose".

Davvero mi ha comprato dei Golden Goose?

Fa spallucce, ma i suoi occhi brillano per l'eccitazione. «Dài aprilo».

Apro la scatola e sposto la stoffa. Annidato nella scatola c'è il paio di stivali da cowboy più bello che abbia mai visto.

«Dato che quest'anno faremo le cose a modo nostro, ho pensato che avresti dovuto avere delle scarpe che non ti uccidessero», dice con dolcezza.

Mi vengono le lacrime agli occhi quando ripenso al giorno in cui mi ha portata nello spogliatoio, quel giorno in cui mi ha slacciato le scarpe e massaggiato i piedi.

Mi sporgo verso di lui e lo bacio.

Proprio sulla bocca.

«Dio, quanto mi sei mancata», mi dice e mi bacia a sua volta, profondamente.

«Anche tu mi sei mancato», gli dico e mi rendo conto che è vero.

Mi prende il viso fra le mani, mi fissa e mi chiede con il cuore in mano: «Mi hai baciato. Vuol dire che con il surfista è finita? Che sei pronta a trascorrere un anno fantastico insieme a me?»

«Io… ehm… ti ho detto che sarà lui il mio ragazzo alla festa».

«Keatyn, non ti manca qualcuno come io sono mancato a te se sei innamorata di qualcun altro».

Mi accarezza il viso dolcemente, e mi dice quanto gli sono mancata e quanto si è annoiato questa estate senza di me.

Ma io sono persa nei miei pensieri.

Questa festa doveva servire a unire i miei due mondi, ma sembra che Brooklyn non voglia fare parte del *mio* mondo.

Mi vuole solo quando io sono nel suo.

E se sono davvero onesta e penso con la testa invece che con il cuore, sono quasi sicura che la nostra non sia una relazione. Che questa estate abbia significato molto di più per me che per lui. Come puoi dire a una ragazza che la ami e allo stesso tempo quanto è figo che possiate rilassarvi insieme? E subito dopo aver fatto sesso! Come puoi anche solo pensare di non andare alla festa di compleanno della persona che ami?

Fisso gli stupendi occhi azzurri di Cush.

Cush.

Il ragazzo che ama tutto di me.

La ragazza a cui piace vestirsi elegante e quella che ama vestire casual. La ragazza a cui piace mangiare in ristoranti costosi ma anche fare uno spuntino sulla spiaggia. La ragazza che ama fare la pedicure in una spa di lusso come ama passeggiare sulla sabbia. La ragazza a cui piace tirare calci sul campo da calcio ma anche quando le aprono la portiera.

Cush è eccitato per la scuola perché vuole che entrambi siamo noi stessi, non quello che la gente pensa che dovremmo essere. Gli stivali che mi ha regalato sono esattamente quello che io voglio essere. Una cosa costosa, ma comoda e casual. Mi rappresentano in tutto e per tutto.

A dire il vero, rappresentano noi.

Tutto quello che potremmo essere.

Insieme.

Mi bacia di nuovo, e io sento che ho finalmente capito qual è il mio posto.

«Di tutto quello che potevi regalarmi per il mio compleanno, perché hai scelto questi stivali?»

«So quanto adori le scarpe. Guarda i meravigliosi sandali che indossi questa sera». Mi accarezza la gamba e afferra la caviglia per apprezzare al meglio le mie scarpe. «Ho pensato che questi stivali sono proprio come te. Di classe e costosi, ma anche comodi e spensierati. So che forse non dovrei dirlo, ma voglio che tu lo sappia. Non ho neanche baciato un'altra ragazza questa estate. Ti amo ancora, Keatyn, davvero».

Le nostre teste si avvicinano e le sue labbra trovano le mie. Il suo bacio è dolce e tenero, ma dietro c'è il fuoco.

E io non posso farci niente, voglio sentire quel calore che mi brucia.

«Ho chiesto a Brooklyn di essere il mio ragazzo per stasera», dico sottovoce.

«Lo so. Non mi era permesso usare i social durante l'estate ma oggi ho controllato. Mi hanno detto che anche tu non sei stata molto connessa, ma ho pensato che se stavi con lui, lo avresti messo su Facebook».

Sento che sto per piangere di nuovo e scuoto la testa.

«Non stiamo insieme. Siamo solo… non lo so. Un minuto dice che mi ama e il minuto dopo che ci stiamo solo rilassando. Non voleva neanche venire alla mia festa. Ho dovuto costringerlo».

Mi accarezza le braccia e poi mi prende le mani nelle sue. «Keatyn, io non mi sarei perso la tua festa per niente al mondo».

Gli sorrido e ricaccio indietro lacrime di felicità. «Lo so».

Mi fa di nuovo il suo sorriso malizioso "alla Cushman" e mi dice: «Tu sei single, io sono single, socializziamo».

Rido. Riesce sempre a farmi ridere.

La porta d'ingresso si apre ed entra Brooklyn.

Mi alzo velocemente, so di avere la stessa espressione di Gracie quando la scoprono a rubare i baci di cioccolato dalla dispensa.

Brooklyn viene in salotto e si siede su una sedia davanti al divano sul quale io e Cush ci stavamo baciando.

«Ho trovato il portafoglio», dice mostrandolo.

Sì. Imbarazzante.

«Ehm… Brooklyn, lui è Cush».

Gli occhi di Brooklyn non riescono a nascondere il fatto che ha riconosciuto quel nome. Il ragazzo con cui ho perso la verginità.

Cush si alza, porge la mano a Brooklyn e gliela stringe. È un vero gentiluomo. «Piacere di conoscerti», gli dice. «Ho sentito tanto parlare della vostra estate».

Sebbene stia guardando Brooklyn, so che quello che dice è diretto a me. Mi ricorda che sebbene l'estate sia stata bellissima, le cose non sono andate come speravo. Che lui mi ama ancora. Che vuole uscire con me. Che Brooklyn non mi ha mai chiesto di diventare la sua ragazza in tutta l'estate.

«Sì, è stata grande».

Poi c'è un silenzio imbarazzato durante il quale i ragazzi si fissano.

Non ho la minima fottuta idea di cosa dire.
Ehm.
Cosa dovrei dire?
Giurerei che ogni pensiero utile ha lasciato il mio cervello. Tutto quello a cui riesco a pensare sono i due ragazzi che ora siedono davanti a me.
Al fatto che dovrò fare una scelta.
Al fatto che sono quasi sicura di aver già scelto.
Grazie a Dio, arrivano mamma e Tommy.
«Brandon», dice la mamma proprio mentre suonano al campanello. «Mi sembra che tu sia cresciuto durante l'estate».
«Me ne sono accorta anch'io!», dico con un po' troppo entusiasmo.
Sto pregando perché arrivino Vanessa e RiAnne. Sono bravissime a catturare l'attenzione.
Invece apro la porta e vedo Sander.
«Buon compleanno, dolcezza!», dice baciandomi sulle guance.
Oh, mio Dio, ma cosa avevo in mente? Tutti e tre i ragazzi con cui ho avuto una relazione, insieme nella stessa stanza? Perché non posso essere come Vanessa? Amarli e lasciarli?
«Abby!», esclama Sander baciando anche lei sulle guance.
«Sander, tesoro, come sta andando *Grease*?», chiede la mamma.
Per fortuna, Sander è molto a suo agio sotto i riflettori. Ci racconta tutto del film che sta girando. Anche troppo. Ci mostra persino un nuovo numero di danza per *Grease Lighting*.
Fingo di essere ammaliata dalla sua interpretazione. Non batto ciglio nemmeno quando mamma comincia a esibirsi con lui.
Sto cercando di pensare.
Cosa cavolo posso fare?
Brooklyn aveva ragione. Non si può scappare dai propri problemi perché tanto, prima o poi, ti trovano.
Ed evidentemente i miei hanno deciso di farsi vivi tutti questa sera.

Osservo Tommy che ride mentre la mamma balla. Mamma dice che lui la rende una persona migliore. Che la incoraggia a crescere, a ridere, a vivere. Che per lei c'è sempre. Che amava profondamente mio padre, ma che la loro era una relazione meno profonda. Che potevano essere entrambi molto ostinati e che litigavano per seguire ciascuno la propria strada invece di lavorare insieme. Che lui si aspettava che la sua carriera come modello avesse la precedenza su quella di mamma come attrice. Quando hanno avuto me le aveva addirittura suggerito di rinunciare. E mi ha raccontato di quanto hanno litigato quando lei ha deciso di portarmi sul set, perché lui pensava che così non sarei cresciuta in modo normale.

Forse aveva ragione, ma sono contenta che quella lotta l'abbia vinta la mamma. Non cambierei la mia infanzia per niente al mondo. Tutte le esperienze che ho avuto. Tutti i posti in cui sono stata.

Anche se, a dire la verità, è stata la mia stupida cotta per l'attore di *High School Musical* che ha causato tutto questo. Che mi ha fatto venire voglia di andare al liceo. Che mi ha spinto a chiedermi chi sono veramente.

Accidenti alla Disney e a tutte le loro stronzate irreali da e-vissero-per-sempre-felici-e-contenti.

Ripenso alla conversazione che ho avuto con il nonno questa estate. Quando mi ha chiesto chi volevo essere.

Chi voglio essere?

Mamma dice che lei e Tommy sono una squadra. Io non penso questo di me e Brooklyn. È quasi sempre lui che decide quello che è fico e quello che dobbiamo fare.

Io e Cush siamo una squadra.

Sander finisce di ballare e mi chiede: «Possiamo parlare un momento in privato, dolcezza?»

Le mie pupille si dilatano e io guardo in basso perché nessuno lo noti.

«Ehm, certo», rispondo.

«Devo dirti una cosa molto importante», mi confessa.

Ti prego non dirmi che sei innamorato di me, lo imploro telepaticamente. *Il mio cervello potrebbe esplodere se tu lo facessi, e non sarebbe un modo carino per iniziare la mia festa di compleanno.*

Non posso dire quello che penso e mi limito ad annuire.

«Ascolta, mi fido di te. Tu conosci l'industria cinematografica, quindi so che mi capirai e non ti arrabbierai con me».

«Perché dovrei arrabbiarmi con te?»

«Ti ho mentito».

«Riguardo a cosa?».

Sospira, si siede sul divano e vedo che sta cercando di farsi coraggio. «Non è vero che voglio aspettare fino al matrimonio».

Dice sul serio? Oh, mio Dio. Potrei svenire. Sta dicendo che vuol fare l'amore con me? *Adesso*?!

«Oh», rispondo, perché non mi viene in mente altro da dire.

«Qualsiasi altro ragazzo avrebbe voluto fare sesso con te. Sei una bella persona e così sexy. Ma io non ero attratto da te».

Cosa?!

Grande!

Buon compleanno del cazzo, Keatyn. Volevo solo farti sapere che non abbiamo fatto l'amore perché non sei abbastanza attraente. Buona giornata!

«Oh», dico di nuovo abbassando la testa. Cosa cavolo dovrei rispondere a una cosa così?

Mi solleva il viso per il mento, costringendomi a guardarlo. «Dolcezza, sono gay».

«Cosa? No. Davvero?»

«Sì, ne sono quasi sicuro. Anzi, so di esserlo. Solo che non posso dirlo a chiunque. Ho paura di rovinare la mia carriera. Tutte le adolescenti che compreranno i miei poster ne sarebbero distrutte».

«Perché non me lo hai detto? Pensavo di non essere abbastanza sexy. Pensavo fosse colpa mia!!!».

«Ovviamente non era colpa tua, ma mia. Mi dispiace davvero tanto. È stato un periodo molto difficile per me. Perché pensi che bevessi sempre così tanto quando ero con te? Perché provavo a fingere di non essere gay, ma è quello che sono. E so che suonerà strano, ma grazie. Sapevo che se non ero attratto da una come te, dovevo essere gay. Non ti volevo ingannare e davvero ti adoro».

Anche lui voleva il film perfetto al liceo, proprio come me. Non aveva importanza che fossimo sbagliati l'uno per l'altra. Io sono stata innamorata di Brooklyn per tutto il tempo che siamo stati insieme. Sono stata falsa quanto lui. Difficile condannarlo per questo.

E poi ho preso nota del suo commento "è quello che sono".

Lo abbraccio e lo stringo forte. «Sarà il nostro piccolo segreto», gli dico.

Mentre usciamo dalla stanza, vedo il ciondolo che mi ha regalato James sulla cassettiera. Lo indosso e, in silenzio, dico a mio padre che mi manca.

Stronzate a parte. È vero
23:30

La festa è in pieno svolgimento e tutti stanno ballando. Io e Brooklyn siamo seduti su un divanetto a lato della pista da ballo con un gruppo di ragazzi con cui facciamo surf.

Avevo sperato che tutti avrebbero ballato e incontrato persone nuove, ma Brooklyn sta raccontando loro tutto della sua "Estate sulle onde", come la chiama adesso.

Personalmente, l'avrei chiamata "Estate d'amore", ma, in fondo, cosa cazzo ne so?

Continua a parlare di ciò che rende un'onda o un posto migliore di un altro per fare surf.

Io guardo tutti gli altri che stanno ballando e si stanno divertendo.

Mi alzo e mi metto davanti a lui.
«Vieni a ballare con me».
«Lo sai che non mi piace questa musica», dice ignorandomi e continuando la sua storia.
I ragazzi lo ascoltano attenti, come se fosse il Dio di Tutti i Surfisti. Sul serio. Sono quasi inchinati davanti a lui e lui lo adora. Adora essere al centro dell'attenzione.
Penso che dovrebbe stare con me, visto che questa sera è venuto qui, visto che è il mio cavaliere e visto che dovrebbe amarmi.
Ma io non riesco a smettere di pensare a Cush. E più penso a lui, più mi arrabbio con Brooklyn.
«Io vado a ballare», gli dico, ma l'unica risposta che ricevo è un piccolo cenno con la testa. Che rappresenta l'ultimo chiodo sulla bara del nostro amore. Per quel che mi riguarda è finita, anche se una parte di me non vuole smettere di provarci. Mi sembra di rinunciare al mio sogno, di aver fallito in qualche modo. «Ti prego, balla con me».
Lui scuote la testa e risponde irritato: «Sai che non mi piacciono queste cose, Keats. Sono qui. Cosa vuoi di più?».
Ecco.
Questa è la spinta di cui avevo bisogno.
«Voglio di più B. Molto di più. So che non abbiamo una vera relazione ma per me è finita. Noi siamo finiti. Mi dispiace».
Lui annuisce.

Mi faccio strada fino al centro della pista da ballo. So che ci troverò Vanessa. Dice sempre che si deve ballare al centro così tutti possono vederti.
«Hai finito di parlare con tutte quelle persone noiose?», mi grida.
«Sì!».
Prende una fiaschetta dalla tasca del suo accompagnatore e me la porge. Non ho ancora bevuto niente, quindi ne prendo

due grosse sorsate e sento il whisky che mi brucia e mi riscalda la gola.

Ballo con Vanessa e RiAnne e mi immergo nell'intensità della folla, delle luci, del calore.

Del ritmo.

Un paio di mani familiari mi afferrano la vita e Cush si strofina a me.

Mi ricordo la sera che siamo andati a ballare e quanto ci siamo divertiti. Ricordo il sogno erotico che ho fatto su di lui.

Non sono sicura se è l'alcol, l'eccitazione o solo il fatto che sento le sue mani come se fossero una parte di me, ma mi volto, gli getto le braccia al collo e lo bacio.

No, anzi, mi metto a pomiciare con lui.

Proprio qui, in mezzo alla pista da ballo, davanti a tutti.

Le sue mani sono ancora sui miei fianchi e li stringono.

Quando la canzone finisce, Vanessa mi dà un colpetto sulla schiena, perché io e Cush stiamo ancora ondeggiando e baciandoci.

Mi sorride con approvazione.

«Torniamo subito!». Le grido mentre risuona un'altra canzone.

Prendo Cush per mano e lo trascino in mezzo alla folla fino alla parte opposta del locale rispetto a quella in cui Brooklyn sta intrattenendo i suoi ammiratori.

Cush mi spinge in un angolo buio e mi bacia ancora.

«Ho appena rotto con lui. Credo di amarti», dico d'impulso.

È buio, ma posso comunque vedere l'eccitazione nei suoi occhi e i suoi denti bianchi che brillano.

Mi prende il viso fra le mani e mi dà un bacio, dolce e lento.

«Davvero? Ho pregato tutta l'estate di sentirti dire queste parole».

Comincio a parlare velocemente: «Pensavo che sarei stata con lui, pensavo di amarlo, ma poi sei arrivato tu e mi hai dato gli stivali, e quegli stivali riassumono tutto. A Vanessa piaccio solo quando sono vestita e truccata alla perfezione, come se fossi uno stivale costoso e di design. A Brooklyn piaccio solo quando sono in bikini e senza trucco, come se fossi un vecchio stivale logoro. Gli stivali che mi hai regalato sono entrambe le cose. Non posso essere me stessa quando sono con loro. Non voglio vivere nei loro mondi. Voglio vivere nel mio».

Mi zittisce con un dito sulle labbra. Mi abbraccia forte e mi sussurra: «Rilassati, Keatyn».

Faccio un respiro profondo e nascondo il viso nella sua spalla. La sua spalla forte e muscolosa.

«Non è solo il tuo mondo, Keatyn. È il nostro mondo».

«Quest'anno sarò diversa. Voglio che tu lo sappia. Ci siederemo con Vanessa, ma non lascerò che mi controlli. Voglio candidarmi per il consiglio studentesco, fare un provino per la squadra di danza, unirmi al club di recitazione e aiutare a progettare il ballo di fine anno».

«Il ballo di fine anno, eh? Sai che sarà l'anno del diploma per me e, giusto perché tu lo sappia, sarai la mia ragazza». Ride e mi abbraccia più forte. «E, ragazza, faremo le cose in grande. Party bus, cena, fotografie, balli, ma dopo…».

«Dopo, cosa?»

«Dopo sarà tutto solo per me e te. Limousine privata fino alla nostra suite sulla spiaggia. Champagne. Passeggiata mano nella mano al chiaro di luna. Poi torneremo nella nostra stanza. E sai come posso trasformare una stanza d'albergo».

«Suona perfetto, Cush. Proprio come un sogno». «Il nostro sogno». Si tira un po' indietro per guardarmi negli occhi. «Non mi importa se lo hai detto a un milione di ragazzi diversi questa estate. Quando poco fa mi hai detto che mi amavi, lo pensavi veramente?».

Annuisco sulla sua spalla.

Stronzate a parte, è vero.

Gli metto le braccia intorno al collo e intreccio le dita nei suoi capelli, che sono molto cresciuti durante l'estate.

Mi tocca la fronte con la sua e dice: «Andiamo, festeggiata. Per quanto mi piaccia stare qui a baciarti, questa è la tua serata. Devi stare al centro della pista a goderti le luci della ribalta».

Lo bacio dolcemente sulla guancia e dentro mi sciolgo tutta.

Finalmente un ragazzo che capisce il mio amore per i riflettori e lo incoraggia.

Mi prende per mano e io lo seguo fino al centro della pista.

Vanessa, RiAnne, Sander e quasi tutti i ragazzi che siedono al nostro tavolo a pranzo, passati e presenti, stanno ballando intorno a noi.

Cush incomincia a sudare e io, be', devo ancora vedere i suoi nuovi muscoli. Afferro la fiaschetta di Vanessa e bevo un altro sorso, poi sbottono la camicia di Cush.

Lui ride, ma mi asseconda. Gli sfilo la camicia dalle spalle e la faccio girare sopra la mia testa.

Le ragazze intorno a noi gridano e i ragazzi subito fanno la stessa cosa.

Ma io non li vedo nemmeno. Sono troppo occupata ad ammirare il petto di Cush. Quello che una volta era magro e sottile, e che adesso è robusto e vigoroso. Le spalle sono più larghe. I pettorali definiti. Gli addominali scolpiti. Le sue braccia sono muscolose e tutto il suo corpo è perfettamente abbronzato.

«Pensi che io sia sexy, vero?», mi provoca.

Annuisco e gli do tanti piccoli baci sul petto.

Faccio una pausa per andare in bagno.

Mentre faccio pipì, penso che Vanessa aveva ragione.

La mia relazione con Sander era una bufala.

Lo sto facendo di nuovo? Mi sto facendo coinvolgere da Cush solo perché penso che sia giusto? Perché credo di piacergli? O perché è davvero sexy e fa sentire sexy anche me?

E Brooklyn?

Il ragazzo che doveva amare la vera me stessa. Il ragazzo che vorrebbe che evitassi i riflettori ma che li ama per sé. Quando sono tornata a casa, pensavo di aver capito tutto.

Penso agli stivali che Cush mi ha regalato.

Con lui non è una finzione. Assolutamente no. Ne sono sicura.

Neanche con Brooklyn era una finzione. Quello che sento – sentivo – per lui era reale. Ho sempre amato tutto di Brooklyn, ma lui non ama tutto di me come pensavo.

E penso che non sia giusto.

Qualsiasi cosa farò quest'anno, voglio essere me stessa.

Alla fine ho capito quello che mi diceva il nonno e quest'anno lo metterò in pratica.

Ispirata dalle sue parole, dico ad alta voce dalla toilette: «Attento mondo! Ho deciso di essere me stessa!».

Esco e torno a ballare con Cush. La musica si ferma con un suono stridulo e una voce che riconosco dice: «Keats, porta il tuo sedere sul palco».

Le persone intorno a me formano un corridoio e, in qualche modo, il riflettore riesce a trovarmi e seguirmi attraverso la folla.

Mi precipito sul palco e abbraccio Damian. «Non posso credere che tu sia qui!».

Mi bacia sulla guancia. «Non me lo sarei perso per niente al mondo. Buon compleanno, Keats».

Parla nel microfono: «Vorrei che vi uniste a me nel cantare *Buon Compleanno*. Poi, se Keats è d'accordo, i Twisted Dreams potrebbero suonare un paio di canzoni».

«Penso proprio che sarà d'accordo».

Tutti gridano ed esultano.

«Tanti auguri a te», comincia a cantare.

Guardo la folla e vedo Cush. È in piedi vicino a un gruppo di compagni di scuola e sta cantando a squarciagola. Vanessa e RiAnne sono abbracciate. Anche loro stanno cantando e, a turno, bevono dalla fiaschetta. Anche la mamma e Tommy sono in piedi proprio davanti al palco, stanno cantando e si tengono per mano.

Poi guardo verso il retro e vedo che Brooklyn è ancora seduto e sta ancora parlando con i suoi amici. Nessuno di loro canta.

Sorrido e saluto la folla. Brooklyn, cosa ti devo dire? Io amo le luci della ribalta.

Quando tutti hanno finito di cantare, Tommy e la mamma salgono sul palco.

«Vi state tutti divertendo?», grida Tommy.

E tutti gridano: «Sì!».

«Bene. Prima che Damian e i ragazzi comincino a cantare, abbiamo una piccola sorpresa per la festeggiata. Se fate spazio, la portiamo dentro».

Sento il suono di un motore che romba e, subito dopo, una Mercedes SLS AMG Roadster color argento fa il suo ingresso sulla pista da ballo. È persino più bella degli orecchini.

Stringo in un enorme abbraccio la mamma e Tommy e loro mi conducono giù dal palco e mi fanno sedere nella decapottabile.

Sono sotto shock.

Non avevo mai chiesto una macchina, ma avevo visto un'auto come questa in una rivista di Tommy e ricordo di avergli detto che era la macchina più bella che avessi mai visto.

Brooklyn la odierà. Grida: «Consumismo sfrenato!», ma non me ne importa. Tommy e la mamma l'hanno comprata per me, perché volevano darmi un regalo che sapevano avrei adorato.

E infatti l'adoro.

La macchina viene portata fuori, viene servito il dolce e i Twisted Dreams suonano parecchie canzoni.

Trascino Cush vicino a me e ballo con lui.

Non riesco a smettere di baciarlo. Quasi quasi vorrei non ci fosse l'after party, così potrei andare avanti a baciarlo per tutta la notte.

Cazzo. L'after party.

Ci sarà Brooklyn.
E Cush.
I surfisti.
I miei compagni di scuola.
Ma cosa avevo in mente?
Do a Cush un lungo bacio e gli dico: «Ehi, devo andare a parlare con qualcuno. Torno subito».

Guardo dietro di me, dove si trovava Brooklyn e sono sorpresa nel vederlo da solo.
«Dove sono tutti?», gli chiedo.
Alza gli occhi al cielo. «Alcune ragazze hanno chiesto loro di ballare. Sono lì da qualche parte».
Questo mi fa sorridere. Allora stanno facendo amicizia.
«Perché non ti sei unito a loro?»
«Non ne avevo voglia».
«Oh».
«Così questa è una vera festa, eh? La macchina, il cibo, il complesso. Hai idea di quanti bambini che muoiono di fame avresti potuto nutrire con tutti i soldi che hai speso stasera?»
«No», rispondo con rabbia. «Mamma e Tommy danno un mucchio di soldi in beneficenza. E quando avrò il mio denaro lo farò anch'io. Ma non c'è niente di sbagliato nel godersene un po'. Non ti ho mai visto dare in beneficenza i soldi che spendi per l'erba o per le tue costose tavole da surf».
Scuote la testa. «Ascolta, riguardo a tutto, lo so...».
All'improvviso qualcuno ci passa accanto correndo.
Poi altre due persone.
Poi qualcuno mi urta e quasi mi fa cadere.
Quelli della sicurezza, vestiti di nero e con gli occhiali da sole, passano a frotte.
Brooklyn si alza dal divano, tutti e due guardiamo nella stessa direzione per capire cosa sta succedendo.
«Probabilmente qualcuno si è intrufolato alla festa o si è

ubriacato. C'è un mucchio di sicurezza. Ci penseranno loro», gli dico.

Ma poi penso allo stalker che tormenta la mamma. E a quanto si era preoccupato James per questa festa. Al fatto che aveva promesso di proteggerla.

Vado nel panico.

Oh, mio Dio. Devo trovare la mamma.

«Brook...», comincio, ma vengo interrotta da un ragazzo della sicurezza che praticamente mi solleva e mi trascina via.

Il tipo della sicurezza mi grida: «Ti portiamo subito fuori di qui!».

«Perché?», chiedo indietreggiando. Cerco Brooklyn con lo sguardo, ma è perso nella folla.

Il ragazzo della sicurezza mi trascina dall'altra parte della pista da ballo, lontano dal trambusto, dove prima stavo pomiciando con Cush.

Ho paura, ma non voglio andare via. Dov'è Tommy? Dov'è la mamma? E perché vogliono che qualcuno mi porti via dalla mia festa? È successo qualcosa alla mamma?

Tutti si stanno dirigendo verso l'area dove c'è il tafferuglio. La zona dove mi sta trascinando è quasi deserta.

«Smettila!», grido. «Devo controllare come sta mia madre! Lei sta bene? Dimmi cosa sta succedendo!».

Il ragazzo della sicurezza smette di muoversi e mi afferra con un braccio intorno alla vita.

«La puttana sta bene. Le avevo detto che sarei andato avanti. Scommetto che non avrebbe mai indovinato che lo avrei fatto con te». Fa una risata malvagia.

O mio Dio!

Non è uno della sicurezza.

James aveva ragione! È lui!

È lo stalker!

«Lasciami andare!». Lotto per sfuggirgli, ma lui mi trascina come se fossi una bambola di pezza verso l'uscita.

«Ho un furgone sul retro. Faremo grandi cose insieme».

Come mai conosco questa voce? Perché mi suona familiare?

Aspetta. Mi vuole portare in un furgone sul retro?

Ma. Che. Cazzo.

Grido come se mi stessero sgozzando: «AHHHHHHH!!!».

Ma nessuno può sentirmi.

A parte lo stalker.

«Smettila di urlare. Nessuno può sentirti con questa musica», mi dice freddo.

Mi rendo conto che ha ragione. Non ho la minima possibilità che qualcuno possa sentirmi.

Poi vedo qualcosa, con la coda dell'occhio, cattura la mia attenzione.

È il braccio dello stalker.

Vedo la fine di un tatuaggio a spirale che spunta da sotto una manica.

Conosco quel tatuaggio. Com'è possibile?

Oh, mio Dio.

Oh, mio Dio.

È la *Y* della scritta Abby tatuata sul braccio di Vincent.

È Vincent.

Il tatuaggio di Vincent.

La voce di Vincent.

Vincent, che pensa che io sia uguale a mia madre quando si è innamorato di lei.

Vincent, che vuole fare un film con me. Il film della mamma.

Vincent è lo stalker?

Può essere vero?

Cerco di voltarmi in modo da poterlo guardare in faccia.

«Vincent! Cosa stai facendo? Smettila! Lasciami andare!».

Sto a corpo morto, in modo da essere più pesante e mi trascino dietro i piedi, ma lui è forte e l'unica cosa che ottengo è perdere una delle mie bellissime scarpe.

Mi dice freddamente: «Non fare la sorpresa. Ti ho detto l'altro giorno che ti avrei sequestrata. Faremo un film insieme e ci divertiremo da matti. So che lo vuoi almeno quanto me».

Inizio a tremare al pensiero di tutte le cose che mi ha detto. Tutte cose che sembravano complimenti, adesso le vedo in una nuova luce. E in questa luce non sono così belle. Non ho mai avuto tanta paura in vita mia.

La musica sta ancora suonando a tutto volume.

Nessuno può salvarmi. Aiutarmi.

Incomincio a piangere.

Cosa posso fare?

Il ciondolo che mi ha regalato James mi oscilla davanti al viso e sento una voce calma che mi parla.

Una voce che non sentivo da tanto tempo.

La voce di mio padre.

È seria e confortante allo stesso tempo.

Non devi permettere che ti porti fuori dalla porta. Qualsiasi cosa faccia, non lasciare che ti porti fuori.

Vincent mi stringe il polso ancora più forte e mi avvicina al suo corpo. Come se stesse tentando di proteggermi da qualcosa dietro di noi.

La porta si avvicina.

Non hai molto tempo.

Devo costringerlo a fermarsi.

«Fermati. Ti prego, Vincent. Dimmi quello che vuoi che faccia e lo farò. Ti prometto che farò il film con te. Ma non farmi questo. Ti prego».

Non si ferma.

E non risponde.

Continua a trascinarmi verso la porta, che è sempre più vicina.

Quando siamo quasi all'uscita, mi dice: «Voglio te e ti avrò».

Siamo proprio davanti all'enorme porta nera.

Si ferma per aprirla.

È la tua ultima possibilità. Ricordi le lezioni di educazione fisica? La mossa difensiva che ti hanno insegnato?

Usala.

Adesso.

All'improvviso, una scarica di adrenalina mi attraversa il corpo. Alzo un piede e, con tutta la forza che ho, infilo il tacco della scarpa che sto ancora indossando nel piede di Vincent.

È una banale mossa difensiva che abbiamo imparato al primo anno durante le lezioni di educazione fisica.

Ma funziona.

La presa di Vincent si allenta.

Quel tanto che basta.

E io scappo.

Corri.

Mi libero dalle sue braccia, mi volto e corro più forte che posso. Vado a sbattere contro James e un altro ragazzo della sicurezza.

«È lo stalker! Sta tentando di rapirmi!». Mi volto per indicare Vincent.

Indossa ancora gli occhiali e sta correndo verso di me.

James mi spinge via.

Poi lui e Vincent si fronteggiano.

Vincent alza la mano e protesta, sta per dire qualcosa, ma James lo colpisce in faccia facendogli cadere gli occhiali.

Li guardo mentre si prendono a pugni.

James cade per un minuto, ma poi il suo addestramento fa la differenza.

In una furia di calci e pugni, Vincent finisce a terra svenuto.

James lo capovolge e gli lega i polsi con le fascette.

Cado in ginocchio.

E vomito il mio dolce di compleanno.

Non è una festa finché qualcuno non vomita 01:15

Sono seduta sul divano a casa nostra, avvolta in una coperta. Brooklyn è nell'ufficio di Tommy al telefono con suo padre. Damian mi tiene un braccio attorno alle spalle e io ho la testa sprofondata nel suo petto. Tengo gli occhi chiusi e sto tremando, ma non per il freddo. Dopo la scarica di adrenalina, sento che sto per crollare. Come se avessi bevuto quattro Red Bull insieme e avessi preso la caffeina, ma non l'energia.

Fingo di non sentire, ma ascolto ogni parola che viene detta.

Tutti parlano e vanno avanti e indietro.

La mamma sta dando di matto.

Ci sono due detective della polizia e anche Garrett Smith, il capo della ditta di sicurezza che doveva proteggere la mamma stasera. Nessuno ha chiesto la mia versione della storia.

Hanno sentito solo James.

James ha visto un uomo che mi stava trascinando verso l'uscita. James mi ha vista pestargli un piede e scappare. Ho detto a James che era lo stalker. James lo ha affrontato e arrestato.

Proprio in questo momento dovevo essere a divertirmi al mio dopo-party. La festa dove i miei due mondi si sarebbero uniti, così almeno speravo.

Probabilmente sarebbe stata un fallimento in ogni caso.

Ma qualsiasi cosa sarebbe stata meglio di questo.

Solo a poche persone è stato permesso di venire qui. Oltre a Garrett e ai detective, ci sono Damian e suo padre, Brooklyn, Millie e Deron, James, Kym, la mamma e Tommy.

Alle feste di Cush, dicevano tutti: "Non è una festa finché qualcuno non vomita".

Non in questo caso.

Non avevo mai avuto tanta paura in vita mia.

Ci sono tonnellate di cibo. Quelli del catering avevano già preparato tutto, prima che gli chiedessero di andare via.

Deron prova ad alleggerire l'atmosfera. «Be', la buona notizia è che abbiamo un mucchio di cibo. Quella cattiva è che dovremo mangiarlo tutto noi».

Damian mi accarezza gentilmente la schiena e io ricomincio a piangere.

Mi sussurra: «Va tutto bene, Keats. Sei al sicuro».

Non sa perché sto piangendo. Non sa che quello che sta dicendo è una bugia. Non sa che non sarò mai più al sicuro.

Nella stanza cala il silenzio.

Alzo gli occhi e vedo che tutti stanno fissando uno dei detective.

Sta parlando al telefono. «Capisco. Li informo subito». Ci guarda con un espressione afflitta. «Lo hanno rilasciato».

Subito si alzo un coro di *cosa? come?* e *perché?* da parte della mamma, Tommy e James.

«Perché non ci sono prove che abbia provato a rapirla. È la parola di Keatyn contro la sua».

«Ho visto che la trascinava verso l'uscita», protesta James.

«Ha detto che ha visto del trambusto ed era preoccupato per la sua sicurezza. Ha detto che stava solo aiutando un'amica».

«Be', è una bugia, ovvio», dice mamma. «Non riesco a capire come sia riuscito a entrare. C'era una lista. C'era la sicurezza».

«Vuole che sappiate che è dispiaciuto per quanto è successo. Ha anche acconsentito a non sporgere denuncia contro James per l'aggressione». Si rivolge a James. «Capisce che hai frainteso la situazione».

James guarda l'ufficiale incredulo e chiede: «Chi diavolo è questo ragazzo?».

Garrett Smith prende la parola: «Questo ragazzo è Thaddeus Samuel Kingston. Madre: Letizia Kingston. Padre: sconosciuto. Ha frequentato il miglior liceo di Beverly Hills. Squadra di calcio. Re del ballo di fine anno. Ha tenuto il discorso del diploma. Quoziente d'intelligenza molto alto. Era spesso nei guai per risse. È stato anche sanzionato per aver sparato ad alcuni animali che erano entrati nel suo giardino. La madre si è sposata sei volte. L'ultima volta, si è sposata per interesse. Lei e il marito sono rimasti uccisi in una rapina finita male. Qui c'è scritto che il caso non è mai stato risolto. Il patrigno non aveva eredi quindi, a vent'anni, Thaddeus ha ereditato alcuni milioni di dollari. Al momento i suoi beni sono valutati in circa venticinque milioni».

«Non sembrerebbe uno stalker, vero?», dice mamma.

«Stando al suo profilo, mostra dei tratti che di solito noi attribuiamo ai sociopatici. Intelligenza, aggressività, maltrattamento di animali. I sociopatici hanno spesso un bell'aspetto e la gente rimane scioccata quando scopre che hanno ucciso delle persone».

«Ucciso delle persone?!», grida la mamma. «Pensate che sia questo che intendeva fare?»

«Non so che cosa volesse fare», risponde Garrett a bassa voce.

Ma io lo so. Voleva girare un film con me. Voleva rinchiudermi da qualche parte per farmi interpretare la sua versione malata dei film della mamma. Tutto quello che ha detto Garrett della sua infanzia corrisponde a quello che Vincent ha raccontato a me, ma ha mentito sul suo nome. Non è il nipote di Viviane? Stava fingendo? So che lei è davvero morta. Le ceneri erano false? Ha pianto sulla mia spalla solo per manipolarmi e spingermi a fidarmi di lui?

Uno dei detective dice: «Il fatto che sia ricco e bello non ci aiuta. La poliziotta che lo ha interrogato ha detto che potrebbe molestarla tutte le volte che vuole. Non possiamo fare niente. Non possiamo neanche far emettere un ordine restrittivo. Non ci sono prove».

Deve esserci una prova. Che prova ho? Un biglietto da visita con un nome falso? Bella roba.

Poi mi ricordo il tatuaggio. «Ha un tatuaggio con il nome *Abby*», dico sottovoce.

Il detective risponde: «Gli hanno chiesto anche di quello. Ha detto che al liceo aveva una ragazza con quel nome. Hanno controllato».

«E il furgone?», chiedo.

«Quale furgone?»

«Ha detto che mi stava portando al furgone che aveva sul retro. Se non mi voleva rapire, perché aveva un furgone?».

Il detective fa un'espressione cupa e io so cosa sta pensando. Voleva violentarmi o uccidermi.

Ma io so che aveva in mente cose ancora peggiori.

L'altro detective interviene: «Nessuno sa niente di un furgone. Sei sicura che lo abbia detto?»

«Più che sicura. È stata la prima cosa che mi ha detto. "Ti sto portando al furgone che ho sul retro. Dobbiamo metterti al sicuro"».

Garrett afferra il telefono: «Ho delle persone ancora sul luogo. Dirò loro di controllare». Parla al cellulare: «Controllate fuori dalla porta posteriore e vedete se c'è un furgone. Aspetto in linea».

Tutti attendono la risposta con totale attenzione. Abbiamo bisogno di un qualsiasi indizio per collegarlo a me. Possono farlo attraverso il furgone?

So che se non riusciranno a fare qualcosa, non potrò mai più uscire di casa. Non riuscirò a uscire di sera. Sa troppe cose di me. Dove vivo. Dove vado. Cosa faccio. Chi sono i miei amici. Sa tutto.

«Hanno trovato un furgone», annuncia. Poi dice al telefono: «Perquisitelo e poi riferitemi».

Appena finisce di parlare, un ululato stridulo riempie l'aria.

UAOOO!!! UAOOO!!! UAOOO!!!

L'allarme di qualcuno è scattato facendo un suono acuto e penetrante.

Il cellulare di Brooklyn vibra.

Lo guarda quasi come se avesse dimenticato che cos'è. Sbatte le palpebre, poi risponde: «No, non ho fatto partire l'allarme per sbaglio. Sì, mandate subito la polizia!».

James e i due detective si guardano e si fanno un cenno d'intesa, afferrano le pistole e si precipitano fuori dalla porta sul retro.

«Be', possiamo proprio dire che è stata un notte eccitante», scherza Deron. Sta provando a usare il suo grande senso dell'umorismo per tenerci tranquilli.

Solo che non funziona.

Dopo quidici minuti di attesa snervante, durante i quali l'allarme continua a suonare, James chiama Brooklyn.

Brooklyn gli dà il codice dell'allarme e la notte torna silenziosa.

Brooklyn riattacca. «La casa è libera. Secondo loro non hanno rubato niente, ma vogliono che vada a vedere se manca qualcosa».

Garrett prende il walkie-talkie e dice: «Ho bisogno di due uomini della sicurezza all'ingresso di servizio». Accompagna Brooklyn fino alla porta, dove due uomini armati lo stanno aspettando per scortarlo, sano e salvo, fino a casa sua.

Aspettiamo in un silenzio carico di tensione.

Mentre aspettiamo, Garrett riceve una telefonata.

Ascolta, poi, terminata la telefonata, riferisce: «Hanno trovato il furgone fuori della porta verso cui ti stava trascinando. Le chiavi erano infilate. È stato rubato da un'agenzia di noleggio e le targhe sono state cambiate. Siccome è un furgone a noleggio, ci sono milioni di impronte. Niente che possiamo attribuire a lui». Si rivolge alla mamma, che è in piedi davanti al bancone della cucina a sbocconcellare la crosta di un minuscolo sandwich. «Abby, penso che sia meglio che ti sieda».

«Perché?», chiede la mamma sottovoce.

«Hanno trovato alcune cose nel furgone che sono piuttosto

allarmanti e, sebbene non possiamo provare che stesse tentando di rapire Keatyn, sappiamo per certo che era quello che voleva fare».

«Cosa c'era nel furgone, Garrett?», chiede Tommy lentamente. Ma mi sembra di capire che non ha voglia di saperlo.

«Nastro adesivo, fascette, siringhe piene di una qualche droga che dobbiamo ancora identificare».

Ricomincio a piangere e Damian mi stringe più forte.

«Andrà tutto bene, Keats. Stai bene. Sei al sicuro», mormora dolcemente. Anche quando parla, sembra che stia cantando. È molto confortante.

Appoggio la testa alla sua, ma le lacrime continuano a scorrermi lungo le guance. Ma non sto piangendo per quello che hanno trovato nel furgone.

Sto piangendo perché glielo devo dire.

Devo dire a tutti quanto sono stupida.

Dire che sono stata io a invitarlo alla festa.

Brooklyn, i detective e James rientrano dalla porta di servizio dopo circa venti minuti.

Brooklyn sembra fuori di sé.

James va subito da Garrett a gli parla in tono sommesso.

Brooklyn ingoia forte e mi guarda. «Keatyn, il tuo bikini. Non l'avevi preso, vero? Ti ricordi che lo avevi lasciato sul pavimento?».

Mamma chiede: «Perché hai lasciato il tuo bikini sul pavimento di Brooklyn?»

«Perché era bagnato», rispondo. Ma non le dico che me lo ha strappato di dosso, ha fatto l'amore con me e poi mi ha detto che era rilassante.

La mamma mi aggredisce: «Quante volte ti ho detto di non lasciare i tuoi bikini bagnati sul pavimento?».

Tommy le prende la mano. «Non penso che sia questo il problema adesso».

«Non l'ho preso».

Brooklyn dice: «Infatti. Mi sembrava di ricordare di averlo visto mentre mi stavo preparando per la festa».

James sussurra qualcosa a Tommy.

«Cosa sta succedendo? Cosa sono tutti questi segreti?», chiedo. «Quindi ha preso il mio bikini. Cos'altro ha preso?»

«Non ha preso nient'altro», risponde Garrett un po' troppo velocemente.

«Va bene. Allora cos'ha lasciato?».

James sospira. «C'era una busta gialla indirizzata a Abby».

«Fammi vedere. È un'altra lettera».

«Ne parleremo più tardi», dice Garrett tranquillo. «Prima dobbiamo esaminarla per le impronte». Poi si rivolge a mamma e Tommy. «Andiamo in un'altra stanza».

C'è qualcosa che non vuole dire davanti a me.

Qualcosa di brutto.

Ecco perché Brooklyn sembra così fuori di sé.

Mi asciugo gli occhi e mi siedo più diritta, ritrovo un briciolo di forza. «Qualsiasi cosa tu voglia dire, devi dirla davanti a me. Non puoi proteggermi da lui».

«Keatyn...», comincia Garrett.

Ma io mi alzo e lo interrompo. «Non trattarmi con condiscendenza. Tutta questa costosa sicurezza non è servita a niente. Potrei essere legata nel retro di un furgone in questo momento. E se fosse successo, penso proprio che questo piccolo party sarebbe stato molto diverso».

La mamma si regge lo stomaco come se stesse per vomitare.

Tommy beve un sorso di whisky. «Dicci tutto, Garrett. Cosa c'è nella busta?».

Il detective ci fa cenno di seguirlo. Si infila un paio di guanti di lattice e si dirige verso l'isola della cucina. Prende una busta di plastica dalla tasca del suo soprabito, poi estrae la busta gialla e la apre.

Mi alzo dal divano.

Mi tremano le ginocchia, ma Damian mi afferra la mano e mi accompagna in cucina.

Gli occhi di tutti sono puntati sulla busta. Come se contenesse il nome del vincitore dell'Oscar.

Rovescia la busta sul bancone. E ne escono una chiavetta USB e un biglietto.

Mia carissima Abby,

ti avevo detto che ero andato avanti. Ma scommetto che non avresti mai pensato che mi riferivo alla tua bellissima figlia.

Dille che mi dispiace che non abbia funzionato tra noi, ma non deve preoccuparsi.

Faremo ancora un film insieme e sarà perfetto.

E, in caso avessi bisogno di argomenti più convincenti, puttana, controlla la chiavetta.

Io sono dappertutto.

Tremo e mi sento svenire.

Damian mi regge.

Garrett mette un computer portatile sul bancone e inserisce la chiavetta.

Incomincia uno slide-show.

Sono fotografie mie.

Sono io sulla spiaggia il primo giorno che ho incontrato Vincent. Indosso il succinto bikini francese, sorrido e getto della sabbia a Brooklyn.

Io all'Undertow con indosso il mio abbigliamento non-l'ho-studiato-ma-sono-fantastica-con-questo-vestito.

Una foto sgranata di me, Brooklyn e Damian, nell'idromassaggio sul balcone di notte.

Io e Cush al molo di Santa Monica. Io porto l'enorme foca di peluche che lui aveva vinto per me facendo tiri a canestro.

Io e Brooklyn che camminiamo mano nella mano sulla spiaggia.

Io sul balcone con il bellissimo vestito bianco che ho indossato per il party stile Monte Carlo. La notte in cui mi ha detto che se avessimo sceso quei gradini e ce ne fossimo andati nessuno se ne sarebbe accorto.

Io in hotel, sdraiata sul lettino vicino alla piscina quando sono tornata dall'Europa.

Io che faccio la ruota sulla spiaggia il giorno del mio compleanno. Quando mi ha fatto un video. Posso ancora sentire la sua presa sul mio polso. Quanto era forte.

Io mentre bevo una birra e mangio gamberetti a pranzo da Buddy.

C'è anche un video. Il video che ha girato quando mi ha detto di fare la mia versione del famoso poster della mamma. Saltello in acqua, poi gli tiro l'acqua e gli mando un bacio.

Mi sento male.

«Oh, mio Dio», dice mamma. «Keatyn, questo video. Com'è riuscito ad averlo?».

Crollo e comincio a piangere e urlare. Tommy mi mette una mano sulla spalla. Mi volto. Mi nascondo nel suo petto e singhiozzo. Sento il mio corpo pesante e sto per avere una crisi di nervi.

Non voglio neanche pensare a quello che mi sarebbe successo se fosse riuscito a portarmi fuori dalla porta. Afferro il mio ciondolo e dico una preghiera di ringraziamento.

Tommy mi sussurra per confortarmi mentre mi abbraccia: «Shh, tranquilla piccola, andrà tutto bene. Non lasceremo che questo tipo l'abbia vinta».

Mi accarezza i capelli.

Mi calmo un pochino.

«Io… conosco… lo… stalker», dico tra i singhiozzi.

«Tu cosa?! Cosa vuoi dire?», chiede Tommy.

«Io… voglio… io… l'ho invitato… io… alla festa».

Tutti mi guardano confusi e scioccati.

Garrett è il primo a riprendersi. Mi afferra per le spalle e mi guida al divano, mi fa cenno di sedermi e poi si siede sul tavolinetto proprio davanti a me. «Penso che tu debba spiegarci qualcosa. Se sapevi chi era lo stalker di tua madre, perché non l'hai detto a nessuno?»

«Perché non me ne sono resa conto fino a quando non ha tentato di rapirmi».

«Raccontaci tutto. Dimmi per filo e per segno tutto quello che è successo in discoteca prima dell'intervento di James».

Faccio un respiro profondo.

«Ero vicino alla pista da ballo e stavo parlando con Brooklyn, quando c'è stato del trambusto. Un ragazzo, vestito come quelli della sicurezza – abito scuro, occhiali da sole – mi ha afferrata e mi ha detto che doveva portarmi in un luogo sicuro. Sono andata nel panico e ho subito pensato che fosse successo qualcosa di brutto. Avevo paura che lo stalker avesse preso la mamma, quindi gli ho detto di no. Che prima dovevo trovarla. Allora lui ha detto "la puttana sta bene", è stato in quel momento che mi sono resa conto che era lo stalker e non uno della sicurezza. Ho gridato, ma la musica era troppo forte e nessuno mi ha sentito. E tutti si stavano avvicinando al punto in cui era scoppiata la rissa. Allora ho visto il suo tatuaggio e ho capito, non solo che era lo stalker, ma che lo conoscevo».

«Oh, mio Dio, Keatyn», dice mamma.

La guardo. «Ho provato a pregarlo, ma si è messo a ridere. Pensava che fosse divertente che mamma non avesse idea che era passato da lei a sua figlia. Ho provato a scappare. A stare a corpo morto per essere più pesante. Ho lottato, ma lui era così forte».

Mi fermo, mi passo una mano sul viso e poi tra i capelli. «Davvero molto forte e non riuscivo a liberarmi. Sapevo che non dovevo andare con lui, sapevo quello che voleva. Voleva rapirmi e io non potevo fare niente. L'uscita era sempre più vicina e io ero fuori di me, totalmente nel panico. Poi una voce ha cominciato a parlarmi. Mi ha calmata».

«Una voce?», chiede mamma.

I miei occhi si riempiono di nuovo di lacrime. Annuisco e mi mordo il labbro. «Sembrava la voce di papà. Mi ha detto che non dovevo permettergli di portarmi fuori dalla porta e mi ha ricordato una stupida mossa difensiva che ho imparato a educazione fisica. E io l'ho fatta, gli ho infilato il tacco nel piede proprio mentre apriva la porta. Ha funzionato. Ha allentato la presa, mi sono liberata e sono scappata». Espiro a fondo. Sono esausta. «Il resto lo sapete».

«Cosa avete intenzione di fare?», chiede Tommy con voce inespressiva.

Garrett Smith si alza e prende il controllo. Indica il detective più vicino a lui e gli dice: «Grazie per tutto quello che avete fatto. Adesso ce ne occupiamo noi».

I detective annuiscono, sussurrano qualcosa del tipo "se c'è qualcosa che possiamo fare, fatecelo sapere" e vengono accompagnati alla porta. Tommy mi passa il suo bicchiere di whisky.

Garrett ritorna e siede di nuovo di fronte a me. «Raccontami come lo hai conosciuto».

Mi copro il viso con le mani e faccio cenno di no. «Non posso. Vi arrabbierete con me. Ma io non lo sapevo. Lo giuro».

Tommy mi accarezza la schiena. «Nessuno di noi lo sapeva, piccola. Devi dircelo. Nessuno si arrabbierà. Siamo felici che tu sia stata abbastanza intelligente da accorgertene stasera».

«Ma non è solo quello. Non sono intelligente». Guardo di nuovo mamma. «Mamma, ti ricordi quel ragazzo sexy, più grande di me con cui sono andata a cena? Vincent Sharpe?»

«Sì».

«Era lui».

«Cosa vuoi dire?»

«Lo stalker, Thaddeus come si chiama. Era Vincent Sharpe o per lo meno fingeva di esserlo».

Alla mamma tremano le gambe e James l'afferra per un braccio. «Oh, mio Dio, Keatyn. Sei andata a cena con lui».

Garrett controlla i suoi appunti e mormora: «Sharpe. Dove ho già visto questo nome?».

Rispondo: «Mi ha detto che sua nonna era Viviane Sharpe».

«Sì, giusto. Su quello non ha mentito. Quindi lo conoscevi? Sei andata a cena con lui? Hai passato del tempo con lui?»

«In pratica, sì».

Tutti cominciano a mormorare e fare domande.

Garrett si alza in piedi e li zittisce con un cenno della mano. «Ascoltate, so che avete un milione di domande, ma sarò io a farle. Dobbiamo mettere insieme tutti i pezzi del mosaico e cercare di capire perché si è trasformato da fedele ammiratore a rapitore. Allora, Abby, sappiamo che è stato un tuo fan per anni, ma non ti ha mai creato problemi. Quand'è che le cose hanno cominciato a cambiare? Quando hai trovato il biglietto nello zaino? Quando mi avete coinvolto?».

Mamma pensa. «No, a quel tempo non sembrava una cosa importante, ma è stato molto prima, è entrato nella mia roulotte sul set».

«E ha rubato una foto di famiglia», aggiunge James. «Di Keatyn e Abby sulla spiaggia alle Hawaii».

Garrett fa una deduzione: «Quindi lui prende la foto e invece di vedere Keatyn, vede Abby com'era quando si è innamorato di lei. Una giovane Abby».

«È stato lo stesso giorno in cui l'ho incontrato per la prima volta. Me lo ricordo perché eri in soggiorno con tutti quegli uomini in giacca e cravatta quando sono tornata dallo shopping con Sander. È stato il giorno in cui ci siamo lasciati».

«Dove lo hai incontrato? Mentre facevi shopping?»

«No. Sulla nostra spiaggia».

Mamma rimane senza fiato. «È venuto in casa nostra?».

Brooklyn interviene: «Era sulla spiaggia, più vicino a casa mia. Ci ha detto che stava comprando una casa lì vicino e mi ha chiesto di insegnargli a fare surf. Sembrava a posto, eccetto per il modo in cui fissava Keatyn. Non mi era piaciuto, ma lui si è scusato. Ha detto che era uguale a Abby in *Un giorno al lago*, e ci ha detto che aveva una cotta per lei a quattordici anni. Ha detto che Keatyn gli riportava alla mente molti ricordi».

Garrett dice: «Okay, ti ricordi quando lo hai rivisto?».

Annuisco. «Sì, quella sera stessa. Era al concerto d'addio di Damian. Ha flirtato con me. Mi ha detto che voleva girare un film. Io ho riso e gli ho chiesto se era il suo modo per rimorchiare. L'ho praticamente ignorato, ma lui mi ha detto che voleva fare il remake di *Un giorno al lago*. Io ho scherzato e gli ho detto che non volevo starmene lì in bikini a urlare. Lui mi ha risposto che non sarebbe stato così. Che sarei stata un'eroina che prende gli altri a calci nel culo e che sarebbe stato un successo al botteghino. Mi ha dato il suo biglietto da visita e mi ha detto di chiamarlo, ma io non l'ho fatto. Non aveva neanche scritto la sceneggiatura. Non sono un'idiota». Chiudo gli occhi. «Be', pensavo di non esserlo».

Prendo un altro sorso dal whisky di Tommy e apro gli occhi. Il whisky che mi brucia la gola mi ricorda che purtroppo non è solo tutto un brutto sogno.

Garrett dice: «Quindi aveva questa fantasia di fare un remake del film di Abby. E aveva trovato una ragazza identica a lei per interpretare il ruolo. Però deve essere successo qualcosa nella sua vita. Qualcosa che gli ha fatto perdere la testa».

«Sua nonna è morta», dico. «La idolatrava. Era stata un'attrice un tempo e lui diceva che era una vera signora. Continuava a parlare di sua nonna e di quanto lei rispettasse Abby perché non si era mai tolta i vestiti nei suoi film, che i suoi erano film puliti, come quelli dei vecchi tempi. Ha avuto un'infanzia orribile e mi sembrava di aver capito che sua madre fosse un po' zoccola. Si è sposata sei volte. L'ultimo marito era molto ricco, ma odiava i bambini, quindi lei lo aveva scaricato dalla nonna. Però è stato un bene per lui. Sembra che avesse molta poca autostima, perché i bambini lo prendevano in giro. Ma la nonna gli disse che poteva fingere di avere fiducia in sé stesso e lui mi ha detto che alla fine non aveva più bisogno di fingere».

«Quindi la donna che idolatrava muore. Okay», dice Garrett. «C'è dell'altro?»

«L'ho aiutato a spargere le sue ceneri sulla spiaggia. Era molto triste. Non penso che stesse fingendo. Singhiozzava sulla mia spalla. L'ho abbracciato e ho pianto con lui. La casa che stava acquistando doveva essere un regalo di compleanno per lei. Diceva che lei aveva incontrato il grande amore della sua vita su questa spiaggia e che qui era stata più felice che mai. Voleva che anche Vincent trovasse il vero amore. Mi ha detto che lei avrebbe adorato il fatto di avermi incontrata sulla stessa spiaggia. Il giorno dopo mi ha mandato un messaggio e mi ha invitata a cena. Voleva ringraziarmi per essere stata gentile con lui».

«È stata la sera in cui Barbara mi ha chiamata e mi ha detto che stavi cenando con un ragazzo sexy e molto più vecchio di te, giusto?», chiede mamma.

«Sì. Prima abbiamo bevuto del vino sul patio».

Garrett chiede: «Cos'è successo quella notte?».

Ci penso e poi rispondo: «Abbiamo parlato solo del film, ma... non so».

«Cosa vuoi dire?»

«Anche se stavamo parlando del film, era come se...». Mi affievolisco e dico in un sussurro: «Non lo so. Non so più niente».

Garrett mi tocca il braccio e io sobbalzo. «È successo qualcosa?».

Scuoto la testa. «Non lo so. Ho sempre pensato di essere brava a capire le persone. Ma con lui mi sono sbagliata così tanto».

«Non mettere in dubbio il tuo istinto. Dimmi cos'hai pensato veramente».

«Anche se tutto quello che diceva riguardava il film, avevo la sensazione che stesse cercando di sedurmi. Mi sfiorava il ginocchio con la mano tutte le volte che mi versava il vino. Mi ha chiesto quando sarei diventata maggiorenne. Mi ha detto che avevo un viso molto espressivo e ha parlato di tutte le cose che faccio con la bocca, tipo quando mi mordo il labbro. Mi ha sfiorato le labbra con il pollice. Dopo cena mi ha baciata sulla guancia, ma è stato un bacio molto più lungo di un normale bacio sulla guancia. Poi mi ha guardata e mi ha detto che l'altra guancia sarebbe stata gelosa, quindi mi ha baciata anche sull'altra guancia. Era davvero molto affascinante».

«I sociopatici sono molto affascinanti, Keatyn. Le persone sono attratte da loro, ma loro sono freddi dentro».

Guardo una foto delle bambine sul tavolinetto. Indossano tutte tutù colorati, tranne Gracie. Lei è vestita da principessa. Mi torna in mente il biglietto nello zaino di Avery e, all'improvviso, capisco cosa lo ha fatto andare fuori di testa. «Mamma è diventata una puttana», mormoro.

«Cosa?», chiede la mamma.

«Il biglietto nello zaino di Avery. Era arrabbiato con te. Hai girato quelle scene di sesso e invece di essere come sua nonna che lui adorava, sei diventata una puttana… come sua madre. Odiava sua madre».

«Molto perspicace. Keatyn. Adesso sì che cominciamo a capirci qualcosa», dice Garrett. «Sua nonna, la donna che adorava, muore. E l'altra donna che idolatrava diventa una puttana. Ecco cos'è stato. Cosa lo ha fatto impazzire. Dimmi il resto. Raccontami di tutte le volte che vi siete incontrati».

Gli dico tutto.

Garrett ha un'espressione molto seria quando dice: «Keatyn, Abby, questa cosa non finirà qui».

«Cosa vuoi dire?»

«Dovremo mandare via Keatyn per un po'. Non può stare qui. È troppo pericoloso».

«Ci stiamo preparando ad andare a Vancouver a girare un film», dice mamma. «Verrà con noi».

«Abby, questa cosa va molto al di là del tipico fan ossessionato. Le fotografie, il fatto che la segue ovunque, il fatto di essere riuscito a penetrare in casa, in un quartiere sorvegliato come questo, tutto ci fa pensare che sia diventato un gioco per lui. È riuscito a introdursi nella sua vita. Vancouver non è la risposta. È molto grave e penso che la cosa migliore per tutta la famiglia sia che vi dividiate, per il momento».

Mamma assume un'espressione feroce, come una leonessa che protegge i suoi cuccioli. «Non la manderemo da nessuna parte. Lei resta con noi».

«Stavo pensando a qualcosa tipo il programma di protezione testimoni. Potremmo cambiarle nome e mandarla via finché lui non trova qualcun'altra da perseguitare o finché non lo catturiamo».

«Cambiare nome? Andarmene? Cos'è successo al "non permetterò a nessuno di fare di me una vittima"? Non è quello che dicevi sempre, mamma?»

«Questa volta è diverso, Keatyn, perché tu stavi per diventare una vittima vera», dice Garrett senza tanti giri di parole.

Questo mi dà il colpo di grazia.

Garrett continua: «Ascolta, quest'uomo è stato ossessionato da tua madre per anni. È impazzito quando ha visto le sue scene di nudo e ha spostato la sua attenzione su di te. Penso che se non riuscirà più a trovarti o a vederti, troverà qualcun'altra su cui concentrarsi. Nel peggiore dei casi dovrai stare via sei mesi, un anno al massimo».

«Un anno! Siete matti!?». Ma poi il mio sguardo si posa sulla foto delle bambine e capisco che non sarebbero al sicuro con me vicino. Mamma fa un respiro profondo e capisco che sta per protestare.

«No. Ha ragione. Devi pensare alle bambine, mamma. Voglio che siano al sicuro».

«E se andasse a vivere con suo nonno in Texas?», chiede.

«Troppo facile da rintracciare», dice James.

«Allora che ne dite della Francia? Potrebbe vivere nella nostra casa là? Andare a scuola? Lui non ha fatto niente questa estate mentre lei era via».

«Sa della Francia», li informo proprio mentre James dice: «Neanch'io penso che sia una buona idea».

Damian interviene: «E mandarla in un collegio?». Si volta verso suo padre. «Ti ricordi il collegio che ha frequentato il fratello maggiore di Trent, non sei amico del rettore?»

«Figliolo, sei un genio», dice il signor Moran. «È perfetto. È molto sicuro. Ci sono stati i figli del segretario di Stato qualche anno fa, quindi il servizio segreto ha installato una recinzione lungo tutto il perimetro. C'è una cabina col guardiano, un'unica via d'accesso e telecamere di sorveglianza».

«Sembra una prigione», borbotto.

«È pensata per tenere fuori i terroristi. Dall'interno non ci si accorge di nulla. È un bellissimo campus. Il rettore ha avuto delle grane qualche anno fa e io l'ho aiutato a risolvere tutto. È molto difficile essere ammessi, ma sono sicuro che per me farà un'eccezione. È in debito con me».

Garrett si rivolge al signor Moran: «Mi piacerebbe saperne di più di questa scuola. Potrebbe essere la soluzione migliore. Potrebbe permetterle una parvenza di normalità e al tempo stesso tenerla al sicuro».

Brooklyn, che era rimasto in silenzio finora, interviene: «Il collegio non sarà così male, Keats. Non te l'ho ancora detto», sospira. «Volevo dirtelo solo dopo il tuo compleanno, ma io parto la prossima settimana».

È come se mi avesse dato un pugno nello stomaco. È per questo che non si è voluto impegnare con me? Aveva già programmato tutto? Mi ha solo usata?

Mi manca il respiro.

Riesco a dire a malapena: «E quando pensavi di dirmelo? Dopo la partenza?».

Corro nella mia stanza, sbatto la porta e mi siedo sul letto a piangere.

Piango per Brooklyn, il ragazzo che credevo di amare. Il ragazzo con cui ho passato l'estate, pensando che fossimo innamorati. E piango ancora per essere stata così stupida con Vincent. Apro gli occhi e vedo un'altra foto delle mie sorelline. In questa sono tutte vestite da principesse.

Piango ancora di più.

La stessa voce che ho sentito al club mi dice: "Vai in collegio. Sarai al sicuro. E anche loro".

Non posso metterle in pericolo. Preferirei morire piuttosto che lasciare che facciano del male a quelle creature innocenti.

Poi penso a quando Vincent mi ha sollevata.

Al fatto che ha toccato il mio vestito.

La mia pelle.

Mi precipito in bagno, apro la doccia e resto lì sotto l'acqua calda.

Poi mi rendo conto che sto ancora indossando il vestito della festa.

Me lo strappo di dosso, lo butto a terra e ricopro il mio corpo di sapone.

Poi mi strofino la pelle fino quasi a togliermela.

Quando l'acqua calda finisce, afferro un asciugamano e mi asciugo.

Ritorno nella mia stanza, faccio un respiro profondo e mi ricompongo.

Sulla scrivania, vedo gli stivali che mi ha regalato Cush e li indosso.

Questi stivali sono la nuova me.

La me che può gestire tutto.

La me che non permetterà più agli altri di dirle quello che deve fare, ma che deciderà da sola della sua vita.

Afferro un paio di pantaloncini di jeans e la maglietta della squadra di calcio che volevo restituire a Cush e li indosso. Mi sto ripulendo il viso quando entra Brooklyn.

«Non mi devi nessuna spiegazione», dico glaciale. «Ho capito. Devi fare quello che è giusto per te e io farò lo stesso».

«Tutto qui? È questo tutto quello che hai da dire?»

«Sì. È tutto quello che posso dire. Ti ho incoraggiato. Anche se», aggiungo maligna, «per essere uno che mi voleva lontano dai riflettori, trovo buffo che tu ci stia andando incontro».

«Non lo faccio per il denaro, la fama o i riflettori. Lo faccio per me stesso».

«E io andrò in collegio, ma non lo sto facendo per me. Lo faccio per loro», dico indicando la fotografia delle bambine.

Brooklyn annuisce e mi abbraccia.

Ma io irrigidisco le spalle. Non voglio lasciarlo entrare di nuovo nel mio cuore.

«Keats, non voglio che finisca così. Ho passato un'estate fantastica con te. L'estate più bella della mia vita».

«È per questo che non mi hai mai chiesto di essere la tua ragazza? Perché non volevi lasciarmi? Perché avevi già programmato tutto?»

«Tu sei stata la mia ragazza per tutta l'estate, Keats. Pensavo lo avessi capito quando ti ho detto che ti amavo. E non avevo programmato niente quest'estate. Ne ho parlato con mio padre e lui ha trovato gli sponsor. Quando eravamo a Londra mi aveva detto che probabilmente sarebbe andato tutto a buon fine, ma non c'è stato niente di sicuro finché non siamo ritornati a casa. Non te l'ho detto perché non volevo rovinarti il compleanno».

«Non sapevo quello che provavi».

«Come potevi non saperlo? Te l'avrò detto un milione di volte, cazzo, che ti amavo».

«Be', forse dovresti imparare a comunicare meglio».

«E tu forse dovresti crescere un po'. Smetterla di preoccuparti tanto di quello che pensa la gente e preoccuparti di più di quello che pensi tu».

Subito mi viene da piangere.

Giuro che di solito non sono così piagnucolona.

«Non sgridarmi. Non posso sopportarlo».

Mi stringe forte.

Appoggio la testa al suo petto. Prima mi sembrava un posto meraviglioso, adesso mi sembra estraneo. «Quindi avevamo una relazione?»

«Te l'ho detto, ti amo. Stavamo insieme perché lo volevamo. È questo quello che conta».

«No, sapere a che punto si è in una relazione è quello che conta. E dopo stasera lo so esattamente. Per quello ho rotto con te anche se non avevamo una relazione stabile. E ho baciato Cush».

Contrae le labbra. «Perché?»

«Perché, cosa?»

«Perché lo hai baciato?»

«Perché a te non piacevo abbastanza per chiedermi di diventare la tua ragazza. L'altro giorno abbiamo fatto sesso e tu hai detto: "Sono contento che possiamo rilassarci insieme". Ecco perché. Adesso mi stai dicendo che avevamo una relazione? Che eri il mio ragazzo?»

«Le etichette contano un po' troppo per te. Proprio come quelle dentro a quegli stivali da migliaia di dollari».

Guardo gli stivali che mi ha regalato Cush per il mio compleanno.

Devi essere coraggiosa, Keatyn.

Alzo il mento, sto in piedi dritta e faccio uscire la stronza che è in me. «Spesso i ragazzi ti dicono che ti amano solo per fare sesso. Anche mia madre, che ha una relazione del tipo stiamo-insieme-ma-non-diamoci-etichette, mi ha chiesto se per il mio compleanno mi avevi regalato un anello o qualcosa del genere. Se mi avevi chiesto di diventare la tua ragazza».

«Un anello?»

«Non di fidanzamento, ovvio. Solo qualcosa per far vedere al mondo che volevi stare con me».

Alza il braccio e mi sbatte in faccia il suo nuovo tatuaggio. «I tatuaggi durano per sempre, Keats. È quello che pensavo di noi».

Ricomincio a piangere.

«Avresti dovuto saperlo qui», dice battendomi il petto. «Non sai se sono quello giusto, vero?»

«Io volevo che lo fossi, sono stata innamorata di te dal primo giorno in cui ti ho incontrata».

«Avevi una cotta per me. È una cosa diversa dal vero amore».

«Stai dicendo che tu provi quello per me? Non è possibile. Hai appena deciso di lasciarmi per un anno. Non mi hai chiesto di essere la tua ragazza e ti piaccio solo quando sono la tua surfista spensierata. Quando sono me stessa non è che ti piaccia poi tanto. Mi vuoi nel tuo mondo, ma non vuoi avventurarti nel mio».

Si passa la mano fra i capelli e scuote la testa. «So che tutto quello che stai dicendo è vero, ma io ti amavo. Anzi, ti amo. Non stavo mentendo. Solo pensavo che se il destino ci voleva insieme, in un modo o nell'altro sarebbe successo. Perché io non sono riuscito a capire come avrei potuto avere il mio sogno e te».

«Be', hai messo alla prova il destino. Non hai voluto ballare con me. Non hai provato a essere gentile o a conoscere i miei amici. Hai preso in giro le mie bellissime scarpe e hai detto che ero vestita da puttana».

Brooklyn annuisce. Sa che sto dicendo la verità. «Quindi, cosa facciamo?»

«Tu andrai in tour con i surfisti e io andrò in collegio. Ora torno fuori».

Mamma è sorpresa di vedermi tornare in soggiorno. «È tardi, Keatyn, perché non provi a dormire un po'? Ne hai passate tante stasera. Possiamo decidere tutto domattina».

«Mamma, non penso che riuscirei a dormire. Anzi, penso che non dormirò mai più. E poi è già mattino. Mi sento meglio, ho fatto una doccia e ho parlato con B. Adesso so a che punto è il nostro rapporto».

Mi siedo vicino al signor Moran e gli passo il portatile di Tommy. «Le dispiacerebbe mostrarmi il sito della scuola?», chiedo con gentilezza.

Lui digita un indirizzo web e poi gira il computer verso di me.

Navigo nel sito.

«Sembra carina», dice mamma alle mie spalle. «Guarda che alberi meravigliosi».

Il signor Moran continua la sua opera di convinzione. «Il campus è bellissimo... sembra quello di un'università. Ed è molto esclusivo. Molti dei ragazzi che escono di lì frequentano le università della Ivy League».

Clicco sulla pagina dedicata al calcio.

Mamma dice: «Guarda, tesoro, potrai continuare a giocare a calcio».

«Sì, sembra tutto bello. Signor Smith, se pensa che sia sicuro, vorrei andarci».

Il mio cellulare ha continuato a vibrare per tutta la notte; quindi, mentre gli altri continuano a parlare del collegio e a navigare sul sito, lo tiro fuori dalla tasca, mi lascio cadere sul divano e leggo i messaggi. Un mucchio di gente mi chiede del dopo-party. Se è stato riprogrammato per un altro giorno.

Per ora, nessuno ha chiesto notizie di me.

Poi ci sono i messaggi delle mie migliori amiche.

VANESSA: Pensavo avessi scelto Cush e che le cose sarebbero tornate alla normalità quest'anno, ma cancellare il dopo-party senza nemmeno una spiegazione è stata la goccia che ha fatto traboccare il vaso. Tutti continuavano a chiedere a me come se fossi la tua segretaria. Ho detto a tutti di andare al diavolo. Ti ho supportato con Cush, ma di te non ci si può più fidare. Darò via il tuo posto al nostro tavolo. Sei finita.

VANESSA: PS: Ho deciso di tenermi Cush. Quel ragazzo è proprio carino.

RIANNE: Vanessa dice che non siamo più amiche. Ti volevo dire che sono d'accordo con lei.

CUSH: Keatyn, stai bene? Qualcuno ha detto che eri per terra e vomitavi, poi hanno annunciato che il dopo-party era stato annullato. Stai male? Vanessa sta dicendo a tutti che il surfista ti ha coinvolta con la droga e che hai avuto un'overdose, ma quando abbiamo ballato e tutto il resto, mi sembrava che stessi bene. Ho provato a venire a trovarti a casa. Non so se te lo hanno detto, ma al cancello non c'era la solita guardia e non mi hanno lasciato entrare. Sono preoccupato per te. Ti amo.

Rispondo subito a Cush.

IO: Adesso non posso parlare. Grave problema familiare. Hai ragione. Non ho mai preso droghe. Non lo farò mai. Ho vomitato perché ero agitata. Vanessa è infuriata perché ho cancellato il dopo-party. Ha detto che è stata l'ultima goccia, che darà via il mio posto al tavolo… e che vuole mettersi con te :(

CUSH: È stato più facile di quello che pensavamo :) adesso possiamo sederci dove ci pare. Spero che vada tutto bene. Chiamami appena puoi. Non importa se è tardi. Aspetterò. Stasera mi sono proprio divertito. E poi mi hai detto che mi ami, è stata la notte più bella della mia vita. Anche più bella di quella notte all'hotel.

Com'è dolce. Inizio a rispondergli, quando Garrett praticamente mi strappa di mano il cellulare. «Cosa stai facendo? Non puoi usare il cellulare».

«Devo parlare con i miei amici. Devo spiegargli cosa sta succedendo».

Si siede vicino a me. «Questa sarà la cosa più difficile. Non puoi parlare con i tuoi amici. Non puoi dirgli niente».

«Non posso andarmene e basta. Devo loro una spiegazione. Soprattutto a Cush. Io e lui… cioè non posso sparire senza un motivo».

«Hai un motivo enorme per cui devi farlo. È lui l'altro ragazzo con te nelle foto?»

«Sì, è lui».

«E cosa pensa Vincent della vostra relazione?»

«Cush mi ha accompagnato a una delle feste in cui Vincent mi ha fotografato, ma gli ho detto che siamo solo amici… aspetta, pensi che sia in pericolo? Pensi che i miei amici siano in pericolo?»

«Penso che farà di tutto per trovarti».

«Vincent pensa che io stia uscendo con Brooklyn. Gli ho raccontato della nostra estate in Europa». Penso a Cush, a quanto era felice stasera. Abbasso la voce in modo che solo Garrett possa sentirmi. «Non capisci. Ho detto a Cush che lo amo. Ci siamo rimessi insieme. Finalmente ho capito chi è il ragazzo giusto per me. Ti prego non costringermi a partire senza parlargli. Non posso fargli questo. Gli farei del male. È già stato male una volta a causa mia. Ti prego, gli dirò una bugia se devo farlo, ma gli devo parlare. Devo».

Garrett legge il mio ultimo messaggio e scuote la testa. «Gli hai già detto troppo».

«La gente dice che sono una drogata».

«Più voci false circolano su di te, meglio è».

Le lacrime cominciano a scorrermi sulle guance.

Garrett si avvicina a me. «Tieni molto a lui, vero?».

Annuisco. «Mi ama. Ama tutto di me».

«Perché hai acconsentito ad andare in collegio? Anche tua madre voleva che andassi da qualche parte con loro, ma tu hai preferito andare via da sola, perché?»

«Perché ho paura per le mie sorelline. Preferisco lasciarle e non vederle mai più, piuttosto che qualcuno faccia loro del male».

«Dovresti avere paura anche per Cush. Se lo ami non devi parlare con lui. So che è difficile. È terribile, ma lui non deve sapere. Qualche volta, quando le persone entrano nel programma di protezione testimoni, dobbiamo far credere alle famiglie che sono morti. Organizziamo addirittura il funerale. Se i killer vedono emozioni reali nei familiari, le famiglie sono al sicuro».

«Volete dire a tutti che sono morta?»

«No. La morte della figlia di Abby Johnston farebbe notizia. Invece dobbiamo tenere la stampa all'oscuro. In pochi giorni avremo pronto un piano d'azione. Andrò personalmente a controllare questa scuola per accertarmi che sia davvero sicura».

Mi asciugo le lacrime e cerco di sorridere. «Grazie».

Mamma si siede vicino a me e mi abbraccia.

Garrett aggiunge: «E quando tutto sarà finito, diremo a tutti la verità».

Chiedo sottovoce: «E quando sarà tutto finito? Quando riuscirà a rapirmi oppure quando sarò morta?»

«Keatyn Elizabeth!», grida la mamma. «Non osare mai più dire una cosa simile».

«È quello che pensano tutti, mamma».

Tommy entra nella stanza. «Abby, cerca di stare calma. Ha ragione. Lo pensiamo tutti e tutti preghiamo che non succeda mai». Si volta verso di me. «Mi sembra che tu stia meglio. Sei più sicura di te. Hai preso una decisione, vero? Hai la stessa espressione cocciuta di Gracie».

«Sì, è vero. Sento che è la cosa giusta da fare».

Garrett dice: «Sistemeremo tutto. Se andrai in collegio – e io penso che sia un'ottima idea – non potrai andare come te stessa. Signor Moran», continua rivolgendosi al padre di Damian, «non deve dire neanche al suo amico chi è realmente Keatyn. Non devi dirlo a nessuno. Non solo non puoi usare il cellulare, ma voglio anche la lista delle password di tutti i tuoi profili social. Le cambieremo, così non sarai tentata di collegarti, e li terremo sotto controllo».

«Ho capito. Niente telefono e niente social. E chi sarò?»

«Keatyn Monroe», dice la mamma. «Era il cognome da ragazza della mia bisnonna. Volevo chiamarti come lei. Monroe Douglas. Ma Keatyn Monroe suona meglio, non credi?»

«È un bel nome», dice Millie. «Mi piace».

Garrett aggiunge: «E avrai bisogno di una storia di copertura. Dovrai raccontare bugie a tutti su chi sei in realtà. Questa è la cosa più difficile. In queste situazioni, sappiamo che più cose vere lasciamo, più sarà facile per te mentire».

Mi metto il portatile sulle ginocchia e clicco su alcune fotografie.

Studenti che giocano a football e a calcio. Studenti in classe. I bellissimi edifici storici. Sembra un posto bello e sicuro.

Clicco sul calendario delle lezioni.

«Dovremo fare tutto alla svelta. L'inserimento è il prossimo giovedì».

«Va bene», dice mamma. «Pensate che potremmo provare a mangiare un po' di tutto questo cibo?».

Tommy e James fanno di nuovo il giro della casa per controllare porte e finestre. Anche se la sicurezza circonda la casa.

Prendo qualcosa da mangiare e osservo la guardia sulla terrazza.

E mi rendo conto che, anche così, non mi sento al sicuro.

Mercoledì 24 agosto

Batti insieme i tacchi
13:00

Gli ultimi giorni sono stati terribili. Domenica scorsa Damian è tornato in Europa e io sto diventando pazza. Non mi permettono di uscire di casa.

Non che io ne abbia voglia.

Ho troppa paura.

Cush ha provato a venire un paio di volte e mi si spezza il cuore se penso a quanto lo sto facendo soffrire. Mi odierà, ma non voglio metterlo in pericolo. James mi ha detto che Vincent potrebbe sorvegliare la casa o la guardiola. Ha già una foto di me con Cush, fatta prima che finisse la scuola, non voglio che pensi che fra di noi c'è qualcosa.

I vicini iniziano a lamentarsi del fatto che i loro ospiti vengano tutti controllati all'ingresso. Non so perché la sicurezza ne stia facendo così un affare di Stato – conosciamo l'aspetto di Vincent – ma sia Garrett che James hanno cominciato a parlare di travestimenti e del fatto che potrebbe pagare qualcuno e di tutti gli altri mezzi che potrebbe usare per arrivare a me.

Ho già abbastanza incubi e preferisco non ascoltarli.

Alla fine ho detto a James che non m'importava un bel niente di quello che dicevano tutti e che sarei andata a sedermi sulla terrazza.

Ho indossato un bikini e mi sono sdraiata su un lettino.

Ho chiuso gli occhi e ho fatto finta di essere da un'altra parte. Ho visto poco Brooklyn. È impegnato con i bagagli, domani parte anche lui. Il suo primo torneo sarà a Saragozza, in Spagna. Uno dei posti che abbiamo visitato questa estate.

Di solito quando mi sdraio al sole, ascolto la musica, mi appisolo e sogno a occhi aperti, ma invece di sognare ragazzi e baci, adesso sogno film di spie. Un cecchino elimina le due guardie vicino a me senza far rumore. Dei cavi penzolano da un elicottero e una squadra di ninja vestiti di nero atterra sul nostro tetto. Si muovono silenziosi per la casa, eliminando tutta la sicurezza. Poi la porta della mia camera sia apre di scatto. Tutti gli altri sono stati uccisi quindi non serve più evitare di fare rumore. Uno dei ninja si strappa la tuta e sotto c'è Vincent in abito scuro di Armani, camicia nera, scarpe nere, e i capelli neri lisciati all'indietro. Mi sorride, mi afferra per un polso e mi dice: "Perfezione. Insieme saremo la perfezione".

Mi sveglio di soprassalto, me ne vado dalla terrazza, mi precipito nello studio di Tommy e apro il suo computer portatile.

In pratica ho imparato a memoria ogni pagina del sito della mia nuova scuola. Ho visto tutte le foto, studiato la piantina del campus, letto la loro guida per gli studenti due volte, mi sono chiesta quante delle loro regole fanno davvero rispettare, ho letto tutto sui loro club sportivi e accademici, e su tutte le altre attività studentesche. Ho letto qualche notizia sui più famosi dei loro diplomati. So che il 37% degli studenti, dopo il liceo, frequenta una delle università della Ivy League. So che hanno rinnovato di recente il loro servizio mensa per offrire agli studenti delle alternative più salutari. So che nel campus ci sono tre caffè.

Ho memorizzato i nomi e le foto di tutti gli insegnanti. Mi sono preparata per il mio ruolo proprio come fa la mamma prima di girare un film.

Immergiti nel tuo personaggio. Conosci il suo background. Diventa lei.

Ma visto che devo interpretare me stessa, ho fatto anche una lista di tutti i club a cui vorrei aderire e di tutte le attività a cui vorrei partecipare. Mi ha depresso sapere che non potevo fare parte del corpo di ballo, perché hanno fatto i provini a maggio, però ho intenzione di iscrivermi a tutte le altre cose.

Ho letto e riletto il codice d'abbigliamento.

Hanno mandato Kym a New York a fare compere per me. Non ci permettono di spedire niente alla mia nuova scuola da Los Angeles, potrebbero rintracciarmi. Da casa posso portare solo una valigia. E hanno controllato tutto prima che lo mettessi nel bagaglio.

La buona notizia è che Kym è bravissima nello shopping e conosce benissimo i miei gusti. Sta comprando tutto quello che serve per decorare la mia stanza nel dormitorio e tutti i vestiti che andranno con le mie uniformi. È super eccitata perché può usare il suo talento per farle sembrare fantastiche. Ha già preso le uniformi, poi le ha portate da una sarta perché le adattasse al mio fisico. Ha fatto anche accorciare leggermente i kilt. E mi sta preparando un *Libro dei Look* tutto per me. Di solito lo fa per mamma. Studia gli outfit che la mamma dovrà indossare ogni giorno e poi le manda un libricino con le foto delle varie combinazioni. In questo modo la mamma è sempre sicura di apparire al suo meglio. Penso che almeno avrò un bell'aspetto. E poi Kym è dolce. So che questo e il suo modo per farmi sentire meglio. Dice sempre che l'abito giusto ti fa sentire più sicura di te.

Metto via il computer.

È una vera scocciatura non poter andare sui social a vedere cosa stanno facendo gli altri.

Anzi a vedere cosa dicono di me.

Ma adesso che ci penso, forse è meglio non saperlo.

Entra James. «Come te la stai cavando?»

«Sto bene. Anche se è difficile mentire alle bambine. Mi rattrista doverle lasciare».

«Rattrista tutti. Penso che dovrei venire con te, davvero».

«Credo che mi farebbe notare troppo. La gente vorrebbe sapere perché».

«Non verrei come guardia del corpo. Potrei trovare un lavoro là o fingere di essere tuo padre. Qualcosa del genere».

«Ho guardato sul sito. Credo che starò bene, James. Qui ci sono persone che non vorrei lasciare, ma, a dirti la verità, nonostante tutta la sicurezza, non mi sento tranquilla. Non riesco a dormire neanche con una guardia armata davanti alla porta della mia camera».

«Stai affrontando tutto meglio e in modo più maturo di quanto ci aspettassimo. Sei sicura di stare bene?»

«Tu lo sai, sai che quella notte ho creduto che mio padre mi parlasse?»

«Sì».

«La stessa voce mi è risuonata nella testa più tardi quella notte e mi ha detto di andare in collegio. Che lì sarei stata al sicuro».

«Davvero? Forte. Garrett sta venendo qui. Non so se lo sai, ma lui è il presidente della ditta di sicurezza. Hai visto che, non appena abbiamo saputo che la polizia non poteva trattenerlo, ha chiesto a tutti di andarsene. Nessuno deve sapere dei nostri piani per te. Non possiamo permetterci nessuna fuga di notizie».

«Okay. Di cosa mi vuole parlare?».

James sorride. «Prima vedrà te, poi tutti gli altri. C'è un protocollo di sicurezza che dobbiamo rispettare».

Sento il campanello. «Eccolo, è lui», dice James.

Garrett mi stringe la mano. Assomiglia molto a James. È alto circa un metro e ottanta, slanciato, e ha quello sguardo negli occhi che ti fa capire che è meglio non cercare di fregarlo. Sono sicura che ha avuto una formazione militare.

«Sediamoci», mi dice.

E io mi siedo.

«Prima di tutto voglio dirti una cosa che non ti ho detto l'altra sera: congratulazioni per come sei riuscita a fuggire».

«Oh, grazie?». Sul serio? Riuscite a immaginarlo stampato su un biglietto di auguri? *Congratulazioni per la tua recente fuga. Siamo fieri di te.* Oppure...

«Voglio parlarti della paura».

Adesso sì che ha ottenuto la mia attenzione. «Paura?»

«Sì, paura. La paura è come un sesto senso. Quando hai paura, di solito c'è una ragione. Sei mai stata da sola in casa e hai sentito degli strani rumori?»

«Sì».

«Conosci quel formicolio che ti prende allo stomaco? O senti che ti si drizzano i peli sulle braccia e sul collo? Quella è la paura. Il tuo corpo ti sta dicendo che c'è qualcosa che non va. Devi imparare a fidarti della paura. Se senti di avere paura, non importa anche se pensi che sia ridicolo, scappa. Scappa e trova qualcuno. Chiama qualcuno. Vai in qualche posto pieno di gente. Mettiti al sicuro. Grida. Qualsiasi cosa. È la cosa principale per tenerti al sicuro».

«Ma allora perché non ho provato paura tutte le volte che sono stata con lui? Sono stata seduta accanto a lui. Gli ho parlato. Ho addirittura flirtato con lui. E non ho mai avuto paura».

«Ci sono state delle occasioni in cui ha provato a portarti da qualche parte o ti aveva chiesto di incontrarlo. Perché non lo hai fatto?».

Ci penso su un minuto. Perché non l'ho fatto? «Campanelli d'allarme, credo. Cioè, mi chiedevo perché questo ragazzo più grande e sexy stesse flirtando con me. Perché volesse una sconosciuta come me per il suo film. Perché non avesse contattato un agente. C'era qualcosa che non mi tornava».

«E questo ti ha salvata. James dice che sei una ragazza molto sveglia. E devo dire che ha ragione. Fidati del tuo intuito. Se qualcosa non ti sembra giusto, probabilmente non lo è».

«Okay».
«Il mio lavoro è pensare a tutti i modi possibili in cui possa trovarti e poi fare in modo di evitarlo. Spesso riusciamo a rintracciare le persone proprio attraverso i social. So che James ti ha tolto computer e cellulare».
Annuisco mentre lui tira fuori qualcosa dalla sua borsa. Un telefonino nuovo, un iPad e un portatile. «Questi sono i tuoi nuovi giocattoli. Abbiamo già inserito nel cellulare la lista dei contatti con cui ti è permesso parlare».
Scorro la lista e leggo: «B, D, Garrett; Nonno, James, Kim, Mamma, Sam, Spa, Tom. Non sono molti. B e D sono Brooklyn e Damian? Perché avete scritto male il nome di Kym e chi è Sam? E non ditemi che mi avete già trovato una buona spa dove poter andare?».
«Sia Brooklyn che Damian hanno nomi insoliti e sono personaggi pubblici. Non abbiamo voluto registrare Tom come Tommy o far risaltare Kym perché scrive il suo nome in modo insolito. Non vogliamo che qualcuno riesca a mettere insieme il puzzle e scoprire chi sei. Di Sam parleremo fra un minuto. Hai visto che ho aggiunto il mio nome. Se dovessi avere bisogno di qualcosa – aiuto, consigli, qualsiasi cosa a qualsiasi ora, ventiquattr'ore su ventiquattro – chiamami. Nessuna domanda è stupida se è per la tua sicurezza. Se per qualche motivo io non dovessi rispondere chiama la Spa. Spa è il nome in codice della mia agenzia. Loro rispondono sempre e possono darti quello di cui hai bisogno molto velocemente».
«Okay, grazie».
«Adesso parliamo dei social. So che fanno parte del tuo mondo, ma fidati, con il software di riconoscimento facciale potrebbe scoprire qualsiasi tuo nuovo account e questo sarebbe deleterio per te. Non lo fare».
«Va bene. Cos'altro devo sapere?»
«Un altro modo per rintracciare la gente è il denaro. Tu sei minorenne e questo complica le cose, quindi abbiamo dovuto

prendere delle contromisure drastiche». Apre una cartellina e mi porge un documento dall'aria ufficiale. «Ti sei emancipata dai tuoi genitori e adesso sei ufficialmente adulta».

«E a cosa serve?»

«Serve a molte cose. Sai tutte quelle note che porti a casa da scuola e che tua madre deve firmare?». Annuisco. «In questo modo saprebbero che tua madre è Abby Johnston e invece non devono scoprirlo, quindi lei non può firmare niente. Adesso puoi firmarle da sola».

«D'accordo».

«Ti stiamo dando un sacco di responsabilità, ma James pensa che tu possa gestirla. È così?»

«Considerata l'alternativa, non ho molta scelta, no?»

«Hai paura?»

«Ehm, sì. Non dovrei?»

«Voglio che tu abbia paura. Il problema è che una volta arrivata a scuola, comincerai a sentire una certa sicurezza. Ed è in quel momento che le persone fanno un passo falso. Tu non devi farlo. Ne va della tua vita».

«Non lo farò, prometto».

«Bene. Tornando al denaro, James e io abbiamo lavorato con tuo nonno. Dice che sai che lui ha aperto un fondo fiduciario per te. Dovevi entrare in possesso di una parte del denaro al compimento dei diciotto anni e del resto a venticinque. Invece lo riceverai tutto adesso. Ti darò tutte le informazioni sul tuo nuovo conto e su come accedere più tardi, per adesso è importante che tu capisca come funziona. Tuo nonno ha chiesto a un suo amico di Atlanta di rientrare al lavoro dalla pensione per gestire i tuoi conti. Passerà tutto da lui: la retta della scuola, la bolletta del telefono, le tue carte di credito eccetera. Tuo nonno si fida ciecamente di lui, ma il mio lavoro è proprio non fidarmi di nessuno. Abbiamo controllato il suo passato e mi fa piacere che sia lui a gestire il tuo fondo, ma non voglio comunque che sappia chi sei realmente. Tuo nonno gli ha raccontato che sei la nipote di un suo caro amico, che i tuoi genitori sono morti di recente e che tu hai ereditato un grosso fondo fiduciario, gli ha detto che ha paura che qualcuno senza scrupoli si approfitti di te e gli ha chiesto di occuparsene lui. Sam ti conosce come Keatyn Monroe. Il tuo denaro è stato fatto circolare per molti conti, alcune società di comodo, diversi Stati, ripulito e infine versato su un nuovo fondo fiduciario con il tuo nuovo nome».

Annuisco e cerco di assorbire tutto quello che mi sta dicendo. Devo memorizzare la mia nuova sceneggiatura.

«Hai delle domande per ora?»

«E che mi dici di una macchina? Avrò bisogno di muovermi?»

«Appena ti sarai sistemata a scuola, dovrai comprare una macchina. Vedi di farlo subito. Voglio che tu abbia un'auto. Tieni sempre il serbatoio pieno e le chiavi a portata di mano, sempre. La tua macchina è un altro mezzo con cui fuggire nel caso lui dovesse trovarti».

Sorrido. «Posso comprare la macchina che voglio?».

Anche lui mi sorride. «Sì, anche se eviterei di comprare la stessa auto che hai ricevuto per il tuo compleanno. Non ce ne sono molte in giro e sono facili da rintracciare. Ricordati anche che laggiù l'inverno è molto freddo. Ti consiglio una quattro per quattro».

«Adesso guido una Range Rover. Quella potrebbe andare?»

«Certo, va benissimo. Voglio che impari anche gli orari dei treni». Mi dice porgendomelo. «Viaggiare in treno significa non viaggiare da soli e soprattutto in modo anonimo».

«Va bene».

Poi tira fuori il ciondolo che James mi ha regalato per il compleanno.

«Come mai ce l'hai tu?»

«James me lo ha dato perché facessi delle modifiche». Lo apre e mi mostra la foto di un ragazzino. Riconoscerei quegli occhi dovunque.

«È mio padre, ma James mi ha detto che non potevo tenere con me una foto di mio padre».

«Nessuno lo riconoscerà così giovane. E dopo quello che hai passato, so che è importante». Si avvicina e mi aggancia il medaglione al collo.

Mi viene da piangere. «Grazie. Significa davvero tanto per me».

«Prego, ma adesso è molto più di un medaglione. Ci abbiamo inserito un dispositivo di localizzazione. Non toglierlo mai. Mai».

«Quindi mi seguirete continuamente?»

«Sì. Il sistema GPS del nostro computer confronterà le coordinate del tuo segnale con quelle del campus, se esci lo sapremo subito».

«E quindi?»

«Se non ci hai avvisato che stai lasciando il campus, dedurremo che sei stata rapita e manderemo la cavalleria».

Sorrido. «È rassicurante. Almeno se mi trova e mi porta via, saprete dove cercarmi. Ma come faccio ad avvisarvi se voglio uscire dal campus?».

Prende il mio cellulare nuovo. «Vedi questa app? La bussola su sfondo nero?»

«Sì».

«Se lasci il campus di tua volontà, clicca sulla app prima di uscire. Se invece succede qualcosa, cliccala tre volte e noi sapremo che sei nei guai».

«Tre volte. Proprio come Dorothy, sbatti insieme i tacchi per tre volte?».

Garrett sorride. «È ovvio che devi avere sempre il cellulare con te e carico. Siediti sempre con le spalle al muro, non con la schiena rivolta alla stanza. Cerca di non uscire dal campus da sola. Controlla la tua macchina prima di salirci, e quando lasci il campus, non fare sempre la stessa strada. Non essere prevedibile. Non prendere appuntamenti fissi».

«Va bene».

«Adesso voglio mostrarti delle fotografie», dice passandomi un pacco di foto.

Io le guardo e rabbrividisco, poi faccio un respiro profondo.

«È Vincent», dico. Nella foto sembra felice. Non assomiglia alla persona che ha tentato di rapirmi. E non solo perché indossava gli occhiali da sole, teneva la mascella in un altro modo. «Perché devo guardare una foto di Vincent?»

«Continua», mi dice.

Passo alla seconda. È un altro ragazzo. Biondo e... aspetta un attimo. «Anche questo è Vincent. Solo che qui è biondo, giusto?»

«Giusto. Vai avanti. È sempre Vincent, con diversi colori di capelli, con la barba, senza. Gli abbiamo cambiato anche il colore degli occhi. Hai visto quella con il cappellino da baseball?»

«Sì. In ogni foto sembra diverso. In alcune non so se lo riconoscerei».

«È questo il punto. Continua».

«Oh, wow. Avete cambiato i suoi capelli, i vestiti». Quando vedo l'ultima, mi metto a ridere. «Oh, mio Dio, una ragazza? Pensate davvero che potrebbe travestirsi da donna?»

«Non sappiamo cosa farà, ma ricordati che ci sono delle cose che non può cambiare. La sua altezza. È più di un metro e ottanta. Al massimo può cambiare la sua postura, l'andatura. Inoltre molte persone quando si travestono non pensano a truccare i denti. Studia la sua bocca. Mi sembra che tu stia bene anche vedendo queste foto. James temeva che avresti avuto una piccola crisi».

«La prima foto mi ha fatto quasi vomitare, ma stava sorridendo. Penso di provare sentimenti contrastanti per lui. Per molto tempo ho creduto che fosse un amico. Mi fa sentire stupida non essermi accorta di niente. E tutte le cose che mi ha detto. Soprattutto quando mi diceva che ero più carina di mia madre. Come ho potuto credergli?».

Garrett mi studia. «Keatyn, tu sei più carina di tua madre nel modo che interessa a Vincent».

«E se pensasse che anch'io sono una puttana? Cosa succederebbe se girassi un video hard? Mi odierebbe e smetterebbe di interessarsi a me?».

Garrett scuote la testa.

«No, Keatyn. Questa è una pessima idea. Una cosa del genere lo farebbe uscire di testa. E noi non vogliamo che accada. Non sappiamo come potrebbe reagire se lo facessimo diventare matto».

«Posso farti una domanda? Ma non devi dirlo a mia madre».

Garrett osserva il mio volto per un istante poi acconsente: «Okay».

«Se fosse riuscito a portarmi nel furgone, cosa pensi che mi avrebbe fatto?»

«Non lo so, davvero. Tu lo conosci molto meglio di noi. Secondo te cosa avrebbe fatto?».

Ci penso un momento. «Era ossessionato dall'idea di fare il remake del film della mamma *Un giorno al lago*. Penso che mi avrebbe costretta a girarlo. Sono quasi sicura che mi avrebbe violentata. Credo sperasse che ci saremmo innamorati o che avremmo avuto una relazione sul set. Finito il film, non lo so. Forse avrebbe cambiato il finale con uno in cui io morivo».

«Penso che tu abbia ragione. Okay, torniamo alla nostra lista. Ti darò anche dello spray al peperoncino. Tienine uno attaccato al portachiavi e uno nella borsetta, sempre. So che ti sto facendo un corso intensivo. Hai delle domande?»

«È sicuro per me parlare con le persone che sono nella rubrica del mio telefono? Forse non dovrei mettermi in contatto con loro».

«Adesso faccio entrare gli altri, così ne parliamo tutti insieme».

Non so chi stesse ascoltando la nostra conversazione, ma la mamma, Tommy, James e Brooklyn entrano in soggiorno e si siedono vicino a noi.

Garrett dà un telefonino a ciascuno di loro. «Questi sono i vostri vecchi cellulari. Abbiamo inserito un sistema di protezione a doppia password. Se qualcuno ruba il vostro telefono, non riuscirà comunque ad accedere alle vostre informazioni. Ricordatevi sempre che tutte le volte che parlate, mandate messaggi o e-mail a Keatyn, qualcuno potrebbe spiarvi o ascoltarvi. Non chiamatela mai con il suo vero nome e non nominate mai la scuola o dove si trova. Nelle vostre rubriche è memorizzata come Monroe. Vi consiglio di abituarvi a chiamarla così».

Osservo il mio telefono nuovo. Non ha nemmeno un semplice codice d'accesso. «Perché il mio cellulare non ha tutte quelle password?».

Tutti si voltano a guardarmi.

E io capisco.

Faccio un sorrisetto ironico. «Oh, giusto. Se trova il mio telefono è comunque troppo tardi».

Alla mamma vengono gli occhi lucidi, ma Garrett continua: «Sì, più o meno è così. Mi occuperò di tutti i dettagli personalmente e mi assicurerò che arrivi a scuola sana e salva domani. Keatyn, lavora sulla tua storia oggi. Imparala. Memorizzala. Falla tua».

«Sembri un regista», gli dico. «Hai mai pensato di cambiare lavoro?».

Lui e James ridono di cuore. «Non credo proprio. Ci vediamo domani di prima mattina».

Vado in camera mia, mi siedo davanti allo specchio e mi alleno.

«Ciao, sono Keatyn Monroe. Vengo da Los Angeles. I miei genitori, ehm... cazzo».

Cosa dico dei miei genitori? Non posso raccontare che sono morti. È una cosa troppo orribile anche per finta.

Come dovrebbe essere la mia storia?

Corro in cucina a prendere una Red Bull. Forse ho bisogno di un po' di energia per far ripartire il cervello. Sembra che io non sia la sola che sta cercando d'inventare una storia. Millie, la mamma, Tommy e il signor Moran, che lavorano tutti nell'industria cinematografica, sono seduti al tavolo della cucina e tirano fuori storie false come dollari allo strip club.

Fingo di cercare qualcosa da mangiare in frigorifero, invece ascolto le loro idee imbarazzanti. Giuro, a sentire loro, la mia vita assomiglia a una scadente sit-com per adolescenti.

Grazie a Dio non sono sceneggiatori. Hollywood sarebbe già finita in rovina.

Millie propone: «Io lo so, potrebbe essere una studentessa che ha ricevuto una borsa di studio. In una scuola di lusso come quella, tutti la eviteranno come la peste. Nessuno indovinerà mai che è tua figlia».

Vorrei tenere la bocca chiusa ma non posso.

Continuo a tenere la testa nel frigorifero, ma dico: «Millie! Non posso fingere di aver ricevuto una borsa di studio. Kym è a New York in questo momento e mi sta facendo fare delle divise su misura all'ultima moda».

La mamma chiede: «Ancora non capisco come faremo a farti avere il denaro. James, come faremo a provvedere ai suoi bisogni, se non possiamo inviarle soldi per paura che vengano rintracciati?»

«Meno ne sai e meglio è, Abby. Ma abbiamo già organizzato tutto», risponde James. Viene dietro di me, guarda dentro il frigorifero e sussurra: «Che ne dici se ordiniamo del cibo cinese dal tuo ristorante preferito? Non hai mangiato niente in questi giorni».

Mi volto e lo abbraccio forte. «Non potrò mai ringraziarti per tutto quello che hai fatto, e soprattutto per avermi lasciato indossare il medaglione. Mi fido di Garrett. Conosce il suo mestiere. Voglio che tu sappia che ho ascoltato attentamente tutto quello che mi ha detto oggi. Mamma e Tommy non sanno del fondo fiduciario?»

«Tua madre ha dato un po' di matto per la faccenda dell'emancipazione, quindi Garrett è stato un po' vago nella sua spiegazione. Avrai tutte le informazioni e i documenti domani in aereo. Se vorrai dire loro quanto vale, potrai farlo».

«Pensi che sarà abbastanza? Per pagare la scuola, comprare una macchina, pagare la benzina, l'assicurazione e tutto il resto e magari fare una pedicure ogni tanto?».

James ride sotto i baffi. «Sì, penso proprio di sì».

«Ehi, aspetta un attimo. Tu conosci tutti i dettagli, vero?»

«Certo».

«E non hai avuto il coraggio di parlarne alla mamma, giusto?».

Ride. «È vero, sono un vigliacco. Garrett ha il privilegio di raccontare tutto a tua madre. Io chiamerò Wong e ordinerò la cena». Poi con un cenno della testa mi indica il tavolo. «Tu vai a prendere il controllo della tua falsa vita».

Appena mi siedo mamma dice: «Potremmo dire che sei orfana, ma che i tuoi genitori avevano una cospicua assicurazione sulla vita, però il tuo esecutore non vuole avere a che fare con te e ti ha spedita in collegio, che ne dici?»

«No», rispondo. «Pensa a qualcosa di più fico».

«Sei stata espulsa dalla tua vecchia scuola e sei stata in un centro di recupero, andare in *rehab* è abbastanza fico?», chiede Tommy.

«Assolutamente no. Non potrei più andare alle feste. Ma forse l'idea dell'espulsione potrebbe andare. Non potrebbero avermi espulsa per qualcosa di fico? Potrei fingere di essere una bulla!».

«E questo sarebbe fico?», chiede Millie.

Mamma dice con enfasi: «No alla cattiva ragazza e no all'espulsione. Non voglio che cominci la nuova scuola con una brutta reputazione».

«Oh, ci sono!», esclama Millie. «Sei rimasta incinta, hai avuto un bambino e i tuoi genitori ti hanno costretto a rinunciare a lui».

«Millie, questa non è una delle tue soap-opera. Poi suggerirai che per questo ho ucciso mia madre e l'ho sepolta in giardino?».

Millie ride. «In effetti, mi sembra di aver usato questa idea in uno dei miei show, vero?»

«Sì, è vero. Ho bisogno di essere normale. E poi sembro una che ha appena avuto un bambino? Volete che i ragazzi pensino che sono una facile? È questo che volete? Tommy? Mamma?».

Lei borbotta: «No. È molto più difficile di quel che pensavo».

Il signor Moran dice: «Dobbiamo restare più aderenti alla realtà. Tuo padre è morto in un incidente aereo…».

Mi alzo in piedi e sbatto la mia Red Bull sul tavolo. «Non lo dica nemmeno. Voi siete matti. Inventerò da sola la mia storia. Siete tutti licenziati».

Le mie false vite
19:30

Esco di corsa dalla porta e vado sulla spiaggia, mi lascio cadere nella sabbia. Tre ragazzi della sicurezza, incluso James, mi seguono.

«Sai che non ti è permesso venire qui da sola», mi grida James.

«Sono quasi sicura di non essere sola, visto che mi avete seguito».

Si lascia cadere sulla sabbia accanto a me. «Non riesco neanche a immaginare cosa voglia dire gestire tutto questo alla tua età. So che ti trattiamo come un'adulta, ma sei ancora una ragazzina e sono sicuro che sei terrorizzata».

«Mi sembra di vivere in un brutto film dell'orrore. Mi sembra che non sia reale».

«Non devi pensarlo neanche per un secondo. Non importa quello che farai da ora in poi, questo non devi dimenticarlo mai. Deve condizionare tutto quello che dirai alla gente, ogni tua decisione. Lo capisci?».

Sospiro, so che ha ragione. «Capito. Tu hai qualche idea per la mia storia?»

«Sono d'accordo sul fatto che deve essere simile alla realtà e semplice. Hai girato il mondo con tua madre e il tuo patrigno e hai sempre studiato con insegnanti privati. Negli ultimi tempi hai vissuto a Los Angeles. Adesso i tuoi genitori hanno deciso di trasferirsi, tu non volevi andare con loro, quindi ti hanno spedito in collegio. O forse puoi dire di aver deciso da sola di andare in collegio perché non volevi andare con loro. Dipende se vuoi fingere di essere arrabbiata con i tuoi genitori o no».

«Mi piace. Loro si sono trasferiti in Francia. Io non ci sono voluta andare. È semplice e posso essere me stessa, solo senza genitori famosi». Rido: «E così non dobbiamo uccidere nessuno».

«Sono tutti sconvolti, Keatyn, anche se cercano di nasconderlo».

«Lo so». Deglutisco. «Anch'io sono sconvolta, e sto male per Cush. Non potresti andare a parlargli? Oppure potrei scrivergli una lettera».

«Per dirgli cosa?»

«Non lo so. Che mi dispiace. Che quest'anno non sarò a scuola con lui. Che mi dispiace di avergli detto che lo amavo e poi averlo scaricato».

«Gli hai detto che lo amavi? Quando? Pensavo fossi innamorata di Brooklyn».

«Lo ero. Lo sono. Non lo so».

«Ormai è passata quasi una settimana. Sono sicuro che ha capito che non lo chiamerai».

«So che hai ragione. Però sto malissimo».

«Staresti anche peggio se lui postasse su Facebook che sa che stai bene. Se dicesse ai vostri amici che vi siete sentiti e Vincent cominciasse a seguirlo. Tienilo all'oscuro, al sicuro. A proposito, mi ha scritto Brooklyn, voleva sapere se stasera potete vedervi. Ho ordinato abbastanza cibo per un reggimento. Perché non lo inviti a cena?»

«Okay». Mi alzo e mi guardo intorno sulla spiaggia, vedo la coppia che vive alcune case più in giù. Guardo il ragazzo che si toglie la maglietta e subito ripenso a Vincent. A lui quando si è tolto la maglietta e mi ha afferrato per il polso con la sua mano forte. «Io… ehm… devo rientrare subito. Mi sento male».

«Keatyn, guardami. Cosa c'è che non va?».

Ho il respiro pesante, le mani cominciano a tremare e sento che sto per piangere o vomitare. Non lo so.

Dico, tra un respiro e l'altro: «È la prima volta che torno qui. Stavo bene mentre guardavo l'oceano, ma poi quel ragazzo si è tolto la maglietta e mi ha ricordato delle cose».

James mi prende per un braccio. «Andiamo dentro».

Brooklyn si è presentato alla stessa ora in cui è arrivato il cibo. Il ristorante cinese al quale abbiamo ordinato la cena è anche il suo preferito e lui ha mangiato parecchio, evidentemente non ha perso l'appetito. Io prendo un po' del pollo in agrodolce, del riso e degli involtini di verdura che mi sono messa nel piatto. Poi li spargo un po' in giro per far credere che ho mangiato più di quello che ho mangiato in realtà. Il poco appetito che avevo, l'ho perso sulla spiaggia.

«Devi mangiare», dice.

Raccolgo due chicchi di riso e li metto in bocca. «Sto mangiando».

Brooklyn prende i nostri piatti e si dirige in camera mia. «Vieni».

Lo seguo perché non ho niente di meglio da fare.

Appoggia i piatti sul mio letto e mi fa cenno di sedermi. Ci sediamo sul letto con le gambe incrociate, come abbiamo fatto centinaia di volte. Brooklyn mi sorride, infilza un pezzo di pollo con la sua forchetta e me lo porge, io ne prendo un morso. Poi fa lo stesso con il riso. Provo a mangiare, ma urto la forchetta e il riso finisce sparpagliato nei nostri piatti.

Tutti e due scoppiamo a ridere.

«Penso che dovrei mangiare da sola. Allora hai fatto le valigie, sei pronto per la partenza? Sei nervoso?»

«Sì, un po'. Meno male che ci siamo già stati questa estate, così mi sembra di sapere già come muovermi. Questo aiuta». Smette di parlare e mi accarezza il viso. «Ho passato un'estate fantastica, Keats. So che le cose tra noi si sono incasinate, ma tutto quello che ho detto lo pensavo. Ti amo. E penso ti amerò per sempre».

«Anch'io lo pensavo».

«Quando ho saputo di aver trovato degli sponsor ero strafelice. Pensavo saresti stata dalla mia parte. Che tu ci saresti stata, che io sarei andato a fare le gare, ma che avremmo continuato a vederci, che saremmo rimasti insieme. Davvero non avevo pensato a tutto. Tipo alla logistica. Pensavo solo a me e ai miei sogni».

«Lo so. È tutto a posto. Con tutto quello che è successo, probabilmente è un bene che tu vada via».

«Però voglio che restiamo in contatto. Sei la mia migliore amica, Keats, e questa parte del nostro rapporto significa molto per me. Ho provato a dare un senso a tutto questo. Quello che mi hai detto l'altro giorno, che mi piace solo una parte di te. In un certo senso hai ragione e questo non è giusto nei tuoi confronti. Hai bisogno di un ragazzo che apprezzi tutto di te. Non solo la surfista che io amo».

«Sai cos'è buffo? Il signor Moran aveva suggerito alla mamma di mandarmi in questo collegio quando ho chiesto alla mamma e a Tommy di frequentare il liceo».

«Davvero? Forse il destino è intervenuto».

«Cosa vuoi dire?»

«Forse c'è qualcuno là che devi incontrare. Forse quella volta hai scelto la strada sbagliata e il destino ha rimesso le cose a posto, adesso».

«Brooklyn, destino è quando perdi un aereo e su quello dopo finisci seduta vicino al ragazzo che è destinato a te. Destino è quando la tua sveglia non suona e tu eviti un incidente in autostrada. Il destino non ti fa quasi rapire».

«Forse sì. Non sei stata rapita e stai andando dove dovevi andare. Forse il ragazzo dei tuoi sogni ti sta aspettando là».

«È questo quello che vuoi?»

«Sono sicuro che nessuno di noi due sa davvero quello che vuole, Keats. È questo il problema».

«Nello stesso modo in cui non sai cosa siamo. Non l'hai mai saputo neanche questa estate, vero?»

«Mi dispiace. Sei molto importante per me, davvero, e ti amo. Però penso di non essere pronto per una relazione seria».

Mi bacia. È un bacio d'addio, non un bacio "forse-un-giorno-staremo-di-nuovo-insieme". Anche se ho rotto con lui, questo bacio mi fa sentire triste, quindi cambio argomento. «Ci sono un mucchio di attori seduti intorno al tavolo che stanno provando a scrivere una sceneggiatura della mia falsa vita».

Ride. «Hanno inventato qualcosa di buono?»

«Ubriachiamoci, poi ti racconterò delle mie false vite».

«No», mi dice spostando i piatti sulla scrivania, poi mi prende tra le braccia e si sdraia sul letto con me. «Dimmelo e basta».

«Volevano fare di me una poveretta, un'orfana, una studentessa con la borsa di studio. Ci pensi? In una scuola come quella? Voleva dire fare di me una lebbrosa. Poi – fammi pensare – sono appena uscita da una comunità, mi hanno espulsa da un altro collegio, ah, sono rimasta incinta, ho avuto un bambino e l'ho dato in adozione. Poi il signor Moran ha suggerito di dire che mio padre era appena morto, mi sono arrabbiata e me ne sono andata. Sembravo una di quelle attricette isteriche che buttano via il copione e lasciano il set dicendo "pretendo una riscrittura". Se non fosse una cosa così terribile, sarebbe quasi comica».

«Allora non hai ancora una storia?»

«Sì. Mi ha aiutata James. Mi ha detto che avrei dovuto stare il più possibile aderente alla realtà»

«Quindi chi sei, Keats Monroe?».

Lo abbraccio forte. «Mi mancherai da morire».

«Anche tu, ma stavo pensando a quello che mi avevi detto sul fatto che desideravi farti dei veri amici. In un modo bizzarro, l'hai desiderato; andare in un posto dove nessuno sa chi sei. Potrebbe essere una bella esperienza per te».

«Mia nonna diceva sempre: "Attenta a quello che desideri. Potresti ottenerlo". Non avevo mai capito cosa volesse dire fino a ora».

«Quindi io ho ottenuto di fare surf e scoprire se sono davvero bravo come penso, e tu hai ottenuto di farti degli amici dove nessuno sa chi sei. Di capire chi sei veramente. Insomma, qual è la tua storia?»

«Ho girato il mondo e ho sempre studiato con insegnanti privati. Amo il surf, giocare a calcio e ballare. Gli ultimi due anni abbiamo vissuto a Los Angeles».

«Ah, bene. È tutto vero. E perché hai deciso di andare in collegio? Proprio l'anno prima del diploma?»

«Mia madre e il mio patrigno hanno deciso di andare a vivere in Francia. Io non volevo seguirli, ma loro non si fidavano a lasciarmi da sola a Los Angeles, quindi mi hanno spedito in collegio, e io non sono contenta». Metto il broncio. Poi dico: «Oppure sono felice», e gli faccio un grande sorriso.

«Lo sai che recitare ti viene proprio naturale. Penso sia per quello che a volte non sei sicura di chi sei veramente. È così facile per te interpretare dei ruoli».

Fa scorrere la mano sul mio braccio e mi guarda negli occhi con desiderio. «Possiamo fare finta che stanotte tu sei ancora tu e che io ti sto aspettando sulla spiaggia?».

Giovedì 25 agosto

Tutti ti adoreranno
05:00

Brooklyn se n'è andato alle tre del mattino.

L'ultima notte.

Non sapevo neanche cosa fosse "l'ultima notte".

Pensavo servisse a dirsi addio.

Ha voluto che fingessi di essere la vecchia me, sempre la stessa. Ma io non sono più quella persona.

E non sono più innamorata di lui.

Anche in Europa sapevo che non avrebbe funzionato tra di noi, ma non volevo ammetterlo.

Ho continuato a mentire a me stessa perché, ancora una volta, avevo in testa una stupida sceneggiatura sulla perfetta vita da sogno. Il tipo di vita in cui io e Brooklyn saremmo vissuti da qualche parte sulla spiaggia, per sempre felici e contenti. Probabilmente nessun ragazzo sarebbe all'altezza di una sceneggiatura del genere.

Nemmeno io.

Su una cosa Brooklyn aveva ragione.

La vita è incasinata.

E lo so che non avrei dovuto baciarlo. So che non avrei dovuto fare sesso con lui.

Ma l'ho fatto.

È una cosa tanto brutta se, per una notte, ho voluto fingere che fosse ancora estate e che la mia vita non fosse stata sconvolta per sempre?

Dopo ha provato a essere dolce: «Ti amo, Keats. Anche se siamo solo amici».

«E cosa c'entra il sesso con l'amicizia?», gli ho chiesto.

«C'entra con l'amore», ha risposto.

«Tu fai sembrare tutto semplice. Non è così semplice». Perché lo sappiamo tutti che non è così semplice.

«Sì, invece. Tu lo complichi cercando di farlo entrare in una casella, per aggiornare il tuo stato su Facebook. Una relazione dovrebbe essere definita dai tuoi sentimenti non da un'etichetta».

Vorrei discutere con lui di questo argomento, ma tanto non cambierebbe niente. Fra noi è finita. Così, anche se una parte di me proverà sempre qualcosa per lui, è una parte molto più piccola di prima.

Dopo che se n'è andato, mi sono riaddormentata e ho avuto un altro incubo. Un sogno in cui correvo e correvo, ma per quanto andassi veloce, Vincent era sempre dietro di me.

Mi sono svegliata per la paura.

Pronta a scappare.

Pronta a salire su quell'aeroplano e a non guardami più indietro.

Lascio la mia valigia nell'ingresso perché sia caricata in macchina. Quelle della mamma e Tommy sono già pronte e sistemate. Tommy aveva già in programma un viaggio a New York. Stasera parteciperà a un talk show, quindi per loro si tratta solo di anticipare un po' la partenza. La sicurezza ha prenotato due aerei e compilato i piani di volo, che sono facilmente accessibili dall'esterno, per entrambi i voli. Uno andrà da qui allo Utah e l'altro a New York. Devo farmi vedere bene mentre esco di casa. Se Vincent è nascosto da qualche parte a spiarmi, vogliono che mi veda partire.

Anch'io voglio che sappia che me ne vado. Voglio che le mie sorelline siano al sicuro. Che Cush sia al sicuro.

Garrett ha deciso che visto che in giro circolano già voci sul fatto che sono una drogata, lo Utah è un posto perfetto, dato che proprio là c'è un famosissimo centro per la disintossicazione. Una persona che mi assomiglia, con grandi occhiali da sole, salirà su quell'aereo e loro l'accompagneranno al centro. Da lì, lei sgattaiolerà fuori dal retro – o qualcosa del genere – tornerà in macchina a Salt Lake City e poi a casa con un aereo di linea.

Do un'ultima occhiata alla casa. A quella che è stata la mia casa negli ultimi anni. Il posto vicino alla finestra dove facciamo l'albero di Natale. Gli sgabelli in cucina, dove abbiamo avuto alcune delle nostre migliori discussioni. Il camino contro cui Gracie ama lanciarsi con il triciclo. Poi guardo fuori, le onde che amo osservare. Quelle onde che sembrano avere il mio stesso umore. A volte gentile e rilassato, altre cupo e tempestoso.

Avevo giurato che non avrei pianto stamattina, ma non ci riesco.

Gracie mi tira i pantaloni della tuta. Le piccole sono ancora in pigiama e si strofinano gli occhi. «Perché Kiki triste?», mi chiede con la sua vocina adorabile.

Mi siedo accanto a lei. «Mi mancherete».

Mi getta le braccia al collo e mi stringe tanto che quasi mi soffoca, e questo mi fa piangere ancora di più.

«Non avere *paua*».

Anche Ivery mi abbraccia. «Perché hai paura, Kiki? È un'avventura!».

La mamma e Tommy dicono sempre alle piccole che partono per un'avventura quando viaggiano, così le bambine sono eccitate per loro.

«Perché devo andare da sola».

«Aspetta!», dice Ivery. «So cosa ci vuole!».

Si precipita in camera sua e torna di corsa, agitando la bacchetta magica ricoperta di brillantini verdi di Campanellino. È il suo giocattolo preferito. La tiene nascosta in un cassetto, così le altre non possono giocarci.

Me la mette in mano. «Prendi Campanellino. Quando hai paura, guarda la stellina, esprimi un desiderio, e tutto andrà bene».

«Non posso prenderla, tesorino. È la tua preferita». E poi ho già espresso un desiderio quando ho spento le candeline e guarda come sono finita.

«Campanellino vuole venire con te, perché non ci sono papà e mamma».

Vorrei strillare, ma cerco con tutte le forze di non farlo. Devo essere la ragazza coraggiosa che le mie sorelle pensano che sia.

Anche Avery ed Emery mi abbracciano e, visto che non vogliono farsi superare, Avery dichiara: «Anche noi abbiamo dei regali».

Ritorna al galoppo con la sua borsetta di paillette rossa. La apre e prende l'evidenziatore fucsia che si porta sempre dietro, dentro a ogni borsetta. «Ecco! Puoi scrivere con questo!».

Emery mi regala un sasso colorato da lei e mi dice all'orecchio: «Puoi usarlo per schiacciare le dita alle persone cattive».

Rido.

Gracie si infila in cucina, in qualche posto segreto che solo lei conosce e mi porta due baci di cioccolato. Me li mette sulla mano e mi dice: «Uno per Kiki. Uno per il nuovo *mico* di Kiki».

Se solo fosse così semplice. Sedersi vicino a qualcuno, dargli un bacio ed essere migliori amici per sempre.

Gracie mi guarda sbattendo le palpebre. So che ha in mente qualcosa.

Corre in dispensa, torna da me e mi da un altro bacio di cioccolato. Poi dice: «Anche *Glacie* è *mica* di Kiki». Si riprende svelta il bacio e lo mangia.

«Dobbiamo andare, tesoro», dice mamma con dolcezza.

Le stringo di nuovo in un abbraccio. Non si sono neanche rese conto che c'è qualcosa di diverso. Sono abituate a viaggiare.

James mi stringe in un abbraccio da orso. «Abbi cura di te e ricordati di quello di cui abbiamo parlato. Non ignorare la paura. Ascoltala. Usa la testa e non correre rischi». Poi le parole gli si strozzano in gola, scuote la testa e aggiunge: «Dovrei venire con te».

«Ne abbiamo già parlato. Se venissi anche tu, la gente si chiederebbe perché. Starò bene, te lo prometto». Poi gli sussurro all'orecchio: «Tieni le piccole al sicuro». Annuisce e mi abbraccia di nuovo.

Cerchiamo di non fare scenate per il bene delle bambine.

Mamma ha detto che non ce la faceva a vedermi salutare tutti. Ed è già in macchina.

È un volo lungo, ma guardiamo tutti un nuovo film comico, che aiuta a distrarci dall'inevitabile. Marcus, l'assistente di Tommy, Garrett e quattro uomini della sicurezza viaggiano con noi. Tommy ha un aereo privato. Viaggiare con quattro bambine, tutte sotto i cinque anni, è già abbastanza difficile, figuriamoci su aerei di linea. Se ci aggiungiamo il fatto che vengono fotografati ogni volta che si alzano per fare pipì, si capisce perché il jet privato è un *must*. Di solito mi lamento che il jet sembra un aeroplanino giocattolo.

Oggi, mi mancano i miei giocattoli.

Quando finisce il film, mamma mi chiede: «Tutto okay fra te e Brooklyn?»

«Sì. No. Più o meno. Non lo so, mamma. Non te l'ho detto, ma avevo rotto con lui alla festa, volevo rimettermi con Cush».

«Ho visto che hai portato gli stivali che ti ha regalato».

«Sto davvero male, se penso che non ho potuto spiegargli come stanno le cose, ma ho portato gli stivali perché mi ricordano quello che voglio essere. Mi vergogno a dirlo, ma quando ho cominciato il liceo avevo degli obbiettivi molto superficiali. Non so quanto tempo resterò in collegio, ma questa volta le cose saranno diverse».

«In che senso?»

Faccio una risatina. «I miei vecchi obiettivi erano vestirmi nel modo giusto per avere successo e sembrare sempre perfetta. Volevo essere popolare e uscire con il ragazzo più carino e famoso della scuola».

La mamma sorride. «Tesoro, questi sono gli obbiettivi della maggior parte delle ragazze. Tutti vogliono essere ammirati. Essere popolari. Non c'è niente di male».

«Essere ammirata va bene. Voglio piacere agli altri, ma non voglio essere popolare. Voglio farmi dei veri amici. Non voglio fare la stronza o essere falsa e, di sicuro, non mi voglio più innamorare». E poi voglio seguire il consiglio di Vanessa, non ascolterò più il mio cuore, ma solo il mio cervello. Questo però non lo dico a mamma, perché so che è un'inguaribile romantica.

«Non puoi controllare quando ti innamori».

Ignoro il suo commento, perché sì che posso farlo, cazzo. E lo farò.

«E voglio restare viva», aggiungo.

Mamma impallidisce. «Non riesco a credere che sto permettendo tutto questo, non so se ci riuscirò. Penso ancora che dovresti venire a Vancouver con noi».

Scuoto la testa. «No, è questa la cosa migliore. Starò bene, mamma. Come ha detto Avery, sto partendo per una nuova avventura. E poi possiamo sempre parlarci e scriverci. È per questo motivo che entrare nel tuo cellulare è più difficile che entrare a Fort Knox».

Ride. «Ho ancora problemi con tutte quelle password». Inclina la testa verso di me. «Comunque stavamo parlando di Brooklyn. Hai cambiato argomento».

«Perché non c'è altro da dire».

«Stai bene? Voglio dire, ne hai passate tante negli ultimi sei giorni. Sei quasi stata rapita. Hai rotto con il tuo ragazzo. Stai andando in una nuova scuola. Sarebbe difficile per tutti gestire una situazione del genere. Mi sembri troppo calma, controllata».

«Essere quasi rapita è stato orribile, ma essere rapita sarebbe stato peggio, quindi sono grata per questo. Brooklyn non era il mio ragazzo, quindi non ci siamo lasciati. Lui andrà a fare surf, io in una nuova scuola. Se siamo destinati a stare insieme ci penserà il fato», dico alzando gli occhi al cielo. A volte quando B parla di karma e destino, mi sembrano tutte stronzate. «Piuttosto hai dei consigli per me? Tu ce l'hai fatta al liceo, sei stata la reginetta del ballo del diploma e tutto il resto. C'è qualcosa che devo sapere?».

La mamma si passa la mano sulla messa in piega perfetta. «Sii te stessa e basta, Keatyn. E abbi fiducia in te. Sei una donna di mondo, matura, abituata a viaggiare, che sa parlare bene e sicura di sé. Ti sei sempre comportata come se fossi più grande. E i ragazzi sono attirati da questa cosa. Se fossi in te, prima farei amicizia con alcuni ragazzi. Ci vuole un po' più di tempo per capire come si comportano le ragazze. E, anche se so che dovrai raccontare una storia diversa, tu sei sempre tu. Con i meravigliosi occhi di tuo padre e il mio sorriso assassino, e la tua personale grazia. Sei imbattibile. Non ti preoccupare, tutti ti adoreranno».

«Mamma, ma fai sul serio?»

«Cosa?»

«Mi hai appena detto quello che Elle Woods dice al suo cane quando arrivano a Harvard nel film *La rivincita delle bionde*».

All'inizio la mamma fa solo una piccola smorfia, poi s'illumina con il suo famoso sorriso a trentadue denti. Ride. «Hai ragione. Be', tutti ti adoreranno. E io ti voglio bene da morire».

Spero che mamma abbia ragione. Per la prima volta nella mia vita, potrò contare solo su me stessa. E se fossi davvero una perdente? Se la vera me non piacesse a nessuno?

Quando atterriamo la mamma mi porge una busta gialla. È come quella dove c'erano le mie foto, solo con il mio nome sopra. Il cuore comincia ad accelerare. C'è qualcosa che non mi hanno detto? Cosa c'è lì dentro?

«Keatyn sei impallidita. C'è qualcosa che non va?».

Tremando, indico la busta. «Lo stalker ha mandato qualcos'altro?».

Gli occhi della mamma si riempiono di lacrime. «Oh, no, tesoro. Questo è... è qualcosa di cui avremmo dovuto parlare ieri, ma io non ce l'ho fatta».

«Che cos'è?»

«Non sei più mia figlia», dice scoppiando a piangere.

Tommy la prende fra le braccia e mi dice: «Uno dei modi per rintracciarti sarebbe seguire il denaro. Se i nostri amministratori continuassero a pagare i tuoi conti come fanno adesso, troppe persone saprebbero dove sei. Quindi ti abbiamo emancipata. Adesso, per la legge, sei adulta. Puoi firmare da sola per entrare e uscire da scuola. Puoi fare quello che vuoi».

Prendo la mano della mamma. «Garrett me lo ha detto ieri. Era necessario. Sono ancora tua figlia, mamma. Sono solo diventata maggiorenne con un anno di anticipo».

Sembra che la mamma stia per vomitare, però mi stringe la mano e sorride. «Tuo nonno vuole che lo chiami prima di aprire la busta».

«Cioè adesso?», chiedo.

Mamma e Tommy annuiscono.

Scorro la mia striminzita lista dei contatti e chiamo il nonno. Mi risponde dicendo: «Ricordi quello di cui abbiamo parlato questa estate?»

«Sì».

«So che adesso la situazione è cambiata, ma quello che ci siamo detti è ancora valido. Capisci?»

«Devo diventare padrona del mio destino?».

Il nonno ride. «Esattamente. Non starò a menare il can per

l'aia. Dovrai stare da sola per un po' e avrai bisogno di denaro. Sai che avevo aperto un fondo fiduciario per te, vero?»

«Sì, mi hai detto che lo avevi fatto, ma non ne so niente».

«L'ho aperto quando tuo padre è morto, per prendermi cura di te. Pagarti l'università e cose del genere. Quando ho venduto la compagnia, tutte le azioni di tuo padre sono finite nel tuo fondo. Avresti dovuto entrarne in possesso fra qualche anno ma viste le circostanze, ti darò tutto adesso. Dovrei dirti di spenderli con giudizio, ma dopo tutto quello che è successo, ti dirò che la vita è breve. Divertiti finché puoi. Tutti i documenti necessari sono nella busta, insieme alle carte di credito. Sei una signorina molto ricca».

«Abbastanza ricca da marinare la scuola, comprarmi un jet e fare il giro del mondo?»

«Che ne dici di andare a scuola, stare al sicuro e lasciare che noi ci occupiamo di questo casino?»

«Okay».

«Abbi cura di te, fenomeno. Io e la nonna ti vogliamo bene».

«Grazie per aver sistemato tutto così in fretta, nonno. Anch'io vi voglio bene».

Apro la busta e guardo dentro. C'è un'altra copia del documento che stabilisce che sono emancipata.

E c'è una carta di credito American Express nera. Neanche Tommy ce l'ha e lui è ricco. Tiro fuori l'estratto conto e non riesco a credere ai miei occhi.

Ho letto bene?

Mi volto verso la mamma e Tommy e le porgo i documenti. «Voi lo sapevate?».

Sia lei che Tommy leggono l'estratto conto e le loro espressioni scioccate rispondono alla mia domanda. «Wow, piccola», dice Tommy. «Vuoi finanziare il mio prossimo film?».

Mamma scuote la testa. «Non ne avevo idea, Keatyn. Sapevo che tuo nonno era ricco, ma non ne avevo idea».

All'improvviso mi viene in mente una cosa. Perché mi ha dato il denaro adesso? Perché il mio nonno prudente mi avrebbe detto che la vita è breve? Perché mi avrebbe suggerito di spendere in modo irresponsabile? «Pensate che non riuscirò ad arrivare fino a diciotto anni, vero?», grido.

La mamma fa un'espressione terrorizzata e mi abbraccia. «No di certo, tesoro. Te lo giuro. Il nonno vuole solo tenerti al sicuro. Se hai il tuo denaro, lui non può trovarti attraverso di noi».

Non sono sicura di crederle.

Garrett interviene: «Tommy, tu e Abby dovete scendere dall'aereo come avevamo programmato. Dobbiamo fare in modo che sembri tutto normale, salutatevi».

La mamma si alza e poi si rimette a sedere. Ha gli occhi pieni di lacrime. Si alza e mi abbraccia.

«Andrà tutto bene, mamma. Ti scriverò. Sarà come quando vai a girare un film, solo che io starò in un posto nuovo. Vivrò una nuova avventura». Vorrei essere coraggiosa per lei. Provo a non piangere, ma la parola *avventura* mi fa pensare alle piccole e non ce la faccio. Anch'io scoppio a piangere.

Anzi, sto singhiozzando.

La mamma mi stringe forte, mentre piango sulla sua spalla.

Provo ad assorbire la sensazione del suo abbraccio. L'abbraccio che avrò bisogno di ricordare. L'abbraccio che mi aiuterà a superare tutto questo. L'abbraccio che mi darà la forza per andare avanti.

Tommy dice sottovoce: «Abby, dobbiamo andare».

Mamma annuisce, mi lascia andare e mi bacia sulla fronte. «Ti voglio bene».

«Anch'io».

Anche Tommy mi abbraccia forte e mi dice: «Anch'io ti voglio bene, piccola. Sii prudente».

Poi vengono scortati giù dalla scaletta e fuori dall'aereo.

Sono abituata a vedere la mamma che parte, che viaggia, ma questo è totalmente diverso.

All'improvviso mi sento molto sola.

Ho detto loro che starò bene, ma non ne sono proprio sicura.

Garrett si siede accanto a me. «Parcheggeranno il jet come fanno di solito. Tra poco scenderemo anche noi e ci imbarcheremo su un altro aereo. È ora di portarti a scuola».

Keatyn Douglas non c'è più
14:15

«Kym ha lasciato delle cose per te», dice Garrett mentre ci imbarchiamo. Indica due valigie sul divanetto di pelle. «Tutto il resto è stato spedito alla scuola e dovrebbe già essere nella tua stanza ad aspettarti. Ha detto che di queste cose avrai bisogno subito».

Do un'occhiata e, attaccato a una delle valigie, c'è un biglietto con il mio nome, dice che c'è un completo per me appeso nella toilette.

Vado a cambiarmi, mi rifaccio il trucco e raggiungo Garrett nella parte dell'aereo riservata ai passeggeri. Mi porge un'altra busta di carta gialla e io provo a non tremare mentre la prendo.

Rovescio il contenuto sul tavolo.

Adesso ho un falso passaporto, una falsa patente e falso certificato di nascita e una falsa tessera di previdenza sociale: è tutto legale però. Metto la patente nel portafoglio con il mio nuovo Bancomat e le carte di credito, passo le dita sul nome in rilievo.

Keatyn Monroe.

Adesso sono Keatyn Monroe. Keatyn Douglas non esiste più.

Faccio un po' di pratica. *Ciao, sono Keatyn Monroe. Piacere di conoscerti. I miei genitori? Oh, si sono trasferiti in Francia. Mi sono rifiutata di andare con loro e mi hanno spedita qui.*

No, sembro stronza.

Ciao, sono Keatyn Douglas. Cazzo. Volevo dire Monroe.

Monroe. Monroe. Monroe.

Io? Oh, non sono molto interessante. Dimmi di te. Ti piace venire a scuola qui?

No, barbosa.

Sono eccitante.

Fantastica!

Cioè non sono una stronzetta popolare, ma sono sicura di me.

Ciao, sono Keatyn.

Così va bene.

Sono Keatyn. È tutto quello che c'è da sapere.

Dopo l'atterraggio, Garrett mi accompagna a scuola in macchina.

«Nota le misure di sicurezza», mi dice mentre entriamo dal grande cancello d'ingresso.

Mi aspettavo una prigione, da come me l'avevano descritta, invece sembra l'imponente ingresso di un Country club. Ha un pesante cancello di ferro battuto e una guardiola in mattoni molto carina. Guardo più da vicino e noto alcuni dettagli. Un'alta recinzione – tipo prigione – è nascosta dagli alberi, così come le telecamere rivolte verso la recinzione e oltre.

Siamo in fila dietro ad altre due macchine, poi ci avviciniamo alla guardiola.

«Cognome dello studente?», chiede la guardia.

Garrett mi guarda, ma io sono occupata a osservare la serie infinita di monitor di sicurezza che intravedo dentro la guardiola. Sembra che servano tutti a proteggere il perimetro della scuola, non per spiare quello che avviene all'interno.

«Nome?», chiede di nuovo la guardia.

«Monroe», risponde Garrett alla fine.

«Scusa», dico sottovoce. «La recinzione è elettrificata?».

La guardia deve avere un ottimo udito perché risponde subito: «Stai già progettando la fuga?»

«Ehm, no, ero solo curiosa».

«Sì, è elettrica», dice. Poi raddrizzandosi aggiunge: «Abbiamo il figlio di un senatore qui, quest'anno. Prendiamo la sicurezza molto sul serio».

«Eccellente», risponde Garrett. Posso dire che è soddisfatto di questa cosa.

Mentre aspettiamo che ci aprano il cancello, mi dice: «Ho scelto personalmente la tua stanza nel dormitorio. È al primo piano, sul retro dell'edificio, vicino all'uscita di sicurezza. Non cambiare stanza con nessuno. Lì hai molte più vie di fuga. La finestra, l'uscita antincendio e il corridoio principale. È anche vicino alla porta del dormitorio maschile dove, mi hanno detto, ci sono parecchi atleti. Se sei in pericolo, quello è il primo posto dove devi andare, okay?»

«Okay».

Mi sorride. «È stata rinnovata di recente, ha il bagno privato e una piccola cabina armadio».

«Sei il mio uomo ideale, Garrett», rido. Ma poi torno seria e gli dico: «Grazie. Davvero. Per tutto quello che hai fatto».

Il grande cancello si apre e noi entriamo. La strada si snoda attraverso gli alberi, poi vediamo la scuola. Sembra il campus di un'università. Passiamo accanto a un campo da golf e allo stadio d'atletica. Più avanti sopra la collina, un palazzetto dello sport, un centro ricreativo, campi da tennis e campi per altri sport. Poi passiamo vicino a delle case coloniali in mattoni: so che sono i dormitori. Dietro riesco a vedere l'enorme biblioteca con le colonne sulla facciata principale, una cappella e l'edificio scolastico.

Ci fermiamo davanti a una moderna costruzione in vetro con un cartello molto discreto che dice "Centro Sociale J. Huffington".

«Eccola qui», dice Garrett. «La tua nuova casa. Bella grande, vero?»

«È bellissima».

Un ragazzo molto carino, con delle adorabili lentiggini e delle belle spalle mi apre la portiera. Indossa una polo rossa con un puma ricamato sopra.

«Benvenuta a Eastbrooke. Nome?», dice senza nemmeno guardarmi.

Faccio scivolare le gambe fuori dalla macchina e noto che, all'improvviso, mi guarda. Cioè, guarda le mie gambe. «Sono Keatyn Monroe».

Mi fa un sorriso sbilenco. «Monroe. Piacere di conoscerti». Mi stringe la mano.

«Piacere mio. Siete sempre così formali qui?».

Ridacchia e mi indica la maglietta. Sotto il puma ci sono delle parole: *Prefetto Senior*.

Rido. «Cos'è, Hogwarts?».

Garrett apre il portabagagli e io vado a prendere le mie borse.

Quando siamo davanti al bagagliaio, il ragazzo mi sussurra: «*Prefetto* vuol dire che devo comportarmi bene».

«Perché di solito ti comporti male?»

«Ovvio». I muscoli del suo braccio si contraggono quando tira fuori le mie borse dal bagagliaio. «Il mio compito è portare queste nella tua stanza».

«E qual è il mio compito?»

«Tu, Monroe, devi andare a registrarti a quel tavolo laggiù. Belli i tuoi stivali. Di dove sei?»

«California».

Annuisce come se questo spiegasse tutto. «Comunque io sono Jake».

Osservo Garrett che se ne va, insieme alla mia vecchia vita, mi volto e vado al tavolo del check-in. Mi danno un pacco con tutte le informazioni e poi mi dicono di andare nella palestra piccola per l'accoglienza e l'orientamento dei nuovi studenti.

Guardo il cellulare e vedo che ho ancora qualche minuto di libertà, quindi mi incammino lungo un ampio sentiero e cerco di assimilare tutto. Il mio primo pensiero è che il campus è ancora più bello che in fotografia.

Tutti gli alberi stanno per tingersi con i bellissimi colori dell'autunno.
Mi immagino la terra coperta di neve e mi sento eccitata all'idea di passare l'inverno qui. Vedere la neve ogni giorno e non solo per la settimana bianca a Saint Moritz.
Mi guardo intorno e non c'è nessuno che assomigli lontanamente a Vincent.
Non ci sono cose che me lo ricordano da nessuna parte.
Faccio un respiro profondo.
Mi trovo su un marciapiede nel bel mezzo di un campus dove niente mi è familiare, ma mi sento a casa.
Come se appartenessi a questo posto.
E, per la prima volta dopo tanti giorni, mi sento al sicuro.

Kiki è un nome da spogliarellista
15:45

Tenendo a mente il mio nuovo nome mi registro all'orientamento per i nuovi studenti.
L'orientamento, di solito, è per le matricole, ma tutti i nuovi studenti devono intervenire. Spero di non essere l'unica nuova studentessa del quarto anno, ma, nel caso peggiore, incontrerò delle matricole.
Il mio piano è semplice. Troverò una coppia di ragazzi carini e chiederò se posso sedermi vicino a loro. Ho letto tutte le informazioni che ho trovato sulla scuola, e so che i giocatori della squadra di football si riuniscono al campus due settimane prima degli altri, quindi anche se sono nuovi, si conoscono già tra di loro.
Spio un ragazzo carino da morire. Assomiglia… be', assomiglia a Brooklyn quando l'ho incontrato la prima volta, capelli castano chiari e brillanti occhi azzurri, e subito sento una connessione con lui. Quando un ragazzo davvero sexy, alto e mo-

ro, troppo vecchio per essere una matricola, entra e lo saluta battendo i pugni, capisco che ho trovato la mia coppia.

Aspetto che si siedano e spero che non siano il tipo di ragazzi che amano sedersi davanti. Vedo che vanno a sedersi sulle gradinate.

Qui a Eastbrooke dobbiamo indossare l'uniforme. Be', una specie di uniforme. I ragazzi indossano blazer azzurri con pantaloni o bermuda cachi. Devono indossare anche camicie e cravatte Oxford, ma possono scegliere il tipo che vogliono, alcuni giorni devono indossare una polo con lo stemma della scuola, ma non so in quali. Le ragazze devono indossare dei kilt molto carini, azzurri e neri con righe bianche, rosse e gialle. Anche le ragazze portano il blazer, ma hanno molta più scelta, tipo cardigan e gilè colorati.

Sono eccitata per le uniformi.

Visto che siamo arrivati tutti oggi, ci hanno permesso di vestire casual. Io ho indossato il completo che Kym mi ha lasciato sull'aereo. Indosso un vestito lavorato a maglia con una rosa applicata sul davanti e l'orlo di pizzo asimmetrico. Una borsa di camoscio marrone di Proenza Schouler, una cintura intrecciata e gli stivali da cowboy di Cush.

Non mi hanno permesso di portare molto da casa, io ho scelto gli stivali, le mie scarpe preferite, il libro di poesie di Keats e altre poche cose senza le quali non potrei vivere, incluso un vestito della mamma da indossare al ballo di benvenuto sabato sera. E avrei potuto prendere in prestito gli stivali neri con la zeppa di Gucci per i quali litigavamo sempre. Erano nel mio armadio, quindi sono abbastanza sicura di poterli considerare miei a tutti gli effetti.

Gli stivali sono rumorosi, me ne accorgo mentre marcio su per le gradinate per raggiungere i ragazzi. Alcune ragazze si girano a guardarmi.

Anzi mi fissano.

Poi guardano gli stivali.

Forse le ragazze della costa orientale non indossano stivali da cowboy?

Cazzo.

Spero che non siano stati un errore. Kym mi aveva preparato un paio di bellissime scarpe con la zeppa da mettere con questo vestito. Perché non le ho dato retta?

Ma poi ricordo che non voglio essere come tutti gli altri. Voglio essere me stessa. E a me piacciono gli stivali. E, cosa più importante, mi fanno sentire come se Cush fosse qui con me, a ricordarmi di essere me stessa. A permettere alla gente di conoscermi, a lasciar entrare le persone come ho fatto con lui.

Inoltre, non posso cambiarmi adesso.

Vedo scarpe con tacco all'ultima moda oppure mocassini ai piedi della maggior parte delle ragazze.

Il giovane clone di Brooklyn e il moro sexy sono seduti con un gruppo di ragazzi che sembrano matricole. Devo decidere il da farsi.

Potrei usare l'approccio fare-in-modo-che-siano-loro-a-venire-da-me. Marciare fin lassù, sedermi un paio di file davanti a loro e sperare che vedendomi lì tutta da sola, abbiano pietà di me e vengano a parlarmi. Però sarebbe un approccio passivo, io invece voglio essere audace.

Perché cavolo non dovrei?

Se c'è una cosa che ho imparato da Vanessa è che la fiducia in sé stessi e l'audacia sono le cose più importanti. E poi non posso mettermi troppo in imbarazzo.

Nessuno mi conosce qui. E visto che adesso sono io a dover scrivere la sceneggiatura della mia vita, perché non essere sfacciati e correre qualche rischio?

Tra i due ragazzi c'è giusto lo spazio per una persona. Andrò da loro, indicherò lo spazio vuoto e dirò: *Questo posto è occupato?*

Poi pregherò che non ridano di me.

«È occupato questo posto?», chiedo educatamente, indicando con coraggio lo spazio libero tra di loro.

Si guardano l'un l'altro, si allontanano e il clone dice: «È tutto tuo, tesoro».

All'inizio penso che riderà dei miei stivali, ma poi aggiunge: «Ciao, mi chiamo Dallas e lui è Riley», con un genuino accento del Sud, il tipo di accento che hai solo se sei davvero cresciuto laggiù.

Visto che ho passato molto tempo in Texas, sia nella mia vita reale che in quella falsa, rispondo anch'io con l'accento del Sud: «Piacere di conoscervi, ragazzi. Io sono Keatyn». E mi siedo.

«Belle tette, cioè begli stivali», dice un ragazzo dietro di me.

Rido.

Non sono per niente offesa.

Non sono mica una matricola verginella. Sono una ragazza esperta e credo che questo mi renda una donna di mondo molto più di tutti i viaggi che ho fatto. Più o meno.

Mi volto verso il ragazzo offensivo e gli dico: «Grazie, come ti chiami?».

Lui sembra imbarazzato e mi ignora.

Grande! Che inizio fantastico. Ignorata da una matricola. Sono qui da dodici minuti e sono già una sfigata.

Lo ignoro anch'io e mi rivolgo a Dallas. Sembra dolce. E il modo in cui somiglia a Brooklyn mi fa sentire a mio agio con lui. «Tu non sembri una matricola».

«Io e Riley siamo del quarto anno, e tu?»

«Anch'io».

Mi racconta che si sono conosciuti la scorsa settimana durante il campo estivo di football.

«Cosa hai intenzione di fare qui?», chiede Riley.

«Non ne sono sicura. A voi piacciono le feste? O siete degli atleti seriosi?»

«Direi tutte e due le cose», risponde quel bel moro di Riley.

«E mio fratello frequenta l'ultimo anno, quindi ho degli ottimi agganci qui». I suoi modi disinvolti mi ricordano Cush.

«Allora sei il ragazzo giusto da conoscere. Puoi presentarmi al tuo sexy fratello e ai suoi amici».

«Come fai a sapere che mio fratello è sexy?»

«Perché tu lo sei», flirto. Perché non dovrei?

Io sono single. Tu sei single. Socializziamo.

Solo perché non voglio più innamorarmi, non significa che non posso divertirmi un po'. Questa è una cosa che ho sempre invidiato a RiAnne. Lei amava baciare i ragazzi. Ha fatto anche sesso con alcuni di loro, ma soprattutto le piaceva baciarli. Andava avanti per ore parlando dei meriti della tecnica o delle labbra di un ragazzo rispetto a un altro.

Dovrei aggiungere anche questo alla lista delle cose che voglio fare.

Voglio baciare un sacco di ragazzi. Non voglio essere una puttanella, ma è la prima volta che sono single. Dovrei godermela. Baciare tanti ragazzi può essere considerato come parte del lavoro che devo fare su me stessa? Devo chiedere a Kym, ma sono quasi sicura di sì. È una specie di automiglioramento. La pratica rende perfetti e cose del genere.

«Noo», dice Riley, «credo che ti terremo tutta per noi».

«Oh, non voglio distruggere le vostre illusioni, ma preferisco i ragazzi più grandi. Non sono mai uscita con i ragazzi della mia età».

Appena pronuncio queste parole, mi sembra di trovarmi su un set, con in mano una sceneggiatura sui ragazzi immaturi, e tutti la seguono.

Un ragazzo davanti a noi molla una sonora scoreggia e tutti ridono.

«Ecco, proprio quello che intendevo».

«Quel tipo potrà essere un immaturo», mi dice Dallas. «Ma noi non lo siamo. Infatti non è seduto con noi».

«Sì, ne sono sicura».

Riley mi chiede: «Come mai non hai provato a conoscere delle ragazze? Ho sentito che ci sono altre due nuove studentesse al quarto anno. Potresti trovare la tua nuova migliore amica».

«Vedete come tutte le ragazze sono andate a sedersi nelle prime file? Come cercano di fare una buona impressione?»

«Sì», rispondono in coro Riley e Dallas.

«E perché voi vi siete seduti qui dietro?».

Dallas ride. «Perché non ce ne frega niente di fare buona impressione. Vogliamo solo divertirci».

«Neanche a me importa di fare buona impressione. E poi, per la mia esperienza, so che è più facile andare d'accordo con i ragazzi. Niente drammi».

Riley mi guarda sollevando le sopracciglia. «Andremo molto d'accordo. E non hai bisogno delle ragazze per trovare una nuova migliore amica». Mi mette il braccio sulle spalle. «Sono io il tuo nuovo migliore amico, e penso che presto sarò il tuo nuovo ragazzo».

«Ehm, ho già una specie di ragazzo».

Cazzo. Ho detto una cosa sbagliata. Io non ho un ragazzo. Ho cercato di trovare una definizione più esatta della mia relazione con Brooklyn, mentre ero in aereo. È più uno *scopamico*. Ho pensato anche a quello che mi ha detto del destino, che sarà il fato a decidere se staremo insieme, ma sono quasi sicura di non credere al destino.

Almeno fino a quando un ragazzo non mi dirà che sta facendo i salti mortali per me.

«Non per molto», dice Riley. «Ti prometto che ti farò dimenticare tutto di lui». Mi rivolge un sorriso molto seducente.

«Ne dubito».

«Oh, mi sottovaluti», mi dice con uno sguardo bollente.

Uno sguardo che mi fa capire che non sono l'unica a non essere più vergine. Si capisce subito che questo ragazzo non è uno alle prime armi. E sapete una cosa? Potrebbe avere ragione. Potrei averlo sottovalutato.

«Inoltre», continua Riley, «posso portarti alle feste migliori. Io e mio fratello siamo affiatati».

Lui e Dallas si danno il pugno.

«Cazzo sì, fratello», dice uno dei ragazzi dietro di noi. Riley e Dallas alzano gli occhi al cielo: è una matricola. Non credo proprio che lo inviteranno.

Il preside, il direttore, il rettore, o come cavolo lo chiamano qui, si alza e ci dà il benvenuto. Poi ci racconta un mucchio di storie noiose sulla scuola, che a me non interessano proprio. E poi, ho già letto tutto sul sito.

Mi rivolgo a Riley: «Sei sicuro che tuo fratello la pensi allo stesso modo?»

«Cosa vuoi dire?»

«Voglio dire, credi che tuo fratello maggiore voglia il suo fratellino sempre appiccicato?».

Dallas ride. «COLPITO!».

«Sei adorabile», mi dice Riley.

«Grazie, lo penso anch'io».

«Ed è evidente che la mia reputazione non mi precede».

«Hai una reputazione? Ah! Te ne sei già fatta una? Sei qui da troppo poco tempo. A meno che tu non sia gay. Ti sei fatto tutti i ragazzi durante il campo estivo di football?»

«Non sono gay, e i ragazzi sanno già tutto sull'estate agli Hamptons dei fratelli Johnson».

Dalle matricole dietro di noi si alza un coro di "Cazzo, sì", "Sei un mito", "Fratello". A giudicare dal loro entusiasmo, Riley gli ha raccontato anche troppo della sua estate e loro sono in adorazione. O meglio, adorano quello che ha fatto.

Dallas dice pigramente a Riley: «Sei un mito».

Tossisco: «Stronzate».

Riley mi dice ridendo: «Aspetta e vedrai. Puoi venire a giocare alla cowgirl da me tutte le volte che vuoi».

«Salva un cavallo, cavalca un cowboy, eh?»

«Esattamente».

Rido.

È divertente.

Il rettore continua a blaterare sul fatto di essere speciali per aver scelto di venire qui e che onore è. Forse sta parlando anche delle regole, ma tanto non lo ascolto. Non sono mai stata brava a seguire le regole. Be', a dire la verità non ho mi avuto delle regole da seguire. Non ho mai avuto il coprifuoco. L'unica regola che dovevo seguire era indossare il casco quando andavo sui rollerblade, sullo skateboard, o sulla moto di Brooklyn. Ma questo è tutto.

Riley schiocca le dita. «Ho una grande idea. Keatyn è un nome da ragazzo. Potremmo travestirti da ragazzo, così potresti essere il mio compagno di stanza di giorno e il mio giocattolo erotico la notte».

Alzo gli occhi al cielo come se mi stessi annoiando.

Ma non è così.

Mi sto divertendo, e non penso allo stalker da almeno venti minuti. Quindi decido di dargli un po' di corda, come facevo con Cush. Penso che gli piacerà. «Davvero?».

«Perdonalo», interviene Dallas, «pensa che tutte lo vogliano. Non fa che parlare di tutte le ragazze sexy che andavano alle feste di suo fratello quest'estate e con cui lui ha fatto sesso».

Alzo le sopracciglia come se non credessi a una sola parola.

«È tutto vero, piccola», dice Riley.

«In pratica, prendevi gli avanzi di tuo fratello o le ragazze che erano troppo ubriache per rendersene conto?»

«Oh, credo proprio che finirai per piacermi». Riley mi squadra dalla punta degli stivali alle mie spalle abbronzate. «Sarai la mia prima vera sfida?»

«Forse sono troppo giovane e inesperta per te».

Mi lancia un'occhiataccia. All'inizio pensava di impressionarmi la sua esperienza, ma adesso gliel'ho rivoltata contro facendola sembrare una cosa negativa.

«Secondo me non è vero che hai il ragazzo».

«Ah, sì?». Afferro il cellulare e apro una foto di me e Brooklyn. Una delle sole due foto che mi hanno permesso di scaricare sul nuovo telefonino. Siamo uno di fronte all'altra, in costume, le tavole da surf sono conficcate nella sabbia vicino a noi. Lui mi tiene le braccia intorno alla vita e si sta chinando verso di me per baciarmi. Il sole sta tramontando e scintilla sull'oceano, il cielo brilla di riflessi arancioni, rosa e rossi. Brooklyn mi sta guardando, come sempre, con aria sognante.

Certo, questo nella foto non si vede. Non ho potuto scaricare foto dove si vedesse bene il suo viso.

«Visto?».

I ragazzi si passano il telefono.

Sento una matricola che esclama: «Ragazzi, guardate che bikini. Bello».

Allora tutti si accalcano intorno al mio cellulare. È come se gli avessi dato il paginone centrale di «Playboy».

Cerco di riprendermi il telefono. «Oh, mio Dio, non dovevate guardare il mio corpo».

Riley tiene il mio cellulare. «E cosa dovevamo guardare, secondo te?»

«Noi due. Non vedete quanto eravamo felici?». *Eravamo* è la parola chiave in questa frase.

«Tutti i ragazzi hanno quell'espressione quando stringono una ragazza sexy in bikini».

Per provarmi la sua teoria, Riley mi mostra, sul suo cellulare, un milione di fotografie che lo ritraggono con ragazze in bikini, che lo abbracciano, lo baciano sulla guancia, sulla bocca.

«Vedi. Non sono innamorato di nessuna di queste ragazze. Non vuol dire niente».

Oh, mio Dio, è frustrante.

«Va bene. Allora non gli importa niente di me».

Il rettore sta illustrando le attività per il prossimo weekend, poi spiega che sarebbe meglio se scegliessimo di partecipare ad almeno due attività extracurricolari e che domani ci saranno i provini per entrare nelle squadre sportive, e un sacco di altre cose che erano già tutte online.

Non capisco perché dobbiamo stare qui ad ascoltare. È abbastanza evidente che tutti hanno già letto queste cose sul sito, oppure che non gliene importa niente, perché nessuno lo sta ascoltando. Be', a parte alcune ragazze in prima fila che fingono di essere affascinate.

O forse lo sono davvero. Chi lo sa. Chi se ne frega.

Adesso il mio cellulare è passato a Dallas. Fissa il mio bikini, poi sobbalza quando comincia a vibrare. «Ooooh, hai ricevuto un messaggio da B con un cuore», cerco di afferrare il telefono. «Dice: "Mi manchi già. La notte scorsa è stata fantastica e... anche stamattina". Faccina che fa l'occhiolino. Poi: "Ti amo", cuoricino. *Oooh la la*».

Ti amo??? Cosa vuol dire tutto questo? E quando mai ha messo un cuore vicino al suo nome? Queste sono le cose che mi confondono. Il sesso confonde davvero le idee. Secondo me ti fa addirittura dimenticare che ci sono dei problemi.

«Vedi, non mentivo».

«Cosa avete fatto di tanto fantastico la notte scorsa?», chiede Riley alzando un sopracciglio e con uno stupido sorriso sulla sua bellissima faccia.

Lo guardo un po' perplessa. «Tu cosa pensi?»

«Mi sembra di capire che non sei vergine», dice Riley senza fare una piega. «Nemmeno io lo sono, ma la maggior parte di questi stronzetti lo è». Indica le matricole alle nostre spalle.

«Non sai di cosa stava parlando. Magari stamattina abbiamo fatto le frittelle. O forse abbiamo cavalcato una grande onda ed è stato fantastico».

«Ne dubito. Io dico che sta parlando di sesso bollente».

Ci dicono che possiamo andare, di metterci in fila, prendere i nostri programmi, poi ci assegneranno i nostri posti nel dormitorio e i nostri compagni di stanza. Dovremmo andare ai nostri dormitori, incontrare i nostri coinquilini e poi andare a cena nella sala mensa tutti insieme. Dopo cena ci sarà una specie di festa per far incontrare gli studenti, dove dovremo giocare a qualche stupido gioco pensato per rompere il ghiaccio e farci conoscere.

Dovrebbe essere interessante.

O forse noioso.

Tutto quello che so è che c'è un mucchio di giocatori di football che stanotte non avranno niente da fare. Quindi potrebbero dare una festa. O almeno dovrebbero.

Mi piacerebbe conoscerne alcuni perché una festa è proprio quello che mi ci vuole.

E perché sono single.

Mi incammino con i ragazzi verso l'area comune dove dovremmo andare più tardi. Mentre camminiamo, sbircio un gruppo di ragazzi che sta giocando a calcio sul prato.

Mi viene un'idea folle.

Qualcosa che farei se fossi la ragazza un po' pazza in un film per adolescenti.

`AMBIENTAZIONE: COLLEGIO.`

`Un gruppo di ragazzi sta giocando a calcio in un grande prato, di fronte al vialetto che porta all'area comune. Sono divisi in due squadre: quelli con la maglietta e quelli senza, perché metà dei ragazzi…`

Ma cosa sto facendo?

Accartoccio il foglio.

Le scene che scrivo non si avverano mai. Ora basta programmare tutto. Di pianificare ogni cosa. Quella era la vecchia me. Questa è la me che piaceva a Vanessa. La ragazza che si comportava sempre come gli altri si aspettavano.

Adesso voglio vivere attimo per attimo, perché se qualcosa va storto e lo stalker mi trova, potrebbero non restarmene molti, di momenti.

Questa è la sceneggiatura della mia vita e sono io che devo viverla. Non mi importa cosa farebbe la adolescente pazza.

Importa quello che voglio fare io. Prendo la sceneggiatura e la butto nel cestino.

Adesso ho voglia di correre laggiù, rubare la palla e fare goal.

E lo farò. Non mi importa cosa penseranno gli altri.

Ho fiducia in me stessa. Sono brava a giocare a calcio e sarà divertente.

Guardo gli stivali che mi ha regalato Cush. Mi fanno sentire sicura. Anche se non sono proprio l'ideale per dare calci al pallone. Vanno bene per dare calci nel sedere, come dice il nonno, ma chi se ne frega.

Il pallone punta verso di me mentre ci avviciniamo.

O la va o la spacca.

All'improvviso, parto, corro giù per la collina, intercetto il pallone, che era diretto a un bellissimo ragazzo senza maglietta, dribblo gli avversari per tutto il campo e calcio il pallone in rete.

Proprio dietro il più fico, e quando dico il più fico di tutti, intendo super iper mega sexy.

Sul serio, è il Dio di tutti i Fighi.

Non dico niente e neanche i ragazzi sul campo dicono una parola. Penso di averli scioccati.

Il portiere di sicuro.

Gli faccio un enorme sorriso. Un sorriso che vuol dire: "Ah, sono riuscita a segnarti un goal". Poi ritorno correndo dai miei nuovi amici che si erano fermati a guardarmi.

Poi penso: "Ma perché ho fatto una cosa del genere?". Probabilmente non ho dato l'impressione di essere una ragazza divertente, ma una pazza fuori di testa.

Cazzo. Sono una bugiarda. A me importa quello che pensa la gente.

Andrò a nascondermi in camera mia, mi taglierò i capelli e li tingerò, e domani fingerò di essere un'altra persona. Chissà se Garrett mi farà cambiare di nuovo nome.

Ma quando raggiungo Dallas, mi dà il cinque. «Ragazza sei stata grandiosa! E con gli stivali da cowboy. Gli hai fatto il culo!».

Dentro di me tiro un sospiro di sollievo. Grazie a Dio non mi sono resa del tutto ridicola.

«Sì, direi di sì», rido anch'io.

«L'ho detto prima e lo ridico. Quest'anno ci divertiremo. Sono contento che tu sia venuta a provarci con noi».

«Non ci ho provato con voi».

«Hai chiesto: "Questo posto è occupato?", e c'era più o meno tanto spazio così». Fa segno agli altri con la mano che non c'erano più di cinque centimetri.

«Forse volevo solo incontrare dei ragazzi. Ragazzi simpatici, divertenti, con cui passare il tempo. E ho pensato che sarebbe stata una buona idea cominciare con quelli seduti dietro. Ma se dovessi scoprire che siete tutti degli sfigati, dovrei scaricarvi».

«Anche noi potremmo scaricarti».

«Neanche per sogno», ribatte Riley.

Dallas è d'accordo, mi scompiglia i capelli e dice: «Sì, ormai sei la nostra mascotte».

«Hai un soprannome?», chiede Riley.

«Uhm, le mie sorelline mi chiamano Kiki».

«Kiki è un nome da spogliarellista», interviene una delle matricole.

«Tu non mi chiamerai Kiki».

Mi guarda arrabbiato. «Va bene. Qual è il tuo cognome?».

Vuoto completo. Ho dimenticato la mia parte. Cazzo. Qual è il mio cognome?

Se questo fosse davvero il film della mia vita, un suggeritore me lo sussurrerebbe. Sarebbe strano se me lo scrivessi sulla mano?

«Ehm... Monroe». Alla fine ricordo.

«*K-mon*?», suggerisce un'altra matricola.

«È un soprannome idiota», gli dice Dallas.

«Bene, vada per Kiki allora», interviene Riley.

Oh, mio Dio!

Sul serio? Perché ho detto di Kiki? Sembra davvero un nome da spogliarellista. Ed è vero, voglio essere notata, ma non voglio che i ragazzi pensino che sono una puttana da strip-tease.

La mia prossima ragazza
17:15

Mi assegnano la stanza e incontro la mia compagna. Si chiama Morgan. Anche lei frequenta il quarto anno. Mi ha raccontato una storia su un brutto divorzio, mi ha detto che vuole provare a entrare nella squadra di dibattito, che suona il clarinetto e che spera di riuscire a far parte del consiglio studentesco.

Nelle informazioni che ci hanno dato c'è scritto che presto comincerà la campagna elettorale. Penso di aver appena deciso di candidarmi. Forse per diventare presidente.

La folle adolescente del film lo farebbe.

E vincerebbe e tutti staremmo lì al cinema a pensare: "Sì, dài, queste cose non succedono mai nella vita reale".

Invece forse sì. Posso farlo. Mi ha sempre interessato il consiglio studentesco, ma Vanessa diceva sempre che non era fico candidarsi per una cosa del genere. Diceva che gli uomini sono intimiditi dalle donne di potere.

A dire la verità, a me non interessava il potere... Volevo soltanto aiutare a organizzare le feste e i balli. Ma poi Sander aveva deciso di candidarsi lui e io era diventata un trofeo da esibire al suo braccio.

Avevo organizzato per lui il "Torneo di beach volley di Sander". Avevamo fatto venire tantissime ragazze sexy in bikini e ragazzi muscolosi che servivano il cibo a petto nudo e flirtavano con le ospiti. La sua vittoria fu schiacciante.

Sì, penso che mi candiderò. Alla peggio, perderò, ma nel frattempo conoscerò un mucchio di gente.

Tutte le stronzate zen di Brooklyn devono avermi contagiato.

Io e Morgan andiamo a cena insieme, ma lei mi scarica subito per alcune ragazze che ha conosciuto oggi.

Questo significa che io sono la sfigata che sta in fila alla mensa tutta sola.

Una ragazza viene verso di me. Una ragazza bellissima, con la pelle perfetta, da copertina.

«Ciao, sono Peyton. Bella azione oggi sul campo di calcio. Sei riuscita a segnare un goal a mio fratello. È stato grandioso».

«Il portiere era tuo fratello?». La osservo da vicino e mi rendo conto che la perfezione è una caratteristica della sua famiglia. Posso vedere il portiere se chiudo gli occhi. La sorpresa sul suo bellissimo viso, la bellezza della sua mascella scolpita, lo stupore nei suoi occhi verde brillante quando la palla è volata oltre la sua mano guantata.

«Sì, non si vede? Dicono tutti che siamo uguali».

Rido. «È successo tutto molto velocemente, però sì, adesso che me lo hai detto, si vede».

«Bene, spero che farai il provino per entrare nella squadra di calcio. Sono io il capitano quest'anno».

«Davvero? Certo che voglio farlo. Adoro il calcio».

«Perfetto. Ci vediamo domani pomeriggio. Ah… e come ti chiami?»

«Oh, scusa, mi chiamo Keatyn».

«Bel nome. Penso che tu sia nel gruppo di studenti a cui devo fare da tutor domani. Devo farvi visitare la scuola».

«Non vedo l'ora», dico senza nascondere la mia mancanza d'entusiasmo.

«Non ti preoccupare. Non vi mostrerò tutte le cose noiose che dovrei mostrarvi. Ci divertiremo. A domani». Prende il vassoio e va a sedersi vicino al meraviglioso ragazzo bruno a cui ho rubato la palla, una brunetta altrettanto bella e degli altri ragazzi carini. Tra di loro c'è anche Jake, il ragazzo che mi ha aperto la portiera quando sono arrivata. Posso già dirlo: se c'è un tavolo popolare in questa scuola è quello che sto guardando in questo momento.

Per un istante, sento il desiderio di essere popolare.

Il desiderio di sedere a quel tavolo.

Ma no. Qui non lo farò.

Quello è il tavolo che eviterò a ogni costo. Non mi siederò mai lì.

La bella brunetta mi sta guardando e sento che mi considera una minaccia. Ha uno sguardo calcolatore, non come Peyton. E io capisco. Lei è la regina del tavolo. La Vanessa di questa scuola.

All'improvviso, mi sento un po' imbarazzata.

Okay, molto imbarazzata.

Provo a sorridere e a sembrare sicura di me, mentre mi guardo intorno per capire dove posso sedermi. Dovrei andare vicino a persone che non conosco e presentarmi? Dovrei sedermi da sola? Cosa farebbe la ragazza mitica del film?

Vedo Dallas e lui mi fa cenno di raggiungerlo.

Mi faccio strada in mezzo ai tavoli verso di lui. All'improvviso il Dio di tutti i Fighi, fratello di Peyton, è davanti a me e mi sbarra la strada.

«Bella azione». Guarda in basso verso i miei stivali. «Penso di non aver mai visto nessuno giocare a calcio con gli stivali da cowboy».

Ride. Ha una risata sexy, disinvolta.

Mi fa venire nostalgia di Brooklyn.

È così facile farlo ridere. Okay, lo ammetto, è sempre un po' fumato, quindi pensa che tutto sia divertente. Però è comunque carino.

Faccio finta di non riconoscerlo. «Oh, eri tu oggi sul campo di calcio?»

«Eh? Sì». Sembra offeso. «Ero il portiere».

«Oh, wow, eri tu?». Questo ragazzo è troppo perfetto per essere vero. Non credo che abbia problemi a trovare delle ragazze, è probabile che abbia un ego sproporzionato e che stia andando a sedersi al tavolo popolare.

Non voglio niente di tutto questo.

«Sì», dice un po' a disagio.

«Allora, aspetta. Sei il fratello di Peyton?»

«Colpevole», dice alzando la mano.

«È stupenda».

«Anche tu lo sei. E hai un calcio assassino. Sono curioso. Cosa ti ha posseduto oggi per farti correre in campo in quel modo?».

Ha appena detto che sono stupenda?

OH, MIO DIO!

Calma, zen, freddezza, scendete su di me.

Vi prego!

«Oh», faccio una risatina imbarazzata. «Non lo so. Ho visto il pallone e mi è venuto così. Mi dispiace. Probabilmente è stato stupido da parte mia. Penso di essermi fatta prendere dal momento».

«Mi è piaciuto, anche se mi hai fatto goal». Si avvicina un pochino e abbassa la voce. «Be', a dire il vero, mi hai messo un po' in imbarazzo. Di solito non sbaglio certe parate. Ma tu… non riuscivo a smettere di guardarti. Mi sono dimenticato del pallone finché non è schizzato sopra la mia testa».

«Penso che fossi solo scioccato nel vedere una ragazza correre per il campo con indosso un vestito e stivali da cowboy».

«Quello sicuro. Non è una cosa che capita tutti i giorni da queste parti. Ma spero di vederti ancora».

«Davvero?».

Mentre parliamo i suoi meravigliosi occhi verdi mi trapassano l'anima.

Non voglio svenire.

Non mi comporterò come tutte le altre ragazze davanti al Dio Sexy.

Me ne andrò prima di rendermi ridicola.

Ma non riesco a muovere i piedi, e resto lì a fissarlo. Fisso i suoi capelli corti e biondi, che sono spettinati ad arte sulla testa. I suoi stupendi occhi verdi. Il suo sorriso perfetto.

Riesco a dire: «Ciao, è stato bello conoscerti».

Cerco di passargli accanto senza toccare il suo petto perfetto, ma il mio corpo struscia contro il suo e io sobbalzo per la scarica elettrica.

Gli giro intorno e vado a sedermi in fretta nella relativa sicurezza del tavolo dei ragazzi.

«Ho visto che stavi parlando con Aiden», dice Riley.

«Chi è Aiden?». Sono ancora un po' stordita. E chi potrebbe criticarmi, sono appena stata toccata da un dio.

«Il ragazzo con cui stavi parlando. Non è il portiere di oggi?»

«Oh, sì, credo di sì», dico facendo spallucce.

«Dovresti sapere che è un vero playboy», mi dice Riley, come se fosse una cosa che devo per forza sapere. E questo mi fa arrabbiare.

«Davvero? Perché tu non lo sei? Da quando ci siamo conosciuti non hai fatto altro che cercare di convincermi delle tue abilità da playboy, e adesso critichi lui per la stessa cosa?».

Dallas approva: «Amico, ha ragione lei».

Riley ribatte: «Non sono un playboy, Kiki. Voglio solo sistemarmi con una ragazza sexy e dal nome da spogliarellista».

«Finiscila. Sul serio. Lascia perdere questo Kiki del cavolo».

Mi infilo in bocca un po' di lasagne e vorrei che la mia bocca stesse facendo qualcos'altro.

Qualcosa con Aiden.

Davvero, che cos'ho che non va? Perché sto sbavando su un figo qualsiasi?

Niente fighi. Niente tavolo popolare. Niente amore.

Finisco la cena e poi vado con i ragazzi alla festa per i nuovi studenti. A dire la verità è un po' noiosa, ma incontro alcune matricole. Ho deciso che le matricole possono essere molto dolci.

Dallas e Riley si annoiano, quindi usciamo e andiamo a fare due passi.

Li lascio al loro dormitorio e mi dirigo al mio quando sento: «Ehi, *Boots*!».

Boots?

Mi volto e vedo il bellissimo portiere.

Il Dio di tutti i Fighi.

«Dici a me?»

«Sì, non mi hai detto come ti chiami e, visto che indossi quei bellissimi stivali da cowboy, ho pensato di chiamarti Boots».

«Boots è il nome della scimmietta di Dora l'esploratrice». Cos'è? Idiota?

«Chi è Dora l'esploratrice?»

«È un cartone animato. Davvero non lo sai? Swiper la volpe? Zainetto? Mappa? Tyco lo scoiattolo?»

Mi guarda con un'espressione vuota. «Ehm, no non credo. Quindi...?»

«Quindi, cosa?»

«Mi dici il tuo nome o no?»

«Oh, certo». Poi divento spavalda e cambio idea. «Se prima mi dici il tuo».

Vorrei dirgli: "Tu mostrami il tuo che io ti mostro il mio".

Mi fissa per alcuni secondi, come fa il nonno quando prende un pesce. Deve decidere se ributtarmi in acqua o no.

Poi mi porge la mano perché gliela stringa e dice: «Ciao, io sono Aiden».

Gli sorrido e faccio una risata nervosa. Sto provando con tutte le mie forze a essere figa con questo ragazzo.

Perché ho ben presente i commenti sul fatto che è un playboy.

Non voglio innamorarmi di un playboy e ritrovarmi con il cuore spezzato. Mi hanno già spezzato il cuore. Due volte.

Ma ho detto a me stessa che avrei fatto amicizia con tutti qui, e non sarebbe giusto da parte mia discriminarlo solo perché è sexy. Devo almeno essere educata, quindi dico: «Io sono Keatyn».

Mi ci vuole tutta la mia forza di volontà per lasciargli la mano quando gliela stringo.

La mia mano gli appartiene.

Per sempre.

Non ridete. Dico sul serio.

Gli appartiene per sempre.

«Davvero? Non ho mai conosciuto una ragazza con questo nome. Solo ragazzi».

Resto lì a fissarlo, non so se dovrei sentirmi offesa o no.

«Allora, Boots», sorride. «Hai già un cavaliere per il ballo di sabato sera?»

«No. Sono qui solo da cinque ore. Non conosco ancora molta gente».

«Be', di sicuro hai fatto colpo sulla popolazione maschile».

Alzo gli occhi al cielo. «Ne dubito molto. A meno che non pensino che sono una tipa strana e fuori di testa, perché molte ragazze lo pensano. Almeno, così mi ha detto la mia compagna di stanza».

Ride. Questa risata è sexy e profonda. Quasi un ruggito. *Grrr*, piccola, *grrr*.

Non lo avrei detto.

Mi dice: «Strana e sexy, sì. Strana e fuori di testa, probabile. Strana e adorabile, di sicuro. Inoltre, ho molto rispetto per una ragazza che riesce a segnarmi un goal».

Prima di riflettere, sbotto: «Strano, ho sentito dire il contrario».

«E questo cosa vorrebbe dire?»

«Non lo so. Ho sentito che sei un gran playboy. E di solito i playboy non hanno molto rispetto per le ragazze con cui… fanno goal».

Mi guarda strizzando gli occhi. Penso di averlo fatto arrabbiare.

È carino.

Si china verso di me e dice, quasi senza fiato: «Come sai che non mi comporto così solo perché finora non ho incontrato la ragazza giusta? Forse sono davvero un inguaribile romantico, un'anima sensibile. So che non suona molto figo, ma è così, sto cercando una ragazza speciale e in un certo senso hai ragione. Sono bravo a capire se le cose con una ragazza andranno bene o no. E se so già che non andrà bene, perché perdere tempo? E non ho fatto goal a tutte le ragazze con cui sono uscito. Non ho tutta questa esperienza».

Gli rido in faccia.

Non volevo, ma lo faccio.

Perché, voglio dire, guardatelo!

È bello da impazzire. Stasera ha la barba incolta e bionda sulla sua mascella da star. E i capelli non sono più spettinati per il calcio.

«Dico sul serio. E che mi dici di te, Kiki la spogliarellista?»

«Ehm... Primo: non sono una spogliarellista. Secondo: mi hanno chiesto se avevo un soprannome e io, da vera stupida, ho detto che le mie sorelline mi chiamano Kiki. Detto da loro è adorabile. Detto dalle matricole è da zoccola».

«Quindi forse tutti e due abbiamo sentito cose che non sono proprio vere, no?»

«Con quante ragazze sei uscito l'anno scorso?»

«Uhm». Tentenna. Si morde il labbro. «Otto».

«Una al mese, più o meno. Fammi indovinare, le amavi tutte?».

È imbarazzato. «Be', io ho sentito che hai il ragazzo».

«L'avevo, ma quando sono venuta qui abbiamo deciso di tornare a essere solo amici. È il mio migliore amico».

«Buono a sapersi. Perché sembra proprio che sarai la mia prossima ragazza».

«Oh, mio Dio, hai appena usato una frase da rimorchio con me? Pensavo avessi detto di essere un'anima sensibile. A me sembra che la tua anima sia piena di stronzate».

«Scusa. Non so perché l'ho detto. Ascolta, devo andare, ma riservami un ballo per domani sera, okay?».

Alzo gli occhi al cielo e gli rispondo con un frivolo: «Certo».

Si volta e mi prende entrambe le mani. «Dico sul serio». Mi guarda negli occhi e giuro che quando mi tocca sto quasi per svenire.

Cosa cavolo c'è di sbagliato in me?

Ripeti con me:

Non innamorarti di un playboy.

Esci solo con ragazzi carini.

No! Non uscire con i ragazzi.

Ricorda la lista.

Non ti devi innamorare.

Non ti puoi innamorare di un playboy.

Però potrei almeno baciarlo. Sarebbe una cosa che faccio per me stessa?

Ma subito penso a farmi lui.

Oddio.

Forse soffro di sindrome da stress postraumatico. Non riesco a essere lucida con questo ragazzo.

Scuoto la testa per far uscire le ragnatele che devo avere nel cervello e torno al mio dormitorio.

Come non fare colpo su una ragazza
20:20

Torno al dormitorio, alla sicurezza della mia stanza e trovo la mia compagna già a letto che dorme.

Sul serio? Il coprifuoco è alle dieci e mezzo. E poi io ho ancora il fuso orario del Pacifico, quindi sono solo le sei per me. Indosso un paio di pantaloncini e una felpa e scrivo subito alla mamma.

IO: Sto bene. Per ora sono soddisfatta.

MAMMA: Ragazzi carini?

IO: Mamma, ho una moratoria per i ragazzi.

MAMMA: Ma ce ne sono?

IO: Sì, ho conosciuto dei ragazzi carini. Uno è così bello che potrebbe fare l'attore. È il Dio di tutti i Fighi.

MAMMA: E gli hai parlato?

IO: Sì, mi ha chiesto di andare a ballare con lui domani, ma gli ho detto di no.

MAMMA: PERCHÉ!!!???

IO: Perché dicono che sia un playboy. E io mi rifiuto di innamorarmi di nuovo.

MAMMA: I playboy possono essere divertenti. Sai chi era un playboy prima di incontrare me, tanto per dire.

IO: Lo terrò a mente. Ti voglio bene!

MAMMA: Io di più!

Accendo la mia lampada e illumino la parete vuota. Sono pronta ad appendere la decorazione più importante per la mia parte di camera.

È un poster, quattro metri per tre, dell'oceano. Il padre di Brooklyn era sdraiato sulla spiaggia quando ha scattato questa foto. Kym l'ha fatta ingrandire e incorniciare.

Mentre appendo il poster mi viene da piangere. Non posso credere di essere qui. Di non essere a casa mia. Con la mia famiglia. Con i miei amici. Con Cush.

Mi chiedo quanto sarà arrabbiato con me. Chissà quante bugie sta dicendo Vanessa sul mio conto. E chissà cosa farà lei per conquistare Cush.

Accidenti agli stalker.

Dopo aver appeso il poster, accendo la luce per godermelo meglio. La mia compagna si lamenta e si tira le coperte sopra la testa.

È fantastico.

È l'oceano proprio davanti a casa mia, c'è una grande onda che si sta avvicinando alla spiaggia e laggiù, in lontananza, ci siamo io e Brooklyn sulle nostre tavole.

Mi siedo sul letto a guardarlo. Ho nostalgia di casa. Decido di preparare il mio letto. Una volta appeso il poster e rifatto il letto, sto per disfare le valigie e forse chiamare Brooklyn, quando il cellulare vibra.

C'è un messaggio da parte di qualcuno che si chiama *L'amore della mia vita <3*.

L'AMORE DELLA MIA VITA <3: Dove sei?
IO: Chi sei?
L'AMORE DELLA MIA VITA <3: Dallas :)
IO: Non è quello che dice il mio telefono.
L'AMORE DELLA MIA VITA <3: Vediamoci fuori dal tuo dormitorio.
IO: Stavo sfacendo le valigie.
L'AMORE DELLA MIA VITA <3: Puoi farlo dopo il coprifuoco, dài vieni.
IO: Mi hai convinta :)

Vado.

Immagino che ci siano tutti e due i ragazzi e che magari daremo due calci al pallone o cose del genere, ma quando arrivo trovo solo Dallas.

Mi rivolge un sorriso malizioso.

«Perché ho la sensazione che stiamo per fare qualcosa che potrebbe metterci nei guai?».

È davvero carino e mi ricorda Brooklyn quando aveva la sua età.

Apre la mano e mi mostra uno spinello.

Proprio come dicevo...

«Vuoi unirti a me?»

«Oh, mio Dio, sì. Ma dove? Non voglio finire nei guai il primo giorno».

«Ho già scoperto il posto adatto. Vieni». Mi prende per mano e mi sembra una cosa stranamente naturale. Andiamo dietro al mio dormitorio ed entriamo in un bosco che non avevo ancora notato. C'è un sentiero striminzito ma ben segnato. Lo seguiamo e, quasi subito, ci troviamo in una radura ben nascosta. Sento l'inconfondibile odore della marijuana e capisco che io e Dallas non saremo gli unici un po' strafatti.

C'è un gruppo di ragazzi nella radura seduti su un mucchio di tronchi caduti, ci sono anche Peyton e la bella brunetta. Dallas prima mi ha detto che si chiama Whitney.

All'inizio sono un po' nervosa, perché Peyton è la mia tutor e sono quasi sicura che Whitney sia l'Ape Regina qui. E io so parecchie cose sulle personalità da diva. A loro non piace la competizione e usano il loro potere per eliminarla subito. Mi aspetto che Whitney venga da me e mi dica di andarmene dal suo territorio.

Ma, cosa tipica delle Regine, fa fare il lavoro sporco agli altri.

Appena io e Dallas ci sediamo fuori dai confini della loro cerchia, un ragazzo alto, con i capelli castani, delle braccia super muscolose e un naso aquilino, viene verso di noi.

Dallas si alza: «Ciao, Ace».

«Voi non dovreste stare qui... è solo per quelli dell'ultimo anno».

Sorrido a Ace, che mi squadra dalla testa ai piedi con occhio predatore. In modo particolare si sofferma sulle mie gambe, lunghe e abbronzate.

Dallas è calmissimo e io sono impressionata. Gli ripasso lo spinello. Lui fa un tiro e butta fuori il fumo in faccia a Ace.

«Rilassati amico. Non vi daremo fastidio. Abbiamo solo bisogno di un posto dove fumare».

Ma Ace è, con tutta probabilità, lo stronzo del gruppo e, ovviamente, non ha ancora fumato. È troppo teso. Dallas mi ripassa lo spinello e io lo offro a Ace, scuoto un po' i capelli e gli sorrido. «Ecco, condividiamo».

Ace mi valuta, fa un tiro, si rilassa un pochino e poi mi restituisce lo spinello. «Che cazzo, con quelle gambe puoi venire qui tutte le volte che vuoi».

Torna a sedersi con i suoi amici, che non ci rivolgono la parola. Sono quasi sicura che non è un buon segno. Noto anche che

Peyton, che prima è stata carinissima con me, fa finta di non vedermi. Di certo, Whitney è la regina e Peyton la sua leccapiedi.

Be', a dire il vero, Peyton è proprio come me. La vecchia me.

Io e Dallas continuiamo a passarci lo spinello e a fumare.

Dopo poco cominciamo a ridacchiare di Riley e di tutte le cose sdolcinate che ha detto per fare colpo su di me.

Poi ripenso al Superfigo.

Racconto a Dallas: «Prima mi ha detto che è un ragazzo sensibile e subito dopo che sarei stata la sua prossima ragazza. E non posso farci niente, non è solo per l'erba. Voglio dire, lui che mi dice così è un classico. Una cosa che va bene nei film. Come non fare colpo su una ragazza».

Sono appoggiata a Dallas e sto avendo una crisi di risatine quando qualcuno mi picchia sulla spalla.

Guardo in su.

In piedi davanti a me c'è il Dio di tutti i Fighi in persona, e non sta ridendo.

Oh, cazzo. Beccata.

Non so cosa dire. Provo con: «Oh, ciao. Aiden, giusto?».

Lui annuisce e se ne va.

Io e Dallas continuiamo a ridacchiare.

E, non so come, le nostre teste si avvicinano mentre ridiamo, e Dallas comincia a baciarmi. Ed è davvero bravo.

Venerdì 26 agosto

Un quadrifoglio perfetto
7:30

Mi alzo presto e sono pronta per una giornata piena, anche se il mio corpo mi sta dicendo: *Keatyn, a casa sono le quattro e mezzo, torna a letto, ti prego.*

Ma non posso. Sono troppo eccitata.

So che non dovrei, ma visto che sarò bloccata qui per un po' di tempo, tanto vale prendere il meglio da questa cosa.

Stamani incontreremo i nostri tutor, che ci faranno fare il giro della scuola, ci daranno consigli e cose del genere.

Entro in palestra dove ci dividiamo in gruppi. Nel nostro siamo tutte ragazze, Peyton ci racconta, eccitata, del ballo di benvenuto, di tutti i vari club, di cose tipo il coprifuoco, delle visite al dormitorio dei ragazzi, dei posti che ai ragazzi piace frequentare.

Trovo tutto molto utile.

Noto che, nemmeno per una volta, accenna al luogo dove stavamo fumando ieri sera.

Poi ci porta al caffè, come loro chiamano la mensa, dove sono stati allestiti degli stand, uno per ciascuna attività. In questo modo possiamo ricevere informazioni e iscriverci ai vari club, attività e sport. Ci sono tutte le attività extracurricolari.

Io mi iscrivo al consiglio studentesco, smarco la casella che dice che voglio candidarmi per qualche carica. Peyton dice: «Stoffa da leader, brava ragazza».

Peyton sembra davvero sincera e carina. Forse mi sono sbagliata su di lei.

Forse anche Whitney è carina?

Mi iscrivo anche al club di francese, al club umoristico e, ovviamente, a calcio.

«Tu di quali club fai parte?», chiedo a Peyton.

«Sono capitano della squadra di ballo e di quella di calcio. Sono la segretaria del consiglio studentesco, presidentessa del club di francese, fondatrice del club letterario e sono molto ambita dal comitato sociale. Un comitato nel quale si entra su invito. E nel quale faresti di sicuro un buon lavoro, visto che hai già scoperto la Caverna».

«La Caverna?»

«Il posto dove sei stata la notte scorsa». Ha negli occhi la tipica espressione acqua-in-bocca. E io annuisco. Capito.

Mi iscrive anche al club letterario perché le ho detto che amo leggere e poi mi dice: «Dovresti fare il provino per la squadra di ballo».

«Pensavo non fosse possibile. Le selezioni non erano a maggio?»

«Sì, ma per circostanze impreviste», abbassa la voce, «cioè una ragazza è rimasta incinta e altre due sono finite in un centro di recupero, abbiamo tre posti liberi. Per adesso si sono iscritte solo quindici ragazze. Hai un fisico da ballerina. Danzi?»

«Ho preso un mucchio di lezioni negli anni passati, quindi penso di sì».

«Dài, prova», mi dice e scrive il mio nome.

Il suo entusiasmo è contagioso e tutte le ragazze del suo gruppo si iscrivono a ogni tipo di club adatto ai loro interessi. Ci spiega che avere impegni diversi è un modo per conoscere gente e quindi per divertirsi.

Tutte queste attività ci occupano la maggior parte della mattinata. Andiamo a pranzo, ma non riesco a mangiare niente. Non riesco mai a mangiare prima di una partita. Di solito non sono così nervosa per i provini di calcio, ma oggi sì. Dopo il mio piccolo show calcistico, sento che devo fare bene. Inoltre, amo questo sport e voglio fare bella figura.

Scopro da un'altra ragazza che deve fare anche lei il provino che, visto che la scuola è piccola, tutti riescono a entrare in squadra. Questo mi fa sentire meglio. Almeno, anche se la concorrenza sarà agguerrita, non farò la figura della perdente che non ce la fa. E so che se lavorerò sodo, giocherò. Dice che i provini servono solo a determinare il nostro livello, così gli allenatori sanno in che squadra metterci. Matricole, seconda squadra o prima squadra.

Sono già vestita e faccio qualche giro di corsa intorno al campo quando vedo il Supefigo che scende dalle gradinate con alcuni amici.

Accidenti. Non ha niente di meglio da fare? Non si deve allenare o esercitare il suo fascino su qualcuno?

Ma poi mi accorgo che sua sorella Peyton sta aiutando con i provini, e anche alcune ragazze della squadra sono qui per dare una mano.

Quindi non è qui solo per vedere me.

Peccato che stia fissando me e che mi stia salutando. Almeno penso che stia salutando me, mi volto per vedere se c'è qualcuno dietro di me.

Non c'è nessuno.

Quando mi volto di nuovo, indica proprio me.

Quindi anch'io lo saluto.

Cazzo. Concentrati.

Non lasciare che il Superfigo ti distragga.

È un playboy.

È un playboy.

Ma non posso fare a meno di pensare alla sua espressione della notte scorsa. Quello sguardo da cucciolo ferito quando ho raccontato a Dallas della sua inadeguatezza.

Chiudo gli occhi e immagino di essere sulla tavola da surf a fendere le onde. Mi calmo all'istante. Non guardo verso le gradinate perché non voglio sapere se lui è ancora là o no.

Raggiungo l'area e mi concentro sugli esercizi tecnici che l'allenatrice ci fa fare. Ci cronometra mentre corriamo, poi ci tira un pallone dietro l'altro che noi dobbiamo calciare nella porta vuota. Proviamo i calci di rigore, i dribbling, poi ci divide per una partitella amichevole.

Mi dice di giocare centravanti contro una ragazza dall'aria molto solida. Il tipo di ragazza che potrebbe staccarmi la testa e sputarla prima di pranzo.

Ma lei è sorprendentemente tranquilla.

Mi stringe la mano e dice: «Buona fortuna». Ma poi aggiunge: «Ne avrai bisogno, grissino».

Quindi le cose stanno così. Potrò non avere la forza bruta, ma i grissini possono correre molto più veloci delle persone robuste. Praticamente la metto in imbarazzo rubandole la palla, dribblando per tutto il campo e passandola a una compagna smarcata. La mia compagna si libera del difensore, ripassa la palla a me e io, *boom*, segno.

E lo faccio sembrare facile.

Ho una bella sensazione a proposito dei provini. Penso che entrerò nella prima squadra.

Trascino il mio sedere sudato nello spogliatoio. Ho esattamente trentasette minuti per rimettermi in ordine, cambiarmi e andare ai provini per la squadra di ballo.

Una parte di me ha paura, ma l'altra è davvero eccitata perché quest'anno posso farlo. Essere nella squadra di ballo era considerato da sfigate, sempre secondo Vanessa e RiAnne. Pensavano che, un conto era fare ginnastica per tenerti in forma con il tuo personal trainer o a casa, un altro era farlo davanti a tutti.

Quando svolto l'angolo per entrare nel palazzetto, ecco di nuovo il Superfigo.

Mi porge un sacchetto e mi sorride.

«Che cos'è?»

«Peyton mi ha detto che ti ha convinto a entrare nella squadra di ballo. I provini cominciano fra poco, quindi ti ho portato qualcosa da sgranocchiare. Ho visto che a pranzo non hai mangiato niente».

Come fa a saperlo? Mi stava osservando? Mi ha fatto delle foto?

Il pensiero che mi stesse osservando mi fa sclerare per un attimo. Calmati, Keatyn. Questo ragazzo non è uno stalker.

Non riesco a pensare.

«Grazie, sei davvero gentile», dico educatamente mentre mi siedo su una panchina vicino a lui.

Adesso che il panico è passato, riesco di nuovo a pensare. Oh. Mio. Dio.

Non è una cosa dolcissima???!!!

«Ho un secondo fine».

«Non farò lo strip-tease per te dopo il ballo», lo stuzzico.

«Be', lo spero proprio, altrimenti ti dovrò chiamare con il tuo nome da zoccola».

Alzo gli occhi al cielo e ridacchio.

Oh, per favore smettila con questa risatina nervosa. Devi essere distaccata! Fare l'indifferente.

«Allora, tutte le nuove studentesse ricevono questo benvenuto?», gli chiedo.

«Solo le più sexy». Spalanca gli occhi quando si rende conto di aver ammesso che lo fa per qualsiasi ragazza che ritiene sexy.

Proprio come pensavo, un playboy incallito.

Mi chiedo quanti altri pranzi abbia distribuito oggi. Vorrei mostrare i denti e ringhiargli.

«Scommetto che avrai un carnet bello pieno e non avrai più tempo per ballare con me».

«Non è venuto fuori nel modo giusto», sospira. «Doveva essere un complimento. Di solito sono molto più calmo di così».

«Allora smetti di sforzarti. Dimmi di te, impara a conoscermi. Sono molto di più che una ragazza che sa giocare a calcio con gli stivali ai piedi».

Oh, cazzo. Perché ho detto così? Io non voglio conoscerlo.

Voglio solo farmi degli amici. Incontrare gente simpatica.

Devo evitare i ragazzi come lui.

«Mia sorella mi ha detto che hai deciso di candidarti per il consiglio studentesco. Ci vogliono le palle per fare una cosa così il primo giorno, e non mi sembri una di quelle ragazze che devono fare tutto. Come quelle secchione».

«Sì, mi piace anche perdere tempo».

«Non volevo dire che sei una scansafatiche».

«Lo so. Ti sto dando del filo da torcere e mi dispiace per la notte scorsa, alla Caverna».

«Tranquilla, probabilmente me lo sono meritato. Sembravo davvero uno scarso. Perché non mi fai tu qualche domanda?»

«Okay. Allora, fai il portiere a tempo pieno o è solo un hobby?»

«A tempo pieno. Faccio parte anche della squadra di football americano e gioco a basket».

«Forte! E cosa fai per divertirti, oltre agli sport?».

Mi guarda dritto negli occhi. «Penso che mi piacerebbe stare qui a guardarti negli occhi».

Sul serio?

Questo ragazzo è pieno di stupide battute. Lo odio!

Alzo gli occhi al cielo e faccio per andarmene. «Okay, grazie per il pranzo».

«Aspetta. Volevo dire che sono di un colore stupendo. Sono così azzurri, ma quando la luce li colpisce sembrano quasi viola. Sono veri?»

«L'ultima volta che ho controllato, sì».

Questo ragazzo è un coglione, anche se è bellissimo.

«Oddio, volevo dire». Si passa una mano fra i capelli, sembra frustrato. «Sono di un colore così particolare che ho pensato che portassi le lenti a contatto colorate».

«No, è tutto genuino». Mi infilo in bocca il resto del panino con tacchino e formaggio e dico: «Grazie, ma ora devo andare a cambiarmi».

Entro nel palazzetto arrabbiatissima, mi precipito nello spogliatoio delle ragazze, mi spazzolo in fretta i capelli e li lego di nuovo in una coda, poi fermo la frangia con una molletta. Mi lavo il sudore del calcio con un asciugamano bagnato, mi metto un po' di talco e un filo di mascara. Non posso fare altro.

O farò tardi.

Esco di corsa dalla porta e vado a sbattere contro Aiden.

Dice: «Scusa», guarda a terra timido e poi guarda di nuovo me. Tiene in mano qualcosa di verde. «Ecco, ho trovato questo. Apri la mano».

Alzo il palmo verso di lui e lui ci appoggia un quadrifoglio perfetto.

«Buona fortuna», mi dice e mi dà un veloce bacio sulla guancia.

È davvero adorabile, e non riesco a decidere se è uno stronzo o no.

Ma propendo per il no.

«Grazie». Con delicatezza metto il quadrifoglio nella mia borsa e vedo i due baci di cioccolato che mi ha dato Gracie, li prendo e gliene offro uno. «Vuoi?».

Aiden sorride e risponde: «Sono i miei preferiti», e se lo infila in bocca.

Anch'io mangio il mio, e mi sento un pochino gelosa del cioccolatino che si sta sciogliendo nella bocca di Aiden, e saltello felice verso l'auditorium per i provini di danza.

I provini non sono poi così difficili. Ci hanno fatto imparare due semplici coreografie, una con i pompon e uno senza.

Poi ce le fanno eseguire sia da sole che in gruppo. Ci vogliono due ore circa per imparare le coreografie e quindici minuti per il provino vero e proprio. Per fortuna, sono una delle prime a fare il provino individuale, così non devo stare lì seduta ad aspettare nervosamente.

Non ho idea se sto andando bene. Conosco la coreografia. E so che sorridere è importante per i ballerini. Io non saprei fingere di sorridere, neanche se fossi una brava attrice.

Ma il bacio sulla guancia e il quadrifoglio che mi ha dato Aiden mi fanno sorridere da orecchio a orecchio.

Non riesco a smettere.

E mi ritrovo a pensare che non vedo l'ora che arrivi la festa della scuola di stasera.

Una brutta copia
17:15

Torno al mio dormitorio, faccio una doccia veloce, mi sistemo i capelli e sto pensando a cosa indossare, quando entra la mia compagna di stanza, Morgan, e si siede sul letto. Il suo letto è ancora sfatto, strano perché lei sembra proprio la tipica secchiona perfettina.

Voglio dire, non c'è niente di male a essere una persona ambiziosa, ma mi sembra che lei si sforzi un po' troppo. Ma penso che farò del mio meglio per essere gentile con lei.

«Allora, hai deciso cosa ti metterai per il raduno?», le chiedo.

Fissa il mio bellissimo poster dell'oceano. «Odio l'acqua».

«Odi l'acqua? Hai tipo rischiato di annegare o sei stata morsa da uno squalo? Tutti amano l'acqua».

«No. Solo preferisco l'energia di una grande città».

E l'anonimato, credo. Ma non lo dico. Non voglio fare la

stronza. «Be', sì, ma alcune città come Miami hanno entrambe le cose».

Mi fa un sospiro: «E poi non credo che potrei vivere con Barbie Malibu».

Mi prende il panico! Come fa a saperlo? Lo sanno tutti? Ho detto che vengo da L.A. e quella potrebbe essere una spiaggia qualsiasi. Cazzo!

Deglutisco. «Cosa ti fa pensare che vengo da Malibu?».

Mi rendo anche conto che è la seconda volta in due giorni che mi rivolgono una citazione da *La rivincita delle bionde*.

«Era solo una battuta. Accidenti, sei più ottusa di quello che pensavo. Mi trasferisco con una ragazza che è nella banda con me. Neanche lei è contenta della sua compagna di stanza, quindi la sua compagna verrà a vivere qui con te».

«No. Hanno detto che non possiamo cambiare compagna di stanza. Non mi puoi scaricare!».

Scaricata da una nerd quattrocchi che suona nella banda?! Dopo due soli giorni? Ma quanto sono sfigata?

«Ne ho parlato con la nostra consulente e lei ha detto che possiamo cambiare se siamo tutte e quattro d'accordo. E poi, da quando sei una che segue le regole? Sei tornata mezz'ora dopo il coprifuoco!».

«Ero nel dormitorio prima del coprifuoco, ma c'erano alcune ragazze ancora alzate e così abbiamo fatto due chiacchiere. Per conoscerci. Dovresti provare».

Ignora il mio commento pungente. «Questa sera ti presenterò la tua nuova compagna di stanza. Anche lei ha fatto i provini per entrare nella squadra di ballo, quindi penso che andrete d'accordo». E poi esce dalla porta.

E io penso che, be', forse è meglio così.

Sono quasi impressionata dal fatto che Morgan abbia avuto le palle e l'intraprendenza per fare una cosa del genere. Forse dovrei provare a fare amicizia con lei, ma poi mi rendo conto che lei ha dei pregiudizi nei miei confronti. Verso la spiaggia, la mia abbronzatura, il fare tardi la sera e non ho proprio voglia di perdere tempo a convincerla che sono molto più di questo. E poi mi devo vestire e truccare alla perfezione.

Il Dio di tutti i Fighi deve stare attento!

Incomincio a pensare che forse Brooklyn aveva ragione. Potrei voler uscire con un ragazzo qui in collegio.

Oh, merda! No. Non devo uscire con i ragazzi.

Be', forse potrei uscire con qualche ragazzo, ma non mi devo innamorare per nessun motivo.

Ho chiuso con l'amore.

Mentre finisco di prepararmi, ricevo un messaggio da Riley. Ha memorizzato il suo numero sotto *Dio del Sesso*. E non ho ancora avuto tempo di cambiarlo.

DIO DEL SESSO: </3
IO: Perché?
DIO DEL SESSO: Dovresti pomiciare con me, non con Dallas.
IO: Ops :)
DIO DEL SESSO: Sono fuori del tuo dormitorio, ti posso accompagnare a cena?
IO: Non sono ancora pronta.
DIO DEL SESSO: Allora vengo dentro.
IO: Bene. 6B.

Bussano alla porta e io vado ad aprire.

È Riley. Sta davvero bene. Indossa una camicia elegante blu scuro, pantaloni neri e mocassini italiani. E quando dico italiani, intendo costosissimi mocassini del tipo Tommy-ne-ha-tre-paia-e-tutte-le-volte-maledice-il-prezzo. I suoi capelli scuri sono lisciati all'indietro con il gel, invece che ricadergli sulla fronte, e lui mi ricorda Nate di *Gossip Girl*. Sembra anche più grande vestito così e, accidenti se mi piace.

Ho finito di truccarmi, ma indosso solo la mia vestaglia corta di seta rosa con sotto reggiseno e mutandine. Il modo in cui mi guarda mi fa sentire nuda.

Mi afferra per la vita con le sue mani enormi e mi dice: «Sei molto sexy. Indosserai questo stasera?».

Siamo vicinissimi. Ha un profumo fantastico.

«Non credo che sia molto appropriato». Rido.

«Forse dovremmo saltare la cena. Ho voglia di toglierti questa cosa».

Incomincia a trafficare con la cintura della vestaglia.

Dovrei essere sconvolta, ma sono in grado di gestirlo. Anche Cush mi stuzzicava così. «Molto galante, eh?».

I suoi occhi scuri brillano. «Trovo che l'approccio diretto sia il più efficace».

«Probabilmente lo è, ma non è molto romantico».

«Non sto cercando il romanticismo».

«E io non sto cercando sesso».

Mi lascia andare e io vado davanti allo specchio. Finisco di passare il balsamo lisciante sui capelli, poi tiro indietro la frangia e la fermo sopra la testa. Aggiungo dei grandi orecchini a cerchio e ammiro il risultato finale, mi piaccio. Ho la sensazione che questo look sarà perfetto per il vestito che indosserò stasera.

Riley si siede sul letto di Morgan e osserva l'oceano sulla mia parete. «È bellissimo. Adoro l'oceano».

«Sì, anch'io. Fai surf?»

«Ho provato. Abbiamo una casa negli Hamptons, quindi passo là quasi tutta l'estate».

«Io amo la spiaggia. E, nel caso non lo avessi capito, sono io quella lì che sta facendo surf».

«Davvero?». Si alza e si avvicina al poster. «E questo qui?», chiede indicando Brooklyn: «È il tuo ragazzo?»

«Sì, è B».

«B? che razza di nome è?»

«Io lo chiamo così. Ma il suo nome è Br… ehm… Bradley».

«Allora perché hai pomiciato con Dallas l'altra sera?»

«Be', abbiamo una specie di accordo. Credo. Non lo so».

«Avete rotto? Non hai un ragazzo? Hai mentito?»

«In realtà non so cosa stiamo facendo. È una cosa un po' confusa».

«Bene. Sono contento che abbiamo chiarito».

Si avvicina dietro di me. Mi sto ancora guardando allo specchio per decidere se aggiungere un filo di eyeliner.

Abbassa la testa e mi bacia sulla spalla.

«Non farlo», gli dico.

«Okay», risponde. «Allora farò questo». Mi afferra per la vita, mi solleva letteralmente dal pavimento, fa qualche passo e mi butta sul letto.

Come può un ragazzo al quarto anno di liceo essere così forte?

«Non credo sia una buona idea».

Lui sussurra attraverso i miei capelli: «Oh, io penso che sia un'ottima idea».

«Non posso, okay? Ti conosco a malapena. E poi, dobbiamo andare a cena».

E poi mi fa pensare a Cush e mi viene voglia di piangere.

«Vieni al ballo con me. Sii la mia ragazza».

«Credevo che il ballo servisse a incontrare gente, ballare con persone diverse per conoscersi. Ci sono un sacco di ragazze che ancora non conosci. Di sicuro vorrai ballare anche con loro, no?»

«Non potrebbe fregarmene di meno. Voglio ballare con te e poi farti entrare di nascosto nel mio dormitorio».

«Stai andando un po' troppo in fretta».

«Va bene. Ballerai con me?»

«Sì. Fammi alzare».

Mi tiene bloccata sotto di lui.

«Non so se devo crederti». Mi sorride. «E se qualcun altro ti invitasse?»

«Qualcuno lo ha già fatto e io ho detto di no. E lui è il Dio di tutti i Fighi».

Cazzo. Non avrei dovuto dirlo.

«Il Dio di tutti i Fighi? E chi è?»

«Lascia perdere. Dimentica quello che ho detto».

«Dimmelo, o sarò costretto a baciarti e forse a torturarti con la lingua. Devo sapere chi è il mio rivale».

«Non ricordo il nome. Il tipo che faceva il portiere. Adesso alzati».

Si alza, mi prende per mano e mi tira su dal letto senza il minimo sforzo.

Una cosa molto sexy.

Corro nella mia cabina armadio, prendo il vestito e torno fuori, tenendolo davanti a me. «Cosa ne pensi? Oh, aspetta, prendo le mie scarpe con la zeppa, così avrai l'effetto completo». Pesco sul fondo della mia valigia, afferro un paio di scarpe leopardate di Jimmy Choo con laccetto alla caviglia e me le infilo. Poi tengo il vestito davanti a me. «Okay. Allora? Pensi che andrà bene? Che sia appropriato per stasera?»

«Penso che farai meglio a infilarti quel vestito alla svelta, o salteremo la cena».

Torno di corsa nella cabina armadio, chiudo la porta, e mi vesto più in fretta che posso.

Esco e faccio una piroetta per far veder bene il vestito. È un abitino scampanato anni Cinquanta di Free People, con una ghirlanda di margherite ricamata che mette in risalto la vita. La decorazione floreale rossa si abbina con il laccetto rosso delle scarpe leopardate, creando un look stravagante ma adorabile.

«È appropriato. Sarà meglio andare prima che tu mi faccia eccitare di nuovo».

Provo a non pensare a come avrebbe potuto torturarmi con la lingua ma, mi vergogno ad ammetterlo, è proprio quello che ho in mente mentre mi dirigo alla mensa con Riley.

Anche se chiaramente è il sesso quello che vuole, non posso farci niente, mi piace la sua onestà. Preferisco una situazione chiara, piuttosto che giocare con qualche playboy.

Io e Riley ci serviamo dal buffet e poi lui sceglie un posto tutto per noi alla fine di un tavolo. È una cosa strana. È come se stesse mandando un messaggio tipo "lei sta con me; vogliamo stare soli", che non è proprio il tipo di cena a cui stavo pensando. Così sembra che abbiamo un appuntamento.

E non è vero.

Perché non voglio più avere appuntamenti con i ragazzi.

Ma poi il bellissimo ragazzo dai capelli scuri che frequenta Peyton e Whitney arriva con un paio di altri ragazzi. Tutti sistemano i loro vassoi vicino a noi, il Bello dice: «Fratello», e dà una manata sulla schiena a Riley. Sia il Bello che Riley sono pettinati allo stesso modo e mi rendo conto che sto guardando la versione più vecchia di Riley.

Accidenti.

Riley diventerà ancora più figo.

Il Bello mi mette un braccio sulle spalle e dice: «Riley è solo la brutta copia dell'originale. Io sono Dawson».

Riley fa un'espressione umiliata.

Dawson è un gran figo, ma aver distrutto il fratello davanti a me è stata una cosa da stronzo e la persona zen che c'è in me pensa che il karma è bastardo. Quindi decido di fargliela pagare.

Gli levo il braccio dalla mia spalla, mi volto verso di lui e gli dico: «Strano, mi è sembrato molto originale nella mia stanza pochi minuti fa».

Gli altri ragazzi al tavolo cominciano: «OOHHH» e «Vai così, Riley!».

Il viso di Riley si illumina di nuovo.

«Voi ragazzini siete barbosi», ci dice Dawson. Vede Whitney che sta portando il vassoio al tavolo popolare. «Andrò a sedermi con Whitney. Goditi l'asilo infantile».

Oddio, è proprio stronzo.

Metto la mano sul suo vassoio così non può andare via subito e decido di attaccare. Se devo essere me stessa, adesso è il momento giusto. Starò dalla parte del più debole. «Ho sentito

Whitney vantarsi del suo ragazzo del college. Deve essere una bella seccatura per te».

Adesso lui ha la stessa espressione ferita che aveva Riley pochi minuti fa, e se ne va.

Uno dei ragazzi seduti al nostro tavolo dice: «Accidenti, Monroe, sei spietata». Lo riconosco, è il ragazzo carino che mi ha portato le valigie.

«È stato cattivo con Riley».

«No, sono fratelli… fanno sempre così. Comunque, io sono Jake. Ti ho aiutata a scendere dalla macchina». Si sporge sul tavolo per stringermi la mano.

«Mi ricordo».

«E io sono Bryce». Bryce è più basso di me, ma molto carino. Ha un viso da bambino che ti fa venire voglia di pizzicargli le guance. «Come facevi a sapere di Whitney e Dawes?»

«A dire il vero, non lo sapevo, ho tirato a indovinare. Ho visto come la guardava l'altra sera alla Caverna e come l'ha guardata adesso. Peyton è la mia tutor, e oggi le ho sentite che ne parlavano. Quindi ho…». Poi mi prende il senso di colpa. Accidenti. Anche se ho difeso il più debole, la mia stronzaggine è saltata fuori! Mi volto verso Riley. «Mi dispiace. Non sono stata molto gentile, dovrei andare a scusarmi con tuo fratello».

Riley ride. «Fai come vuoi, ma è stato fantastico!». Mi dà una pacca sulla schiena come se fossi un ragazzo. «Diventeremo ottimi amici».

Poi mi parla il ragazzo muscoloso. È alto, atletico e ha una stupenda pelle nera come Deron. E sembra anche molto dolce con le signore. «Io sono Tyrese. Come va? Quindi l'altra sera stavi pomiciando con Dallas e adesso stavi facendo cosacce in dormitorio con Riley? Vuoi venire nella mia stanza più tardi?». Mi fa l'occhiolino in modo molto sexy.

Riley dice con dolcezza: «Non stavamo facendo niente nella sua stanza. Siamo venuti a cena insieme. Mi stava solo difendendo».

Mi volto verso Riley e gli sorrido con lo sguardo. Perché, oh, mio Dio, il playboy ha appena difeso la mia reputazione. È così dolce.

«Allora entrerai a far parte della squadra di ballo? Ho sentito che hai partecipato alle selezioni», mi chiede Jake. Jake è carino. Alto, coi capelli rossi e le lentiggini. Assomiglia un pochino al principe Henry, e ha un sorrisetto malizioso che gli dona tantissimo.

«Non credo, c'erano diciotto ragazze per tre posti».

«Ho sentito che hai spaccato ai provini per la squadra di calcio», dice Tyrese, poi mi fa di nuovo l'occhiolino. «Ti ho anche visto fare goal ad Aiden con indosso un vestito e stivali da cowboy». Ride. «Gliene abbiamo dette di tutti i colori oggi all'allenamento di football».

«Non avreste dovuto. Penso solo di averlo scioccato».

«Non lo sai, vero?»

«Cosa?»

«Aiden è uno dei migliori portieri dello Stato. È stato il nostro starter dal primo anno, e gli ultimi due abbiamo vinto il campionato. Ha già ricevuto molte offerte di borse di studio, potrebbe andare all'università dove vuole, ma gira voce che lui preferisca continuare a studiare in una delle facoltà della Ivy League. L'ho sentito parlare di te, ragazzina. Penso che sia innamorato».

Vorrei continuare a parlare di questo argomento. Tipo, stiamo parlando di amore o di sesso? E di quante altre ragazze è innamorato? Muoio dalla voglia di sapere cosa ha detto. Vorrei urlare: "Dimmi di più!".

Ma Riley cambia subito argomento: «Allora dov'è la festa stasera?».

Bryce si guarda intorno per assicurarsi che non ci sia nessuno in giro. «Keatyn, se c'è una cosa che il tuo nuovo amico sa fare, è fare festa. Riesce a bere molto più di Dawes, restando sobrio, e questo la dice tutta». Si rivolge a Riley e sussurra: «Hawthorne 26B e 38B. Solo voi due, okay?».

Riley annuisce.

I ragazzi prendono i vassoi e si dirigono al loro solito tavolo.

Riley mi sorride: «Te l'ho detto. Ho gli agganci giusti».

«Sì, è vero». Anch'io gli sorrido. «E grazie per quello che hai detto prima. Voglio dire, sei stato davvero mitico».

«E ti ho sorpreso».

«Sì, a dire il vero sì. Ho sempre pensato che fossi il tipo di ragazzo che va in giro a vantarsi».

«Be', di solito lo sono, ma fidati, non ho mai dovuto mentire su questa cosa. E poi sento questo strano bisogno di proteggerti».

Afferro il medaglione che porto al collo e prego Dio che non debba mai farlo.

Sbatto le palpebre e gli dico: «Mi piace questa cosa».

«Pronta ad andare a questo pallosissimo raduno?».

Morta e andata nel paradiso dei fighi
19:00

Ci dirigiamo all' edificio vicino dove si tiene il raduno, ma quando arriviamo vediamo un bigliettino sulla porta con scritto: "Un altro raduno??? Che noia!!!! Sorpresa, NUOVI STUDENTI!!! Venite alla vera festa al campo di lacrosse".

«Ne sai qualcosa?», chiedo al Signor So Tutto.

«In realtà, sì. Ma come ogni anno deve essere una sorpresa, e non ti ho detto niente. Vieni, andiamo a divertirci».

Mi prende per mano e mi trascina velocemente – per quanto le mie zeppe lo permettono – all'altra estremità del campus, trasformato in un vero e proprio carnevale. Ci sono banchetti con ogni tipo di cibo e giochi, una ruota panoramica e anche una cisterna per giocare al "bersaglio splash" con gli insegnanti.

Posso dire che amo questo posto? Insomma, in un certo senso. Finora, per essere un liceo, sembra un posto abbastanza figo. Se devo essere sequestrata da qualche parte, almeno qui non sarà tanto male.

Cioè, c'è pure una ruota panoramica!

«Ehi, ecco Dallas».

Dallas ha un enorme zucchero filato rosa.

«Lo zucchero filato è il mio preferito!», strillo, con una voce quasi da bambina.

Dallas prende un po' di zucchero filato dal bastoncino e me lo mette davanti alla bocca. Io la apro e lui mi mette il soffice batuffolo in bocca tutto in una volta.

Rido con lo zucchero rosa appiccicato alle labbra. In nessun modo riuscirò a farmelo entrare tutto in bocca. Ne prendo un morso e prendo l'altra metà con la mano. Riley afferra la mia mano e se la porta alla bocca.

«Ehi, questo è mio. Non lo voglio dividere». Riley mi sorride, si mette le mie dita in bocca e comincia a leccare via lo zucchero.

«La tua mossa da stallone sexy non funziona con me», gli dico.

Lui ride e dice: «Oh, funzionerà. È anche per questo che non ho mai avuto un'amica femmina».

«Vuoi dire una ragazza che sia solo un'amica?»

«Sì, non è colpa mia se finiscono tutte a letto con me. Non riescono a resistere al mio fascino».

«Riley, proverò duramente a non finire a letto con te, così potremo essere amici».

Ride di nuovo. «*Duramente* non è la miglior scelta di parole, piccola».

Alzo gli occhi al cielo. Sta ancora leccando lo zucchero filato dalle mie dita, e capisco perfettamente perché non ha amiche femmine. Il modo in cui lo fa è così sexy che mi fa arrossire. Devo guardare da un'altra parte. E chi sceglie questo momento esatto per essere nella mia linea di visione? Chi sta lì a guardare Riley che lecca lo zucchero filato dalle mie dita?

Il Dio di tutti i Fighi in persona.

Gli do un'occhiata come per dire "Salvami".

Non so perché. In realtà non voglio essere salvata da Riley. Mi sta facendo eccitare. Ma anche se credo di non essere per niente interessata al Dio, per qualche ragione, non voglio che pensi che sono qui con Riley o che mi piace quello che Riley mi sta facendo. Anche se in realtà è così.

Mi vergogno ad ammetterlo, ma mi piace da matti.

Aiden dice: «Ehi, Boots, vieni qui. Mia sorella ti stava cercando».

Dallas dice: «Boots?»

«Mi chiama Boots per via degli stivali dell'altro giorno».

«Oh, capito».

«Sbrigati», dice Aiden impaziente.

Guardo Riley con uno sguardo tipo "Penso di dover andare con lui", e seguo Aiden.

«Cosa vuole tua sorella?».

Aiden ride. «Niente. Ho mentito. Altrimenti avrei dovuto picchiare a sangue quel Riley perché ti stava succhiando le dita».

Lo prendo in giro. «Perché avresti dovuto farlo? Voleva solo rubarmi lo zucchero filato».

«Sembrava un po' più di questo, e ho sentito che hai pomiciato con Dallas, la notte scorsa dopo che me ne sono andato».

«Eravamo fumati. Era solo un innocuo bacio amichevole».

«Non mi piace».

«Perché no?»

«Non mi piace e basta».

È un po' strano. Baciarsi piace a tutti. Io sono sicuramente a favore del bacio. Forse potrebbe essere lo slogan per la mia campagna elettorale, se decido di candidarmi.

«E adesso, cosa facciamo?».

«Sei carina. Mi piaci pettinata così», dice.

Sono totalmente impreparata a un complimento e, per qualche motivo, all'improvviso, non riesco neanche a parlare.

«Uh, grazie», borbotto.

Giuro, sono una signorina colta e che sa parlare. Posso parlare con chiunque. Capi di Stato, attori di film di successo, rockstar, atleti professionisti. Ma questo ragazzo mi ha fatto annodare la lingua.

Poi fisso la sua bocca e penso che mi piacerebbe conoscere meglio la sua, di lingua.

Okay. Basta così.

Ho bisogno di un time-out.

Come fanno le mie sorelline.

Devo andare a sedermi in un angolo da sola.

Davvero.

Penso di essere di nuovo in tilt per un ragazzo.

«Allora, il quadrifoglio ti ha portato fortuna?»

«Non lo so ancora. Penso che stasera lo scopriremo. E, come sai, le probabilità non sono buone. Sono sicura di non avercela fatta».

«Mia sorella dice che sei stata brava. Sei stata molto brava anche ai provini per la squadra di calcio. Gli hai fatto il culo, davvero. Andrai sicuramente in prima squadra».

«Dici?»

«Sì, certo. Ehi». Mi rivolge un adorabile sorriso da bambino. «Vuoi fare un giro sulla ruota panoramica?»

«Mi piacerebbe tanto».

Mi prende per mano.

E, di nuovo, la stessa reazione.

Il suo tocco mi fa venire un capogiro.

Non posso baciarlo. Probabilmente sverrei.

E questa non sarebbe una buona cosa.

Non ho mai avuto una reazione così con nessun ragazzo. Cosa c'è che non va in me?

Devono essere le mie emozioni. Tutti mi hanno detto che erano stupiti di come ho gestito bene la situazione.

Dev'essere per quello.

Sono traumatizzata.

Sono talmente concentrata che non mi accorgo che siamo già

seduti sulla ruota panoramica insieme. È vicino a me, e casualmente mi mette un braccio sulla spalla.

Non posso farci niente.

Il mio corpo si inclina verso il suo, e gli appoggio la testa sulla spalla.

Mi sembra di essere morta e di essere andata nel paradiso dei fighi.

Ti prego, Dio, o Dio dei fighi, chiunque, fate che questo giro non finisca.

Presto ci ritroviamo bloccati nel punto più alto della ruota panoramica e guardiamo le luci sotto di noi.

Mi dice: «Boots».

Alzo la testa, e lui mi bacia. Un bacio lento, perfetto, da fermare il tempo, da fuochi d'artificio negli occhi.

Ed è stato solo un piccolo bacio. Non con la lingua; solo un bacio.

Un bacio piccolo piccolo.

Santo cielo.

Sono innamorata di lui.

Il bacio è finito, ma io sono ancora qui seduta a occhi chiusi come una stupida.

Me ne accorgo e li riapro.

«È stato fantastico», mi dice.

Non riesco a formulare una frase, quindi annuisco senza fiato.

Mi bacia di nuovo.

E non cambio idea con il secondo bacio.

Ma non posso. Non posso innamorarmi di un ragazzo che mi prenderà in giro. Un ragazzo che pensa di essere innamorato di ogni ragazza con cui esce, ma che le lascia subito perché sa che non sono quella giusta.

Dopo un bacio come questo, dovrebbe sapere che sono io quella giusta.

Dovrebbe mettersi in ginocchio e pregarmi di sposarlo e di partorire i suoi bambini fighi.

Non ci dovrebbe essere niente su cui riflettere.
Ma sono sicura che è una cosa a senso unico. Anche se ha detto che è stato fantastico.
Cazzo. Smette di nuovo di baciarmi, e ora mi sta dicendo qualcosa.
«Noi siamo i prossimi a scendere».
Quando si è rimessa in moto la ruota panoramica?
Giuro che non l'ho sentita muoversi.
Scendiamo dalla ruota, e sento il bisogno urgente di scappare da lui più in fretta che posso. Dawson il predatore, o persino Tyrese che fa sempre l'occhiolino, sembrano sicuri se paragonati ad Aiden.
Deve essere davvero il Dio di tutti i Fighi.
Sul serio. Perché sono sicura che ha appena usato alcuni dei suoi super poteri su di me. Il suo potere "falle-perdere-il-senso-del-tempo". Il potere "baciala-e-riempile-la-testa-di-zucchero-filato".
«Uh, mmm, devo tornare dai miei… amici», balbetto.
Il potere "toglile-la-capacità-di-formulare-una-frase-completa".
«Oh, no, non devi. Mia sorella ti sta cercando davvero. Dovevo trovarti e riportarti al palco».
Sorride.
È un sorriso accecante, a trentadue denti.
Un sorriso che mi spinge oltre il limite della scogliera dell'amore.
E prima che io possa protestare, mi prende per mano e mi trascina attraverso la fiera.
Nota a me stessa: non guardare direttamente il suo sorriso. Ha dei superpoteri.
E poi: non baciarlo. I suoi poteri scaturiscono dalla sua bocca.
Stanne alla larga.
Lontano, molto lontano.
Ma lontano, molto lontano è la cosa sbagliata da pensare per-

ché la mia mente adesso si sta concentrando sulle favole e sul bacio del vero amore.

Molto presto, mi ritrovo davanti a sua sorella. Quando ci vede grida: «Keatyn, ti stavo cercando dappertutto! Dove ti stava nascondendo mio fratello?»

«Eravamo...».

Cazzo, dove eravamo? Ho davvero perso la testa. E forse devo baciarlo di nuovo per recuperarla.

Sto pensando.

Vale la pena provare, forse?

«Prima l'ho portata sulla ruota panoramica con me», dice Aiden, salvandomi.

«Cattivo ragazzo». Gli dà uno schiaffo giocoso. «Be', comunque congratulazioni!». Poi un gruppo di ragazze mi circonda. Gridano, saltellano su e giù, mi mettono una ghirlanda gialla e rossa intorno al collo e una corona di piume rosse sulla testa, poi uno striscione intorno al petto come se avessi appena vinto Miss America. Sopra c'è scritto "Squadra di Ballo" in lettere dorate ricoperte di brillantini. «Ce l'hai fatta!». Poi mi avvicina a lei e mi sussurra in un orecchio: «Sei entrata anche nella squadra di calcio della scuola, ma io non ti ho detto niente».

Sono veramente eccitata per tutto questo.

Adesso sono in un vortice di "Congratulazioni". Tutte le ragazze stanno urlando per l'eccitazione e fanno fotografie.

Poi saliamo tutte sul palco, la squadra di ballo e noi tre nuove arrivate, tutte pazzamente eleganti, facciamo il balletto che abbiamo imparato oggi ai provini.

Peyton mi lancia i pompon, e io sorrido e ballo mentre penso che oggi è stata una giornata folle.

Tutto quello che ho da dire è: il collegio non è come una giornata in spiaggia.

È molto più eccitante.

Indice

Jillian Dodd

That Boy Trilogy

Volume rilegato di 896 pagine. € 9,90

Jadyn ha due amici, ma solo uno è destinato a diventare l'amore della sua vita.
Il primo si chiama Danny. È un ragazzo d'oro, quello che ogni ragazza sogna. Stare con lui è come vivere un'avventura. Il suo sorriso è contagioso, i suoi addominali duri da morire, ed è un'indomabile testa calda, un autentico e irresistibile bad boy.
Poi c'è Phillip: è con lui che Jadyn parla tutte le sere prima di addormentarsi. È il ragazzo che sa leggere i suoi pensieri, che cerca di tenerla lontana dai guai, e quando sorride, lei non riesce mai a dirgli di no.
Uno di loro due è l'uomo della vita di Jadyn, ma capire chi non è affatto semplice. E anche quando tutto sembra ormai chiaro e lei sta per sposare quello che è stato il suo migliore amico, i dubbi la assalgono e rischia di rovinare ogni cosa mettendo in discussione ciò che sembrava una certezza. Jadyn deve decidere. È disposta a rinunciare al vero amore per sempre, o deve ascoltare il proprio cuore? Emozioni forti, lacrime incontenibili e momenti esilaranti in una trilogia che ha commosso e divertito i lettori di tutto il mondo.